Die Stiefelbachs
WIE DIE WEIßWURST NACH ÄGYPTEN KAM

Auswandern, von vielen ein Traum, von den Stiefelbachs verwirklicht. Doch ein bisschen Planung schadet dafür nicht, das dachten sich auch Astrid und Andreas. Auch hier stimmt das Sprichwort: Denn meistens kommt es anders, als man denkt!

Astrid Stiefel und Andreas Diefenbach

Astrid Stiefel

Jeder, der in mein Leben eintritt, ist willkommen!

Dieses Buch widmen wir allen unseren Freunden, Bekannten, aber auch Neidern und Feinden.

Natürlich kann ich nachvollziehen, dass man sich die Frage stellt, wie kann es sein, in Deutschland Insolvenz anzumelden und in Ägypten dann sofort wieder Fuß zu fassen.

Besonders den Menschen, die persönlichen Kontakt scheuen und lieber anonym gegen andere vorgehen, sei gesagt, es wird niemandem etwas geschenkt.

Ich bin ein Mensch, der sich nicht versteckt. Ich stehe zu meinen Fehlern und löffle meine Suppe auch selber aus. Und ich habe mein Leben lang das gemacht, was mir Spaß macht, und lebe nach dem Motto: love it, change it or leave it.

Ich danke meinen Fürsprechern und meinen Neidern, die mir die Motivation gaben, diese Biografie zu schreiben! Ein besonderer Dank an die Kritiker, denn die bringen mich weiter. Und natürlich an meinen Schatz Andreas Diefenbach, der das Wort Buch nicht mehr hören kann ...

Inhaltsverzeichnis

Prolog 10

Kapitel 1: Wie lebt man in Ägypten? 17
   Tage, an denen man am besten im Bett bleibt 25
   Essen in Ägypten 29
   Die Folgen des guten Essens: Status quo 32
   Warum lügt ihr mich nicht an? 35
   Heißhunger & Co. 36
   Essen ist der Sex des Alters 39
   So sind wir 42
   Mein Schatz ist zurück, es war eine aufregende Nacht 44
   Das gefällt uns an Ägypten 48
   Fühlst du dich in Ägypten sicher? 51

Kapitel 2: Ausgewandert nach Ägypten 54
   Auswandern – einfach so? 56
   Sonne – Strand – Meer 57
   Ankunft im Land von 1001 Nacht 60
   Erste Fahrt in Ägypten 65
   16.04.2010: Aschewolke wegen Vulkanausbruch 68
   Vom Paradies in eine Touristenhochburg 69
   Selten ein Schaden ohne Nutzen 71
   Nach dem Urlaub ist vor dem Urlaub 73
   Immobiliensuche auf Ägyptisch 77
   Wir kaufen 81
   Dem Traum auszuwandern – ein Stück näher 83
   Was macht unsere Wohnung in Ägypten? 85
   Wo kauft man am besten Möbel? 87
   Der erste Kaufinteressent für das Hotel 90
   Casting für Goodbye Deutschland 93
   Andreas und das liebe Geld 95

Orientierung in der Wüste	98
Wir lernen Ägypten kennen	100
Verkauf des Hotels schwieriger als erwartet	102
Prosit Neujahr 2012	104
Ich glaube, ich bekomme einen Gästekoller	106
Goodbye Deutschland ade – hallo Hartz-vier-Programm	108
Wie die Weißwurst nach Ägypten kam	111
Der Film ist im Kasten	113
Der Besuch im Dolce Vita	114
Kapitel 3: Fairholiday in Ägypten	**116**
Das erste Geschäft in Ägypten	117
Der Start in Ägypten, anders als geplant	120
Arbeiten in Ägypten	122
Fairholiday – unsere Angebotspalette erweitert sich	125
Hoppla, was ist das?	129
Sonnenklar.TV	131
Unser erster Call-out	135
Darf ich vorstellen: Dienstälteste UrlaubsChecker bei Sonnenklar.TV	136
Pleiten, Pech und Pannen	138
Wenn einer eine Reise tut	141
UrlaubsChecker heute	143
Kapitel 4: Der erste gemeinsame Traum 2007	**144**
Bodenmais – so eine Fahrt kann dauern	147
Unsere erste Hotelbesichtigung	150
Ein Nein ist ein Nein!	153
Für und wider	155
Hotel Dolce Vita in Bodenmais	158
So nicht!	160
Doch meistens kommt es anders, als man denkt	163
Bekanntschaft mit der Freiwilligen Feuerwehr Bodenmais	166

Messe in Österreich	167
Countdown: Noch 20 Tage bis zur Eröffnung	170
Wo kommen denn die Hotelsterne her?	172
Bekommen wir die 4 Sterne?	173
Das etwas andere Hotel eröffnet	178
Bodenmais und Umgebung – so vielfältig wie ein Gemischtwarenladen	180
Michael Adam, Bürgermeisterkandidat	182
Konservativ und christlich-demokratisch regiert	184
Michael macht Bodenmais noch bekannter	187
Hund ja - Kinder nein?	189
Aller Anfang ist schwer	192
Kapitel 5: Nicht gesucht – aber gefunden	**194**
Der steinige Weg zur ersten Million	195
Ich bin mir sicher – das ist mein neuer Job	197
Banken und Wirtschaftsprüfer sind auch nur Verbrecher	199
März 2006: Wieder einer der geht	202
Unser erster persönliche Kontakt	205
Der erste Arbeitstag bei Stiefel Personal Partner	209
Arbeiten mit Frau Stiefel ist nicht so einfach	213
Hilfe: Weihnachten als getrennte Eltern	215
Heiliger Abend mit vier Kindern und zwei Männern	219
Freizeitplanung mit einem Mitarbeiter	221
Amor hat mich getroffen	224
Der Erste-Kuss-Tag 05.02.2007	226
Oh Gott, habe ich ihn überrumpelt?	228
Verrückt: Schmetterlinge im Bauch	230
Kapitel 6: Gesundheit, ein wichtiges Thema	**232**
Schneller Daumen wird in Deutschland behandelt	236
Ich liege zum Erster-Kuss-Tag im Krankenhaus – in Deutschland	244
Es geht aufwärts	247

Die Narbe	249
Ich liebe Krankenhäuser	251
Woran merkt man, dass man alt wird?	252
Gesundheitssystem in Ägypten, nicht vergleichbar	257
Die Nerven von Schwester Astrid werden strapaziert	259
Kapitel 7: Familienbesuche in Deutschland	**264**
Kleine Kinder, kleine Sorgen …	269
Besuch bei Mama	272
Reisen mit Mama	276
Besuch bei der Tochter zur Verlobung	279
Repräsentatives Beispiel des Reiseendes	283
Kapitel 8: Unser Ägypten	**287**
Unliebsame Weckdienste	289
Zwei Jahre Ägypten – was hat sich verändert, was ist geblieben?	292
Unterschiedliche Lebensweisen	294
Die rosarote Brille ist wichtiger denn je!	297
Vorbei	299
Der ominöse Anruf	301
C wie chaotisch in Kairo	302
Freunde	308
Kapitel 9: Internetmobbing	**310**
Die Wasserquelle in Bodenmais	312
Die Betriebsprüfung	315
Nachher ist man immer schlauer als vorher	317
Das Gespräch mit der Betriebsprüferin	319
Neues Jahr, neues Glück	321
Was ist, wenn …?	323
Der geschäftliche Überlebenskünstler	325
Ich bin ein böses Mädchen	327
Der Verkauf	329
Reicht das Geld oder nicht?	331

Wird die Insolvenz eröffnet?	334
Die Entscheidung	336
Gute Mädchen kommen in den Himmel, böse gehen an die Bankkarten	338
Der Strafbefehl	340
Die Klageeröffnung	344
Das Internetmobbing geht weiter	346
Der Gerichtstermin	349
Von Ägypten auf die Anklagebank im Bayerwald	352
Der Strafbefehl Nummer zwei	354
Wer frei von aller Schuld ist, darf den ersten Stein werfen!	358
Das vorerst letzte Kapitel	360
Ups, das war wohl nix	363
Happy End	367
I love to entertain you!	368

Prolog

„Bist du etwa berühmt, oder warum veröffentlichst du deine Biografie?" Die Frage ist gerechtfertigt. Und die Antwort simpel: Nein, bin ich nicht. Aber hat nicht jeder seine persönliche, spannende Geschichte? In meinem Leben habe ich schon so viele Menschen kennengelernt, und alle, deren persönliches Schicksal ich erfahren durfte, haben mich erstaunt, erschüttert oder zu Tränen gerührt. Natürlich interessiert auch mich am meisten, wie es andere geschafft haben, sich selbst wieder aus dem Sumpf zu ziehen. Es tut einfach gut zu wissen, dass man mit seinen Sorgen nicht alleine ist. Das ist ein bisschen wie ein Meeting in einem Konzern. Du gehst mit vermeintlich riesigen Problemen hin und nachdem du die deiner Kollegen kennengelernt hast, denkst du dir: „Oh, mir geht es ja wirklich noch gut!" Manchmal ist es auch einfach nur eine Frage der persönlichen Einstellung, wie man mit den sprichwörtlichen Steinen, die einem den Weg versperren, umgeht. Es kommt von dir vielleicht der Einwand: „Dann könnte ja jeder seine Biografie veröffentlichen!" Grundsätzlich auch richtig. Doch wie so oft im Leben gilt: Man könnte so vieles tun – aber tut man es auch? Ein Buch mit privaten Erlebnissen zu veröffentlichen, dazu muss man schon eine gewisse Profilneurose haben und noch dazu gerne schreiben. Diese zwei Faktoren treffen bei mir zu. Deshalb habe ich entschieden, jedem die Möglichkeit zu geben, weit hinter die Kulissen meines Lebens zu schauen. Von der ersten Million in meinem Leben bis hin zur Pleite, von Tricks bei Betriebsprüfungen bis hin zum Strafbefehl. Es geht um meine gemeinsame Zeit mit Andreas. Die erste Begegnung, der erste Kuss, der erste gemeinsame Traum bis hin zum Auswandern nach Ägypten. Seit wir zusammen sind, ist mein Leben noch verrückter, dramatischer und witziger geworden.

Wir sind die STIEFELBACHS – auf Neudeutsch: eine Patchwork-Familie. Wir meinen, wir haben die zweite Liebe in unserem Leben mit Anhang gefunden. Unser Clan besteht aus den Diefenbachs und den Stiefels: Andreas Diefenbach, sein Sohn Christian, der mit Frau und seinen beiden Kindern in der Schweiz lebt, und Tochter Katharina, die mit ihrem Freund in Deggendorf/Bayern wohnt. Die „Stiefelchen", das sind ich, Astrid, mit zwei Töchtern, wovon Pia mit ihrem Sohn in Berlin zu Hause ist und Sarah mit Mann und Sohn in Münster lebt. Wir sind noch nicht die Stammesältesten: Meine Mama lebt in meiner ursprünglichen Heimat Augsburg und die Eltern von Andreas in Hadamar (eine Stadt in Hessen), wo er aufgewachsen ist. Für die einen sind wir Pat und Patachon, für die anderen Bonnie und Clyde. Tatsache ist, dass wir seit 2006, als wir gegenseitig in unser Leben gestolpert sind, miteinander arbeiten und seit 2007 auch zusammen leben. Begonnen als Angestellter und Vorgesetzte in meiner Zeitarbeitsfirma *Stiefel Personal Partner* über die gemeinsame Leitung unseres Hotels *Dolce Vita* in Bodenmais bis hin zu unserem Unternehmen *Fairholiday.com* mit Sitz in **Hurghada**.

Wir fallen auf, aber gefallen nicht jedem. Unser Leben ist einerseits total entspannt, andererseits rasant wie eine Achterbahn. Wir sind beide „Rampensäue", stehen gerne im Mittelpunkt und können uns trotzdem auch zurückhalten. Andreas ist der Netzwerker, ich bin die Geschäftsfrau. Andreas ist der Gute, ich unser Pitbull. Andreas erzählt gerne, ich schreibe gerne, so ergänzen wir uns. Wer also die Geschichten erzählt haben will, der bucht bei Andreas eine Tour und hat dann einen Tag Zeit zu lauschen. Wen die ganze, wahre Geschichte, „The truth!" interessiert, inklusive Blick „hinter die Kulissen", der liest einfach unsere Geschichten!

Früher, als es noch kein Social Media gab, hat man per E-Mail kommuniziert oder seine Gefühle in ein Tagebuch geschrieben. Heute kann sich jeder über *Facebook*, *Instagram* und *Twitter* über Aktuelles informieren,

Freunde um Rat fragen und diese Plattformen sogar als Werbeträger nutzen. Entsprechend ändert sich das Schreib- und Leseverhalten. Dem habe ich mich angepasst. Es sind kurze Passagen, die jeweils kleine Episoden erzählen und meist abgeschlossen sind. So entstand ein Mix aus Kurzgeschichten und meiner Biografie, die den gemeinsamen Lebensabschnitt mit Andreas erzählt.

Lautstark singe ich zur Musik der Radio-App mit. Die Kopfhörer schotten mich ziemlich gegen die Geräuschkulisse des Autos ab, wodurch ich konzentrierter auf die Straße und die anderen Verkehrsteilnehmer achten kann. Bei der ägyptischen Fahrweise ist es schon sicherer, für die anderen mitzudenken. Seitenspiegel werden vollkommen überbewertet, der Rückspiegel dient als Halterung für das Smartphone und jede noch so kleine Ausfahrt wird als Vorfahrtstraße gesehen. An roten Ampeln halte ich nur, wenn ich mich davon überzeugt habe, dass hinter mir kein Auto angerast kommt und mir auffahren würde. Auf der Autobahn musst du immer mit einem Geisterfahrer rechnen, denn man kann schon mal eine Ausfahrt übersehen und dann dreht man halt um.

Ups, Vollbremsung, weil ich eine neue Bodenschwelle, die viel wirksamer zur Verkehrsberuhigung beiträgt als ein Verkehrsschild, übersehen habe. Dabei rutscht meine Tasche vom Beifahrersitz auf den Boden. Natürlich beuge ich mich vor, um sie wieder hochzuholen, wobei mein Smartphone zwischen die Sitze rutscht. Jetzt ist zwar die Tasche wieder auf dem Sitz, doch durch die Ohrhörer, die noch im Smartphone stecken, kann ich mich nicht mehr aufrichten. Stark nach rechts geneigt versuche ich, mich am Kopfhörerkabel entlang zum Handy zu tasten. Leider ist bei einem chinesischen Kleinwagen zwischen den Sitzen nicht genug Platz für meine Hand. Also ziehe ich vorsichtig am Kabel, in der Hoffnung, dass sich die Steckverbindung nicht löst. Mein Rücken beginnt sich inzwischen über die vollkommen widernatürliche Position zu beschweren. Es klappt, denn ich halte tatsächlich das kleine Mobiltelefon in der Hand, und nach weiterem gefühlvollem Ziehen am Kabel, liegt auch die Ladestation, mit der es verbunden ist, auf meinem Schoß. Jetzt aber schnell weiter zu meinem Termin: In 45 Minuten soll ich für eine Berichterstattung über ein Hotel für *Sonnenklar.TV* live vor der Kamera stehen.

Nicht immer sind die Hotelangestellten so gut informiert wie heute, sodass ich wirklich zügig an die Poolbar gehen kann. Weil ich das Hotel gut kenne, habe ich diesen Ort – bereits in Gedanken während der Fahrt – für die Übertragung ausgewählt. Ein Mitarbeiter der Rezeption bringt mich hin und verspricht mir, dass die deutsche Gästebetreuung gleich kommt, um mir noch offene Fragen zu beantworten. Natürlich erregt man sofort Aufmerksamkeit, wenn man ein Stativ aufbaut, die Kamera positioniert und den ersten Sound- und Bildtest macht. Susanne, die Gästebetreuerin, ist auch da und hilft mir dabei. Die Gäste um uns herum reagieren ganz unterschiedlich. Die einen bringen sich hinter mir in Position, die anderen möchten sich mit mir unterhalten und die dritten flüchten. Bis zur Schalte ist es nicht mehr lang, deshalb kann ich mich jetzt auf kein Gespräch einlassen. Ich warte auf die Regieanweisung am Telefon, beruhige Susanne, die mir vor laufender Kamera Fragen beantworten soll und starte routiniert.

Bei den Liveschalten geht es einzig und allein darum, bei den Zuschauern daheim in Deutschland Urlaubsgefühle zu wecken. Dafür ist natürlich der Hintergrund mit Pool und Gästen, die darin direkt an der Poolbar sitzen, hervorragend geeignet. Susanne und ich plaudern, als säßen auch wir ganz entspannt im Urlaub zusammen, über die Wellnessmöglichkeiten und die verschiedenen Restaurants, die alle bei einem „Wahnsinnspreis" inklusive sind. Schließlich fordert Susanne, live im Fernsehen, ihre eigene Familie auf, das Angebot zu buchen, „denn günstiger kann man noch nicht einmal nur den Flug buchen." Wir verabschieden uns nach knappen fünf Minuten, und jeder um uns herum ist erstaunt, wie locker man doch vor der Kamera sein kann, und das auch noch bei einer Liveübertragung, wenn man die 500.000 Zuschauer nicht sieht. Ich zünde mir eine Zigarette an und setzte mich zu drei jungen Herren, die offensichtlich neugierig sind und mehr über mich erfahren wollen.

„Du wirst also für ein paar Tage über *Sonnenklar* nach Ägypten geschickt und machst dann Berichte aus den Hotels?", fragt einer der Männer vom Nebentisch.

„Nein, wir leben hier!" Jetzt folgt meist dieselbe Reaktion. Man sieht richtig, wie es in den Köpfen rattert: *Wie kann man in Ägypten als Frau leben? Wird sie unterdrückt, traut sie sich abends allein aus dem Haus?* Vorsichtig kommt dann meist erst einmal die Frage: „Echt, seit wann?"

„Seit über sechs Jahren!" Darauf folgt unweigerlich: „Allein?"

„Nein, mit meinem Mann. Mit meinem deutschen Mann." Das muss man hier betonen, denn Ägypten gilt für Frauen als das, was Thailand für Männer ist – nur mit dem Unterschied, dass vorehelicher Sex verboten ist und die Ägypter unheimlich gut darin sind, den Frauen genau das zu erzählen, was sie seit Jahren vermissen. Und so kommt es, dass viele Frauen meines Alters (und älter) mit einem jungen Ägypter verheiratet sind.

„Und ihr arbeitet beide für *Sonnenklar?*", werde ich gefragt.

„Nein, das machen wir eher aus Spaß an der Freud'. Wir haben eine Autovermietung, mit der wir unseren Lebensunterhalt bestreiten."

„Ach, eine Autovermietung! Und wie klappt das, bei der Fahrweise der Ägypter?"

„Wir vermieten nur an Deutsche, die hier leben. Da wissen wir, dass unser Auto gut gepflegt wird. Für einen Ägypter ist ein Auto ein nützliches Etwas. Doch ein Deutscher prüft nach einem Unfall als Erstes, ob dem Auto was passiert ist, und erst danach, ob es seiner Frau gut geht."

„Leben denn so viele Deutsche hier?"

„Ja, du hast einfach ein gutes Preis-Leistungs-Verhältnis. Es gibt viele Senioren, deren Rente in Deutschland zu viel zum Sterben und zu wenig zum Leben ist. Hier kann man mit 800 bis 1.000 Euro wirklich gut auskommen."

„Und ihr hattet direkt den Plan, hier von einer Autovermietung zu leben?"

„Nein, unser Plan war ganz anders. Wir hatten hier in unserem zweiten Urlaub zwei Wohnungen gekauft, wollten dann unser Hotel verkaufen, um hier von den Zinsen und der Vermietung einer Wohnung zu leben. Man bekommt etwa dreizehn Prozent Guthabenzins." Bei dieser Information gehen immer die Augenbrauen hoch, wenn man bedenkt, dass man in Deutschland inzwischen für Guthaben Strafzinsen bezahlt.

„Aber natürlich nur auf ägyptische Pfund. Wir hatten uns das genau ausgerechnet: Hätten wir 200.000 Euro angelegt, dann hätten wir von den Zinsen leben können, ohne das Geld jemals antasten zu müssen. Doch leider kam es anders. Wir sind in Deutschland pleite gegangen. Aus den 200.000 Euro blieben uns nur noch 30.000 Euro. Tja, die haben wir in Autos investiert, und davon können wir jetzt leben." Die Zeit drängt, ich muss das Gespräch beenden, um mein nächstes Interview für *Sonnenklar* vorzubereiten, dieses Mal am Strand. Dort werde ich wieder Aufsehen erregen, wenn die Kamera aufgebaut wird, und es wird erneut Gäste geben, die sich hinter mir positionieren, die flüchten und die das Gespräch suchen. Ich bekomme eine Nachricht einer Kundin: „Hallo, seid ihr schon unterwegs mit meinem Auto? Ich bin da und warte." Heute eine Autoübergabe? Ich schaue in den „Verlauf": *„Meine Flugzeiten haben sich verändert, ich komme nachts um 1:30 Uhr an."* Oh je, ich habe den gleichen Denkfehler gemacht, der schon manchem Reisenden einen Flug gekostet hat. Der Tag beginnt um 0:00 Uhr und sie ist demnach schon angereist, nicht wie ich überlegt hatte, heute Nacht anreisen wird. Jetzt muss schnell organisiert werden, denn das Auto, was sie bekommen soll, muss noch in die Werkstatt, und es ist ausgerechnet das Auto, mit dem wir gerade privat fahren. Wir benutzen immer eins, das frei ist. Ich werde diesmal also kein ausführliches Gespräch mit den Gästen führen können. Doch was wäre, wenn ich ein Buch hätte, in dem all das, was ich zu erzählen habe, nachzulesen ist?

Kapitel 1: Wie lebt man in Ägypten?

Normal, nur mit besserem Wetter! Unsere Autovermietung, mit der wir unseren Lebensunterhalt bestreiten, ist ja eigentlich ein cooler Job. Du kaufst ein paar Autos, lernst nette Menschen kennen, die hier leben und ein Auto mieten wollen und triffst dich einmal im Monat mit ihnen, um die Miete zu kassieren und Neuigkeiten zu erfahren. Das ganze, wenn möglich, in der *Caribbean Bar* bei einem guten Cocktail. Doch manche Tage sind anders. Es geht schon damit los, wenn ein Auto ein Problem hat und unser Mechaniker Mohamed meint, es wäre am **nächsten** Tag *(bukra)* fertig. Das ist das Schlüsselwort, bei dem alle unsere inneren Warnlampen angehen und wir wissen: es wird dauern. Dieses Mal mussten wir tatsächlich nur auf drei *bukras* warten, denn es war tatsächlich bereits nach vier Tagen repariert und stand gestern Abend vor der Haustür, um heute nach *Safaga* gebracht zu werden. Parallel hat Andreas gestern Abend versucht, Euros im ATM-Automat zu wechseln, und rief mich ziemlich aufgelöst an, weil der Automat die 600 Euro geschluckt, aber vergessen hatte, ägyptische Pfund wieder auszuspucken. Er war ziemlich sauer. Da mir das schon einmal passiert war, blieb ich ziemlich cool und riet ihm, die Notfallnummer anzurufen. Die Notfallansage erklärte ihm, man müsse zu den Öffnungszeiten in die Hauptstelle der *Misr Bank* gehen. Das war dann mein Job heute Morgen: von der Bank die 600 Euro zu holen und das Auto nach *Safaga* zu bringen, um das geliehene Auto zurückzuholen. Um 8:15 Uhr fahre ich los, damit ich gleich da bin, wenn die Bank öffnet, und nicht lange warten muss. Noch nicht einmal um die erste Ecke gefahren, fängt das Schloss des Autos an, sich selbst zu verriegeln, der Warnblinker geht los und kurz danach macht es „Piep, Piep, Piep", und das im Sekundentakt. Erschrocken bleibe ich stehen, mache das Auto aus, steige aus, verschließe, öffne neu und fahre los. Dasselbe passiert wieder. Ich drücke während der Fahrt auf „Türe öffnen", das Signal verstummt. Ich nehme den U-Turn und halte bei der *Misr Bank,* die bei uns neu aufgemacht hat. Falsch, sie hat noch nicht geöffnet. Mist, also doch zur Bank nach *Dahar.* Wieder verschließen sich nach 300 Metern Fahrt die Türen und der Warnblinker geht los, ebenso das Piepen. Ich betätige erst am Zündschloss den Türöffner und versuche dann, Mohamed anzurufen. Ja, auch in Ägypten ist telefonieren während des Fahrens nicht erlaubt. Klack, Türen zu, blink, blink, Warnleuchte an, piep, piep. Handy weg, Mohamed schläft noch, Türen wieder öffnen, alles ruhig. Ich komme zum *Souk,* sehe auf der linken Seite die Nationalbank, die ich vor zwei Tagen gesucht hatte. Aha, jetzt weiß ich auch, wo die ist. Fahre langsam die *Nasr Road* entlang, die übrigens als Hauptstraße durch ganz *Hurghada* führt, bis *Magawish.* Alle zwei Kilometer mache ich das Spiel mit „Ich öffne meine Türen während des Fahrens, um das Signal auszuschalten". Am Ende der *Nasr Road* in *Dahar* habe ich keine *Misr Bank* gefunden, also weiter zur *Airport Road,* die ja auch die *Nasr Road* ist. Ich versuche, Mohamed zu erreichen, mache alle zwei Kilometer immer noch die Türen auf und höre nebenbei, wie „Uta" aus der Navigation zu mir spricht: „Bitte links abbiegen, dann links abbiegen." Seltsam, zu den Banken wäre es nun nach rechts gegangen. Nein, „Uta" lässt mich einen U-Turn fahren, was sie mit zweimal links abbiegen beschreibt. Jetzt spricht die nächste Warnleuchte im Auto zu mir: „Bitte schnellstens tanken!" Oh Gott, das habe ich total übersehen, Benzinstand nahe null. Erst tanken oder erst Bank? Da „Uta" mich wieder nach links schickt, traue ich ihr nicht mehr. Ich versuche auch einen Blick auf das Navi zu werfen. Handy in der rechten Hand, „Uta" spricht „links abbiegen", Warnleuchten gehen an und das Piep-Piep ist da. Ich habe keine Hand frei, um das Schloss wieder zu öffnen. Piep, piep, das Navi zeigt an, dass ich sofort nach dem U-Turn rechts abbiegen muss, Richtung *Mamsha.* Prima, ich liebe es, von links nach ganz rechts zu fahren, das Ganze mit piep piep und „Uta", der auch schon einfällt, mich zu informieren. Klar, dass sich irgendeiner der Autofahrer hinter mir genötigt fühlt, mich anzuhupen, weil ich so fahre, wie sie immer fahren. Rechts rein, erst mal Handy weg und Türen aufmachen, damit das lästige Piepen endet. „Bitte links abbiegen, das Ziel ist auf der rechten Seite." Stimmt.

Ich gehe rein. Der Securitymann an der Türe fragt: „Cheque?", damit er mir für den richtigen Schalter eine Nummer ziehen kann. Ich sage, so freundlich wie ich nur kann, dass ich ein Problem mit dem ATM-Automaten habe. Der Mann am Schreibtisch hinter ihm schaut auf. „ATM here?" Ich erkläre ihm, der Automat bei uns am Hotel.

„Sorry, but you have to go to *Dahar*."

Verdammt, wo in *Dahar* ist diese Niederlassung? Er meint, am Kreisel. Ich aktiviere „Uta", und siehe da, ich finde die Bank im Navi. Ich starte. Schon ertönt das Piep-Piep, das ich vor lauter Navi ganz vergessen hatte. Klick, Tür auf. „Tanken!", schreit mich das Auto an. Gut, dass ich gerade bei einer Tankstelle bin. „Der Straße acht Kilometer folgen", mischt sich „Uta" noch ein. An der Tankstelle fragen mich zwei Mitarbeiter gleichzeitig: „Full?" – „Clean?" Eigentlich genieße ich diesen Service. Aber das Auto ist geputzt. Deshalb versuche ich für jede Antwort genau den richtigen anzusehen. Dem Autoputzer sage ich „La'a!", ein ägyptisches Nein, dem anderen „Ayuwa!", ein ägyptisches Ja. Sie haben es begriffen.

Inzwischen ist es kurz nach neun Uhr, als ich mich wieder auf den Weg zur hoffentlich richtigen Bankfiliale mache, die nämlich in Richtung unserer Wohnung ist. Langsam wird es zur Gewohnheit, alle zwei Minuten auf der Fernbedienung am Zündschloss den Türöffner zu betätigen, bevor das Piepen beginnt. Trotzdem bin ich riesig genervt, als ich durch die Altstadt von *Hurghada* muss. Ich habe die am Morgen nicht so stark befahren in Erinnerung. Normalerweise beobachte ich gerne den Trubel da. Doch heute befürchte ich, den Blinden, der gerade über ein Absperrhütchen auf die Straße fällt, zu überfahren. Mich nerven die Autos, die sich einfach von der

Seite reindrücken, und ich lasse den Mann, der zehn Meter neben dem Fußgängerüberweg die Straße passieren möchte, nicht durch. Immer alle zwei Minuten Hand am Schlüssel für Klick. „Uta" beginnt kurz vor der Polizeikontrolle mit mir zu sprechen: „Im Kreisel links abbiegen". Bodenschwelle, Polizeikontrolle, Blinder, Klick. Ich muss einen Blick auf das Navi werfen, denn den Kreisel gibt es gar nicht mehr. Ich fahre also rechts, links, als „Uta" mir verkündet: „Sie haben Ihr Ziel erreicht! Es befindet sich auf der linken Seite." Ich halte. Es ist hier in Ägypten, Gott sei Dank, kein Problem, irgendwo zu halten. Ich schaue nach links, wo ein kleiner Junge vor einer Imbissbude kehrt. Hm, vielleicht **war** hier früher mal eine Bank? Ich versuche, mich auf Ägyptisch durchzufragen, aber Banken kennt hier keiner. In meiner Verzweiflung rufe ich Andreas an.

„Ja bin ich denn die Straßenauskunft?"

„Ich dachte, vielleicht hast du die Bank schon mal gesehen."

„Ich denke, sie ist neben der Nationalbank. Aber wir sind jetzt im Karnak-Tempel, ich habe keine Zeit, frag das Navi." Sein Tipp war wirklich schlecht und in meiner Verzweiflung schreie ich schon fast: „Das blöde Navi hat mich zu einem Imbissladen geführt! Ich fahre schon seit einer Stunde rum, um diese verf … e Bank zu finden." Vor lauter Zorn verschlucke ich mich an der Spucke und beim Husten muss ich noch aufpassen, da meine Blase zu viel Druck nicht aushält. „Jetzt piss ich dann auch noch in den Sitz!", entfährt es mir deshalb, was zu einem Lachanfall führt. Andreas sagt in einem ruhigeren Ton: „Da ist die *Nationalbank* und daneben die *Misr Bank*." Ich fahre los. „Uta" hat Pause, das Piepen unterdrücke ich rechtzeitig. *Souk* rechts, links sehe ich tatsächlich die *Misr Bank*. Erleichtert fahre ich zum nächsten U-Turn. Dieses Mal bin ich entspannter. Ich lasse die beiden Kinder, obwohl sie nicht den Überweg nehmen, freundlich passieren. Dann will noch ein Vater mit Kind über die Straße huschen. Auch er darf gehen. Wenden, Post, Bodenschwelle, Nationalbank und – „Sie haben Ihr Ziel erreicht".

Wieder fragt der Security-Mann, was ich möchte. Wieder erzähle ich von meinem Automatenproblem. Dieses Mal sitzt der Servicemitarbeiter gegenüber. Ich komme sofort dran. Es heißt, jemand namens „Osamer" wird mir helfen. Ich soll die Treppen runtergehen. Tatsächlich sitzen da unten mehr Mitarbeiter als oben. Ich schaue in die Runde. „Mr. Osamer?" Der nette Mann am zweiten Tisch nickt. Ich erkläre mein Problem. Das wäre kein Automatenproblem, sondern ein Kommunikationsproblem in diesem Bereich, meint er. Kommunikationsproblem, das hat ganz Ägypten, erwidere ich. Er lacht und sagt, ich solle am Sonntag kommen. Samstags käme die Firma, die neues Geld bringt, und sonntags könnten wir es dann abholen. Ich schaue ihn entsetzt an: „600 Euro is really a lot of money. I cannot wait so long!" Doch ich kann mir das Grinsen nicht verkneifen, denn ich bin einfach nur erleichtert. Sie lachen alle mit, nehmen meine Personalien auf, und wir sind für Sonntag verabredet. Gerade, als ich das Auto starten will, klingelt das Telefon. Mohamed ist wach. Ob ich ein Problem hätte! Auch wenn ich schon richtig routiniert im vorzeitigen Entriegeln der Tür bin, sollte das eigentliche Problem gelöst werden, bevor ich das Auto zur Vermietung gebe.

„It is not a Problem!" Warum wusste ich schon vorher, dass er das sagen würde? Es ist nie ein Problem, trotzdem kann ich jetzt nicht nach *Safaga* fahren, weil das Auto nicht funktionstüchtig ist.

„Yes, you can", widerspricht er. Ich soll zu ihm kommen, er löst das Problem, und dann kann ich das Auto zur Kundin bringen. Aussicht auf Lösung aller Probleme entfacht in mir ein Glücksgefühl, das ich natürlich mit Andreas teilen möchte. Doch statt sich mit mir zu freuen, empört er sich, dass ich nicht sofort mein Geld bekommen habe.

„Schatz, kein Mitarbeiter der Bank füllt die Automaten, sondern eine Firma. Die kommt erst am Samstag. Das ist kein Problem, so war das damals in *El Gouna* auch."

„Musst du dann zu dem Automaten und bekommst dein Geld von der Firma oder zur Bank?"

„Natürlich zur Bank, die müssen ja erst Kassensturz machen."

„Und wenn die sagen, da sind keine 600 Euro zu viel?"

„Das tun sie nicht. Das hat damals auch geklappt."

„Und was macht ein Tourist, der am Freitag einen Heimflug hätte?"

„MAAAAANNNNNN. Was soll ich mich über Sachen aufregen, die mich nicht betreffen? Ein Touri wird dann das Geld überwiesen bekommen, keine Ahnung. Wir bekommen unser Geld am Sonntag, und bis dahin werden wir überleben." Ein bisschen schwindet gerade meine gute Laune.

„Ich verstehe es trotzdem nicht." Man könnte meinen, Andreas wäre eine Frau, die immer das letzte Wort haben muss.

Ich bin bei Mohamed, der erst einmal testet, ob alle Türen auch wirklich geschlossen sind, weil dieses Piepen ein Warnsignal für offene Türen ist. Alles zu, habe ich vorhin in meinem Frust schon getestet und alle Türen einmal zugeschmissen. Mohamed bastelt ein wenig an den Sicherungen rum und die Sirene verstummt. Weil er gerade aufgestanden ist und eine Stunde braucht, um wach zu werden, will er mit mir nach *Safaga* fahren. Okay, ich überlasse ihm das Steuer. Wir fahren los. *Klack, piep, piep piep*. Wir schauen uns an. Er macht die Motorhaube auf und ich weiß, was er jetzt macht. Er entfernt einfach das Kabel, welches das Signal gibt. Dann fährt er los. Ich spreche ihn darauf an.

„No, look, also the winker is off!" Stolz zeigt er auf die Ansicht. Tatsächlich, kein Warnblinker. Wir fahren Richtung *Senzomall*. Er fährt schnell, weil er ja testen will, ob das Auto gut fährt. Dafür wird er bei der *Senzomall* von einem Polizisten freundlich rausgewunken. Radarkontrolle, 150 LE. Mohamed nimmt die Betriebserlaubnis mit und seinen Geldbeutel. Nach ganz kurzer Zeit ist er zurück, überreicht mir den Strafzettel und präsentiert mir stolz, dass er einen Discount bekommen hat. Er musste nur 100 ägyptische Pfund zahlen. Ich erklärte ihm, dass man doch weiß, dass hier geblitzt wird und nur 60 erlaubt sind. Erstaunt fragt er mich: „Ist hier nicht 90 erlaubt?"

„Nein, 90 außerhalb von Ortschaften, also nach dem Checkpoint Richtung *Maradi*, wo auch täglich kontrolliert wird."

„Aber das ist doch eine große Straße!" Anschließend machen wir ein bisschen Fahrschule und ich erkläre ihm, dass nicht die Größe der Straße die erlaubte Geschwindigkeit bemisst, sondern ob innerhalb oder außerhalb von Ortschaften. Er fährt ordentlich bis *Safaga*. Wir tauschen die Fahrzeuge. Wir fahren Richtung *Hurghada*.

„Now I have a good feeling for the car!" *Piep* macht es, eine WhatsApp von unserer Kundin: „Der Warnblinker geht nicht aus!" Ich schaue Mohamed an und schicke ihn zurück. Er macht irgendetwas im Motorraum, ich fahre, alles okay. Wir verabschieden uns ein zweites Mal. Schon fast in *Hurghada*, wieder meldet ein *Piep* eine Nachricht der Kundin an: „Warnblinker geht immer noch nicht aus". Mohamed ruft den Elektriker an und sagt, er müsse mit ihm nach *Safaga*. Das erklären wir auch ihr. Wir fahren wieder über die *Senzo* Richtung *Hurghada*, als uns erneut eine Polizeikontrolle anhält.

„They catched me again." Derselbe Polizist steht jetzt auf der anderen Seite und Mohamed bezahlt. Aber es ist ein Glückstag für ihn: Er hat zweimal Discount bekommen und 100 Pfund gespart.

Auf dem Weg nach Hause macht es *Piep*. Eine Nachricht: „Ich bin gerade über ein Schlagloch gefahren, ein bisschen härter. Jetzt hat das Piepsen aufgehört." Sieben Stunden habe ich heute damit verbracht, mit meinem Auto zu reden, Geld zurückzuholen und frisch reparierte Autos zur Endabnahme zu bringen. Ich mache mir erst einmal einen Kaffee. Autovermietung ist wirklich ein klasse Job!

Tage, an denen man am besten im Bett bleibt

Unser morgendliches Ritual des Kaffeetrinkens hat seit drei Wochen eine Erweiterung erfahren: frischer Obstsaft, Vitamintablette und vorher wiegen. Seit einer Woche sind wir tägliche Gäste im Fitnessstudio und schauen uns die Spielfilme dort an. Leider geht der Fernseher nur, wenn du dich bewegst. Trotzdem, neunzig Minuten Ausdauertraining sind auch 700 kcal. Desto deprimierender ist es, wenn sich der Zeiger der Waage seit genau dieser Zeit fast nicht mehr bewegt und heute sogar mehr anzeigt als gestern. Die morgendliche Stimmung ist deshalb alles andere als euphorisch. Die Aussicht auf einen Strandtag an der schönsten Ecke von *Hurghada* hellt unsere Stimmung wieder auf und wir packen die Strandtasche – und unsere Sporttasche. Etwa eine halbe Stunde Fahrt, bis wir den Checkpoint von *Sahl Hasheesh* passieren und unsere Freundin Frances überholen. Warum ist sie nur so langsam? Na, wie eine echte Ägypterin telefoniert sie schon fleißig beim Fahren. Wir parken und warten auf sie, um gemeinsam zu unserem Strand zu gehen. Wie immer laufen wir durch die Anlage, deren leere Shops alle zu Apartments umgebaut werden. Beim Betreten der angedeuteten Wendeltreppe scheint uns normalerweise die Sonne ins Gesicht und stimmt uns auf das Sonnenbad ein. Heute wird sie von einem Wolkenschleier verdeckt, und der kalte Wind erinnert eher an Tee und Punsch. Wir überqueren die Straße, und unsere Augen wandern vom Horizont über das blaue Meer bis zum Strand. Dann bleiben wir wie angewurzelt stehen. Wo wir uns vor drei Tagen noch auf Strandliegen gesonnt haben, stehen nur noch die Halter der Sonnenschirme, die fest in dem Sand verankert sind. Unser Blick wandert in Richtung Bar, wo uns vier leere Flaschen entgegenrufen: „Warum stehen wir so verlassen da?"

„Unseren Strand gibt es nicht mehr." Alles, was unsere Augen aufgenommen haben, steckt in diesem Satz von Andreas. Fast aus Trotz erwidern wir: „Heute ist sowieso kein Strandwetter, wir gehen einen Kaffee trinken." Genüsslich nippe ich an meinem Cappuccino. Den einzigen Luxus, den ich mir täglich gönne. Statt unter dem Milchschaum auf der Zunge einen köstlichen Kaffeegeschmack zu erfahren, rollen sich fast die Zehennägel hoch. Was da auf meine Geschmacksnerven trifft, ist gallebitter. Als ob Mokkapulver pur mit drei Tropfen Wasser vermengt wären und irgendwie flüssig gemacht wurden. Ich muss mich beherrschen, nicht alles auszuspucken. Nicht einmal der Cappuccino ist mir heute vergönnt … Während unserer erfolglosen Diskussion, wo wir in Zukunft unsere Strandtage verbringen wollen, versucht der Kellner viermal, einen vernünftigen Kaffee zuzubereiten, doch wir haben die Hoffnung darauf längst aufgegeben.

Wir beschließen, den angefangenen Nachmittag auf unserem Balkon zu verbringen, wo wenigstens nur die Sonne scheint, der kalte Wind jedoch keine Chance hat. Um die restlichen beiden Sonnenstunden ausnutzen zu können, fährt Frances bei uns mit. Wir haben ausnahmsweise ein Auto mit Automatik. Im Kreisel schaut Andreas auf den Drehzahlmesser. „Der schaltet nicht mehr!" Tatsächlich, Drehzahlen zwischen 4.000 und 5.000 Umdrehungen sind bei Automatik normalerweise nicht zu erreichen. Er hält an. Das Auto macht keinen Mucks mehr. Prima, was nun? Zwischen äußerer Autobahn und innerer stehen wir in der Sonne und sehen auch noch unser Balkonsonnen schwinden. Andreas versucht, wieder zu starten. Der Wagen springt an. Andreas will anfahren, doch der Motor wird abgewürgt. Der Rückwärtsgang funktioniert auch nicht. Als letzte Möglichkeit bleibt noch der Berggang, und siehe da, es funktioniert. Oh, jetzt nur noch langsam zu unserem Helferlein, der das Auto direkt in die Werkstatt fahren soll. Wir halten den Atem an, als Andreas vor der nächsten Einfahrt anhalten muss – doch der Motor bleibt an. Andreas beschleunigt den Wagen und wir zählen mit, wie oft der Motor schaltet: zweiter Gang, dritter Gang, vierter Gang!

„Unglaublich! Er dürfte nur im Zweiten fahren, schaltet aber alle durch." Wir testen jetzt auch die Normalschaltung. Alles geht wieder. Wir kommen uns vor wie beim Zahnarztbesuch. Kaum ist man auf dem Stuhl, tut gar nichts mehr weh. Als wir bei unserem ägyptischen Helfer ankommen, können wir keinen Fehler der Schaltung demonstrieren. Vorsichtshalber lassen wir den Wagen trotzdem da und werden heimgefahren. Kurz bevor wir zu Hause ankommen, frage ich Andreas, ob er den Haustürschlüssel mit aus dem Auto genommen hat. Er fängt an, die Tasche zu durchsuchen, und flucht: „Nein!" Also, wieder zurück zum Auto. Ich schließe auf und schaue in die Mittelkonsole – nichts.

„Oh, ich habe ihn in meine Hosentasche gesteckt!", ruft Andreas und hält den Haustürschlüssel hoch. Wieder machen wir uns auf den Weg nach Hause. Gerade noch können wir die letzten Sonnenstrahlen genießen, essen ein wenig Gemüsesuppe und spielen ein *Taula*, bevor wir uns erneut auf den Weg in die Stadt machen. „Und wie kommen wir jetzt hier weg?" Grinsend schauen wir Frances an und erklären gleichzeitig: „Mit unserem Käfer!"

„Na hoffentlich fährt der!" Klar, er kommt frisch von der Reparatur! Wir verstauen unsere Sporttaschen im Kofferraum, der beim Käfer vorne ist. Da die Benzinanzeige nicht funktioniert, leuchten wir in den Tank hinein, der sich im Kofferraum befindet, und freuen uns, noch Flüssigkeit zu sehen. Trotzdem entscheiden wir, einen Abstecher zur Tankstelle zu machen. Wir sitzen alle und warten auf das typische Knattern. Schlüssel drehen – nichts. Nochmal – nichts.

„Versteh` ich nicht! Die Batterie kann es nicht sein, die Lichter leuchten. Es muss der Anlasser sein." Also aussteigen und schieben. Ein typisch ägyptisches Bild: Zwei Frauen schieben den Mann an, der hinterm Steuer sitzt und anfeuernde Armbewegungen macht. Nachdem wir das Auto über den Zenit des Sandhügels geschoben haben, rollt er los und ist schnell genug, um anzuspringen. Außer Puste setzen wir uns wieder ins Auto und überlegen, wie nun getankt wird. „Ich mache den Wagen nicht aus!" Wir genießen die Fahrt. Auf einmal zerreißt Andreas die Ruhe: „Bin ich blöd? Der Käfer hat ja einen Startknopf nachträglich eingebaut bekommen, den ich drücken muss!" Oh nein! Es wird Zeit, dass der Tag zu Ende geht! Hoffentlich reicht jetzt wenigstens das Benzin bis zur Tankstelle.

Essen in Ägypten

Wir sind beide keine Kostverächter und auch der Meinung, wenn man schon in den Orient zieht, dann sollte man auch die einheimische Küche kennenlernen. Schade ist, dass in den Hotels so wenig ägyptisches Essen angeboten wird. Die erste Kostprobe dürfen wir auf einem Bootsausflug nehmen. Die Crew kocht dort selbst, und für den ersten Hunger zwischendurch wird eine Platte köstlich duftendender, mit Hackfleisch gefüllter Fladenbrote gereicht, die zur Krönung noch frittiert worden sind.

„Ich könnte mich da reinlegen!", kommentiert Andreas, als er zum vierten Mal zugreift.

„Das sind *Hawaushy*", klärt man uns auf. Wir sind verblüfft, was die Jungs in so einer kleinen Küche für ein leckeres Mittagsbüffet zaubern. Kartoffeln, die noch wirklich nach Kartoffel schmecken, in einer leichten Tomatensauce mit etwas Koriander.

„Es fällt mir ein, dass es zur Spargelzeit auch in Deutschland ägyptische Kartoffeln zu kaufen gibt!", gebe ich meinen Lichtblitz zwischen zwei Happen preis. Eine Art heller Brei und ein weiterer, der etwas dunkler ist, wecken unsere Aufmerksamkeit.

„Das ist *Tahina*." Der Koch deutet auf die Schüssel mit dem helleren Inhalt. „Sie wird aus geröstetem Sesam, vermischt mit Öl und Gewürzen gemacht. Wir essen das zum Fleisch oder einfach mit Fladenbrot. Daneben, das nennt man *Babaganough*. Es ist die gleiche Basissauce, die mit gebackener Aubergine und Knoblauch, beides ganz klein püriert, verändert wurde." Wir suchen Dressing zum Salat. Der junge Koch zuckt mit den Schultern. „Wir nehmen nur Zitrone über den Salat, das reicht." Gut, damit kann ich persönlich mich jetzt nicht anfreunden, aber es gibt noch genügend Alternativen. Etwas, was ich von den griechischen Vorspeisen kenne, kommt hier auch auf den Tisch: gefüllte Weinblätter. „Hier nennt man das *Mahshy*." Ich versuche es nachzusprechen, doch ich tue mich schwer, das für uns stumme „h" laut wie bei Schuhe vor einem Mitlaut zu sprechen. Es hört sich bei mir eher so an, als bekäme ich einen Erstickungsanfall. Die Ägypter lachen.

„*Mahshy* heißt gefüllt. Es kann mit allem möglichen Gemüse gefüllt werden: Zucchini, Auberginen, Tomaten. Doch am aufwändigsten sind die Weinblätter, oder wenn es keine Saison ist, alternativ Weißkrautblätter, die vorher abgekocht, in kleine Rechtecke geschnitten und dann mit der Füllung aus Reis und Gewürzen zu diesen kleinen Rollen geformt werden." Wir essen diese Köstlichkeit ganz ehrfürchtig. Mittlerweile, wo wir schon einige Spezialitäten kennen, finden wir sogar in der Stadt eine Art Schnellimbiss, wo *Hawaushy* wie am Fließband vor unseren Augen hergestellt wird. Gegenüber ist noch ein Imbiss mit vielen großen, silbernen Töpfen. Neugierig gehen wir hin und man erklärt uns in gutem Englisch, welches Nationalgericht hier angeboten wird: *Koshery*. Man kann es in klein, mittel oder groß bestellen und bekommt ein entsprechendes Schälchen mit einem Mix aus Kichererbsen, ägyptischen Nudeln, die ganz klein sind, und Reis. Darüber wird eine Tomatensauce gegeben und ganz viele geröstete Zwiebeln. Auf den Tischen steht noch ein Alukännchen mit einer sehr wässrigen Flüssigkeit. Wir beobachten die Gäste und sehen, dass sie dieses erst etwas umrühren und dann über das Essen geben. Wir testen das auch. Ein intensiver Geruch von Knoblauch kommt uns entgegen, der durch das Umrühren auch als kleine Stückchen auf unserem *Koshery* landet. Eine zweite, dunklere Flüssigkeit steht da und wir denken, das wäre Tomatensauce. Wir geben auch davon etwas darüber. Gut, dass wir gerne scharf essen, denn Letzteres war zum Nachwürzen gedacht. Das Ambiente in den typischen ägyptischen Imbissen ist sehr einfach, das Geschirr aus Blech erinnert uns ein bisschen an einen Hundenapf. Doch das Essen schmeckt richtig gut und man wird für umgerechnet 50 Cent satt.

Unser ägyptischer Freund lädt uns zu sich nach Hause ein, und seine Frau zeigt mir, wie *Goulesh* gemacht wird, was nichts mit unserem Goulasch zu tun hat. Erst kaufen wir einen gefrorenen Blätterteig. Dann wird eine Art Bolognese gekocht, die mit einer Prise Zimt und Koriander eine orientalische Note bekommt. Wir brauchen noch Kartoffelscheiben und eine *Bechamelsauce*. Anschließend wird das Ganze in einer Auflaufform geschichtet, mit Knoblauch sowie Käse und Milch übergossen und im Ofen gegart. Ich kann nur sagen: KÖSTLICH!

Die Folgen des guten Essens: Status quo

Andreas ist auf Deutschlandbesuch und Astrid allein zu Haus. Viele erzählen mir, dass sie in Ägypten abgenommen haben. Bei mir funktioniert das nicht. Ich stelle mich auf die Waage: 83,5 Kilo – das ist schon fast ein Ko-Schlag! Entweder ich schaffe es irgendwie, zwanzig Zentimeter zu wachsen, oder ich kann mich schon mal beim Arzt anmelden, denn bei einem BMI von 35 gilt man als fettleibig und bekommt ein Magenband auf Kasse. Mein BMI liegt bei 30,37. Erster Schritt, ich öffne mal wieder mein elektronisches Gewichtstagebuch und schreibe auf, was ich die letzten drei Tage gegessen habe. Allein mein nicht besonders ausgiebiges Frühstück – bestehend aus zwei Brötchen, Butter, rohem Schinken, einem Ei (!), Käse und Cappuccino – enthält schon 850 kcal und somit die Hälfte meines Tagesbedarfes. Ich aktualisiere mein Gewicht und studiere die Details: Das Programm hat für mich einen täglichen Verbrauch von 1.980 kcal ausgerechnet, den ich allein in den letzten drei Tagen durchschnittlich um 25 Prozent überschritten habe. Es ist nur noch eine mathematische Aufgabe, herauszubekommen, wie viel ich in einem Jahr wiegen werde … Täglich 495 kcal über meinen Verbrauch entspricht 49,5 Gramm Zunahme. In zehn Tagen sind das 500 Gramm, in hundert Tagen 5.000 Gramm, in 365 Tagen etwa 17 Kilo, sprich, ich komme im Rollen dann schneller vorwärts, als wenn ich laufe, was mir jetzt schon schwerfällt. Funktioniert diese Rechnung auch im Umkehrschluss? Mein schlaues Programm rät mir dazu, etwa 25 Prozent weniger zu essen, als es mein täglicher Kalorienbedarf eigentlich erlaubt. Das wären lächerliche 1485 kcal am Tag, die ich an manchen Tagen bereits morgens zu mir nehme. Nützt jedoch nix, es gibt drei Lösungen:

Ich kleide mich neu ein und akzeptiere, dass die meisten Menschen aus meinem Umfeld schlanker sind als ich (und somit immer mehr einem Tönnchen mit Öhrchen zu gleichen).

Ich beginne, meine körperlichen Betätigungen meiner Energiezufuhr anzupassen, was bedeutet, mindestens täglich drei Stunden Sport zu treiben, ohne dann entsprechend mehr zu essen, obwohl ich nach Sport grundsätzlich das Doppelte zu mir nehme.

Ich beiße in den sauren Apfel und beginne, meine Essgewohnheiten meinem Kalorienverbrauch anzupassen, um täglich eine negative Bilanz zu erreichen und so langfristig abzunehmen.

Den ersten Punkt kann ich ausschließen. In jeder Umkleide sind Ganzkörperspiegel, die nur in guten Kaufhäusern nach innen gewölbt sind, um sich schlank zu sehen. Das seltsame Licht lässt meine gebräunte Haut in einem Leichenweiß erscheinen, durchzogen von blauen Äderchen. Bei jeder Bewegung schwabbelt dann alles an mir, was eine Mischung aus Cellulite und Falten auf der Hautoberfläche hervorruft. Um diesem Anblick schnell zu entgehen, ziehe ich die ausgewählten Sachen an. Meist bleibt es bei einem Versuch, da die Kleiderindustrie die Klamotten wieder mal um drei Zentimeter kleiner gemacht hat. Die Hose in meiner Größe kann ich maximal bis zum Oberschenkel hochziehen, und das T-Shirt wickelt sich als Halskrause um meinen Oberkörper, da der Busen einfach im Weg ist. Meist ist das der Augenblick, in dem die Verkäuferin den Vorhang wegzieht und mit aufgesetztem Lächeln fragt: „Und?" Das ist dann der Zeitpunkt, an dem ich beschließe, wieder mit Kickboxen zu beginnen. Erster Tritt in das Grinsegesicht vor der offenstehenden Umkleide, zweiter Tritt in den ehrlichen Spiegel. Ich ziehe den Vorhang zu und versuche, die zu kleinen Stofffetzen von mir abzuschälen in der Hoffnung, dass eine ordentliche Textil-Qualität das Zuppeln ohne bleibende Schäden übersteht. Dann stehe ich wieder im Rampenlicht und höre fast den Spiegel sagen: „Frau Königin, Ihr seid die Schönste hier, doch siebzig Millionen Deutsche sind schlanker als Ihr!" Rein in meine alten Klamotten und die Sache mit dem Klamottenkaufen hat sich erledigt.

Das Thema Sport ist der nächste Dauerbrenner. Seit zwei Jahren und vier Monaten unterstütze ich monatlich mit meinem Beitrag das Fitnessstudio. In dieser Zeit war ich vielleicht einen Monat aktiv. Der Vertrag läuft noch bis Mai nächsten Jahres. Es wäre alles so praktisch! Du kannst dich auf ein Gerät stellen und neben der Bewegung fernsehen. Mein Gott, das ist doch der Hauptgrund, warum man die Designermöbel zur Seite schiebt und sich einen Hometrainer ins Wohnzimmer stellt! Warum ist es einfach viel schöner, vor dem Apparat mit Käsewürfel und Rotwein zu gammeln? Seit genauso langer Zeit habe ich einen Pool vor meiner Nase, der vierundzwanzig Stunden am Tag nach mir schreit. Schon allein der Aufenthalt im Wasser würde eine Fettverbrennung beschleunigen, da der Körper im Wasser aufheizen muss. Wie war das? Eine Kilokalorie ist die Energie, die verbraucht wird, um einen Liter Wasser um ein Grad zu erwärmen. Na dann bleibe ich doch einfach mal vier Wochen im Wasser …

Meine persönlichen Trainer auf DVD schlafen auch schon seit geraumer Zeit in der Schublade neben Gewichten und Sportklamotten. Dabei wäre es so einfach, auf die Dachterrasse zu gehen und zu beginnen. ICH TUE ES NICHT! Dann bleibt ja nur noch, mich von der täglichen Rahmmandel zu verabschieden. Wie hat jemand so treffend in der Chatrunde geantwortet auf die Frage: Was darf ich essen?

„Iss nur, was du willst. Wenn du merkst, dass dein Kalorienverbrauch bereits mittags erreicht ist, wirst du automatisch nach Alternativen suchen, um auch abends noch was essen zu dürfen." Genau das werde ich endlich wieder einmal angehen.

Warum lügt ihr mich nicht an?

Etwas hat mich schon zum Grübeln gebracht. Früher, wenn ich erwähnt habe, dass ich unbedingt abnehmen muss, gab es bestürzte Kommentare wie: „Das hast du doch nicht nötig!" oder „Wieso das denn?" Welche Antworten bekomme ich heute?: „Habe schon lange darauf gewartet!" oder „Du schaffst es!" oder „Weg mit den Dickmachern, ich komme sie holen!" Bin ich tatsächlich schon kurz vorm Platzen? Neben diversen Abnehmtipps wahrer Freunde kam tatsächlich jemand und hat alle guten Mayonnaise-Salate mitgenommen. Ich habe gedacht, man schlägt mir ein **gemeinsames** Resteessen vor! Nicht EINER war dabei, der meinte: „Du darfst so bleiben, wie du bist!"

Maximal wurde noch über den Startpunkt diskutiert, ob nicht besser Weihnachten noch abzuwarten wäre. Klar, dann rentiert es sich richtig. Wie war das? Wahre Freunde sagen dir die Wahrheit! *Hallo, falsche Freunde, bitte melden!* Würde meiner angekratzten Seele sicher ein bisschen guttun! Super, wenn schon mein ganzes Umfeld mit mir einer Meinung ist, es kann nicht schaden, einige Kilos zu verlieren, dann mache ich es mir so einfach wie möglich. Als Erstes habe ich die ganze Küche geschrubbt. Nein, nicht nur aufgeräumt, sondern Schränke verschoben, Ofen auseinandergenommen und sogar den Ventilator vom Fett befreit! (Nettes Wort, der hat es schon hinter sich.) Der Hintergedanke dabei ist, dass meine Faulheit, die Küche noch einmal putzen zu müssen, hoffentlich den Drang, sie zu benutzen, übertrifft! Die nicht haltbaren, bösen Lebensmittel (es waren etwa 10.000 kcal) hat eine Freundin mir *abgenommen*, die es sich leisten kann, *zuzunehmen!* Das wäre ja mein Essen für die nächsten zehn Tage gewesen, wobei - so lange hätte es bestimmt nicht gehalten! Den ganzen Tag habe ich mit Leichtigkeit das Grummeln in der Bauchgegend abstellen können. Kleines Müsli, Apfel, Banane. Da ich zum Frühstück schon meinen Räucherlachs hatte, habe ich halt das Frühstück abends gegessen. Alles läuft gut – bis 23.00 Uhr. Da kommt er, schleichend, leise, aber unaufhaltsam: der Heißhunger!

Heißhunger & Co.

Erst hat er mich angeschrien, warum ich so blöd war, die guten Salate wegzugeben! Ohne die Küche zu benutzen, hätte ich Kartoffelsalat mit Frikadellen essen können oder Nudelsalat mit Würstchen. Was lacht mir jetzt noch entgegen? Champignons, die maximal noch einen Tag halten, bis sie alle schrumpelig sind. Heißhunger flüstert: „So ein Stück Rahmmandel wäre heute toll!" Vernunft schaltet sich ein: „Was soll das für einen Zweck haben? Ist in zwei Minuten gegessen und dann? Peng – und direkt auf der Hüfte."

„Man kann die auch langsam essen oder lutschen! Nur so ein kleines Stückchen für den Geschmack!"

„Aber das macht doch keinen Sinn! Ich habe *echten* Hunger. So eine Schokolade macht nicht satt und hat viel zu viele Kalorien." Eilig tippe ich in mein Kalorientagebuch *Rahmmandel* ein. 100 Gramm enthalten 565 kcal! Da vergeht es einem.

„Du musst ja nicht gleich eine halbe Tafel essen!" Heißhunger zieht am T-Shirt.

„Nein, lieber eine ganze?" Vernunft wird ironisch.

„Komm, schau doch mal, ob eine angebrochene Tafel da ist!", bettelt Heißhunger. Wie hypnotisiert laufe ich an den Kühlschrank und öffne die Tür. Zielstrebig fährt die Hand aus und holt eine geschlossene Tafel aus dem oberen Fach. Ich kann gar nicht so schnell schauen, wie die zweite Hand die Packung aufreißt und die kühle, harte Schokolade mit samt dem Silberpapier abbricht. Heißhunger macht schon Kapriolen und der Speichelfluss wird produziert. Schwupp, schon ist ein Stück im Mund. Oh, was für ein

Gaumenorgasmus! Die kühle Schokolade fühlt sich auf der Zunge angenehm an. Der Kakaogeschmack, getragen von 60 Prozent Fett, gemischt mit Mandeln, lässt mich alles vergessen. Da höre ich ganz leise in mein Ohr flüstern: „Wie wäre es mit ein wenig Sport?" Die Hand greift automatisch zur Tafel. Es meldet sich eine dritte Stimme. Schweinehund wacht auf und meint müde: „Hey, lasst mich aus der Diskussion raus!" Und noch ein Stück landet im Mund.

„Na, so eine halbe Stunde macht die Schokolade wieder wett!" Die Hand greift erneut zu dem Silberpapier, suchend. Doch außer ein paar Schokobröseln, die sofort zu schmelzen beginnen und die Finger verkleben, findet sie nichts. Vorsichtshalber hebe ich das Papier hoch und schaue drunter. Kann es sein, dass alles schon weg ist? „Also los, gerade hast du dir sinnlos das Fett reingeschoben, jetzt hast du Energie, nutze sie direkt!"

„Stopp, ich hab jetzt wirklich keine Lust, mich unnötig zu bewegen." Schweinehund löst nun Heißhunger ab, der sich leise in die Ecke vergräbt und Ruhe gibt.

„Du musst ja nicht viel machen. So ein paar Hantelübungen vorm Fernseher!"

„Wie wäre es denn jetzt mit einer Zigarette?" Oh je, Sucht ist ja auch noch da.

„Du bist nach dem Sport dran, außerdem kommen heute bestimmt die *Rosenheim Cops*, da vergeht die Zeit schnell." Ganz neue Züge von Vernunft. Also gehe ich vor den Fernseher, rücke den Tisch weg und beginne mit dem Hampelmann zum Aufwärmen. Noch bevor ich bis zwanzig zählen kann, schnaufe ich wie eine Dampflock.

„Sag mal, musst du es gleich übertreiben? Geht es auch ein wenig langsamer?" Schweinehund spricht im Takt des Hampelmanns mit. Also gut, ein bisschen auf der Stelle joggen. Das Herz klopft. Die ersten Hantelübungen schmerzen, da es die gleichen wie gestern sind – und sofort macht sich der Muskelkater bemerkbar. Öl ins Feuer von Schweinehund. „Das ist nicht gesund. Mache andere Übungen." Die „Kerze" lasse ich aus. Dafür ein bisschen für die Oberschenkel. Tatsächlich bleibt Schweinehund auf einmal ruhig und ehe ich mich's versehe, sind fünfundvierzig Minuten um.

„Siehst du, hat doch gar nicht so wehgetan! Dafür kannst du dir eine Tasse Kaffee mit einer Zigarette gönnen." Ihr macht mich alle verrückt! Um auch die letzte Stimme ruhig zu bekommen, setzte ich mich in die Sonne, trinke meinen Kaffe und rauche eine Zigarette dazu. Auf einmal höre ich: „Sag mal, war da nicht noch eine Tafel Schokolade im Kühlschrank? Die würde doch gut dazu passen?"

„Ruhe jetzt! Alle Bedürfnisse befriedigt, morgen wieder!"

Essen ist der Sex des Alters

Warum können Gurken nicht so gut schmecken wie Chips und wieso hat Sahne nicht bloß so wenige Kalorien wie Wasser? Fett ist ein Geschmacksträger, das wissen wir ja alle. Wer liebt es nicht, wenn das Essen gut schmeckt? Bratkartoffeln schmecken nun mal besser als Salzkartoffeln, der *Blubb* rundet den Spinat ab und sogar das Schinkenbrot schmeckt mit Butter besser. Warum weiß mein Körper nicht, dass die Zeit des saisonalen Essensangebotes vorbei ist und der Kühlschrank heutzutage immer was bevorratet? Warum sammelt er für schlechte Zeiten, die es in der Form nicht mehr gibt? Und wollen wir wirklich nach schlechten Zeiten nur dicke Überlebende? Ich kann es leider nicht ändern, mein Körper kommt mit 2.000 Energieeinheiten am Tag gut aus, mein Standardessen hat 3.000. Hoppla, das mit dem Essen kann ich ja ändern. Ich suche noch den Weg, dass es UNS trotzdem schmeckt.

Schatzi ist zurück und natürlich kommen wir irgendwann auf das Thema Abendessen. Gott sei Dank ist ihm nicht mehr eingefallen, dass wir ja Nudeln mit Lachs-Sahnesauce machen wollten, das hätte meinen Kalorienplan auf alle Fälle gesprengt. Er hat Heringe in Sahnesauce aus Deutschland mitgebracht, also Heringe mit Geschmacksträger. Vorsichtig schaue ich mir die Nährwertangaben an. Die ganze Packung enthält 1.270 kcal. Die Hälfte wäre noch im Limit, freue ich mich. Nein, es ist keine ausgewogene Ernährung, denn neben den 160 Gramm Hering, der noch dazu zu den Fettfischen zählt, sind 240 Gramm Blödsinn in der Packung. Aber es schmeckt. Mein Koch verfeinert das Ganze mit Äpfeln, Zwiebeln und Joghurt. Klar, weiß ich, dass auch eine gestreckte Sahnesauce nicht weniger Fett enthält. Aber ich kann ja weniger Sauce und mehr Fisch essen.

„Was machen wir dazu?" Die Frage musste kommen.

„Salzkartoffeln?"

„Bratkartoffeln!" Oh je, der Kampf geht los. „Na, dann mach du dir Bratkartoffeln, ich esse Salzkartoffeln."

„Klar, wir fangen nun an, verschieden zu kochen!" Das war es, was ich befürchtete.

„Seit wann magst du keine Bratkartoffeln?"

„Ich hab nicht gesagt, dass ich keine Bratkartoffeln mag. Ich mag nur heute keine!"

„Aber wenn du doch welche magst, warum soll ich sie dann nicht machen?"

„Weil ich lieber Salzkartoffeln dazu esse!"

„Seit wann magst du denn lieber Salzkartoffeln? Das ist mir ja neu."

„Ich mag nicht lieber Salzkartoffeln, aber heute will ich sie lieber essen."

„Du magst lieber Bratkartoffeln als Salzkartoffeln, nur heute möchtest du lieber Salzkartoffeln als Bratkartoffeln – was willst du denn jetzt?"

„SALZKARTOFFELN!" Er lacht mich an und meint, Salzkartoffeln passen auch viel besser. Ich decke den Tisch und er bringt eine große Schüssel mit Hering in *Sahne-Joghurt-Apfel-Zwiebeldipp*. Irritiert schaue ich auf die Menge. „Hast du beide Becher Heringe gemacht?"

„Ja, klar!" Gut, wenn die doppelte Menge vor mir steht, darf ich ein Viertel davon essen. Ich nehme mir zwei Fische. Er zählt die restlichen. Insgesamt haben wir elf Fischfilets. „Ein Viertel sind vier, da kann ich ja noch nehmen." Erfreut greife ich zu.

„Äh, wenn vier ein Viertel ist, dann müssten wir sechzehn Filets haben." Die Diät greift schon die mathematischen Gehirnzellen an oder das Unterbewusstsein lenkt mich. „Ich wollte sowieso nur drei essen, den Rest kannst du haben." Für meine Verhältnisse esse ich extrem langsam. Ja natürlich, ist man nach drei Filets mit zwei Kartoffeln satt. Trotzdem könnte ich noch mehr! Doch ich lasse es. Und dann überrascht mich mein Liebster! Auch er isst nicht mehr! „Da können wir ja morgen nochmal von diesem köstlichen Hering essen!", grinst er beim Abräumen. Ist er nicht süß? Ich habe das Gefühl, er wird mich unterstützen. Das nenne ich wahre Liebe!

Ein kurzer Nachtrag: Natürlich halten wir es nicht durch. Weder mit Sport noch mit vernünftigem Essen. Wir sind uns einig, einmal im Jahr die Notbremse zu ziehen und zu fasten. Das letzte Jahr waren es sechs Wochen, in denen wir uns von klarer Gemüsebrühe und frischem Obstsaft ernährt haben. Jetzt sind wir wieder dabei, uns im Fitnessstudio anzumelden. Es ist eine Unendlichschleife und maximale Schadensbegrenzung!

So sind wir

Andreas und ich sind beide sehr redselig. Trotzdem haben wir manchmal kleine Missverständnisse. Außenstehende assoziieren unseren verbalen Schlagabtausch mit *Loriot* oder meinen, man hört den beiden Alten auf dem Balkon der *Muppet Show* zu. Manche verwechseln es mit Streiten, doch die meisten lehnen sich zurück und hören amüsiert zu. Fehlt eigentlich nur noch eine Packung Popcorn. Wenn ich Hunger habe, möchte ich essen – sofort. Gegen elf Uhr ist es so weit. Mein Magen rebelliert und fühlt sich an, als ob er gerade beginnt, sich selbst aufzufressen.

„Wollen wir frühstücken oder zu Mittag essen?", will ich wissen. Irgendeine Mahlzeit müssen wir auslassen, sonst platzen wir noch.

„Frühstücken!", erwidert Andreas. Zuerst kommt der sportliche Teil: Wir stehen von der Couch auf und bewegen uns in Richtung Küche. Da Andreas beginnt, die Brötchen auf dem Toaster aufzubacken, übernehme ich das Tischdecken. Arbeitsteilung bringt mich meinem Essen schneller näher.

„Möchtest du ein Ei?" Wie fürsorglich. Schnell rattert es in meinem Kopf: Egal welches Eiergericht, es bedeutet zehn Minuten Verzögerung. „Nein!", lautet deshalb meine entschiedene Antwort. Ich packe Marmelade, Wurst, Käse auf den Frühstückstisch und drehe mich erwartungsvoll zu Andreas. Der hat bereits die kleine Pfanne auf der Gasflamme und holt ein Ei aus dem Kühlschrank. Ich bin verblüfft. „Warum machst *du dir* ein Ei, wenn *ich* keines mag?" Er will gerade das Ei aufschlagen, doch jetzt hält er mitten in der Bewegung inne und schaut mich an, als hätte ich etwas völlig Verrücktes gesagt.

„Darf ich jetzt kein Ei essen, weil du keines magst?", fragt er verwirrt.

„Also, wenn ich dich gefragt hätte, und du wolltest keines, dann würde ich mir auch keins machen.", lautet meine Erklärung. Ich finde das total plausibel. Er offenbar nicht. „Ich will aber ein Ei und ich mache mir jetzt eins."

„Du bist rücksichtslos. Deinetwegen muss ich warten und eigentlich hätte ich ja auch gern ein Ei gegessen. Ich habe aber *jetzt* Hunger!"

„Du musst doch sowieso warten, bis die Brötchen aufgebacken sind, inzwischen kann ich mir doch ein Ei machen."

„Wir könnten schon mal mit Brot anfangen", schlage ich prompt vor.

„Dann fange doch einfach an!", erwidert er.

„Ach, du willst also nicht mit mir zusammen frühstücken?"

„Doch, aber du bist ja so hungrig und kannst nicht warten!"

„Weil du unbedingt noch Eier machen musst!"

„Die Brötchen und das Ei sind jetzt fertig, setz dich hin und iss! Du bist ja schlimmer als ein Rudel Wölfe, wenn du Hunger hast!"

Mein Schatz ist zurück, es war eine aufregende Nacht

„Natürlich hole ich dich ab!", beantworte ich die Frage, ob Andreas lieber ein Taxi nehmen soll. Außerdem hätte ich ohnehin wachbleiben müssen, da er keinen Haustürschlüssel dabei hat. Gegen halb eins in der Nacht erreicht mich seine Mitteilung, er sei gelandet. Also mache ich mich um ein Uhr auf dem Weg zum Flughafen. Bevor ich die Tür schließe, überprüfe ich, ob ich den Haustürschlüssel auch wirklich eingesteckt habe. Er lacht mir aus meinem Bauchbeutel entgegen. Alles klar, Tür zu und los geht's zum Flughafen. Keuchend und hinkend schleppt Andreas vier Koffer zum Auto. Der große Koffer hat mit 30 Kilo bereits in Deutschland die Grätsche gemacht, die Rollen waren überlastet. Zu Hause muss das ganze Gepäck wieder vom Auto zum Aufzug transportiert werden. Endlich stehen wir vor unserer Wohnungstür – und ich suche den Schlüssel. Kein Schlüssel in der Bauchtasche! Entsetzt schaut mich Andreas an und meint: „Sag nicht, du musst nochmal ans Auto!? Ich muss schon seit dem Flughafen auf die Toilette." Auch ich bin genervt und müde, sodass ich ihm empfehle, das Blumenbeet auf dem Dach zu bewässern. Er macht ein noch entsetzteres Gesicht. Schweigend fahre ich mit dem Aufzug hinunter. Eigentlich bin ich ziemlich sicher, dass der Schlüssel nicht im Auto sein kann. Welchen Schlüssel habe ich dann vorhin in der Tasche gesehen? Meine Augen spielen mir immer öfter solche Streiche. Ich durchsuche den Sand, das Auto, nix. Ich fahre hoch, informiere kurz Andreas, der jetzt noch meckriger wird, und gehe direkt aufs Dach in der Hoffnung, die Terrassentür offen gelassen zu haben. Natürlich nicht. Jetzt muss ich Farbe bekennen und einen Plan machen, wie wir in unsere Wohnung kommen können. Mir fällt ein, dass wir unserer Freundin Doris einen Ersatzschlüssel gegeben hatten. Ich versuche sie telefonisch zu erreichen, aber sie geht nicht ran. Andreas ist, obwohl er fast seit vierundzwanzig Stunden wach ist, praktisch veranlagt und meint, wir müssten dann zu Doris fahren und sie wecken. Auf dem Weg dorthin spreche ich meine Zweifel aus, ob sie wirklich schon den Schlüssel vom neuen Schloss hat oder nur den vom ersten, provisorischen. Oder ob sie überhaupt einen hat. Wenn nicht, müssen wir die Scheibe einschlagen, prima. Ich gehe zum Eingang des Hauses, in dem sie wohnt. Die Security kennt keine Doris, aber ich werde trotzdem reingelassen. Mein Adrenalinspiegel ist etwas hoch, sodass ich die Treppen nehme statt des Aufzugs. Außerdem weiß ich nie, ob sie in der ersten oder zweiten Etage wohnt, so kann ich schauen, wo ihr Fußabtreter liegt. Ich stehe vor der Tür und klingele energisch. Kein Hundegebell, so wie ich es erwarte. Aber bald höre ich Geräusche und rufe schon mal zur Beruhigung, dass nur ich es bin, die nachts um halb drei vor der Tür steht. Schlaftrunken und trotzdem freundlich steht sie vor mir und nickt nur, als ich ihr kurz den Grund des Überfalls erkläre.

„Dachte ich mir schon." Noch während ich vorsichtig frage, ob sie den Ersatzschlüssel hat, nickt sie schon und läuft los, um ihn zu holen. Ich entschuldige und bedanke mich und fliege förmlich zurück zum Auto. Die ganze Aktion hat keine drei Minuten gedauert. Jetzt bin ich etwas entspannter. Zu Hause angekommen sind wir froh, dass *Ramadan* ist und die Gläubigen bereits für das Frühstück vor Sonnenaufgang aufstehen. Die Hauseingangstür ist nämlich verschlossen, und dafür haben wir keinen Ersatzschlüssel. Ohne schlechtes Gewissen können wir Mohamed, unseren Sicherheitsmann, jetzt anklingeln, da er ohnehin schon wach ist. Es ist kurz vor drei, als wir endlich zu Hause sind. Jetzt noch schnell die Lebensmittel in den Kühlschrank und – wir sind nicht mehr müde. Also macht sich Andreas eine *Shisha* und wir hören, wie zum Morgengebet gerufen wird. Um kurz vor vier wollen wir versuchen, wenigstens noch drei Stunden zu schlafen, bevor der Wecker schellt. Wir kuscheln uns ins Bett, Licht aus.

„Tropft da ein Wasserhahn?", höre ich Andreas in die Dunkelheit brummen. Ich lausche und höre nichts. „Nicht meine Frequenz."

„Du musst das doch hören! Tropf, tropf, tropf!"

Ich lausche noch angestrengter. „Das ist die Uhr."

„Nein, die kommt noch dazu! Tropf, Ticktack, tropf, ticktack."

„Ich höre nichts."

„Mir ist warm." Ich mache das Licht an, damit ich mich nicht anstoße.

„Aaah, was machst du jetzt das große Licht an? Wohin gehst du?"

„Die Fernbedienung für die Klimaanlage holen." Sie liegt im Fernsehzimmer. Ich dackele los. Als ich zurück bin, lege ich mich hin, Licht aus, Klima an. Jetzt hört er hoffentlich keine Geräusche mehr. Doch er ist nicht still.

„Mann, die ist laut. Und hell. Und außerdem, warum machst du die Klimaanlage an?"

„Weil du gesagt hast, dir ist warm!"

„Ich habe nur gesagt, es ist nicht mehr so kalt. Man braucht doch keine Klimaanlage!"

„Ich schon! Deck dich zu, wenn dir kalt ist."

„So ein Quatsch, zudecken und Klima anmachen."

Mich fröstelt es inzwischen auch. „Du hast recht, jetzt ist es zu kalt." Ich schalte die Anlage wieder aus. Tick Tack, Tropf. Jetzt steht Andreas auf, um dem Geräusch ein Ende zu bereiten. Es ist die Toilette. Er spült, aus. Er kommt ins Bett. Da habe ich mich jetzt breit gemacht.

„Hallo, leg dich auf deine Hälfte!"

„Na, wenn du mich wochenlang allein lässt, gewöhnt man sich halt an das große Bett!"

„Ich war elf Tage weg, du bist bald ganze zwei Wochen unterwegs." Wir müssen lachen. Es ist inzwischen fast fünf Uhr. Zeit, doch noch zu schlafen. Gute Nacht!

Das gefällt uns an Ägypten

Genau die Eindrücke, die unseren ersten Aufenthalt geprägt haben, waren die ausschlaggebenden Gründe, nach Ägypten auszuwandern: Ein kurzer Flug von nur knapp fünf Stunden trennt uns von unserer Familie. Das ist kürzer als manche Autofahrt innerhalb Deutschlands, um die Kinder zu besuchen. Die Herzlichkeit der Ägypter haben wir nicht nur als Touristen kennengelernt. Bestimmt liegt viel am Glauben, dass auch der ärmste Ägypter alles mit dir teilen würde und trotzdem lächelt. Die Menschen hier sind viel zufriedener als die Europäer. Wenn du morgens aufstehst, weißt du, es scheint die Sonne. Das macht direkt gute Laune. Gut, manchmal ist es bewölkt und manchmal gibt es Sandsturm. Doch das sind die einzigen Faktoren, die man berücksichtigen muss, wenn man eine Grillparty plant. Das Preis-Leistungs-Verhältnis ist hier besser als in Deutschland. Wenn du Euro-Einkommen hast, kannst du hier mit 800 Euro gut leben. Wenn du, wie wir, Pfund-Einkommen hast, musst du entsprechend der Inflation mehr verdienen.

Inzwischen habe ich den Glauben der Muslime etwas kennengelernt und herausgefunden, dass er gar nicht so stark von anderen Glaubensrichtungen abweicht. Faszinierend finde ich jedoch, dass hier die Religion noch eine starke Rolle spielt. Wenn der Fastenmonat *Ramadan* ist, wird gefastet. Auch wenn vielleicht nicht jeder durchhält und heimlich etwas trinkt oder isst. Doch es wird zusammengehalten, gefastet und gemeinsam das tägliche Fastenbrechen gefeiert. Wer weiß denn in Deutschland noch die katholischen Fastenzeiten? Wer kennt noch unsere christlichen Werte und Bräuche? An Ostern sind die Schokoladeneier wichtig und an Weihnachten die Geschenke. In die Kirche wird gegangen, damit man seinen neuen Schmuck oder Mantel zeigen kann, und mit Pfingsten assoziiert man nur einen Pfingstochsen. Nein, ich bekenne mich zu keiner Religion, aber ich „glaube". Doch ich habe Achtung vor den Menschen hier, die ihre Religion an ihre Nachkommen weitergeben und pflegen. Und dadurch gibt es hier auch einen besseren Zusammenhalt innerhalb der Familie. Das Leben im Orient ist so ganz anders als in Europa – und das gefällt uns.

Inzwischen liebe ich den Anblick von Beduinen mit Turban und Frauen in *Gabaleas* mit teilweise raffiniert geschlungenen Kopftüchern. Wenn ich durch die Straßen fahre, der Staub aufwirbelt und der *Muezzin* zum Gebet ruft, ist das alles so unwirklich und doch ganz real. Ich liebe die ägyptische Gelassenheit, die natürlich bei wichtigen Terminen hinderlich sein kann. Doch man lernt, damit zu leben. Wir fühlen uns hier weniger gestresst, was natürlich auch mit unseren Lebensbedingungen zu tun hat. Wir leben in Ägypten gesünder, weil die salzhaltige Luft den Atemwegen guttut, der Diabetes geht zurück, der Blutdruck reguliert sich und man kann sich gesünder ernähren.

Die vermeintliche Frauenfeindlichkeit ist gelebter Stolz. Immer wieder muss man jungen Europäern in Erinnerung rufen, dass es in Deutschland noch nicht so lange her ist, seit es eine annähernde Gleichberechtigung gibt. Bis 1977 war es noch möglich, dass der Ehemann die Arbeitsstelle der Ehefrau fristlos kündigen durfte, wenn er damit nicht einverstanden war. Es galt bis dahin das Leitbild der Hausfrauenehe und der Ehemann war für das finanzielle Wohl verantwortlich. Ist es wirklich so viel besser, dass heute beide Elternteile arbeiten gehen müssen? In Ägypten gibt es noch die klassische Rollenverteilung, und es wäre eine Schande, wenn der Mann nicht alleine die Familie ernähren könnte. Ja, die Frauen gehören hier noch hinter den Herd. Sie treffen sich zu Hause beim Kochen, weil hier noch alles selbst gemacht wird, keine Fertigprodukte genutzt werden. Es gibt keinen Mikrowellenherd und keine Spülmaschine, zumindest nicht in den armen Familien.

Es ist anders. Und ja, wir haben das Privileg, als Ausländer hier besser zu leben. Deshalb haben wir auch die Pflicht, armen Menschen etwas abzugeben. Nicht denen, die betteln kommen. Nein, denjenigen, denen man die Armut ansieht, weil sie keine Schuhe tragen oder schmutzige, kaputte Kleidung. Man gibt Geld oder etwas zu essen oder beides. Übrigens: Kein Hungriger wird hier in einem Restaurant abgewiesen, Wasserstellen gibt es kostenlos an den Straßen und es gibt auch eine Art Sozialhilfe und Rente.

Fühlst du dich in Ägypten sicher?

Grundsätzlich gehe ich hier zu jeder Uhrzeit durch alle Straßen und Gassen, ohne mich unwohl zu fühlen. Da hier nachts immer und überall Leben ist, braucht man sich nicht zu fürchten. Ich fahre allein mit dem Auto durch die Wüste, durch Kairo und Luxor. Ich nehme inzwischen auch Anhalter mit, wenn sie auf einer einsamen Straße unterwegs sind. Letztes Mal war es ein alter Mann, der kein Wort Englisch sprach. Doch ich verstand, dass er krank war und kein Geld für die Behandlung hatte. Noch nicht einmal für Essen. Trotzdem bettelte er mich nicht an. Als er ausstieg, rief ich ihn zurück und gab ihm Geld. Ich habe hier weniger Angst, als wenn ich in Berlin nachts auf eine U-Bahn warten muss. Wir fühlen uns sicher, auch wenn wir wissen, dass Fanatiker, Politiker oder wer auch immer dem Land die Luft zum Atmen nehmen wollen, und das geht am besten, wenn man den Tourismus angreift. Warum? Vielleicht, weil damit mehr Armut herrscht und man hofft, schneller Menschen für die eigene Ideologie zu gewinnen. Es geht wie immer um Macht und Geld, und ich verstehe schon lange die Zusammenhänge und Abhängigkeiten von Öl, Drogen, Religion und Politik nicht mehr. Die einen nennen es Naivität, die anderen in die Tasche lügen. Ich nenne es Selbstschutz, um in dieser Welt glücklich zu überleben. Meiner Meinung nach befindet sich die Menschheit in einem Umbruch, der nicht mehr aufzuhalten ist, und ich habe für mich entschieden, das Beste daraus zu machen: Nämlich in der Sonne zu leben.

Heute haben wir tatsächlich einen Gewaltakt in *Hurghada* erleben müssen. Wie immer ist das *World Wide Web* Segen und Fluch gleichzeitig. Dass etwas passiert ist, wussten wir schnell, doch wie in einer Flüsterpost gingen die Gerüchte durch die sozialen Netzwerke. Unsere Freundin ruft uns an und erzählt entsetzt: „Es ist eine Bombe im *Bela Vista* explodiert."

„Das kann nicht sein!", erwidert Andreas. „Wir sind um die Ecke, und eine Bombe hätten wir gehört." Wir werfen einen Blick auf die Hauptstraße, die direkt an das vermeintlich betroffene Hotel führt. Es herrscht normaler Verkehr, sodass uns diese Meldung nicht überzeugt. Im Gegenteil, es ist alles ganz ruhig. In den sozialen Medien wird jetzt von einem terroristischen Anschlag berichtet. Die Attentäter vermehrten sich in den Nachrichten wie die Karnickel. Aus zwei mach drei, dann acht und zum Schluss liest man von elf Tätern. Genauso ist es mit den Angaben der Opfer. Es sind immer noch keine Sirenen zu hören und es gibt auch keinen Rückstau auf der Straße, darum planen wir, direkt hinzufahren. Tatsächlich: Kurz vor dem Hotel ist eine Umleitung eingerichtet worden. Doch der Polizist ist weder an einer Fahrzeugkontrolle interessiert noch mit schusssicherer Weste ausgestattet. Daraus folgern wir: Es kann kein Terroranschlag gewesen sein. Wäre sonst nicht Polizei und Armee längst vor Ort? Doch irgendetwas muss passiert sein.

Inzwischen wird auch in den Foren darum gebeten, nur von Augenzeugen bestätigte Berichte zu posten. Leider halten sich die Medien nicht an diese Vorgehensweise. Sogar in den Nachrichten werden Fehlinformationen publiziert, die auch später nicht korrigiert werden. Über Mitarbeiter und Angehörige des Hotelinhabers, den wir kennen, versuchen wir, Informationen aus erster Hand zu bekommen. Wir erfahren von einer Freundin, die dabei war, den tatsächlichen Hergang: Zwei Männer, die mit Messer, Bombengürtelattrappe und einer Paintball-Pistole bewaffnet waren, stürmten in die Pizzeria, die zum *Bela Vista* gehört. Sie wollten Geld. Durch die couragierten Mitarbeiter, die sofort die Gäste beschützten, gerieten die beiden in Bedrängnis und wollten fliehen. Dazu nahmen sie sich jeweils eine Geisel und rannten zum hinteren Ausgang. Doch sie hatten nicht damit gerechnet, dass dort ein Touristenpolizist sowie die Hotel-Security sitzt. Die anderen Gäste wurden nach draußen geschickt, und zwar Richtung Meer. Dort versteckten sie sich und hatten große Angst, da sie die Lage nicht einschätzen konnten. In der Lobby standen immer noch die beiden Geiselnehmer und wussten nicht, was sie tun sollten. Der eine wollte flüchten und wurde dabei erschossen. Der andere wurde überwältigt. Den Geiseln ist nichts passiert.

Ich will diesen Vorfall nicht kleinreden oder bagatellisieren. Es ist schlimm, dass Menschen in einem Hotel Angst und Schrecken erleiden mussten. Es ist noch schlimmer, dass es dabei auch Verletzte und einen Toten gab. Doch wir haben hautnah miterlebt, wie aus einer Mücke ein Elefant gemacht wurde. Wie die sensationsgeilen Medien wieder das publizieren, was in ihr Schema passt. Wie Angst und Unsicherheit geschürt werden, was zur Folge hat, dass der Tourismus damit stirbt.

Warum gerade Ägypten? Es passieren täglich überall auf der Welt schlimme Dinge. Würde alles mit gleicher Intensität verfolgt werden, würde keiner mehr in die Türkei, nach Frankreich oder sogar nach Deutschland fahren, um Urlaub zu machen. Die Menschen, die hier leben, gehen mit der Angst anders um. Und auch wir lassen uns nicht davon abhalten, weiter an den Strand zu gehen, nach Luxor oder Kairo zu fahren oder abends in einer Bar zu sitzen. Doch inzwischen ist der Terror auf der ganzen Welt angekommen.

Kapitel 2: Ausgewandert nach Ägypten

Wir gehen in die *Senzomall*, ein Einkaufscenter in *Hurghada*, in dem man von A wie Abfalleimer bis Z wie Zigaretten alles bekommt. Andreas möchte einen größeren Gasherd, am liebsten mit Elektroofen. An die Gasflammen haben wir uns gewöhnt, denn es ist wirklich praktisch, bei Stromausfall trotzdem weiter kochen zu können. Auch eine größere Gefriertruhe steht auf unserem Investitionsplan, da die Kapazität des kleinen Faches über dem Kühlschrank bereits überstrapaziert wird. Wenn wir es öffnen, fallen uns die Weißwürste samt Schweinebraten entgegen und das Gesuchte befindet sich bestimmt ganz hinten. Also gehen wir in die Elektroabteilung von *Spinney,* einem großen Supermarkt. Begeistert bleiben wir bei einem Herd stehen, der sehr professionell aussieht. Ein Werbeschild, von dem uns drei Köche förmlich zuzwinkern, verstärkt diesen Eindruck. Andreas öffnet die Ofentür und ruft begeistert: „Da kannst du eine ganze Sau drin grillen!" Sein Kochherz schlägt noch höher, als er den Knopf für „Umluft" entdeckt. „Wenn ich schon keinen Elektroofen bekommen kann, dann ist die Umluft super, um die gewünschte Temperatur zu bekommen." Ich lache innerlich, als ich dran denke, wie einer unserer hiesigen Freunde die Ofenhitze reguliert: Er sitzt davor und beobachtet die Temperaturanzeige hinter dem Ofenglas. Immer wenn die durch die Gasflamme entstehende Hitze zu hoch wird, öffnet er die Tür, und wenn es zu kalt wird, schließt er sie. Jetzt weiß ich auch, warum die Ägypterinnen bei Festen nicht aus der Küche kommen.

Ein südländisch aussehendes Pärchen verfolgt interessiert unseren Dialog. Auf einmal spricht uns die Frau an - auf Deutsch mit türkischem Akzent: „Wollen Sie einen kaufen?"

„Ja!", erwidere ich und lächele erwartungsvoll, denn ich freue mich auf einen Erfahrungsaustausch.

„Und wie kommt der zu Ihnen?" Aha, Neulinge, die noch nicht wissen, wie das hier geht. Gerne geben wir unser Wissen preis. „Man kann den liefern lassen."

„Bis nach Deutschland?" Etwas irritiert schauen Andreas und ich erst einander an, dann geht der Blick zurück zu der jungen Frau. Schließlich fällt der Groschen und wir können uns das Lachen nicht verbeißen. „Wir leben hier!" Jetzt schaut die junge Frau ihren Begleiter mit großen Augen an. Da dreht sie sich um und ruft zwei weiteren jungen Freunden zu: „Hey, kommt mal, da sind Deutsche – die wohnen hier!" Wir fühlen uns wie Exoten, die auf dem Jahrmarkt als besondere Attraktion ausgestellt werden. Und schon beginnen die Fragen, die auch uns damals so sehr interessierten, als wir als Touristen andere Deutsche begegneten, die hier leben.

„Wie lange lebt ihr denn schon hier?"

„Seit fast sieben Jahren!"

„Und, habt ihr es bereut?" Über diese Frage wundere ich mich immer ein bisschen. Wenn es mir nicht mehr gefallen würde, wäre ich doch längst nicht mehr hier. Oder glauben die Leute etwa, wenn man einmal ausgewandert ist, gibt es kein Zurück mehr? Die Antwort lautet also: *Ja, uns gefällt es hier, und wir werden so lange bleiben, wie das der Fall ist.* Als nächstes will man meist wissen: „Warum Ägypten? Urlaub hier zu machen, ja, das kann ich mir vorstellen. Aber hier zu leben? Wie seid ihr denn darauf gekommen?"

Auswandern - einfach so?

Wir wundern uns immer wieder über Beiträge in *Facebook*, wie einfach es sich manche Menschen mit dem Auswandern machen. Sie denken, wenn man in ein Land auswandert, welches im Vergleich zu Deutschland einen günstigeren Lebensstandard hat, kommt man mit ein paar Euro Startkapital aus. Natürlich haben das einige gemacht, vielleicht hatten sie Glück, vielleicht sind ihre Ansprüche geringer und es hat funktioniert. Wir jedenfalls haben uns lange vorher schon Gedanken darüber gemacht, vor allem, wenn du in deiner neuen Wahlheimat nicht in einer Sechstagewoche mit wenig Lohn ums Überleben kämpfen möchtest. Wir haben, nachdem wir uns für Ägypten entschieden hatten, viele Gedanken darüber gemacht, wie wir dort leben möchten – und wovon. Den ersten Schritt machten wir mit dem Immobilienkauf, Jahre bevor wir tatsächlich ausgewandert sind. Und es war ein langer Weg, vor allem, weil alles anders kam als geplant.

Sonne - Strand - Meer

Wir haben seit über drei Jahren unser Hotel im bayrischen Wald und hatten seitdem keinen freien Tag. Deshalb haben wir uns entschieden, in der Nebensaison selbst in den Urlaub zu fahren. Die Mitarbeiter bearbeiten die eigehenden Buchungen und machen klar Schiff, so dass wir pünktlich zu Ostern wieder starten können. Die Kriterien für mögliche Reiseziele sind schnell zusammengefasst:

Sonnengarantie. Dafür kommen fünf Ziele infrage: *Karibik, Kanaren, Südamerika, Ägypten, Türkei*

Keine lange Anreise. Da fallen schon zwei davon raus. Übrig bleiben: *Kanaren, Ägypten, Türkei*

Gutes Preis-Leistungs-Verhältnis. Damit sind wir bei zwei potenziellen Zielen: *Ägypten, Türkei*

„Die Türkei kommt für mich nicht infrage, ich fahre in kein muslimisches Land", erkläre ich Andreas, als die Alternativen klar sind. Also buchen wir für unseren Frühjahrsurlaub vierzehn Tage in einer Anlage in *Marsa Alam*. Der Flug ist angenehm. Andreas unterbricht mein Dahindösen: „Du weißt schon, dass Ägypten auch ein muslimisches Land ist?" Man sieht ihm an, wie gespannt er auf meine Reaktion ist. Irritiert schaue ich ihn an. Ägypten und muslimisch? In meinem Kopf blättere ich kurz die Bilder durch, die ich mit diesem Land assoziiere: *Cleopatra* mit ihrem schicken Pagenschnitt und wallenden Gewändern (wenn sie nicht gerade nackt in Eselsmilch badete oder sich mit römischen Königen die Zeit vertrieb – ohne Kleidung, natürlich). Tempel, in denen Pharaonen mit ihrem Harem lebten (und in meinen Geschichtsbüchern trugen die Haremsdamen zwar viel Goldschmuck, aber keine *Galabeas*). Die Pyramiden, die letzten Grabstätten der

Pharaonen. Auch da kann ich mich nicht entsinnen, irgendwo eine verschleierte Mumie gesehen zu haben (und wenn von ihr keine Haut zu sehen war, lag es nur daran, dass sie von oben bis unten einbalsamiert und mit Binden umwickelt war). „Nein, Ägypten liegt doch nicht bei Saudi-Arabien und auch nicht in der Nähe des Iran oder Irak!" Ich stelle mir gerade die Weltkarte meines Lieblingsspiels „Risiko" vor, wo ich immer Ägypten verteidigt habe – auf dem Kontinent Afrika. „Ägypten ist Afrika – keine Muslime!"

„Doch, in Ägypten leben neunzig Prozent Muslime und zehn Prozent Kopten, also orthodoxe Christen." Mein Gehirn blättert um nach Afrika. Tiefbraune, gut gebaute Männer kämpfen mit Pfeil und Bogen im Lendenschurz mit Löwen und Leoparden. „Also unter Afrika verstehe ich was anderes. Nein, wir fliegen nach Ägypten, das ist ein eigenes Land, egal auf welchem Kontinent. Es ist das Land des Papyrus, das Land der Sterne und der Astrologie. Das Land der Pyramiden, die als Weltwunder gelten. Also die waren vor 5.000 Jahren schon moderner als der Rest der Welt."

„Aber heute ist es muslimisch. Sie leben nach dem Koran." Ich hole die Weltkarte aus dem Netz in der Rückenlehne des Vordersitzes. Ägypten, das Land der Wüste. Das Land des Sandes und Staubes, das tatsächlich am Mittelmeer an Libyen und Israel grenzt. Jetzt erscheint vor meinem geistigen Auge *Omar Sharif* beim Ritt durch die Wüste, der zum Schutz einen Turban trägt, den er auch als Mundschutz nutzen konnte. Ein wenig entzaubert versuche ich, dem Ganzen etwas Praktisches abzugewinnen. „Na ja, so eine Verschleierung hat bei der Sonne vielleicht auch Sinn. Schützt gegen das Ausbleichen der Haare und gegen Hautkrebs. Außerdem kann man essen, was man will, es spannt nichts. Sind die Frauen dort eigentlich unterdrückt?"

„Na ja, ich denke, dass die Gleichberechtigung dort etwa so stark ausgeprägt ist wie Fische beim Metzger." Meine Wunschbilder von *Tausendund-*

einer Nacht bröckeln gerade von meiner Traumfassade. Was ist aus den Nachfahren von *Cleopatra* und *Nofretete* geworden?

„Willst du mir jetzt wirklich erzählen, du wusstest das nicht? So blöd kann man nicht sein." Andreas macht einen Gesichtsausdruck zwischen verschmitzt und entsetzt.

„Doch, bin ich anscheinend. So passe ich wenigstens in dein Beutemuster!", kontere ich schnippisch.

„Nein, du bist nicht blöd. Du bist …" – Andreas sucht nach dem richtigen Wort – „du bist nur wahnsinnig ungebildet!" Die Stewardess unterbricht unseren Dialog und holt uns in die harte Realität des Fluges zurück. Sie bittet uns, die Einreisekarte auszufüllen. Fasziniert betrachte ich die arabische Schrift, die für mich aussieht wie Hieroglyphen. Doch auch das in lateinischer Schrift Geschriebene scheint für manche ein Problem, denn schon geht das Getuschel im Flugzeug los: „Was bedeutet denn *capital letter*? Sollen wir etwa eintragen, wie viel Bargeld wir dabei haben?"

„Und was ist *purpose of arrival*? Na ja, Arabisch muss man nicht sprechen, wenn man nach Ägypten fliegt, doch wie wär's mit Englisch? Mein Problem ist ein ganz anderes: Wo hat die Handtasche den Kugelschreiber versteckt? Wieso muss das Gesuchte immer ganz unten stecken? Andreas ist schon leicht genervt, weil ich meine Tasche Stück für Stück ausräume und ihm den Inhalt reiche: Bürste, Handy eins, Handy zwei, Lippenstift, Wimperntusche, Beutel vom Duty-free-Shop, Zahnbürste, Buch, Sudoku, Geldbeutel, Pässe … bis endlich ein Stift zum Vorschein kommt. Alles wieder einräumen. Wir füllen die Karte aus, doch als wir zu dem Punkt *passport number* kommen, schauen wir uns an. Okay, die Pässe sind irgendwo in der Handtasche. Er hält schon freiwillig die Hände hin: Handy eins. Handy zwei …

Ankunft im Land von 1001 Nacht

Nach nur viereinhalb Stunden befinden wir uns im Landeanflug auf den Flughafen *Hurghada*. Bereits der Ausblick beim Sinkflug verzaubert uns. Wir schauen durch das kleine Fenster und sind fasziniert von der Weite der Wüste mit angrenzendem Gebirge.

„Hier gibt es Berge – hast du das gewusst?"

„Nein, zumindest dachte ich nicht, dass es so hohe und lange Gebirgszüge gibt." Wir fliegen eine 180-Grad-Kurve und sind auf der Meerseite. Von tiefem Dunkelblau, das am Horizont mit dem hellen Blau des Himmels wie ein Strich erscheint, wechselt die Farbe in Richtung Land zu verschiedenen Türkistönen. Atemberaubend. Am Strand steht ein Hotel neben dem nächsten. Riesige Anlagen mit Poollandschaften sehen von oben aus wie Legoland. Wir haben nicht genug Zeit, alles auf uns wirken zu lassen, denn schon hören wir, wie das Fahrwerk ausgefahren wird. Kurze Zeit später drückt uns das starke Abbremsen in die Sitze, dann stehen wir. Gespannt warte ich, ob wieder ein paar Leute zum Zeichen der Erleichterung, heil den Boden erreicht zu haben, applaudieren. Nein, keiner. Gott sei Dank. Es ist der Job des Piloten, ordentlich zu landen. Wie wäre es, wenn wir beim Frisör immer Beifall geben würden, nachdem der Haarschnitt geglückt ist? Gerne gebe ich jedoch zum Zeichen der Zufriedenheit nach einer netten Verabschiedung für die Crew klatschende Anerkennung. Obwohl der Startschuss dafür noch gar nicht gefallen ist, geht dafür jetzt bereits der Dreikampf los: Sitzhochsprung, Handgepäckstemmen und Flugzeugausstiegspurt. Wir bleiben sitzen. Die Erfahrung zeigt, dass wir uns spätestens am Kofferband alle wieder sehen.

Als wir von dem gut gekühlten Bauch der Maschine auf die erste Stufe treten, weht uns ein warmer Wind entgegen, als ob jemand mit dem Föhn dastünde. Hellblauer Himmel, die Sonne steht etwas über dem Zenit – es ist erst zwei Uhr nachmittags. Langsam gehen wir von Bord und folgen der Menge in einen Bus. Die wenigen Sitzplätze sind schon belegt. Nach so langem Sitzen bin ich froh, stehen zu dürfen, und suche lediglich einen Platz bei den Radkasten, um das Handgepäck bequem darauf abstellen zu können. Ich halte mich an einer senkrechten Stange fest. Die vertikalen Stangen sind meist so hoch, dass mein T-Shirt den Bauch nicht mehr verdeckt, und aus Größe 38 bin ich seit 15 Kilo rausgewachsen. Es kommt mir vor wie in einer überfüllten U-Bahn in China. Die natürliche Hitze steigt jetzt durch die vielen Passagiere noch um ein bis zwei Grad, was zusätzlich den Geruchssinn aktiviert. Ein weiteres Argument gegen die Haltegriffe oberhalb Kopfhöhe – Freund Achsel lässt grüßen. Der Bus ist nicht wirklich alt, doch von einer Klimaanlage ist nichts zu spüren. Laut Durchsage des Käpt`ns vorhin im Flugzeug haben wir 35 Grad im Schatten, doch kein Schatten in Sicht. Als auch der letzte Fluggast im Bus ist, fahren wir los. Einen Schlenker nach rechts, eine langgezogene Kurve nach links, eine Vollbremsung, und schon wäre Platz für weitere zwanzig Gäste. Die Türen öffnen sich. Wir steigen aus und beeilen uns, in die klimatisierte Ankunftshalle zu kommen. Wie ein Mückenschwarm überfallen uns die Angestellten aller Reiseveranstalter, die ausgeschwärmt sind, um ihre Schäfchen zu finden. Wir ignorieren sie, denn Richtung Ausgang müssen wir alle. Da kommt ein freundlicher Ägypter zu uns und fragt in fast akzentfreiem Deutsch: „Brauchen Sie ein Visum?" Erfreut über die Sprachkenntnisse hat er sofort unser Vertrauen gewonnen und wir nicken. „Geben Sie mir Ihre Pässe und 60 Euro. Sie können sich schon mal bei der Schlange für den Einreisestempel anstellen, ich bringe Ihnen das Visum." So eine Dienstleistung haben wir nicht erwartet. Umso erfreuter nehmen wir dieses unschlagbare Angebot an. Keine zwei Minuten warten wir in der Schlange, als er uns stolz unseren Pass mit Visum überreicht. Andreas zückt einen 5-Euro-Schein als Trinkgeld, doch der nette Mensch lehnt ab. „Wow, das nenne ich noch Gastfreundschaft!" Andreas steckt das Geld wieder ein.

Inzwischen strömen die Gäste wohl aus mehreren gelandeten Maschinen in die Halle, und alle wollen den Einreisestempel. An sechs Glaskästen schieben sich die Menschen langsam vorwärts. Wir sind inzwischen so weit vorne, dass wir die Beamten beobachten können, wie sie fast in Akkordarbeit die Pässe durch ein Gerät ziehen und die Seite neben dem Visum abstempeln. Es warten bestimmt Hunderte. Immer wieder läuft ein Ägypter zu den Wartenden und ruft: „Halten Sie Ihre Einreisekarte und die Seite mit dem Visum bereit." Ordentlich, wie wir Europäer nun mal sind, halten wir uns an die Vorgaben. Nur ein paar Mitreisende, die im Flugzeug wohl die Sache mit der Einreisekarte verschlafen haben, stehen an der Seite und füllen sie jetzt erst aus. Endlich sind wir an der Reihe. Freundlich grinsen wir dem Schalterbeamten zu. Ein böser Blick und eine Hand, in die wir unseren Pass mit der Visumsseite nach oben legen, schauen aus dem Glaskasten heraus. Bumm, bumm – fertig.

Wie Herdentiere folgen wir den anderen zur nächsten Kontrolle. Wieder sagt man uns, wir sollen unseren Pass so aufschlagen, dass der Einreisestempel zu sehen ist. Aha, die Kontrolle der Kontrolle. „Yallah yallah", hören wir diesen Beamten rufen, was so viel wie „schneller, schneller" heißt. Auch dieses Anstehen dauert nicht lange, sodass wir, der Meute folgend, wenig später an den Kofferbändern ankommen. Wie auch in europäischen Flughäfen gibt es hier eine Tafel, auf der unser Flug mit der dazugehörigen Bandnummer angezeigt wird. Jetzt sieht man alle aus dem Dreikampf wieder. Das Kofferband läuft bereits, allerdings ohne Koffer. Ich nutze die Zeit, um die Buchungsunterlagen aus meiner Handtasche zu kramen. Diesmal nehme ich, statt Andreas alles in die Hand zu drücken, einen Stuhl, um den ausgeräumten Tascheninhalt abzulegen. Schneller als erwartet finde ich das kleine Heftchen. Irgendwo muss es ja eine Seite für unseren Transfer geben. Mit unseren Vouchern winkend gehe ich hinüber zu Andreas.

„Wenn wir die Koffer schnell bekommen, schaffen wir es vielleicht noch, uns an den Pool zu legen!" Er nickt, hält dabei den soeben errungenen Kofferwagen fest und stiert konzentriert auf das Band, auf dem jetzt die ersten Koffer auftauchen. Ich überlege, ob er sich die Reihenfolge merkt. Vielleicht denkt er, er ist bei *Rudi Carrells „Am laufenden Band"*.

„Welche Sachen haben Sie sich gemerkt?"

„Da war ein roter Koffer mit gelbem Gurt, ein schwarzer Koffer mit Aufkleber vom Center Park, ein brauner Hartschalenkoffer, eine weiße Kosmetiktasche …" Andreas erspäht unseren Koffer. Mit einem raschen Blick fordert er mich dazu auf, den Kofferwagen vor den anderen Aasgeiern zu verteidigen, damit er sich unterdessen durch die Dreierreihe der Wartenden zum Band kämpfen kann. Bis er sich durchgeschoben hat, ist der Koffer schon weitertransportiert worden. Zu spät! Ich grinse. Da entdecke auch ich einen Koffer, einen gelben. Ich habe mir angewöhnt, Koffer in Knallfarben zu kaufen, damit ich ihn besser erkenne. Auch ich mache mich startklar – doch da nimmt ein anderer *meinen* Koffer. Ich behalte ihn im Auge, während ich mit dem leeren Kofferwagen auf ihn zusteuere. Als wir uns gegenüberstehen, halte ich demonstrativ mein gelbes Handgepäcksköfferchen entgegen und deute auf meinen Koffer in seiner Hand. „Sind Sie sicher, dass das *Ihr* Gepäckstück ist?" Grinsend nickt der Mann und zeigt mir *sein* Namenetikett. Wie kommt das auf *meinen* Koffer? Ich bleibe skeptisch, doch da höre ich Andreas' Stimme. Ich drehe mich zu ihm um. Er steht mit zwei Koffer da und will *seinen* Kofferwagen. Ein leises „Entschuldigung" bringe ich gerade noch über die Lippen, bevor ich den Wagen schnell zu Andreas schiebe.

„Wo läufst du denn hin?"

„Ich dachte, der Mann hat meinen Koffer!"

„Du hast doch dieses Mal den roten Koffer dabei!" Nach dieser Blamage sage ich lieber nichts mehr und folge ihm Richtung EXIT. Dort müssen wir noch durch den Zoll, wo man uns jedoch keines Blickes würdigt. Es ist drei Uhr nachmittags und ich sehe den Pool schon in weite Ferne rücken. Beim Hinausgehen schlägt wieder die Hitze wie ein Faustschlag zu. Sicherheitshalber halte ich jetzt doch Ausschau nach einer Tafel mit unserem Namen. Unter den vielen Vertretern der verschiedenen Reiseveranstalter ist tatsächlich einer, auf dessen Tafel „Diefenbach" steht. Schnell machen wir uns winkend bemerkbar. Auch er begrüßt uns in fließendem Deutsch: „Sie sind die einzigen Gäste, die nach *Marsa Alam* fahren, deshalb bekommen sie einen Limousinenservice." Unsere Laune hellt sich prompt auf. Der Gedanke, nicht mit einem Bus fahren zu müssen, der an jeder Kreuzung hält und Gäste auslädt, lässt die Chancen, bald am Pool zu liegen, schlagartig steigen.

„Wie lange müssen wir denn fahren?"

„Etwa vier Stunden." Okay. Das war dann wohl der Ko-Schlag für den heutigen Pooltag.

„Vier Stunden?", hören wir uns gleichzeitig fragen.

„Ja, *Marsa Alam* ist 280 Kilometer entfernt, aber wunderschön! Es ist jeden Kilometer wert. Freuen Sie sich auf eine tolle Fahrt am Meer entlang und auch durch *al-Qusair*. Genießen Sie Ihren kostenlosen Landausflug."

Bei so viel Herzlichkeit ist unsere Laune sofort wieder auf dem Höhepunkt und wir begeben uns auf einen exklusiven Trip in den Süden. Wie frisch verliebt sitzen wir auf der Rücksitzbank eines komfortablen Autos. Unser Fahrer heißt Mohamed und spricht nur Arabisch. Also relaxen wir und saugen die orientalischen Eindrücke auf, wie ein trockener Schwamm das Wasser.

Erste Fahrt in Ägypten

Zunächst müssen wir vom Flughafengelände runter und fahren über eine Allee auf eine Art Schnellstraße. Rechts sehen wir, wie das Flughafengelände einfach in Wüste übergeht. Links stehen Häuser, mal mehr und mal weniger fertig. Dann kommt eine Art Wohnsiedlung. Uns fällt auf, dass es keine Hochhäuser gibt. Maximale Höhe sind vier Etagen. Nach einigen Kilometern mündet die Straße in einen Kreisel.

„Hast du bisher eine Ampel gesehen?", fragt Andreas.

„Nein!" Kurz vor dem Kreisverkehr wird das Fahrzeug abrupt langsamer. Wir sehen den Grund nicht, aber fühlen ihn sofort: Auf der Fahrbahn sind Unebenheiten. Durch das Rückfenster erkennen wir drei Teererhebungen quer über die Straße.

„Eine wirksame Art, die Geschwindigkeit herabzusetzen!" Andreas grinst. Kurz darauf bestaunen wir ein riesiges Gebäude mit vielen kleinen Türmchen, das uns wieder in eine Märchenwelt versetzt.

„Ist das ein Hotel?" Andreas schüttelt den Kopf. „Da steht groß *Senzomall*, also muss es wohl ein Einkaufscenter sein." Leider biegen wir jetzt ab und entdecken die ersten Hinweisschilder nach *Marsa Alam*: 275 Kilometer.

„Schau nur, das Meer!" Die Häuser entfernen sich immer weiter, sodass der Blick auf die Unendlichkeit des Wassers frei wird. Wir können uns gar nicht sattsehen. Blauer Himmel, keine Wolken und türkisfarbenes Meer, auf dem die Boote wie weiße Punkte schwimmen.

„Und das Ganze in einem vollklimatisierten Auto, wunderbar." Ich lege meinen Kopf auf Andreas' Schulter und genieße.

„Unser erster richtiger Urlaub, seit wir ein Paar sind!" Andreas klingt entspannt.

„Ja, der erste richtige Urlaub seit dreieinhalb Jahren." So lange leben und arbeiten wir nun schon zusammen. „Ich hätte nie gedacht, dass es so gut funktioniert!" Zum Zeichen seiner Bestätigung legt Andreas den Arm um mich und drückt mich. So muss sich das Paradies anfühlen. Wieder wird das Auto langsamer, wieder das Poltern über die Bodenschwellen. Dieses Mal ist der Grund für die Geschwindigkeitsreduzierung ein Checkpoint. Es ist wohl die Ausfahrt aus *Hurghada*. Ein bewaffneter Mann in Uniform hält das Fahrzeug an. Unser Fahrer gibt ihm eine Art Scheckkarte, und das Einzige, was wir aus Gestik und Worten verstehen, ist, dass er mit uns nach *Marsa Alam* fährt. Er bekommt seine Karte zurück und wird durchgewunken. Jetzt fahren wir direkt am Meer entlang. Die Straße ist erstaunlich gut, und für jede Fahrtrichtung gibt es zwei Spuren. Unser Chauffeur fährt maximal 100 Stundenkilometer, was zur Folge hat, dass uns bei dem monotonen Geräusch und dem leichten Vibrieren die Augen zufallen. Wir wachen erst wieder auf, als es draußen bereits dunkel wird.

„Wie spät ist es?", frage ich erschrocken. Andreas wirft einen Blick auf seine Armbanduhr. Es ist erst halb sechs. Wir fahren durch den Ort *EL Quisir*. Das ist das ursprüngliche Ägypten: Kinder, die auf Straßen spielen, die man in Europa eher als holprige Feldwege bezeichnen würde; Karren, deren Geschwindigkeit durch den davor gespannten Esel bestimmt wird; Cafés, in denen nur *Shisha* rauchende Ägypter sitzen, entweder mit einem Backgammon-Brett oder mit Dominosteinen vor sich auf dem Tisch. Wir biegen in eine Tankstelleneinfahrt. Langsam bewegt sich ein alter Mann auf das Auto zu, fragt etwas auf Arabisch und greift auf die Antwort unseres Fahrers hin nach einem der Tankrüssel, um Benzin aufzufüllen. Schon nähert sich ein Jugendlicher mit einem Lappen und beginnt, den Staub von den Fenstern zu entfernen. Es erinnert mich an die 1970er-Jahre, als es auch bei uns noch

Tankwarte gab, die nach dem Ölstand schauten und die Fenster putzten. Genauso alt sind auch diese Zapfsäulen. Andreas verfolgt die getankte Menge und den Zahlbetrag. „Hast du gesehen, was der Liter Sprit kostet?" Ich recke meinen Hals. „1,85 Pfund? Das sind gerade mal 25 Cent!" „Ein Traum! Volltanken für 10 Euro, daran kann ich mich nicht mehr erinnern! Doch dafür wird hier der Verdienst auch entsprechend gering sein." Der Junge mit dem Putzlappen erhält ein paar Münzen, der Tankwart ein paar Scheine und dann geht es weiter.

Links Meer, rechts Wüste, die langsam in ein tiefes Orange eingetaucht wird. Die Fremdartigkeit fasziniert uns. Wie im Zeitraffer geht die Sonne unter, sodass wir den restlichen Weg zwar auf einer asphaltierten Straße fortsetzen, jedoch nur im Lichtkegel des Wagens. Immer wieder zucken wir zusammen, wenn wie aus dem Nichts ein Scheinwerfer kurz aufblinkt, und dann ein Fahrzeug im Gegenverkehr an uns vorbeirauscht. Fassungslos schüttele ich den Kopf. „Warum um Himmels willen fahren die in dieser Dunkelheit ohne Licht?" Wir können diese Frage nicht beantworten, und unser Fahrer versteht uns nicht. Wir biegen in eine beleuchtete Allee ein, an deren Ende ein großer Bau emporragt: der Eingang zur Hotelanlage. Nach unserem ersten Eindruck entspricht das gebuchte Hotel auch nach internationalem Standard 4 Sternen. Bei der Ankunft hält man uns die Türe auf und nimmt uns sofort das Gepäck ab. Ein kalter Hibiskustee lindert den Durst, und am Empfang werden wir freundlich begrüßt. Nach den Formalitäten bekommen wir einen Plan über die Anlage, um uns schneller zurechtzufinden. Dann bringt man uns mit unserm Gepäck in einem kleinen Elektroauto zu unserem Zimmer. Nachdem der Fahrer die Koffer ins Zimmer getragen und uns mit allen notwendigen Informationen versorgt hat, verabschiedet er sich. Gerne drücken wir ihm ein 2-Euro-Stück in die Hand.

16.4.2010: Aschewolke wegen Vulkanausbruch

Heute Morgen schreibt uns Petra an, ein Tag, bevor der Urlaub zu Ende ist.

„Sagt euch ‚*Eyjafjallajökull*' was? Das ist der unaussprechbare Name eines Vulkans, der auf Island ausgebrochen ist, was eine so heftige Aschewolke zur Folge hat, dass ein Großteil des Flugverkehrs lahmgelegt ist. Auch Deutschland ist betroffen! Es gehen keine Flüge mehr!" Ein bisschen Panik steigt in uns auf. Unser Heimflug ist so geplant, dass wir genau am Abend, bevor die ersten Gäste nach unserem Betriebsurlaub wieder einchecken, zurückkommen. Wir fragen unseren Reiseleiter. Der weiß nichts von irgendwelchen Flugausfällen und meint, wir werden am nächsten Tag fliegen. Nichts, aber auch rein gar nichts kann ihn vom Gegenteil überzeugen. Dabei haben wir von unserer Mitarbeiterin ganz andere Infos bekommen, die sich deswegen mit dem Reiseveranstalter in Deutschland auseinandergesetzt hat. Wir sitzen wie auf heißen Kohlen, was mit dem Hintergrund Aschenwolke schon wieder lustig klingt. Auch andere Gäste sind von Verwandten oder Bekannten aus Deutschland inzwischen über das Flugverbot informiert worden. Erst spät am Abend ist dann die Info auch endlich bei der Reiseleitung in *Marsa Alam* angekommen und es gibt für uns neue Instruktionen: Nein, wir werden nicht fliegen, aber wir müssen auschecken. Da unser Urlaubsort vier Autostunden vom Flughafen entfernt liegt, werden wir ab dem nächsten Tag – gemeinsam mit allen betroffenen Leidensgenossen – im *Hotel Sindbad* in *Hurghada* untergebracht. Also doch packen und mit dem Bus auf Lumpensammler-Tour gehen, um alle Gäste, die auf dem Weg nach *Hurghada* das Schicksal mit uns teilen, mitzunehmen. So eine außergewöhnliche Situation schweißt zusammen. Schnell lernen wir einige Mitreisende kennen und man tauscht sich aus. Wie war das Hotel? Wie oft wart ihr schon in Ägypten? Kennt jemand das Hotel, zu dem wir gebracht werden? Wer bezahlt das alles? Fragen über Fragen.

Vom Paradies in eine Touristenhochburg

Es ist ungefähr so, als ob man von einem Kreuzfahrtschiff auf eine stinknormale Fähre umgebucht wird. Das Restaurant gleicht einer einfachen Kantine, und da wir wie immer spät essen, ist nichts mehr eingedeckt und alle Tische sind schmutzig. Die meisten Gäste sind Russen, erfahren wir von einer anderen Deutschen, mit der wir uns unterhalten. Nie mehr wird sie hier Urlaub machen. Sie konnte nicht einmal ihre Tochter in die Kinderbetreuung geben, weil dort nur russisch gesprochen wird. Beim Reiseleiter müssen wir uns morgens und abends melden, um immer auf dem Laufenden zu bleiben. Wir erfahren, dass wir den unfreiwilligen längeren Aufenthalt selbst zahlen müssen, etwa 50 Euro am Tag pro Person.

Das *Sindbad Hotel* liegt an der *Mamscha*, einer der touristischen Straßen von *Hurghada*. Wir nutzen die Gelegenheit, uns außerhalb der Hotelanlage ein bisschen umzusehen und vielleicht woanders ein besseres Hotelzimmer zu bekommen. Wenn wir schon selbst zahlen müssen, dann wenigstens für ein schönes Hotel. Aber es ist alles ausgebucht. Klar, auch diese Gäste kommen nicht weg. Unser Telefon steht nicht still, da zu Hause die ersten Gäste eintreffen, um in unserem eigenen Hotel einzuchecken. Telefonate werden geführt und E-Mails gewechselt, um unsere Mitarbeiter für die Eröffnung zu coachen. Unser Team hat allerhand Fragen:

„Die wollen nicht in unser Nebenhaus. Soll ich ein Upgrade verkaufen oder kostenlos anbieten?"

„Wo bekomme ich laktosefreie Milch her?"

„Der Heizöllieferant kommt, wie viel Öl soll ich bestellen?" Dazwischen weitergeleitete E-Mails vom Reiseveranstalter wegen der Flugsituation. Zu den Hotelkosten kommen jetzt noch 200 Euro für Telefon und Internet dazu. Am Nachmittag erreicht uns durch unseren Reiseleiter eine gute Neuigkeit. Wir bekommen das Hotelzimmer zum Einkaufspreis des Reiseveranstalters. Am Abend wird uns dann erklärt, dass wir gar nichts bezahlen müssen, alle Kosten werden übernommen. Im Hotel zu Hause sind alle Gäste da, alle Lieferungen angekommen und überhaupt alles im grünen Bereich. Na, darauf trinken wir doch einen und überlegen uns, was wir mit unseren geschenkten zusätzlichen Urlaubstagen anfangen.

Selten ein Schaden ohne Nutzen

Wir entscheiden uns für einen Ausflug mit dem Schnellboot, außerdem gönnen wir uns eine Pediküre und eine Partnermassage. Auf dem Weg dorthin werden wir von einem Shop-Besitzer angesprochen. Wo wir herkämen? Aus Deutschland! Ob wir uns nicht in sein Gästebuch eintragen wollten? Klar, machen wir. Einen Tee gibt es dazu und schon sitzen wir mitten in einem Verkaufsgespräch für Öle. Obwohl ich mehrmals betone, dass ich nichts möchte, werden wir nach Lieblingsgerüchen gefragt, und, ruckzuck, stehen drei Flaschen auf dem Tisch. Was soll ich euch sagen? Natürlich sind wir zum Werbeopfer geworden und haben gekauft. Sie beherrschen es. Weiter geht es zur Wellnessabteilung. Entspannt genieße ich, wie meine Füße bearbeitet werden. Ich liebe es, während sich die Dame vor mir mit dem Gurkenhobel quält. Kaum bemerkt sie „Viel Hornhaut!", schwupp, ist wohl ein Stück zu viel von der Ferse abgehobelt worden. Schmerz ist keiner zu spüren, aber es blutet wie nach einer Schlachtung und die junge Frau wird ganz blass. Alles Tupfen nützt nichts, immer wieder tropft es. Ich mache mir keine Sorgen, denn ich spüre nichts. Tapfer macht sie die Pediküre zu Ende und ist froh, als ich fertig bin und der Masseurin in den Behandlungsraum folge. Andreas und ich haben eine Partnermassage gebucht. Diffuses Licht und leise Musik lassen uns dahindämmern. Andreas schnarcht leise. Rums, die Türe geht auf, Licht an und jemand springt an mein Fußende. Dann durchzuckt mich ein Brennen am Fuß und lässt mich aufschreien. Ich schaue und sehe einen dicken Wattebausch mit viel Jod an meiner Ferse. Jetzt noch schnell ein Pflaster drauf und dann, als ob nichts gewesen wäre, wird das Licht gelöscht und die Massage bei leiser Musik fortgesetzt. Beim Hinausgehen sehe ich das Malheur, das ich am Fußboden angerichtet habe: Den ganzen Weg von der Pediküre zum Massageraum ziert eine Blutspur. Kein Wunder, dass man meine Wunde desinfiziert hat. Zurück im Hotelzimmer merke ich, dass sich das Pflaster löst. Die Blutung hört einfach nicht auf. Ich binde ein Handtuch drum. Andreas holt von der Rezeption

Verbandssachen. Mull, Binde, all das hält maximal drei Stunden, bevor es wieder durchblutet.

Irgendwie haben wir uns jetzt doch an unser Hotel gewöhnt und sind echt traurig, als uns der Reiseleiter beim abendlichen Meeting mitteilt, dass wir am nächsten Tag mit dem ersten Sichtflug nach Hause fliegen werden. „Sichtflug?" Das sind Flüge, bei denen der Pilot, ohne Autopilot, selber arbeiten muss, erfahren wir. „Wenn jemand anders dringend heim muss, der noch keinen Rückflug hat, geben wir ihm gern unseren Platz ab und bleiben, bis die normalen Flüge wieder starten!", werfen wir zu den anderen Gästen in die Runde. Doch keiner meldet sich. Am Flughafen beim Check-in meint Andreas: „Es läuft schon wieder Blut aus deinem Schuh! Du kommst mir vor wie die böse Schwester von Aschenputtel!" Sofort, nachdem wir unsere Boardkarten bekommen, machen wir deshalb einen Abstecher zum Flughafenkrankenhaus. Ein Arzt löst den Verband und legt meinen Fuß über den Abfalleimer. Tropf, tropf … „Do you have a problem with your blood?" Er meint wohl, ich wäre Bluter oder nehme Blutverdünner.

„Nein", erwidere ich schulterzuckend, da ich mir die dauerhafte Blutung auch nicht erklären kann. Er macht mir einen kräftigen Druckverband. Jetzt erhasche ich noch mehr bemitleidende Blicke. Jeder denkt, ich hätte einen schweren Unfall erlitten. „Nein, ich war nur bei der Pediküre!", möchte ich deshalb am liebsten schreien.

Endlich sind wir im Flugzeug. Auch die Besatzung hat wegen der Vulkanasche in Ägypten festgesessen. Unser Pilot versucht, uns vor dem Start zu beruhigen: „Guten Tag, auch ich habe Familie zu Hause. Also keine Sorge, ich werde alles daransetzen, gut zu landen." Na ja, verbluten oder abstürzen, das ist hier die Frage! Alles geht gut und tatsächlich, dieses Mal klatsche auch ich nach der Landung ohne Autopilot. Nachtrag: Erst mein Hausarzt konnte die Blutung stillen!

Nach dem Urlaub ist vor dem Urlaub

Wir sind auf den Geschmack gekommen und wollen direkt wieder nach Ägypten. Daher buchen wir sofort für Frühjahr 2011 das *Paradise*, ein kleines Hotel auf dem Grundstück vom *Club Aldiana* in der *Makadi-Bucht*, nur zwanzig Minuten vom Flughafen *Hurghada* entfernt. Man lernt dazu! Und kinderfrei, genau wie unseres zu Hause.

Wir sitzen in einem fast leeren Flieger, da es aufgrund der Revolution in Ägypten und dem Sturz von *Mubarak* eine Reisewarnung gegeben hat und erst jetzt wieder die ersten Flüge eingesetzt werden. Da haben wir echt Glück gehabt, sonst wäre unser geplanter Urlaub nämlich storniert worden. Der Pilot meint beim Verabschieden: „Danke, dass Sie mit uns geflogen sind, und danke, dass Sie sich alle an die Fenster gesetzt haben, so hat die Konkurrenz nicht gesehen, dass wir nicht ausgebucht sind." Wir wissen jetzt auch, dass wir am Bankschalter für 25 Dollar unser Visum kaufen können, also ignorieren wir den Reiseleiter vorerst. Nach der Kontrolle fragen wir draußen, welcher Bus uns ins *Paradise* bringt. Der Tourguide sagt, wir sollen in den Bus einsteigen, der zum *Aldiana* fährt. Okay, klingt plausibel, schließlich liegt unser Hotel ja in der Nähe vom *Aldiana*. Dieses Mal sind wir nicht mit einem Privattransfer unterwegs, sodass wir warten müssen, bis alle im Bus sind. Dabei durchsuchen wir die Reiseunterlagen nach dem Transfervoucher, der bestimmt gleich abgegeben werden muss. Doch Moment mal – was ist das? Ein Voucher für das Visum:

Mit Ihrem Reisepreis ist bereits das Einreisevisum bezahlt. Bitte geben Sie diesen Voucher beim Reiseleiter ab.

Bingo! Da wollten wir besonders schlau sein und ein paar Euro sparen, und was haben wir davon? Jetzt haben wir das Visum doppelt bezahlt.

Die Anreise in die *Makadi-Bucht* ist wesentlich kürzer als nach *Marsa Alam*. Es sind nicht so viele Hotels anzufahren, weil wirklich wenige Gäste angekommen sind. Als der Bus beim *Hotel Aldiana* hält, sagt man uns, wir sollen auch aussteigen und uns an der Rezeption melden. Etwas skeptisch folgen wir der Aufforderung. Als man uns das Anreiseformular gibt, legt Andreas ein deutliches Veto ein.

„Wir wollen nicht ins *Aldiana*, wir haben das *Paradise* gebucht!"

„Entschuldigen Sie, wegen der Revolution haben so viele Gäste storniert, dass das *Hotel Paradise* nicht geöffnet hat – Sie wären die einzigen Gäste. Sie bekommen ein kostenloses Upgrade ins *Aldiana*." Bestimmt hätten sich jetzt die meisten gefreut, doch wir protestieren. „Wir wollen keinen Cluburlaub! Wir wollen unsere Ruhe, vor allem wollen wir in ein kinderfreies Hotel."

„Ich verspreche Ihnen, Sie haben Ihre Ruhe. Wir haben 1.200 Betten, davon sind 100 belegt. Sie bekommen ein Zimmer ganz in der Nähe am Strand, direkt am Pool, da sind Sie ganz für sich." Etwas beruhigt checken wir ein und werden mit einem Elektroauto bis zu unserem Zimmer gefahren. Es stimmt, wir haben einen Pool vor unserer Terrasse mit hundert Liegen, ganz für uns allein. Wir genießen den Aufenthalt und ich buche wieder Anwendungen im Spa. Nina, die Kosmetikerin, ist Anfang zwanzig. Sie erzählt, dass sie seit einigen Jahren hier wohnt; ihre Mutter lebt sogar schon seit fünfzehn Jahren in Ägypten. Während sie mir die Füße pediküriert (ohne ein Stück abzuschneiden), frage ich sie, was sie so in ihrer Freizeit macht. Irgendwie kann ich mir nicht vorstellen, wie es sich als junge Frau hier lebt.

„Erstens müssen wir sechs Tage in der Woche arbeiten. Am siebten Tag kannst du dir dann aussuchen, ob du an den Strand gehst oder den Haushalt machst. Unter der Woche nach Feierabend treffen wir uns mit Freunden, gehen tanzen, was trinken oder auch mal ins Kino." Wie denn so die Immobilienpreise hier in Ägypten sind, will ich als Nächstes wissen.

„Sehr günstig. Man kann schon für 50.000 Euro eine schöne Villa kaufen." Perfekt! Das passt genau ins Budget. Zum vierzigsten Geburtstag hat mir mein Steuerberater das Buch *„Der Weg zur finanziellen Freiheit, die erste Million"*, geschenkt. Eigentlich war das überflüssig, denn mit vierzig war ich schon am Zenit meiner Selbstständigkeit und hatte bereits meine erste Million. Trotzdem habe ich mir eine Passage daraus zu Herzen genommen:

Lege in guten Zeiten etwas auf die Seite, und zwar so, dass kein Finanzamt oder sonst jemand davon weiß. Etwa 50.000 Euro. Deshalb habe ich meine monatliche Barabrechnung der Bewirtungsbelege oder Tankbelege über die Hauskasse immer in *mein Beutelchen* getan. So konnte ich die 50.000 Euro innerhalb von drei Jahren ansparen. Dieses Geld steht jetzt für eine Auslandsimmobilie zur Verfügung. Erstens, um endlich unseren Traum, auszuwandern, einem Stück näher zu kommen, und zweitens, falls wir es mit dem Hotel nicht schaffen, aus den roten Zahlen zu kommen, wenigstens nicht auf der Straße schlafen zu müssen.

Wir lernen Hisham kennen, den Manager vom *Aldiana* – ein bayrischer Ägypter. Wisst ihr, wie lustig das ist, wenn ein arabisch aussehender Mann bairisch spricht? Er sieht nicht richtig arabisch aus, eher wie Barry White. Auch mit ihm sprechen wir über unser Vorhaben, hier eine Immobilie zu kaufen. Und neben dem *Aldiana* befindet sich ein Compound mit schönen Villen. Gemeinsam mit Hisham gehen wir hin und schauen uns eine ganz bestimmte an. Es ist ein Doppelhaus. Wir verstehen uns bereits nach kurzer Zeit so gut mit ihm, dass wir planen, uns diese Villa zu teilen. Er spricht mit dem Eigentümer und kommt strahlend zurück: „Für jeden 500.000!" Schnell überschlage ich im Kopf, wie viel das bei einem Umrechnungskurs von 1 Euro zu 8 ägyptischen Pfund ist. „Okay, es wären 60.000 Euro, das lässt sich machen." Euphorisch gehen wir drei rüber und richten in Gedanken die Villa schon ein. Hier das Schlafzimmer, da die Wohnküche. Wir sind uns auch sofort einig, wer welche Hälfte bekommt. Hisham soll Nägel mit Köpfen machen. Am nächsten Tag kommt er und meint ganz betrübt: „Der will 500.000 Dollar, nicht ägyptische Pfund!" Bumm, unser Traum von der Villa platzt wie eine Seifenblase. Doch Nina meint, ihre Mama könne uns andere Immobilien zeigen.

Immobiliensuche auf Ägyptisch

Wir sind im *Spicy Café* verabredet, gegenüber dem *Hotel Seagull* in der Stadtmitte von *Hurghada*. Die *Sheraton Road* wird gerade neu geteert, also nur Sand und Baustelle. Es gibt zwei *Seagull Hotels*. Wir rennen von einem zum anderen, finden aber kein Café. Wir telefonieren. Nachdem wir wohl eine Viertelstunde aneinander vorbeigelaufen sind, verabreden wir uns an einem Treffpunkt, den jeder sieht: *McDonald's*. Regina ist Ende vierzig und hat sich gut integriert. Sie meint, sie kenne einen Anwalt, für den sie die Hand ins Feuer legen kann. Er arbeitet seit langem für Ägypter und hat ein Büro in der Stadt. Er könne uns verschiedene Immobilien zeigen. Also machen wir uns gemeinsam auf den Weg zu ihm. Ein großer Mann mit schwarzen, gegelten Locken und tiefem Haaransatz begrüßt uns. Seine Stimme gibt uns Rätsel auf: Ist sie so rau, weil er heiser ist, oder hat er zu viel getrunken? Immerhin ist er orthodoxer Christ, also gehört er zu den noch verbleibenden zehn Prozent Kopten, die in Ägypten leben und auch Alkohol trinken. Woher wir das wissen? Nun, Michael ist ein typisch christlicher Name, und uns fällt auch sein eintätowiertes Kreuz auf der Innenseite des Handgelenkes auf. Er ist jung, vielleicht Anfang dreißig. Wir erklären ihm, was wir wollen: eine Villa mit Pool für etwa 50.000 Euro. Sofort zeigt er uns ein neues Projekt als Bauplan. Ein Compound mit vier Etagen, Pool und Dachterrasse. Ich lehne kategorisch ab. „Ich will doch nicht in ein Hochhaus ziehen!" Er hat drei Villen zur Auswahl und wir wollen sie sofort besichtigen. Wir fahren mit zwei Autos: Er mit zwei weiteren Ägyptern in einem, Andreas, Regina und ich mit einem ägyptischen Fahrer in dem anderen. Unser Ziel ist ein Stadtteil namens *Magawish*. Er liegt – von der Stadtmitte aus – in Richtung Süden. Die Straßen sind unbefestigt, die Häuser mit hohen Mauern umzingelt. Unterwegs holen wir noch zwei weitere Ägypter ab, dann klingeln wir an einem Haus. Der Garten hat etwa fünfzig Quadratmeter mit einem kleinen Pool, der scheinbar nie benutzt wird. Die Inhaber öffnen uns die Türe. Dem Dialekt nach müssen es Belgier sein.

Beim Betreten des Hauses erschlägt es mich fast: ein kleiner, dunkler Raum, zu viele Möbel, stickige Luft. Ich brauche nicht mehr zu sehen. „No, I don't like it." Entsetzt von meiner schnellen Entscheidung will man mich auf die Dachterrasse schleppen. Die kennen mich noch nicht. Wenn ich Nein sage, meine ich auch Nein. Und dann verplempere ich keine Zeit mit der Begutachtung von Häusern, die ich innerlich schon abgeschrieben habe. Vorsichtshalber schaue ich zu Andreas, der nur mit den Augen rollt. Deshalb kommt jetzt ein energisches „No!" mit dem typischen Astrid-Blick, dem niemand so schnell widerspricht. Die beiden Ägypter, die wir zum Schluss aufgegabelt haben, sind etwas irritiert, haben aber sofort eine Alternative parat. Nur ein paar Meter weiter halten wir an einem Grundstück, welches mit einer Mauer eingegrenzt ist. Durch das Tor betreten wir den kleinen Vorgarten mit Blick auf das nächste Haus. Dieses Objekt sieht schon von außen schrecklich aus – ungepflegt und renovierungsbedürftig. Andreas und ich können in solchen Momenten nonverbal kommunizieren. Wir tauschen einen Blick und sind uns einig, das wollen und brauchen wir nicht. Ich mache eine Kehrtwende und erspare uns damit die Besichtigung. Auch die dritte Villa hat kleine Zimmer, die mit Möbeln überladen sind, und winzige Fenster, sodass alles dunkel ist. Regina erklärt uns, dass man hier extra so baut, zum Schutz gegen die Hitze.

„Aber es gibt doch Klimaanlagen!", ist mein Gegenargument. Wir wollen helle, lichtdurchflutete Zimmer, wenn wir in das Land der ewigen Sonne ziehen. Michael wirkt etwas ratlos. Er meint, das, was wir uns vorstellen, ist für diesen Preis nicht zu haben. Aha, so viel zum billigen Entwicklungsland. Auch hier hat Schönes und Gutes seinen Preis. Aber unser Budget ist nun mal nicht höher. Weil der Traum einer eigenen Villa wohl nicht mit dem Budget zu erfüllen ist, wollen wir uns doch den Compound zeigen lassen. Michaels Augen glänzen wieder. Nachdem er in einem Shop Wasser für alle gekauft hat, fahren wir los. Es geht auf einer Art Schnellstraße am Flughafen vorbei und wir biegen ab in die Wüste. Dieses Mal stehen rechts die Häuser und links ist Wüste mit den angrenzenden Bergen. Und ganz viel Müll. Wir fahren und fahren und fahren.

„We want to buy in *Hurghada*!?", werfe ich nach etwa fünfzehn Minuten Fahrt ein, da ich inzwischen etwas unruhig werde. Mir kommen jetzt so Schlagzeilen hoch wie: „Touristen in Wüste verschollen!" Michael versucht mich zu beruhigen und bestätigt, dass wir durchaus ein Objekt in *Hurghada* besichtigen.

„*Hurghada* erstreckt sich von der *Markadi*, da wo ihr gerade Urlaub macht, bis nach *El Gouna* ganz im Norden. Der Küstenstreifen ist etwa 70 Kilometer lang, aber nicht besonders breit", erklärt uns jetzt Regina. Wir dachten, *Hurghada* bestünde lediglich aus *Sheraton Road, Marina* und *Souk*. Wir sind schon fast vierzig Minuten unterwegs, als wir von der Schnellstraße abbiegen. Mehr unfertige als fertige Häuser stehen hier. Und viele Stelzengebäude.

„Werden das alles Parkhäuser?", frage ich und deute auf die Rohbauten. Regina lacht. „Nein, hier wird auf Stelzen gebaut, weil wir in einem Erdbebengebiet sind. Im Erdgeschoss sind immer kleine Räume für Gewerbetreibende, darüber beginnen die Wohnungen. Und solange oben noch die Drähte rausschauen, gelten die Häuser als unfertig und man muss keine Steuern bezahlen. Meist werden die Etagen so fertiggestellt, wie Geld da ist – oder wenn ein Kind heiratet und da einzieht." Unser Weg führt jetzt zwischen Häusern durch. Ich komme mir vor wie auf einer Wüstensafari. Es ist bereits nach vier Uhr und die Sonne steht schon kurz über den Bergen. Hier sind die Tage ziemlich kurz. Wir sind da. Ein Rohbau, den wir über Bretter besteigen. Es gibt noch kein Licht, deshalb zücken alle ihre Handys und machen die Taschenlampen an, damit wir die Treppen hochkommen. Innen ist das Haus schon fertig. Es gibt einen Aufzug, aber keinen Strom. In der zweiten Etage öffnen wir die Tür. Die restliche Sonne wirft ein warmes

Licht durch die Fenster, die von der Decke bis zum Boden reichen. Wir stehen in einem großen Raum, etwa vierzig Quadratmeter. Es erinnert ein bisschen an die amerikanischen Spielfilme, wo du direkt in der Wohnung stehst, nicht wie in Deutschland im Flur. Helle, glänzende Fliesen am Boden und ein Fliesenspiegel an der Wand verrät, wo die Küche hinkommt. Andreas und ich schauen uns an und grinsen. Das ist schon eher unser Geschmack. Wir gehen auf den Balkon und können im letzten Licht noch den Pool erkennen. Dann müssen wir wieder mit Taschenlampen arbeiten, um die beiden anderen Räume zu sehen und das Bad. Wir diskutieren und auf einmal steht ein schwarzer Mann mit Beduinenkopftuch am Eingang und grinst uns zahnlos an, während er uns Tee reicht.

„Das ist der *Bowab*. Er wacht über das noch nicht fertige Objekt", erklärt man uns, und so lernen wir auch gleich die Gastfreundschaft der Ärmsten kennen. Natürlich nehmen wir das Geschenk an und fühlen uns gleich zu Hause. Andreas und ich sind begeistert. Vorsichtig laufen wir die Treppen runter, über das Brett in Richtung Auto.

„How much is it?" Mit Spannung erwarten wir die Antwort.

„27.000 Euro." Wir bekommen große Augen und mein Gehirn rattert. „Dann können wir zwei nehmen!" Daraufhin wird uns im ersten Stock gezeigt, wie die beiden nebeneinander-liegenden Wohnungen als eine große aussehen. Das wäre auch eine Möglichkeit. Den ganzen Heimweg über richten wir in Gedanken schon die Wohnung ein und planen, die zweite Wohnung zu vermieten oder für unsere Kinder zu benutzen. Wir fragen Michael, wie es jetzt weitergeht. Er bietet uns an, am nächsten Tag gemeinsam zum Eigentümer zu gehen, um zu schauen, welche Wohnungen noch frei sind, vielleicht ja eine im obersten Stock. Dann würde er den Vertrag prüfen, anschließend könnten wir unterschreiben und wären Eigentümer. Es ist Donnerstag, unser Heimflug geht am Samstag.

Wir kaufen

Heute ist es so weit, wir lernen Herrn El Sayed kennen, den Bauherren. Es ist Freitag, was in Ägypten dem deutschen Sonntag gleicht. Normalerweise wird nicht gearbeitet. Da jedoch morgen schon unser Flug geht, ist der Eigentümer extra für uns gekommen. Er ist geschäftstüchtig. Und er sieht gut aus in der festlichen Sonntagsgalabea. Herr El Sayed zeigt uns die Grundrisse. Wir hätten gerne die Wohnung im obersten Stockwerk. „Die ist leider schon verkauft!" Gut, er verkauft sie immerhin nicht doppelt, was uns freut. Nur die Eckwohnungen sind etwa hundert Quadratmeter groß. Es gibt sowohl in Haus A als auch in Haus B jeweils zwei gegenüberliegende Wohnungen in dieser Größe. Wir wollen wissen, worin sie sich unterscheiden. Der Bau wäre derselbe. Trotzdem empfiehlt er uns, in Block B zu kaufen, da vor dem A-Block ein weiteres Haus geplant ist, vor dem B-Block jedoch nichts gebaut werden darf. Okay, wir nehmen die Empfehlung an. Wir fragen, ob wir die beiden Wohnungen auch verbinden könnten, wie im ersten Stock. Leider müssen die Wohnungen so fertiggestellt werden wie im Plan, weil es sonst keine Abnahme gibt. Man könnte jedoch vor den beiden Wohnungen eine Abschlusstür anbringen. Die große Wohnung gehört einem weiteren Bauherrn, der diese von Anfang an so geplant hat. Interessant, es gibt also in Ägypten auch eine Bauabnahme. Jetzt will ich handeln, schließlich sind wir im Orient. Herr El Sayed lacht und meint, er kann uns fünf Prozent Discount geben, weil wir zwei Wohnungen kaufen. Doch ansonsten wären die Preise festgelegt und wir könnten diese im Internet nachlesen. Wir haben ein gutes Gefühl: Kein Doppelverkauf, wovor uns schon gewarnt wurde, kein sinnloses Handeln, die Preise sind seriös kalkuliert. Und ein Miteigentümer zieht selbst auch in das Objekt ein, sodass wir davon ausgehen können, dass es auch wirklich fertiggestellt wird und nicht, wie so viele andere Objekte, das letzte Stockwerk als Rohbau stehen gelassen wird. Handschlag drauf. Wie geht es jetzt weiter? Michael bekommt den Vertrag zugemailt. Er wird ihn prüfen und mit uns besprechen. Dann wird er unterschrieben. Wenn wir innerhalb der nächsten vierzehn Tage 1.500 Euro anzahlen, wird der Vertrag gültig. Weitere 30.000 Euro sind bis Ende Mai fällig und die Restzahlung erfolgt bei Abnahme im August. Das hört sich vernünftig an. Auf dem Heimflug wird uns unsere Entscheidung richtig bewusst. Wir schauen uns an und fragen uns: „Sind wir verrückt? Wir haben vor einer Stunde einen Kaufvertrag in Ägypten unterschrieben!" Doch es fühlt sich gut an. Wir machen den ersten Schritt, um unseren Traum in Erfüllung gehen zu lassen, auszuwandern. Darauf stoßen wir erst einmal mit einem Glas Sekt an.

„Was würden wir denn in Ägypten machen?", beginnt Andreas.

„Wir können auf jeden Fall eine Wohnung vermieten."

„Unter welchem Namen wollen wir in Ägypten auftreten?"

„Weißt du, ich muss immer an *Fairtrade* denken. Das Wort Fair im Namen gefällt mir", beginne ich, Andreas an meinen Gedanken teilnehmen zu lassen.

„Ja, was hältst du von **Fairholiday**?", spinnt er sofort weiter. Ich schaue ihn an und erhebe mein Sektglas. „Das ist es! Wir wollen fairen Urlaub bieten – dem Land, den Menschen und den Gästen gegenüber." Unser Firmenname ist geboren.

Dem Traum auszuwandern - ein Stück näher

Wir sitzen wieder an unserem Arbeitsplatz im Hotel und könnten es der ganzen Welt erzählen: Wir haben den Kauf unserer Wohnungen in Ägypten bestätigt und die Reservierungsanzahlung von 1.500 Euro überwiesen. Es ist der erste Schritt in unser neues Leben in der Sonne. Wir werden auswandern! Heute haben wir schon einen neuen Flug gebucht, um die Anzahlung im Mai zu leisten und den Fortschritt der Wohnung zu begutachten, die im Oktober übergeben werden soll. Parallel planen wir den Verkauf des Hotels. Wir sind im vierten Geschäftsjahr, und optimal wäre es, wenn wir unser Silvester 2011 / 2012 zum letzten Mal hier feiern würden, um das Hotel dann zum 1. Januar dem neuen Besitzer übergeben zu können. Hat jemand Interesse?

Inzwischen haben wir fast 400.000 Euro in die Renovierung des Hotels gesteckt:

Neuer Wellnessbereich mit Ruheraum und Massageräumen

Neue Lobby

Alle Teppichböden und Vorhänge wurden erneuert mit eigenem Logo

6 Zimmer wurden komplett renoviert und mit der Einrichtung dieser Zimmer wurden die 6 Zimmer unseres Gästehauses eingerichtet, welche jetzt als Dependance vermarktet werden.

Wir können eine Kundenzufriedenheit von 98 Prozent vorweisen, eine jährliche Auslastung von inzwischen 80 Prozent und ein Personal, das hoch motiviert und optimal eingespielt ist. Nur eines machen wir noch nicht: Gewinn! Das ist jedoch nichts Ungewöhnliches, weil wir das Hotel erst vor gut drei Jahren neu eröffnet haben. Die Sauregurkenzeit ist in absehbarer Zeit vorbei und der neue Besitzer kann ernten. Deshalb ist unsere Vorstellung vom Verkaufspreis des Hotels 1,2 Millionen Euro. Um etwas Verhandlungsspielraum zu haben, setzen wir das Hotel mit 1,5 Millionen Euro an. Bei dieser Summe können wir die Hälfte des Geldes in Deutschland anlegen, zur Absicherung, falls es mit dem Auswandern doch nicht klappen sollte, und die andere Hälfte, zur Finanzierung unseres Lebens, in Ägypten anlegen. Denn auch das haben wir bei dem letzten Urlaub erfahren: In Ägypten bekommt man zwischen 12 und 15 Prozent Zinsen, wenn man das Geld in ägyptischen Pfund anlegt. Die Zinsen werden monatlich ausgezahlt. Wenn wir also 200.000 Euro wechseln, sind das etwa 2.400.000 ägyptische Pfund und dann bekommen wir im Monat 24.000 Pfund Zinsen, davon kann man leben, ohne zu arbeiten. Und ich erinnere mich an eine Definition: *Wenn dein Geld für dich arbeitet, dann bist du reich!*

Sofort informieren wir das Personal über die Pläne. Mit unserem Nachbarn, dem Immobilienmakler, machen wir jetzt schon Witze: „Du kannst von diesem einen Hotel leben, wenn du es alle fünf Jahre verkaufst!" Parallel dazu schalten wir ein Inserat in der Fachzeitschrift, in der auch wir damals über das Angebot gestolpert sind. Wir sind optimistisch, denn wo bekommt man für diese Summe ein fast ausgebuchtes Hotel mit einem besonderen Alleinstellungsmerkmal: Unser Hotel ist das erste kinderfreie Hotel in Deutschland. Nur eines haben wir nicht bedacht: Wer kauft sich schon gerne Arbeit! Denn wer die Zahlen richtig liest, der merkt, dass ein Hotel in dieser Größenordnung nicht mit Personal betrieben werden kann, wenn man etwas verdienen möchte. Es ist die typische Größe für ein Familienunternehmen.

Was macht unsere Wohnung in Ägypten?

Der erste Schritt zum Auswandern ist gemacht. Jetzt nutzen wir jede Gelegenheit, in unsere neue Wahlheimat zu fliegen. Dieses Mal genau für drei Tage in einem Hotel in der Nähe unserer Wohnung, damit wir den Baufortschritt begutachten können, und mit 40.000 Euro. Es ist schon ein komisches Gefühl, mit so viel Geld in der Handtasche und im Bauchbeutel herumzulaufen. Deshalb führt uns unser erster Weg auch direkt zu einer Bank, um es dort gewinnbringend anzulegen. Zunächst einmal müssen wir erklären, woher das Geld stammt. Na ja, noch ist mein Konto nachweislich gut gefüllt, da ich vor dem Hotelkauf meine Zeitarbeitsfirma verkauft hatte. Jetzt können wir relativ einfach das Konto eröffnen – einfach mit dem Kaufvertrag, Kopien unserer Ausweise und jeder Menge Unterschriften. Allein auf dem Girokonto bekommen wir sechs Prozent Zinsen! Eines ist klar, beim nächsten Trip nach Ägypten nehmen wir noch einmal 30.000 Euro mit und legen das Geld zu dreizehn Prozent Zinsen für drei Jahre fest. Das ist ja wie im Schlaraffenland!

Mit den Unterschriften habe ich ein richtiges Problem. Ich schaffe es einfach nicht, dass jede wie die erste aussieht. Mindestens fünfmal werden die Formulare neu ausgedruckt, weil sie nie identisch mit der Vorlage im Computer sind. ICH KANN ES NICHT! Dasselbe Problem hatte ich in Deutschland schon mal bei der Postbank. „Jetzt schreib doch langsam und gleichmäßig!", mosert Andreas genervt. Irgendwann klappt es dann doch.

Wir wechseln das ganze Geld um in ägyptische Pfund. Michael, unser Anwalt, vergleicht den Kurs bei zwei anderen Wechselstuben, ob es irgendwo mehr gibt. 32.500 Euro brauchen wir für die Anzahlung, das haben wir zu Hause schon ausgerechnet. Den Rest zahlen wir aufs Konto ein. Aber nicht, dass ihr glaubt, man wird dazu, wie bei uns, diskret ins Hinterzimmer geholt. Nix, mitten im Trubel der gut besuchten Bank werden unsere Euroscheine von Hand gezählt und in Pfund umgerechnet. Dann wird das gewechselte Geld auf den Tresen gelegt. Wir haben noch nie so viele Banknoten auf einem Haufen gesehen! Weil wir keine so große Tasche dabei haben, packt man es einfach in eine Plastikeinkaufstasche, mit der wir jetzt rausspazieren in Richtung *Red Sea Management,* um es dort ganz schnell loszuwerden. Also, achtet auf Leute mit dicken Plastiktaschen vor der Bank, da könnte Geld drin sein! LOL

Wir sind froh, die Tüte schnell im Büro der Immobilienfirma abgeben zu können. Dann heißt es wieder „warten". Obwohl die originalen Banderolen der Bank um die Bündel sind, werden sie alle einzeln aufgerissen und die Scheine gezählt. Endlich kommt einer der Zählenden mit unserer Tüte zurück, in der noch Geld ist. Viel Geld! Über 20.000 ägyptische Pfund. Michael erklärt uns, dass wir heute 9,10 Pfund pro Euro bekommen haben. Deshalb haben wir durch das Umwechseln ein Plus von 20.000 Pfund gemacht!

Heute bekommen wir auch unseren Vertrag, der inzwischen beim Gericht eingetragen wurde. Andreas ist jetzt stolzer Besitzer von zwei Eigentumswohnungen und er macht sich über mich lustig, dass ich jetzt schön brav sein soll, damit ich bei ihm wohnen darf, da wir ja nicht verheiratet sind. Ja, ich vertraue Andreas voll und ganz.

Auf geht's, wir kaufen Möbel!

Wo kauft man am besten Möbel?

Wir haben noch zwei Tage Zeit, ein bisschen ägyptische Luft zu schnuppern. Andreas war schon aktiv auf Facebook, und so haben wir mit einer netten Österreicherin, die Karin heißt, Kontakt aufgenommen. Sie führt uns in die Welt der Residenten ein.

„Das Erste, was ihr lernen müsst: Ana aisch henna! – Ich lebe hier! Dann bezahlt ihr direkt die Hälfte. Außerdem solltet ihr sofort die arabischen Zahlen lernen", lauten ihre ersten Tipps.

„Arabische Zahlen? Ich dachte, die haben *wir*!"

Wir fahren mit den blau-orangenen Taxen und haben gelernt, nicht zu verhandeln. Einsteigen, fahren und dann pro Kilometer etwa umgerechnet 25 Cent bezahlen. Das Taxi fährt an und dabei rutscht die komplette Rücksitzbank nach hinten. Gebremst wird mit der Handbremse, dabei rutscht die Rücksitzbank wieder nach vorne. Andreas schaut etwa komisch nach hinten. Er denkt wohl, ich habe was kaputtgemacht. Anfahrt, wutsch, ich bin wieder zwanzig Zentimeter weiter hinten. Handbremse und ich nicke und bin wieder vorne. Gut, dass die Strecke nicht weit ist. Wir steigen aus und drücken dem Fahrer 20 ägyptische Pfund in die Hand. Da Michael uns schon gestikulierend auf der Straße begrüßt, fährt der Taxifahrer sofort weiter.

Der Baufortschritt der Wohnung sieht gut aus. Gegen alle unsere Annahmen wird sie sogar früher fertig. Wir können bereits im August einziehen. Also nehmen wir unseren Grundriss und überlegen uns, wie wir die Wohnung einrichten.

„Weißt du was?", frage ich Andreas, „ich fühle mich gerade wie zwanzig. Es ist unsere erste gemeinsame Wohnung, die wir miteinander einrichten."

„Stimmt, im Hotel haben wir ja unsere Möbel aus deiner und meiner Wohnung verteilt."

„Ja, und das ist jetzt die Frage: Was machen wir mit den Möbeln? Nehmen wir was mit oder kaufen wir hier?"

Unsere Möbel in Deutschland sind etwa acht Jahre alt. Um das eine oder andere Teil tut es uns echt leid, aber es macht keinen Sinn, diese irgendwie nach Ägypten zu transportieren. Deshalb entscheiden wir, alles hier zu kaufen. Los geht es, in die Stadt.

Es wäre kein Problem, auf der Straße ein Taxi zu bekommen, doch dieses Mal nimmt uns Michael mit und lässt uns in der Nasser Road aus dem Auto, wo es mehrere Möbelläden gibt. Wir gehen in den ersten. Schwere, große Möbel – nein, danke. Wir gehen in den nächsten. Kitschige Möbel – nein. Wir gehen zu Vera Whitehouse. Schicke Möbel, moderner Stil – JA! Das ist unser Shop. Alles ist nach unserem Geschmack. Genauso wollen wir unsere Wohnung einrichten. Innerhalb von dreißig Minuten ist alles zusammengestellt und wir ordern: Ledergarnitur für uns, Stoff für die Gästewohnung; Doppelbett mit großer Schrankwand für uns, Doppelbett mit kleinem Schrank für die Gästewohnung; Gästebett mit Schminkspiegel für beide Wohnungen; Sideboard schwarz-weißer Lack für uns, Sideboard grau für die Gästewohnung; schwarzer Glastisch mit sechs Stühlen für uns, Glastisch mit vier Stühlen für die Gästewohnung. Macht zusammen: 136.000 ägyptische Pfund. Ups, etwas mehr, als wir gespart haben. Umgerechnet etwa 16.000 Euro. Auch hier machen wir einen Vertrag, leisten eine Anzahlung und lassen die Möbel erst einmal auf Bestellung, bis wir die Wohnung tatsächlich übernehmen.

Raus aus dem Geschäft und hinein in ein Taxi. Dieses Mal scheinen wir Glück zu haben. Das Auto ist sauber und die Bremse funktioniert. Auch die

Sitze sind fest. Als wir zurück im Hotel sind, hat Andreas auch schon die Telefonnummer und den Namen. Hussein ist ab jetzt der Taxifahrer unseres Vertrauens, und er hat neue Stammgäste.

Am Abreisetag bringt er uns erst zu unserer neuen Freundin, an deren Pool wir die letzten Sonnenstunden genießen. „Zeigt mir doch mal euren Kaufvertrag!", meint sie beiläufig. Andreas wird blass: „Der liegt noch im Hotel!" Wir schauen ihn entsetzt an. Unser erstes ägyptisches Dokument, frisch vom Gericht beglaubigt, liegt in einem Hotelzimmer, was für die nächsten Gäste bestimmt schon vorbereitet wurde. Nervös schreibt er die deutsche Gästebetreuung, mit der er schon die Kontakte ausgetauscht hat, an und erklärt die Situation. Der Vertrag wurde gefunden und konnte an der Rezeption abgeholt werden. Wow, Andreas, das Glückskind! Hussein, dein Glückstag, er bekommt noch einmal eine Fahrt hin und zurück zum Hotel.

Der erste Kaufinteressent für das Hotel

Zurück in Deutschland haben wir sofort unser Hotel zum Verkauf inseriert. Die Anzeige ist gerade erschienen, da klingelt schon das Telefon.

„Guten Tag, ich suche für einen italienischen Investor ein Hotel. Unsere Mitarbeiterin würde in etwa einer Stunde da sein, um das Objekt zu besichtigen." Hallo, italienischer Interessent? Meine Augen werden groß, meine Aufmerksamkeit steigt. Hatte ich doch den ersten Unternehmensverkauf auch mit einer italienischen Firmengruppe abgewickelt. Sollte sich das wiederholen?

„Gerne kann sie kommen, wir nehmen uns Zeit."

Wir sind aufgeregt und bereiten uns vor. Andreas druckt Buchungspläne aus, Statistiken und holt den Ordner mit den Verträgen heraus. Bereits kurze Zeit später ist eine junge Frau da. Wir bieten ihr eine Tasse Kaffee an und sind neugierig.

„Es handelt sich um eine italienische Investmentfirma, die gerne Hotels in Ihrer Größenordnung kauft." Sie interessiert sich nicht weiter für Details und möchte sofort das Haus besichtigen. Andreas und ich schauen uns fragend an. Es ist etwas ungewöhnlich, dass man nicht auch nach Zahlen fragt. Aber okay. Ich gehe mit der Dame in die oberste Etage, wo unsere neu renovierten Zimmer liegen und beginne zu erzählen: „Wir haben diese sechs Zimmer gerade neu renoviert, sie sind jedoch durch einen Leasingvertrag finanziert." Irgendwie hört sie mir gar nicht zu. Sie nickt immer nur und geht in Windeseile durch die Etage. Dann schaut sie sich noch den Wellnessbereich und das Restaurant an und verschwindet.

Ich setze mich frustriert zu Andreas. „Na, so besichtigt man kein Hotel, wenn man wirklich Kaufinteresse hat." Noch nicht ausgesprochen, klingelt das Telefon und der Herr von morgens ist wieder dran.

„Wie ich mir gedacht habe, es ist genau nach unseren Vorstellungen." Ich bin skeptisch, denn das war keine professionelle Besichtigung.

„Der Preis ist auch in Ordnung." Ich kann es kaum glauben und sehe uns schon im nächsten Monat mit einem Oneway-Ticket nach Ägypten fliegen und die Wohnung einrichten.

„Hätten Sie was dagegen, wenn wir den Kaufvertrag in Italien am Comer See machen würden?"

„Oh, ein Kurzurlaub in Italien, das ist nicht schlecht. Nein, damit haben wir kein Problem."

„Wir würden alles vorbereiten, ein Notar wäre auch dabei. Mein Kunde möchte gerne bar bezahlen."

Nur Bares ist Wahres, denke ich mir. „Ja, natürlich können Sie bar bezahlen." Doch im Kopf rattert es. Wie kann man sicherstellen, dass es kein Falschgeld ist? Am besten, ich lasse das Geld in einer Bank durch den Zählautomat jagen, dann fallen Blüten sofort auf. Oder geht es sogar um Geldwäsche? Muss ich prüfen, woher das Geld ist? Ich kann es auf jeden Fall auf das Konto einzahlen, denn ich habe einen Kaufvertrag.

Der Anrufer unterbricht mich in meinen Gedanken. „Ich habe nur eine Bitte: Wir haben hier Probleme mit 500-Euro-Scheinen. Könnten Sie 100.000 Euro in kleinen Scheinen mitbringen, damit wir diese eintauschen können?"

Aha, jetzt kommt der Hasenfuß. „Sie verwechseln jetzt was. Nicht **ich** bringe Geld mit, sondern **Sie** bezahlen Geld für den Kauf des Hotels!"

„Ja, natürlich. Sie bekommen die 100.000 Euro zusätzlich."

„Aber ich habe keine 100.000 Euro. Also, wenn Sie Geld gewechselt haben möchten, dann geben Sie es mir mit und ich wechsle es in Deutschland, dann bekommen Sie es zurück."

Bumms, da hat er aufgelegt. Aus der Traum des schnellen Verkaufs.

Unser Immobilienmakler hat glücklicherweise ebenfalls einen Kaufinteressenten. Ein wirklich sympathischer Mann, der mit seiner Frau und seinen Kindern in den Bayerischen Wald ziehen möchte. Ihm gefällt das Hotel. Er plant für seinen Sohn direkt ein Praktikum, denn er soll dann den Beruf Koch lernen. Der Preis ist verhandelt und von beiden akzeptiert. Sein Geschäftspartner ist gleichzeitig der Geldgeber und muss jetzt nur noch überzeugt werden. Wir sind wieder euphorisch! Jetzt entdeckt Andreas noch einen Aufruf in Facebook: *Wir suchen Auswanderer für* „***Goodbye Deutschland***"*!* Na, wenn das kein Wink mit dem Zaunpfahl ist! Wer Andreas kennt, der weiß, dass er sich sofort meldet.

„Hey Schatz, die sind interessiert an uns und wollen zum Casting kommen!"

Na, dann mal los! Das passt ja: Kaufinteressent ist da, die Wohnung wird in drei Monaten eingerichtet sein, da können sie schon mal kommen.

Casting für „Goodbye Deutschland"

Vorab werden wir telefonisch gecastet. Doch schnell merken unsere Ansprechpartner, dass wir redegewandt sind. Unsere Erfahrung bei Interviews für Fernsehen und Zeitung bezüglich des kinderfreien Hotels kommen uns jetzt zugute. Also machen wir direkt einen Termin aus für die Dreharbeiten im Hotel. Voraussetzung: Wir dürfen Katharina, unserer Tochter, erst vor laufender Kamera erzählen, dass die Auswanderung kurz bevorsteht. Andreas sagt zu. Hm, jetzt sind wir ein bisschen im Zwiespalt. Sollen wir Katharina wirklich ins offene Messer laufen lassen? Andererseits wissen wir, dass in solchen Sendungen natürlich genau diese Emotionen gebraucht werden. Und überhaupt, was machen wir mit unserer Tochter? Sie geht jetzt in die 7. Klasse. Wenn es wirklich so schnell geht, dann wird sie in Ägypten die Schule beenden. Die Tochter unserer Freundin in Ägypten geht auch in die deutsche Schule dort. Nur leider ist im August, wenn wir runterfliegen werden, um die Wohnung zu übernehmen, keine Schule. Wir entscheiden, Katharina einzuweihen und sie zu impfen, dass sie vor laufender Kamera so tut, als würde sie das alles zum ersten Mal hören. Wir sind überzeugt davon, dass sie mindestens so viel schauspielerisches Talent wie der Papa hat.

Das Filmteam kommt. Wir unterhalten uns, denn wir haben keine Idee, wie solche Produktionen gedreht werden. Wir wollen keine Fake-Geschichte. Und genau das wird uns versichert. VOX nimmt nur authentische Geschichten für *„Goodbye Deutschland"*. Es wird über unser Hotel, den Ort und unsere Pläne gedreht. Dann kommt die Szene, in der wir Katharina offenbaren, dass der nächste Flug nach Ägypten kein Urlaub ist, sondern die Vorbereitung auf unser neues Zuhause. Wir haben nichts geübt. Wir sitzen beim Abendessen und Andreas druckst herum: „Du, wir müssen dir was sagen." Einstellung, wie Katharina isst, wie Andreas der Appetit vergeht und wie Katharina wartet. „Wir fahren nicht in den Urlaub nach Ägypten." Stille. Mir dauert es zu lange. Also platze ich in die stockende Unterhaltung:

„Wir richten unser neues Zuhause ein. Wir werden schneller als geplant dorthin ziehen." Anscheinend ist jetzt tatsächlich erst der Realitätsgroschen gefallen. Katharina hört auf zu essen, lacht unsicher, wird ernst und dann werden die Augen erst glasig, dann rot und schließlich kullern die Tränen. Das ist nicht gespielt, das ist echt. Das Vaterherz beginnt gerade, sich zusammenzuziehen. Wir kennen die Problematik: Katharina ist frisch verliebt.

Bei einem der Einzelinterviews, die später immer zwischen den anderen Szenen eingeblendet werden, werde ich natürlich zu dieser Situation gefragt. Meine Antwort: „Eltern müssen manchmal Entscheidungen treffen, die Kinder akzeptieren müssen, ob es ihnen passt oder nicht." Den ganzen Film über werde ich ab jetzt als böse Stiefmutter dargestellt.

Nun, das Kamerateam ist zufrieden. Wir verabreden, dass weitergedreht wird, wenn es mit Sack und Pack nach Ägypten geht. Bis dahin wird das vorhandene Material geschnitten und VOX vorgelegt. Doch man ist sicher, dass es genommen wird.

Übrigens: Es gibt keine Gage. Wir erhoffen uns mit der Ausstrahlung Werbung für unser neues Zuhause und unsere Ferienwohnung. Aber der Flug zur Auswanderung, der wird für alle bezahlt!

Andreas und das liebe Geld

Wir buchen im August einen Familienaufenthalt in einem Hotel in Hurghada, um allen unseren Kindern unsere zukünftige Wahlheimat zu zeigen und die fertiggestellte Wohnung abzunehmen. Da wir nicht zusammen eine Woche lang vom Hotelgeschäft wegkönnen, fliegt Andreas mit den Kindern alleine und ich komme nur für zwei Tage zwischendurch nach. Als Überraschung buche ich ein Doppelzimmer und bringe Katharinas Freund mit. Vor Ort tauschen wir dann die Zimmerpartner: Andreas kommt zu mir, Kathy bekommt ihren Freund.

Die Wohnung ist tatsächlich vor dem geplanten Termin fertig geworden. Hussein, der Taxifahrer unseres Vertrauens, fährt Andreas zur Bank, wo er die Restzahlung in Höhe von 30.000 Pfund holt. Er lässt sich zu Michaels Büro fahren. Wir haben jetzt gelernt, dass man im Taxi immer hinten sitzt, so wie das die Reichen und Schönen auch machen. Also setzt er sich hinter Hussein. Schnell ist das Ziel erreicht und Andreas gibt ihm zehn ägyptische Pfund. Er will im Café unter Michaels Büro eine Shisha rauchen. Er hat Gefallen daran gefunden und merkt, dass es nicht so süchtig macht wie Zigaretten. In Deutschland braucht er keine. Er setzt sich also ins Café, bestellt die Shisha – und dann fällt es ihm auf: Wo ist die Plastiktasche mit den 30.000 Pfund? Er hat sie im Taxi vergessen. 30.000 ägyptische Pfund sind das Jahresgehalt eines Ägypters. Nervös ruft er Hussein an. „I forgot my plastic baggage in your taxi."

Kurze Pause, dann: „No, Mr. Andreas, here is nothing."

AAAAH, er wird das Geld gefunden haben und schon auf dem Weg nach Kairo zu seiner Familie sein. Andreas gibt nicht auf: „Sure, it is behind your seat! At the bottom!"

Er hat ja hinten gesessen und die Tasche auf den Boden gestellt. Wieder eine kurze Pause. „Yes, Mr. Andreas, I found it."

Puh, der erste Adrenalinschub ist gestoppt. „Please, come back and bring it to me. It is a present for my daughter." Er versucht möglichst glaubhauft zu klingen um zu vermeiden, dass Hussein in die Tüte schaut. Vielleicht würde er bei dem Anblick von so viel Geld, was ja einem Jahreslohn entspricht, doch nicht mehr den Weg ins Café finden. Es sind nervöse fünf Minuten für Andreas, doch dann steht Hussein grinsend vor ihm und überreicht ihm die Tasche mit dem Geld. Natürlich gibt es ein ordentliches Trinkgeld.

Michael kommt und sie fahren beide in das Büro von Red Seaway, wo die Restzahlung geleistet werden soll. Es ist sehr heiß, doch es ist auch Ramadan. Deshalb wird man ihm weder Wasser noch Tee anbieten. Andreas will noch schnell im Supermarkt gegenüber des Büros ein Wasser kaufen. Aus Respekt vor den anderen geht er in den nächsten Hauseingang, um zu trinken. Nachdem er seinen Durst gelöscht hat, fällt ihm auf, dass er schon wieder die Tasche mit dem Geld hat stehen lassen. Diesmal beim Bezahlen im Supermarkt. Er rennt zurück. An der Kasse sitzt noch derselbe Ägypter, vertieft in sein Handyspiel. Die Tüte liegt genauso da, wie Andreas sie beim Bezahlen aus der Hand gelegt hat. Er schnappt sie – und jetzt aber sofort zum Büro, um das Geld abzugeben.

Michael und der Eigentümer warten schon. Andreas wirft den Angestellten fast die Tüte entgegen, die damit ins Nebenzimmer verschwinden, um das Geld zu zählen. Es dauert lange. Länger als beim letzten Mal, obwohl es viel weniger ist. Dann kommt einer der fleißigen Zähler und sagt: „This is not all money!" Es fehlt Geld.

Michael fragt: „How much it is?"

„13.000 LE!"

Michael schaut Andreas an, der im Sessel in sich zusammenfällt wie ein Hefeteig, wenn er einen Luftzug bekommt. Ihn beschleicht sofort der Verdacht: Hussein hat sich einen Teil genommen. Doch wie soll er das beweisen? Michael hat eine andere Vermutung. „Can you look at the receipt from the Bank, please? 13.000 and 30.000 is in english quite similar." Das stimmt. Im Englischen hört sich dreizehn und dreißig sehr ähnlich an. Andreas sucht den Beleg der Bank und seine Augen glänzen. Die Bank hat ihm tatsächlich nur 13.000 ägyptische Pfund ausgezahlt! Andreas ist ein Glückskind, dessen Geld immer wieder zu ihm zurückkommt. El hamdu il allah, Gott sei Dank.

Orientierung in der Wüste

Heute fahre ich allein mit meiner Tochter mit einem Auto in die Stadt. Es gibt Geschwindigkeitsregeln, auch wenn man sie nicht auf den ersten Blick erkennt: im Ort gilt Tempo 60, außerhalb 90 und auf der Outer Road, also der Straße, die durch die Wüste führt, sind 100 Stundenkilometer erlaubt. Die sollen wir jedoch nie fahren, meint Karin. Begründen kann sie es nicht wirklich und ich liebe diese Straße, weil sie wenig Schlaglöcher hat und keine Bumms, wie die Bodenschwellen hier von den Europäern genannt werden.

Regel Nummer eins: Halte niemals an. Egal, ob ein Unfall ist, auch wenn du ihn selbst verursacht hast oder wenn dich einer zum Anhalten auffordert. Ausnahme ist ein Polizist in Uniform und mit Polizeiauto. Sonst fahre weiter.

Wir starten bei unserer Wohnung in Al Ahayaa, was in der Nähe von El Gouna liegt. In Erdkunde hatte ich früher eine Fünf und Orientierung habe ich ungefähr so viel wie eine Fliege in einer Limoflasche. Es gibt hier keine Auffahrten wie in Deutschland, so mit Beschilderung, *vor der Brücke auf die Autobahn Richtung El Gouna, nach der Brücke Richtung Hurghada*. Du fährst immer rechts auf die Straße und wenn dein Ziel in der entgegengesetzten Richtung liegt, dann nimmst du einfach den nächsten U-Turn.

Wir starten auf unsere autobahnähnliche Straße und beschleunigen. Das erste Auto kommt vorbei und deutet mir an, ich soll rechts ranfahren. *Das sollst du nicht machen!*, kommt die warnende Stimme in Erinnerung. Schon deutet mir der Nächste, anzuhalten. Beim Dritten schaue ich meine Tochter an und meine: „Wir sind zu Zweit, der alleine! Wenn er uns überfallen, ausrauben, vergewaltigen oder sonst was will, schaffen wir den!" Sie nickt. Wir werden langsamer und fahren rechts ran. Er hält vor uns, steigt langsam aus.

Ein großer, breiter Mann Mitte vierzig kommt auf uns zu und deutet auf das linke Vorderrad. Oh mein Gott, vor lauter schlechten Straßen habe ich nicht bemerkt, einen Platten zu haben. Da es nicht der Erste in dieser Woche ist, weiß ich, dass das Ersatzrad funktioniert und alles zum Wechseln da ist. In Deutschland würde ich den ADAC rufen, hier hilft mir der nette Ägypter. Ich bedanke mich herzlich, und wir steigen beschämt ein. Wie kann man nur so falsch denken! Und natürlich durften wir ihm kein Trinkgeld geben, da wäre Allah sauer – und wenn er nächstes Mal Hilfe bräuchte, würde er keine bekommen. So schaut das nämlich aus!

Wir fahren weiter. Die Schilder, die wir lesen können, also die nicht in arabisch geschrieben sind, sagen nur, es geht zum Flughafen / Safaga. Wir wollen aber nach Hurghada. Ich warte mal das nächste Schild ab. Wieder dasselbe: Geradeaus geht es nach Kairo, mit U-Turn geht es zum Flughafen / Safaga. Verdammt, und wo geht es nach Hurghada? Da Kairo definitiv total falsch ist, machen wir den U-Turn. Und siehe da, vor Safaga kommt Hurghada! Nun, da alles von El Gouna bis Makadi zu Hurghada gehört, wird es natürlich nicht mehr angeschrieben, sondern nur der Flughafen, der in Hurghada ist, nicht in Safaga.

Es wird Zeit, sich mit den Örtlichkeiten besser vertraut zu machen. Die Orientierung ist wirklich gar nicht so schwer: Rechts das Meer, links die Berge, du fährst Richtung Norden, also El Gouna – Kairo. Andersherum fährst du Richtung Süden, Markadi – Safaga – Marsa Alam. Alle Wege führen dich zum Ziel, manche dauern nur etwas länger.

Wir lernen Ägypten kennen

Karin ist mir sehr ähnlich, resolut, kämpferisch und dominant. Sie zeigt uns die schönsten Seiten von Hurghada. Wir gehen nach Sahl Hasheesh an den öffentlichen Strand. Ihn zu betreten kostet umgerechnet fünf Euro Eintritt, doch es ist pures Urlaubsfeeling. Das Meer leuchtet in verschiedenen Türkistönen. Karin bringt uns *Taula* bei, das ägyptische Pendant zum Brettspiel Backgammon. Wir schwimmen im glasklaren Wasser. Sie liegt nur im Schatten, wir brutzeln in der Sonne. „Ihr werdet sehen, irgendwann geht ihr nicht mehr in die Sonne!"

Karin hat eine Reiseagentur und bietet Individualurlaubern private Trips an. Natürlich testen wir mit den Kindern den Bootsausflug.

„Unser Kapitän hat eine Nase dafür, wo die Delphine sind!"

Und wirklich, auf einmal sind sie da! Mindestens zwanzig Delphine tummeln sich um unser Boot. Es ist das einzige weit und breit. Wir springen ins Meer und beobachten unter Wasser, wie ein junger Delphin gesäugt wird. Andere schwimmen so eng an uns vorbei, dass sie zum Greifen nah sind. Es ist ein unglaubliches Erlebnis. Es kommt uns so vor, als ob den Tieren die Touristen abgehen. Immerhin waren einige Monate keine Touristen mehr im Land und auch jetzt geht der Tourismus sehr schleppend los. Uns gefällt die Art, wie Karin ihre Ausflüge macht. Wir fragen, ob wir mit ihr kooperieren können und erzählen ihr von unserer Idee *Fairholiday*. Auch sie vermietet in ihrer Villa eine Wohnung, sodass wir unsere und ihre vermieten können.

Zurück im Bayerischen Wald gehen wir sofort zu der Firma, die schon die Website für unser Hotel erstellt hat und betreut. Sie bekommen den Auftrag, eine Homepage für unsere Idee in Ägypten zu erstellen. *Fairholiday*

– der etwas andere Urlaub. Individualreisende können bei uns eine Wohnung mieten oder verschiedene Touren buchen: *Kairo,* die Stadt der Pyramiden und der Sphinx mit einem Besuch auf dem Khan Kahlily Markt. *Luxor,* die Stadt der Tempel und Paläste. *Westtheben* und *Osttheben,* getrennt durch den Nil. *Sharm El Naga,* ein Naturschutzgebiet bei Somabay. Ein Paradies für Schnorchler und Taucher. Delphintour, ein Tagesausflug mit dem Boot, um mit den Tieren zu schwimmen.

Das Tolle an den Ausflügen: Sie werden privat organisiert und durchgeführt. Das heißt, man wird nicht durch die Papyrusfabriken, Parfümerien oder Alabasterhäuser gejagt, um dort an Verkaufsveranstaltungen teilzunehmen. Durch diese Verkaufsveranstaltungen bekommt der Reiseführer nämlich sein Gehalt. Das ist auch ein Grund, warum diese Reisen oft sehr günstig angeboten werden können.

Optimistisch wie wir sind, glauben wir, bald einen Käufer für das Hotel zu finden. Ein ernster Interessent war bereits da. Deshalb unternehmen wir auch keine neuen Verkaufsaktivitäten mehr. Im Gegenteil, alle Gäste, die ins Hotel kommen, erhalten direkt auch schon das Angebot, zu uns nach Ägypten in den Urlaub zu kommen. Doch die Euphorie, die wir für Ägypten aufbringen, bringen uns unsere Gäste nicht entgegen.

Verkauf des Hotels schwieriger als erwartet

„Ich glaube, wir sind einem Felix Krull auf den Leim gegangen", stöhnt Andreas, als er nach dem Gespräch mit dem Kaufinteressenten auflegt. Er ist lediglich wieder vertröstet worden, da der Kaufpreis immer noch nicht bezahlt werden kann, aber ein großes Projekt in Aussicht stünde. Seit Wochen hält er uns mit solchen Aussagen hin. Wir sind inzwischen per Du und mit dem Personal hat er bereits Pläne geschmiedet. Sie sind alle begeistert von ihm. Der jüngere Sohn hat bei uns ein Küchenpraktikum gemacht und der ältere Sohn ist mit seiner Frau bereits nach Deggendorf gezogen. Langsam glauben wir ihm nicht mehr, dass der Geldgeber noch auf einen Geschäftsabschluss wartet, damit die Finanzierung klappt. Obwohl er sogar schon bei der örtlichen Bank war, um sich über einen Kredit zu informieren. Doch dieses Hinhalten und Warten zermürbt. Wir sind hin- und hergerissen. Einerseits trifft er alle Vorbereitungen, um mit Sack und Pack hierher zu kommen, andererseits kommen nur schöne Worte, mit denen er das Hotel nicht kaufen kann. Weitere Interessenten gibt es nicht. ***Goodbye Deutschland*** hat der Produktionsfirma eine Zusage gegeben, drängt jedoch, die Sendung in Kürze ausstrahlen zu wollen. Wir haben innerlich schon mit dem Hotel abgeschlossen und wollen auch nichts Neues mehr darin starten. Weder neue Investitionen, die dringend nötig wären, jedoch niemals von einem Käufer bezahlt werden würden, noch andere Ideen, weil sich der neue Hotelbesitzer damit identifizieren müsste. Wir verlängern nur die Verträge mit den Reiseveranstaltern entsprechend den jetzigen Arrangements.

Es ist Weihnachtsmarkt in Bodenmais und wir sind auch mit einem Getränkestand vertreten. Ein junger Mann kommt zielstrebig auf uns zu und ich frage grinsend: „Na, wie wär's mit einer heißen Oma?" Er schaut mich vollkommen entsetzt an. Ich lache. „Keine Sorge, ich baggere dich nicht an. Heiße Oma ist ein Eierpunsch mit Sahne!" Sichtlich erleichtert will er doch lieber heißen Caipi. Mein Handy schellt. Ich gehe ran.

„Hier ist die Kriminalpolizei Frankfurt. Sind Sie die Besitzerin des Hotels *Dolce Vita?*" Mir wird ganz anders. Was hab ich jetzt wieder falsch gemacht? Ich bestätige. „Haben Sie in den letzten Monaten eine Immobilie oder etwas anderes Teures verkaufen wollen?"

„Ja, ich will immer noch mein Hotel verkaufen."

„Hatten Sie da einen Interessenten aus Italien?"

„Ja, waren das Betrüger?"

„Ja, das ist eine Gruppe aus Frankfurt. Und bei der Überprüfung der Telefonnummern war Ihre dabei." Oh Mann, nicht einmal echte Italiener waren es.

„Und was wäre passiert, wenn ich dorthin gefahren wäre?"

„Na, Ihre 100.000 Euro wären weg. Entweder direkt abgenommen und abgehauen, oder Sie wären überfallen worden."

„Na prima, aber es wird doch keiner so blöd sein und mit Geld zu einem Verkauf fahren!"

„Doch, es gibt leider genügend, die darauf reinfallen. Ich komme die Tage vorbei, wegen der Zeugenaussage." Darauf trinke ich jetzt erst einmal selbst eine „heiße Oma!"

Prosit Neujahr 2012

Eigentlich habe ich was gegen imaginäre Gespräche. Unsere Tochter bekommt einen Anschiss, wenn sie zum Essen das Handy nicht weglässt, und Andreas beginnt, mit diesem Ding mehr zu kommunizieren als mit mir. „Alles Kontakte, die wir mal brauchen können", ist sein Argument. Ich will gar keine Kontakte. Inzwischen bekomme ich nämlich langsam einen Gästekoller. Es war unser fünftes Silvester im Hotel und wir sind immer noch hier, haben keinen Käufer in Sicht, außer einer Betrügerbande und einem Hochstapler.

Die Wohnung ist fertig eingerichtet und ab jetzt fliegen wir mit Egypt Air an allen freien Tagen in unsere neue Wahlheimat, denn da können wir jeweils zehn Kilo Handgepäck und zwei Koffer à 23 Kilo mitnehmen. Wir bekommen eine Decke, Socken, Essensauswahl online und Getränke, soviel wir wollen. Das Ganze für etwa 350 Euro hin und zurück.

Unser ägyptisches Netzwerk wächst dank Andreas' Aktivitäten. Karin, unsere neue Freundin, hat ebenfalls eine Tochter, die sich gut mit Katharina versteht und im selben Alter ist. Wenn es mit dem Auswandern klappt, dann kann Katharina in Ägypten mit ihr zusammen die Schule beenden. Im Anschluss hat sie die Möglichkeit, in El Gouna die Ausbildung zur Hotelfachfrau zu machen. Im dualen System wird, wie in Deutschland, mit dreiwöchiger Arbeit in einem Hotel und einer Woche Berufsschule ausgebildet. Die Prüfung wird von der IHK Leipzig abgenommen. Es ist alles geplant.

Wir haben noch eine Österreicherin kennengelernt, die in Ägypten ihr Rentendasein genießt. Das ist natürlich optimal. Durch die Rente in harter Devise unterliegst du nicht so stark der Inflation, denn du gleichst diese durch einen höheren Umtauschkurs aus. Sie wiederum hat einen deutschsprachigen Ägypter an der Hand, der handwerklich gute Kontakte hat. Natürlich lernen wir ihn kennen. Er ist supernett, und wenn wir was brauchen, hilft er uns, das Entsprechende zu besorgen.

Die Bekanntschaft mit Udo und Tammy sorgt dafür, dass wir bereits jetzt unsere Spontanurlaube mit Einnahmen in Ägypten finanzieren können. Auch wir werden in Zukunft die Gegend mit dem Auto erkunden. Für den Anfang würde es uns vollkommen genügen, wenn wir uns in Hurghada zurechtfänden. Wir bewundern unsere Freundin, wenn sie uns fährt, wie gut ihre Ortskenntnisse sind. „Ich bin gespannt, wann wir wie lange dafür brauchen?", hat Andreas das letzte Mal gesagt. Sie meinte, es würde ganz schnell gehen.

Mehr brauchen wir für den Anfang nicht. Unser Plan ist, erst einmal die Sprache zu lernen, das Land zu erkunden und nichts zu tun. Und der einzige Wunsch für das neue Jahr ist ein solventer Käufer.

Unsere Gäste wachen auf und holen mich zurück in die Realität. Das Haus ist ausgebucht und es gibt Neujahrsfrühstück mit Lachs und Sekt. Man soll ja mit dem beginnen, mit dem man aufgehört hat. Auf jeden Fall wünschen wir allen ein gutes Jahr!

Ich glaube, ich bekomme einen Gästekoller

Du kennst das bestimmt: Wenn du innerlich schon gekündigt hast, stört dich alles. So ist es auch bei mir. Im Kopf habe ich das Hotel schon verkauft. Jetzt werde ich intolerant und wenig diplomatisch. Bald habe ich den Ruf weg, mehr Gäste zu vergraulen als aufzunehmen.

Weihnachten ist immer ein Fest, das wir gemeinsam mit den Gästen feiern, wie mit einer großen Familie. Eine einzelne Frau checkt ein. Das Zimmer gefällt ihr nicht, weil es ein Einzelzimmer ist. Ja, da steht wirklich nur ein Einzelbett, doch wieso müssen sich Gäste über etwas beschweren, was sie gebucht haben? Ihr gefällt die Gegend nicht, weil sie nicht laufen kann. Das Hotel ist ihr zu klein und der Weg in die Stadt zu beschwerlich. Und dann macht sie beim Frühstück noch Stimmung gegen uns. Mit dieser Person möchte ich nicht zusammen Weihnachten feiern. Also gehe ich zu ihr hin und sage ihr das. „Es ist besser, wenn Sie Weihnachten in einem anderen Hotel feiern. Es gefällt Ihnen nicht bei uns und ich lasse nicht zu, dass sie deshalb die Stimmung der anderen Gäste verderben. Sie bekommen Ihr Geld zurück, bitte packen Sie und checken Sie aus."

„Das können Sie nicht machen."

„Doch, das kann ich."

„Wo soll ich denn so kurzfristig hin?"

„Das ist mir relativ egal. Zur Not bezahle ich ihnen die Fahrkarte nach Hause."

„Meine Kinder haben mir diese Reise geschenkt."

„Oh, das kann ich gut verstehen. Die wollten endlich einmal ein harmonisches Weihnachten feiern. Wenn Sie jetzt nicht ihre Sachen packen, dann werde ich das für Sie übernehmen. Ich gebe Ihnen fünfzehn Minuten Zeit."

Dann ist da die Familie, die zu mir an die Rezeption kommt und sich über das Zimmermädchen beschwert. „Sie hat unsere Zahnputzbecher nicht saubergemacht." Ich überlege. „Eine Zahnbürste wird oft als ein sehr persönlicher Gegenstand angesehen. Wir nehmen die nicht in die Hand, um die Becher zu säubern. Es ist die Einhaltung der Privatsphäre."

„Nein, wir haben aus den Zahnputzbechern Wein getrunken." Es rattert in meinem Kopf.

„Verstehe ich Sie richtig, Sie beschweren sich, dass wir die Zahnputzbecher nicht sauber machen, aus dem Sie Ihren selbst mitgebrachten Wein getrunken haben?"

„Ja, genau."

„Dann mache ich Ihnen folgenden Vorschlag: Sie bestellen eine Flasche Wein bei unserem Zimmerservice, den bekommen Sie mit sauberen Gläsern. Und wenn Sie Ihren selbstmitgebrachten Wein trinken möchten, dann buchen Sie doch besser eine Ferienwohnung."

Oder die Gäste, die glauben, dass man am Frühstücksbüffet auch gleichzeitig das Lunchpacket für den Wandertag einpacken kann. Entsprechend unseres Hinweises am Tisch, lösen wir diese Situation ganz einfach. Wenn die Frühstücksbedienung sieht, dass jemand etwas einpackt, bringt sie noch einen kleinen Saft dazu und verbucht ein Lunchpaket.

Es wird Zeit, dass wir eine Lösung finden!

Goodbye Deutschland ade – hallo Hartz-IV-Programm

Nicht nur wir warten händeringend auf einen Käufer, auch *Goodbye Deutschland* will nicht mehr länger warten. Da sie jedoch nicht ausstrahlen, wenn wir nicht wirklich mit Sack und Pack auswandern, ziehen sie ihre Zusage zurück. Die Produktionsfirma ist jedoch mit dem bereits gedrehten ersten Teil in finanzielle Vorleistung getreten und muss deshalb die Geschichte verkaufen. Sie erklären uns, dass RTL an *„Mitten im Leben"* interessiert ist. Wir kennen diese Sendung nicht, denn wir haben keine Zeit, tagsüber Fernsehen zu glotzen. Doch wir sehen das Ganze als Chance, den Film jetzt zu beenden, ohne zwangsläufig vorher auszuwandern. Vielleicht gelingt es uns, darüber einen Käufer zu finden? Deshalb sagen wir zu.

Unsere Tochter bekommt direkt einen hysterischen Anfall, als sie das hört. „Da bin ich raus! Habt ihr diese Assi-Sendung schon mal gesehen?" Jetzt schauen wir in die Mediathek, damit wir einen Eindruck bekommen. Katharina hat recht. Es ist unterste Schublade. Gefakte Stories und asoziales Geschreie. Wir sind ihrer Meinung und rufen die Produktionsform an, um abzusagen.

„Es stimmt, 80 Prozent der Ausstrahlungen sind gestellt und schlecht gemacht. Aber wir haben schon Filme dafür gedreht. Schaut euch mal den letzten an, da haben wir einer Frau geholfen, ihren Vater wiederzufinden."

Wir schauen uns auch diesen Film an. Ja, er ist tatsächlich ganz anders. Es ist eine rührende Geschichte mit tollen Aufnahmen und Happy End. Wir berufen den Familienrat ein. „Da wir nicht schreiend durch die Gegend laufen und uns kein Drehbuch vorgeschrieben wird, kann gar nichts Asoziales dabei rauskommen", versuchen wir, Katharina zu überzeugen. Widerwillig sagt sie zu. Es wird noch die Sequenz um die aktuelle Situation in Deutschland ergänzt. Wir berichten, dass noch kein Käufer da ist, Katharina muss sich von ihrem Freund verabschieden und Andreas besorgt bei unserem Lieblingsmetzger „Einsle" hundert Paar Weißwürste, da wir einen Weißwurst-Stammtisch in Ägypten drehen wollen. Dann geht es ab in unsere zukünftige Heimat. Wir haben unser Mietauto, das für sechs Koffer und drei Personen fast zu klein ist. Katharina muss vorne auf meinem Schoß sitzen, so wird es eine Autofahrt ganz entsprechend dem ägyptischen Stil.

Die Wohnungen werden gezeigt, in denen wir Feriengäste beherbergen wollen. Wer kann nachts um 23:00 Uhr in Deutschland einkaufen gehen? Hier in Ägypten kein Problem. Da Katharina inzwischen die letzte Klasse in Deutschland besucht, erkundigen wir uns gemeinsam mit dem Filmteam in El Gouna über Ausbildungsmöglichkeiten für sie. Hier gibt es nämlich eine Hotelschule, in der ein duales Ausbildungssystem nach deutschem Standard für Gastronomie angeboten wird, deren Prüfung von der IHK Leipzig abgenommen wird.

Katharina muss allein mit dem Bus fahren, wir hechten mit dem Kamerateam hinterher. Doch wir haben den Fahrstil der Ägypter unterschätzt. Wir konnten den Bus nicht einholen und das Filmteam gerade so! Weiter geht es zusammen durch El Gouna. Die beste Filmsequenz ist aus unserer Sicht diese: Wir gehen auf den Aussichtsturm und schauen uns El Gouna von oben an. Die Kamera schwenkt über die Kanäle, den Golfplatz, die kleinen Villen mit Pool. Hinten sieht man die bunten Schirme der Kiter und die Boote auf dem Meer. Andreas und ich genießen den Ausblick.

„Die Villen hier mit Pool sind schon schön", meine ich.

„Die kosten bestimmt 400.000 Euro."

„Wenn es reicht."

Da wir uns das nicht leisten können, meint Andreas: „Hier will ich sowieso nicht wohnen. Du?"

„Ich schon." Schnitt! Im Film wird gleich darauf die Aussicht aus unserer Wohnung auf halbfertige Häuser, unbefestigte Straßen mit Sand und Müll gezeigt. Ja lieber Andreas, du willst lieber im Dreck leben, deine Frau im geordneten El Gouna!

Der Delfintrip mit Karin wird mit wunderschönen Unterwasserbildern aufgenommen und auch unsere Freundin wird interviewt, vor allem zu dem Thema „Drogen und Kinder in Ägypten".

Wie die Weißwurst nach Ägypten kam

Die Idee, unseren ersten großen Weißwurst-Stammtisch zu filmen, wird von der Filmcrew begeistert aufgenommen. Extra für das Filmteam ließen wir Weißwurst-Shirts anfertigen, und natürlich haben wir uns auch sofort mit der Weißwurst-Armbanduhr geschmückt, kaum dass wir diese entdeckt haben! Für gute Freunde in Ägypten haben wir immer diese „Leckerlis" aus Deutschland eingepackt, uns mit den Leuten getroffen und Bayern nach Ägypten gebracht. Wir haben die Weißwürste und den Senf spendiert, unser Freund, der ein Hotel leitet, die Örtlichkeit und die Getränke sowie die Brezen zur Verfügung gestellt. Das Ganze fand damals noch im kleinen Kreis der besten Freunde statt.

Wenn man hier lebt, vermisst man eine Sache ganz schnell: das deutsche Essen. Natürlich zählen dazu auch die gute Wurst und bayrische Spezialitäten. Deshalb wurde von Mal zu Mal die Runde größer, und auf einmal waren auch Freunde von Freunden dabei. Dann war es an der Zeit, sich etwas anderes einfallen zu lassen.

Als wir wieder mal bei Bertis Weißwurst-Stammtisch in Zwiesel / Niederbayern eingeladen waren, dort, wo auch der Weißwurst-Äquator entlangläuft, kam uns die Idee: Die bayrischen Farben Weiß und Blau finden sich natürlich in Ägypten wieder: Das türkisfarbene Meer mit den weißen Schaumkronen, der strahlendblaue Himmel mit den weißen Wolken. Unter den deutschen Residenten gibt es einen Geheimtipp, wo man sich trifft: die *Caribbean Bar* im *Hotel Bella Vista*. Diese Location ist auf Stelzen im Roten Meer gebaut, und spontan denken wir: „Dies ist einem Weißwurst-Stammtisch würdig." Cello Lauck, der Manager dieser Bar, war von unserer Idee begeistert, und so starten wir einen Aufruf auf Facebook: „Wer möchte unter der ägyptischen Sonne bayrische Weißwürste genießen?" Und siehe da! Ganz schnell sind siebzig Personen verbindlich angemeldet, die den deutschen Brauch, Weißwurst vor 12:00 Uhr mittags zu essen, mit uns pflegen wollen. Wir sind begeistert.

Der erste Stammtisch wird vorbereitet. Es ist toll, zu sehen, wie man aus einer Strandbar eine *Weißwurstbar* zaubert. Eine große bayrische Fahne und kleine Tischfahnen hat unser großes Vorbild Berti gesponsert. Um stilecht zu bleiben, haben wir bei eBay sogar das König-Ludwig–Weißwurst-Service ersteigert! Als die Gäste kommen, verschlägt es uns und der Filmcrew die Sprache. Wie in München zum Oktoberfest kann man fast eine Modenschau eröffnen. Tatsächlich haben doch viele Auswanderer ihre Tracht mitgenommen! Wir freuen uns, dass der bayrische Wimpel, unser Symbol für den Weißwurst-Stammtisch, an Cello weitergereicht wird. Dieser wird an unserem Tisch aufgestellt. Ein großer Topf mit heißem Wasser, in dem die Weißwürste ziehen, ja nicht zu heiß, denn sonst werden sie „mäderln" (platzen), steht in der Mitte. Daneben die Teller und ein großer Korb mit frischen Brezen. Ja, es gibt sogar in Ägypten deutsche Bäckerinnen, die ihr Handwerk verstehen. Auch der typische süße Senf darf nicht fehlen! Bei bayrischer Musik und ägyptischem Bier, was nach deutschem Reinheitsgebot gebraut ist, kommt Stimmung auf. Die Weißwurst schmeckt!

„Dürft Ihr die einfach so einführen?" Diese Frage beschäftigte die meisten. Erst einmal haben wir recherchiert! Die Zollvorschrift ist ein bisschen widersprüchlich: Einerseits sind bei verbotenen Gegenständen nur Fleisch und Schweinefett erwähnt, andererseits ist bei erlaubten Gegenständen Schweinefleisch ausgeschlossen. „Weißwurst ist doch aus Kalb!", argumentiert Andreas. „Klar, deshalb steht überall auf dem Etikett Schweinefleisch!" Egal, wir nehmen aus Deutschland, wenn es unser Freigepäck zulässt, immer zwischen hundert und hundertfünfzig Weißwürste mit, müssen diese auch bei der Einreise zeigen, doch bisher hat sie uns noch nie jemand weggenommen. Andreas zeigt immer auf seinen Bauch und meint: „All I can eat!" oder: „Kersh kibir!", was *dicker Bauch* bedeutet. So hat die Weißwurst Ägypten erobert!

Der Film ist im Kasten

Das Filmteam will natürlich auch unsere ersten Businesskontakte mit in Szene setzen, deshalb interviewen wir Tammy. „Das Besondere ist, dass du in Ägypten zwar ein Geschäft gründen kannst, aber dann nicht darin arbeiten darfst. Du musst dafür Ägypter einstellen, denn auch hier gilt, ohne Arbeitserlaubnis ist es illegal."

Als alles im Kasten ist, kommt Andreas mit einer Knallerfrage: „Du, was würdest du sagen, wenn ich dir auf dem Boot einen Heiratsantrag machen würde?"

„NEIN, würde ich sagen! Mir ist der Kopf gerade nicht nach heiraten, wie kommst du darauf?" Das wäre die Idealvorstellung des Filmteams gewesen, so als perfektes Happy End, aber ich möchte ernsthaft gefragt werden – nicht weil es im Drehbuch steht. Ein bisschen bin ich jetzt schon deprimiert. Für den Abschluss kommt uns ein Zufall zu Hilfe. Ein Ägypter will seine Villa verkaufen, direkt am Meer, und in Deutschland ein Hotel eröffnen. Wir gehen mit dem Filmteam hin. Bekommen wir denn tatsächlich ein Happy End? Die Villa gefällt uns gar nicht, und Tarek würde unser Hotel schon nehmen, aber nur im Tausch. Nein, leider kein Geschäft für uns.

Es war eine lustige Erfahrung, den eigenen Alltag von einem Filmteam aufnehmen zu lassen. Nein, wir haben dafür nichts bezahlt bekommen und es sind auch alle Aufnahmen authentisch, nichts vorgegeben oder gefakt. Warum wir das gemacht haben? Tatsächlich hoffen wir, mit der Ausstrahlung auf unser Hotel und auf *Fairholiday* aufmerksam zu machen und dadurch vielleicht einen Käufer und Gäste zu generieren. Auf alle Fälle hat es Spaß gemacht und es ist für uns kostenlose Werbung. Schlechte Reputation kann es nicht sein, dazu waren die Aufnahmen zu harmlos.

Der Besuch im Dolce Vita

Andreas ist mit Kathi nach Ägypten geflogen. Es sind ihre letzten Ferien, bevor sie ihre Ausbildung beginnt. Alle Pläne, mit ihr zusammen auszuwandern, sind Vergangenheit. Sie wird bei ihrem Freund in Deutschland bleiben, auch wenn sich unser Traum irgendwann doch noch verwirklichen sollte. Ich habe keinen Hunger und alleine zu frühstücken macht auch keinen Spaß. Deshalb bin ich dabei, das Frühstücksbüffet abzuräumen, als unser Immobilienmakler mich anruft. „Hast du Zeit? I hob an Ungarn do, der mecht des Hotel oschaug." Es gibt so viele, die es sich zum Freizeitsport machen, Hotels zu besichtigen. Doch natürlich kann er kommen. Schon nach zehn Minuten taucht der Makler gemeinsam mit einem adretten Paar auf. Sie etwa in unserem Alter, er ein wenig älter. Sehr gepflegtes Äußeres und Markenkleidung sowie Schmuck lassen die Vorstellung schwer zu, dass sie im Zimmer mitputzen oder morgens die Wassergymnastik machen wollen. Wir setzen uns zusammen und sie erzählen.

„Wir kommen aus der Schuhbranche, doch wir wollen ein Hotel. Wir brauchen ein kleines Haus, das wir mit allen Familienmitgliedern bewohnen können. Wir würden es auch mit allen betreiben."

Ich werde hellhörig. Sollten das doch ernsthafte Interessenten sein? Bei der Hausbesichtigung erkläre ich, wie viele Möglichkeiten es gibt, Familienmitglieder unterzubekommen, ohne auf Umsatz verzichten zu müssen. Wir haben die Betreiberwohnung, daneben ein Studio. Darunter sind zwei Einzelzimmer, die wirklich fast nie benutzt werden, weil wir kaum Single-Gäste haben. Drüben im Nebenhaus ist der Dachboden ausgebaut, da wohnt unsere Tochter. Natürlich müsste sie im Falle eines Verkaufes ausziehen.

„Kein Problem, sie kann auch erst noch dort wohnen bleiben. Wir würden sie mit in die Familie integrieren." Das sind die Südländer, die haben einfach noch einen anderen Familiensinn als wir. Als wir mit dem Rundgang fertig sind, meinen beide, es wäre genau das, was sie gesucht hätten. Sie würden gerne in ein paar Tagen mit der ganzen Familie kommen, denn es ist eine Gemeinschaftsentscheidung. Wir verabschieden uns. War das gerade ein Traum oder Wirklichkeit? Sollte jetzt, wo keiner mehr richtig damit gerechnet hat, wirklich ein Käufer zum Greifen nah sein? Jetzt, wo wir gerade wieder beginnen, neue Konzepte für das Hotel zu kreieren und alles neu zu konzipieren? Ich werde Andreas nichts von diesem Besuch erzählen, denn ich will abwarten, ob sie wirklich in ein paar Tagen alle wiederkommen. Die vielen Versprechungen und Hinhaltungen der letzten Jahre machen mich skeptisch.

Tatsächlich steht die ganze Familie zwei Tage später vor der Tür. Kleine Tochter, große Tochter und der Schwiegersohn. Die Geschwister der Eltern sind noch in Ungarn und warten nur auf einen Anruf. Ich lasse sie alleine das Haus besichtigen, damit sie sich gut beratschlagen können. Sie sind nach zwanzig Minuten wieder zurück. Ich habe Angst, dass man mein Herz schlagen hört. Das Familienoberhaupt reicht mir die Hand mit den Worten: „Bei uns zählt ein Handschlag mehr als ein schriftlicher Vertrag."

Sie gehen, und jetzt hält mich nichts mehr, Andreas anzurufen und ohne eine Begrüßungsfloskel ins Telefon zu schreien: „Das Hotel ist verkauft!"

Kapitel 3: Fairholiday in Ägypten

„Was arbeitet ihr eigentlich hier in Ägypten?"

Diese Frage hören wir oft, und sie ist vollkommen berechtigt. Denn für die Rente mit Mitte fünfzig sind wir definitiv noch zu jung, und um ausschließlich vom Ersparten zu leben, nicht vermögend genug. Nur weil das Leben in Ägypten nach europäischen Maßstäben relativ günstig ist, ist es ein weitverbreiteter Irrglaube, man könne hier mit ganz wenig Startkapital einfach so in den Tag hineinleben. Tatsächlich haben wir viele Auswanderer kennengelernt, die das tun. Die einen mehr, die anderen weniger erfolgreich. Wir dagegen haben das Auswandern lange geplant, während wir noch zwischen Deutschland und Ägypten pendelten. Der Plan, die zweite Wohnung zu vermieten, war mit Kauf der Immobilien geschmiedet.

Doch unsere tatsächliche Haupteinnahmequelle resultierte aus dem Zusammenspiel mehrerer Umstände und war nicht unsere Idee.

Das erste Geschäft in Ägypten

Andreas ist ein Networker und knüpft in Deutschland bereits Kontakte zu Ausgewanderten in Ägypten über Facebook. Dabei lernt er Udo und Tammy kennen, die mindestens so verrückt sind wie wir. Tammy hat in Deutschland noch einen Swingerclub, doch aus gesundheitlichen Gründen leben sie in Ägypten. Beim nächsten Kurztrip in Ägypten verabreden wir uns mit ihnen. Die beiden wohnen in *Helal* in einem Resort. Die Anlage gefällt uns auf Anhieb. Vier Etagen hoch, in der Mitte schön angelegte Beete mit Blumen und Sträuchern, einige Palmen und ein großer Pool mit Liegen. Es ist eine gewachsene Anlage, nicht mehr ganz neu, das erkennt man, trotzdem sehr gepflegt und sauber. Wir folgen den beiden nach oben, denn sie bewohnen ein Apartment über zwei Etagen, mit eigener Dachterrasse. Die Treppen lassen Andreas außer Atem kommen, doch oben angekommen genießen wir den Ausblick bis aufs Meer. Da es keinen Aufzug gibt, schweift unser Blick auch nach unten zum Pool. „Wir würden wahrscheinlich lieber im Erdgeschoss eine Wohnung nehmen. Tür auf und direkt ins Wasser springen." Eine Bestätigung erwartend schaue ich Andreas an.

„Ja, den Gedanken hatten wir auch. Doch direkt am Pool kannst du nie die Türe unbeaufsichtigt auflassen und jeder, der vorbeigeht, läuft fast über deine Terrasse. Da würden wir uns zu beobachtet fühlen." Ich verziehe den Mund zu Andreas und antworte ihm in Gedanken: *Siehste, nix mit bequem unten! Gut, dass wir einen Aufzug haben!*

Wie in Italien wird über das Geschäft erst nach dem Essen gesprochen. Als der Tisch abgeräumt ist, beginnt Tammy, uns ihre Geschäftsidee zu erklären.

„Udo hatte das Geschäft schon erfolgreich in Deutschland umgesetzt, jedoch mit billigen Gebrauchtwagen. Hier in Ägypten sind Gebrauchtwagen vollkommen uninteressant. Der Wertverlust ist so gering, dass du für nur wenig mehr einen neuen bekommst und dann keine Probleme hast. Wir vermieten die Autos ausschließlich an Deutsche, die hier leben – und das meist langfristig."

„Warum kaufen die sich kein eigenes?", wirft Andreas ein.

Jetzt übernimmt Udo die Erklärungen. „Dafür gibt es verschiedene Gründe. Meistens haben sie das Geld nicht. Viele kommen nach Ägypten ohne finanzielles Polster. Sie beginnen, hier zu arbeiten und wollen dann wenigstens die Flexibilität eines Autos. Sie haben keine Lust, auf ein Taxi zu warten, und wenn es dann endlich kommt, sich mit dem Taxifahrer über den Preis zu streiten. Die anderen, die das Geld hätten, bekommen es nicht angemeldet, weil man dafür einen Wohnsitz in Ägypten nachweisen muss, und dann ist die Anmeldung hier wirklich kompliziert. Du kannst nicht, wie in Deutschland, kaufen und anmelden. Und wieder andere wollen sich finanziell nicht binden. Sie möchten von heute auf morgen die Zelte abbrechen können. Das sind die Hauptgründe." Die leuchten ein. Jetzt kommt Udo zum Kern des Treffens und fragt uns, ob wir uns nicht beteiligen möchten. Er rechnet uns vor: „Wenn ein Kunde kommt und auf Dauer ein Auto mieten möchte, dann kaufen wir dieses. Die Miete wird ganz einfach berechnet: Kaufpreis mal zwei geteilt durch sechsunddreißig, weil in drei Jahren das Auto bezahlt sein muss."

„Welche Autos kaufst du denn?", will ich wissen. Dabei erkenne ich nur einen Käfer oder wenn die Marke hinten auf dem Auto klebt. Ansonsten unterscheide ich in großes weißes Auto oder kleiner Roter.

„Ich habe jetzt eine Interessentin für einen Speranza A516. Der kostet neu 50.000 LE, etwa 6.000 Euro. Dafür verlange ich im Monat 2.800 LE Miete. Wenn du mir das Geld gibst, dann bekommst du im Monat 1.400

LE. Das sind etwa 30 Prozent Jahreszinsen. Auf der Bank bekommst du etwa 15 Prozent. Und die Inflation von zehn Prozent ist bei der Bank nicht berücksichtigt."

Toll, jetzt muss ich erst einmal Dr. Google nach einem Bild fragen, damit ich mir irgendwas unter dem Namen vorstellen kann. Ah, eine Limousine mit vier Türen in vielen Farben. Also ein ganz normales Auto. Es gefällt mir und ich zeige es kurz Andreas, der die Marken eher kennt, weil er mit offenen Augen durch die Straßen fährt. Das Angebot hört sich interessant und schlüssig an. Andreas und ich stimmen uns kurz ab. Immerhin haben wir so die Möglichkeit, unsere Kurzurlaube direkt zu finanzieren. Das Geld ist auch kein Problem. Da ich ein entscheidungsfreudiger Mensch bin und Andreas nichts dagegen einzuwenden hat, schaue ich die beiden an und verkünde: „Das machen wir!" Per Handschlag besiegeln wir unsere neue Geschäftsbeziehung und vermieten somit unser erstes Auto, während wir noch in Deutschland leben.

Der Start in Ägypten, anders als geplant

Gut gelaunt kommen wir mit Tochter Kathi in Ägypten an. Es ist der 25. Juli 2013. Es ist nichts geplant, nur Entspannung und Urlaub mit unserem Nesthäkchen, weil sie viel zu früh in Deutschland auf eigenen Beinen stehen muss. Kurzfristig hat Katharina mit ihrem Freund eine Wohnung bezogen und ich weiß, dass Andreas es zu schaffen macht, seinem „Baby" bei dem Eintritt in die Arbeitswelt nicht beistehen zu können. Doch wir haben allen versprochen: Wenn eines unserer Kinder Hilfe braucht, nehmen wir das nächste Flugzeug und kommen!

Ganz unerwartet meldet sich Udo an. Er trifft sich mit Andreas und hat einen Karton mit Unterlagen dabei. „Hallo Andreas, Tammy geht es gesundheitlich nicht gut, sie ist bereits zurück nach Deutschland und mein Flug geht in drei Tagen. Du hast jetzt die Möglichkeit, meine Firma für 35.000 Euro abzukaufen, oder ich verkaufe sie einem Ägypter. Dann weiß ich jedoch nicht, ob du dein Geld, das du uns schon gegeben hast, wiederbekommst." Andreas kommt nach Hause und erzählt mir das. „Das glaube ich nicht. Hier werden wir nicht von Ägyptern beschissen, sondern von Deutschen!" Die Geschäftsidee der beiden ist grandios, doch jetzt die Pistole auf die Brust gesetzt zu bekommen und zu entscheiden: „Geld weg oder Arbeit da!", finde ich nicht besonders prickelnd. Inzwischen haben wir schon in zwei Autos bei Udo und Tammy investiert, 12.000 Euro. „Ich pfeife auf das Geld. Ich habe keine Lust, auszuwandern und sofort wieder in Abhängigkeit zu geraten. Und auch wenn es nur sechs Mieter sind, du musst präsent sein. Das war nicht unser Plan!" Ich bin zornig, sauer, enttäuscht.

„Du hast grundsätzlich Recht", versucht Andreas, mich zu beschwichtigen, „aber überlege doch: erstens brauchen wir ein Auto, also müssten wir dafür eh Geld ausgeben. Und zweitens hätten wir direkt eine Einnahmequelle und müssen nicht an unser Erspartes." In den letzten beiden Jahren haben wir 30.000 Euro in der Bank angelegt zu einem traumhaften Zinssatz von 12,75 Prozent auf drei Jahre, aber in ägyptischen Pfund. Ich beruhige mich etwas und versuche, mein Hirn anzuschalten. „Wir haben keine 35.000 Euro, du weißt, dass alles Geld in den Wohnungen steckt und auf der Bank liegt. Wir können maximal noch 25.000 Euro zahlen."

Wir sprechen mit Udo, der wirklich ein gewiefter Geschäftsmann ist. Wir machen folgenden Deal: Er verkauft noch ein großes Auto und überschreibt uns den Rest mit der Firma für die 25.000 Euro.

Am nächsten Tag geht es für Andreas rund. Er fährt mit Udo quer durch Hurghada, um alle Mieter und Fahrzeuge kennenzulernen. Ihm wird gezeigt, wo man Schlüssel nachmachen lässt, wo die Werkstätten für die Marutis sind, wo man Karosserieschäden reparieren lässt und wo man neue Autos kauft. Er übergibt Andreas den Karton mit den Papieren und verabschiedet sich, da sein Flug am nächsten Tag geht. Jetzt haben wir eine Schachtel mit Unterlagen, Ersatzschlüssel, eine Liste, wer für welches Auto wie viel Miete bezahlt, und eine uns fremde Frau als Kontakt, der Udo die Firma überschrieben hat, da wir erst einmal unser Visum verlängern lassen müssen, um die Firma mit den Fahrzeugen auf uns übertragen lassen zu können. Das ist der Plan.

Als Erstes offenbart uns der Steuerberater, dass für diese Firma noch nie Steuern bezahlt wurden. Also beschließen wir, nicht die Firma von Tammy und Udo zu übernehmen, sondern eine neue zu gründen. Unser erstes großes Unterfangen in Ägypten beginnt.

Arbeiten in Ägypten

Es gibt Situationen im Leben, die werden sich nie ändern. Meine Bestellung im Restaurant wird mit ziemlicher Sicherheit falsch ausgeführt. Bei einem Computerprogramm habe ich Fehlermeldungen, die es eigentlich gar nicht gibt. Und bei meiner Firma werden Prüfer auf Situationen stoßen, die sie so nicht kennen. Es liegt wahrscheinlich daran, dass ich ein Querdenker bin und deshalb im Restaurant nie von der Karte bestelle, sondern individuell, bei einem Computerprogramm eine eigene Logik entwickle, mit der ein Computer nicht rechnet, und dass ich in meinem Unternehmen deshalb auch Nischen finde, die Prüfer nicht kennen. Jetzt kommt erschwerend hinzu, dass wir in einem Land leben, wo wir die Gesetze nicht nachlesen können, weil wir die Sprache und Schrift nicht verstehen, wo außerdem die Gesetze schneller geändert werden als in Europa, weil nicht so viele gefragt werden müssen, und wo man nicht unbedingt die Veränderungen veröffentlicht, sondern ein Anwalt sich die aktuellen Gesetze erarbeiten muss. Ein bisschen erinnert mich das an das deutsche Steuerrecht, in dem es auch jedes Jahr Veränderungen gibt. Ich weiß, dass ich auf die Veröffentlichung der Lohnsteuerrichtlinien für das nächste Jahr gewartet habe, wie andere auf den neuen Band von Harry Potter. Immerhin musste ich zum Jahresbeginn wissen, wie ich während des nächsten Jahres Steuern sparen konnte. Wer kann denn am Jahresende noch was verändern? Und einen Betriebsprüfer über die Zukunft zu befragen, macht überhaupt keinen Sinn. Ich erinnere mich, wie ich mit einem Steuerprüfer zusammensaß und über die Absetzung der Kosten für die Feier meines vierzigsten Geburtstags diskutiert habe, da er mir diesen Posten streichen wollte. Nachdem wir das Thema geklärt hatten, fragte ich ihn: „Damit wir nicht wieder so eine Diskussion haben, wenn Sie in vier Jahren kommen, sagen Sie mir doch bitte heute, wie Sie folgende Situation beurteilen werden: Im Lohnsteuerrecht steht, dass ich den Mitarbeitern Geschenke in unbegrenzter Höhe machen darf, wenn es sich um eine

Tombola handelt, bei der jeder Mitarbeiter die gleichen Chancen hat, zu gewinnen. Kann ich da auch Geldpreise verschenken?"

„Ich habe keine Ahnung von der aktuellen Gesetzeslage. Ich lebe in der Vergangenheit. Sie können mich über Sachen fragen, die mindestens fünf Jahre vergangen sind. Die Neuerungen kann ich Ihnen erst in fünf Jahren beantworten. Wenn Sie jetzt eine verbindliche Aussage wollen, dann müssen Sie diese schriftlich an das Finanzamt richten. Gegen eine Bearbeitungsgebühr von etwa 100 Euro bekommen Sie dann eine rechtsverbindliche Aussage. Kostenlos gibt es nichts mehr."

Gut, jetzt würden wir gerne in Ägypten erfahren, wie man eine Firma gründet und eine Arbeitserlaubnis bekommt, und wir kommen genauso nur tröpfchenweise weiter. Unser Bestreben ist es, ordentlich mit Arbeitserlaubnis in unserer eigenen Firma zu arbeiten, ohne ägyptischen Teilhaber. Deshalb hat man uns eine Investmentfirma empfohlen. Das bedeutet, du investierst in Ägypten mindestens 25.000 Dollar, dann bekommst du eine Arbeitserlaubnis. Die Firmeneinlage muss in einer bestimmten Bank auf ein Geschäftskonto einbezahlt werden und bis zur Firmengründung auf dem Konto verbleiben, wie in Deutschland bei einer GmbH. Dann darfst du das Geld natürlich für deine Firma abheben und nutzen, ebenfalls wie in Deutschland. Da wir bereits Autos besaßen, die wir dann auf unsere Firma überschreiben wollten, hatte das alles seine Richtigkeit. Wir haben somit in Ägypten in Autos investiert.

Der Grundstein ist gelegt. Jetzt nur noch Aidstest, zwei Passbilder und unsere Pässe nach Kairo, wo unser Anwalt die Arbeitserlaubnis und das Visum beantragt. Der Security-Check, eine Art polizeiliches Führungszeugnis, wird gemacht, ohne dass man das mitbekommt. Der dauert etwa vier bis sechs Wochen. Wenn dieser abgeschlossen ist, wird die Arbeitserlaubnis erteilt, alles geht weiter zum Visaamt. Dort wird analog der Arbeitserlaubnis das Visum erteilt. Wir haben das Ganze in drei Monaten geschafft. Hurra, erstes Residenzvisum mit Arbeitserlaubnis!

Jetzt heißt es, die Fahrzeuge von Tammys und Udos Firma auf unsere überschreiben zu lassen. Das klappt bei der Hälfte der Autos, die anderen laufen auf den privaten Namen von Tammy, und dafür haben wir keine Vollmacht. Was sollen wir jetzt machen? Tammy und Udo versprechen uns, für die Autos aus dem Privatbesitz eine weitere Vollmacht zu geben. Dafür fahren sie extra nach Frankfurt zur Botschaft. Doch sie haben einen schlechten Tag erwischt. Sie waren so früh dran, dass sie die ägyptischen Mitarbeiter beim Frühstück gestört haben. Da Udo nicht gewillt war, seelenruhig zuzusehen, wie Tee getrunken und Falafel gegessen wird, sondern seine Vollmacht haben wollte, lernte er die ägyptische Art kennen. Sie schalten auf stur. Er bekam nichts.

Jetzt tauchen wir ungewollt in das ägyptische Rechtssystem ein. Tammy hat hier noch einen Anwalt, der von ihr bevollmächtigt ist. Wie in Deutschland kann man jetzt eine Anzeige machen. Wir zeigen somit Tammy an, dass sie uns die Vollmachten ausstellen soll – natürlich in Absprache mit ihr. Der Anwalt nimmt die Klage an. Er kommt zum Gerichtstermin. Da sie selbst nicht erscheint, weil sie ja in Deutschland ist, wird der Termin vertagt. Der zweite Termin verstreicht und der dritte ebenfalls. Beim dritten Mal Nichterscheinen wird in Abwesenheit geurteilt. Endlich haben wir den gerichtlichen Nachweis, dass es sich um unsere Autos handelt. Die Mieter sind eineinhalb Jahre ohne gültige Betriebserlaubnis gefahren. Ein Glück, dass die Deutschen in Ägypten wirklich sehr bevorzugt werden. Es hat keiner unserer Kunden in dieser Zeit Schwierigkeiten bekommen.

Fairholiday - unsere Angebotspalette erweitert sich

Wie war das: Land erkunden, Sprache lernen, Sonne genießen? Das war der Plan. Die Autovermietung erfordert wirklich keinen großen Aufwand. Da wir nur Langzeitmieter haben, beschränkt sich der Arbeitseinsatz auf Autos kaufen, anmelden und reparieren lassen. Manchmal komme ich mir vor wie ein Zuhälter, wenn ich die monatliche Miete abhole. Trotzdem bindet das Geschäft uns an Zeit und Ort, sodass es mit der geplanten Rundreise über mehrere Wochen oder Monate nicht mehr klappt. Zuerst genießen wir wirklich täglich die Sonne. Strand, Meer, Strand, Meer. Egal ob Dezember oder August, wir gehen ins Wasser. Wenn wir eine Anfrage für Kairo oder Luxor haben, empfehlen wir unsere Freundin Karin, weil sie es genauso macht, wie wir uns das vorstellen: Kleine Gruppen, sogar für nur zwei Personen fährt sie; keine Besuche von Verkaufsveranstaltungen wie Papyrus- oder Parfümherstellung, ein super deutschsprachiger Reiseguide, der auf individuelle Wünsche eingeht. Wenn jemand einen Bootsausflug machen will, empfehlen wir *Robinson-Tours Hurghada* und fahren dann selbst mit. Lars, der Inhaber von *Robinson Tours,* hat ein kleines Boot, auf dem maximal acht Personen mitgenommen werden. Er fährt zu einer kleinen Insel, an der das helltürkisfarbene Meer und der feine Strand an die Karibik erinnert. Kein Mensch weit und breit, da größere Boote hier nicht anlegen können. Daher auch der Name *Robinson Tours*. Mittags gibt es ein paar Nudeln und den ganzen Tag über alkoholfreie Getränke. Vormittags und nachmittags wird noch ein Riff angefahren, an dem man sich fühlt, als ob man den Kopf in ein Aquarium eintaucht.

Und als drittes Standbein bieten wir unsere zweite Wohnung über Buchungsportale für Feriengäste an. Jeden Monat ist sie für mindestens eine Woche vermietet, was immerhin 150 Euro bringt. So weit alles prima.

Mit der Autovermietung finanzieren wir den Unterhalt in Ägypten, bei Lars dürfen wir günstiger mit aufs Boot und sind auf dem Meer und für die Vermittlung der Ausflüge bekommen wir zehn Prozent Provision in Euro, welche wir mit den Einnahmen aus der Wohnungsvermietung für Deutschlandaufenthalte sparen. Damit sind wir sehr zufrieden.

Eine Anfrage für die Wohnung kommt rein. Ein Mann will für drei Monate mieten. Er habe ein Atemproblem, deshalb sucht er in dieser Zeit eine Wohnung, um fest nach Ägypten zu ziehen. Wir freuen uns. Das sind 350 Euro jeden Monat, damit sind zwei Flüge bezahlt und ein bisschen Taschengeld. Natürlich nehmen wir an. Ich beginne, die Wohnung vorzubereiten. Erst einmal alles Private wieder zurück in unsere hundert Quadratmeter. Jetzt wissen wir erst zu schätzen, wie vorteilhaft ein Speicher oder Kellerraum ist. Es beginnt mit den Koffern, die ich jetzt mühevoll auf den Kleiderschrank hieve und an die Wand stelle. Dann halte ich zwei Kisten mit unserem Tauchequipment in den Armen und platziere diese in eine Ecke auf dem Balkon. Wohin mit der Kiste voller Deko? Natürlich schmücken wir Weihnachten oder Ostern die Wohnung. Und die Winter sind auch in Ägypten kalt, sodass wir im ersten Januar, den wir hier erlebt haben, alle fahrbaren Heizkörper, die wir noch im Supermarkt ergattern konnten, gekauft haben. Jetzt stehen die drei Heizlüfter und Radiatoren natürlich im Weg. Sie sind schmal und werden auf und neben dem Schrank verstaut. Oh je, jetzt muss ich mir auch wieder das Bad mit Andreas teilen. Schminke, Glättgerät, Parfüm und tausend Kleinteile brauchen im Spiegelschrank unserer Wohnung einen Platz, wo Andreas sich natürlich ausgebreitet hat. Jetzt noch die ganze Wohnung reinigen, Teller, Tassen und Kochequipment auf Vollständigkeit prüfen, Handtücher, Bademantel und Bettwäsche im Kleiderschrank auf Vorrat geben. Alles erinnert an unser Hotel. Und dann kann Andreas den Gast am Flughafen abholen. Er stellt sich zu den anderen Reiseleitern oder Limousinefahrern, die hier auf ihre Gäste warten. Auch Andreas hat ein Schild mit dem Namen unseres Gastes ausgedruckt und wartet geduldig. Nicht selten kommt es vor, dass man hier mehrere Stunden steht, weil ein Flug Verspätung hat und man nicht informiert wird. Deshalb sind Transfers vom Flughafen auch immer teurer. Ansonsten kann man damit rechnen, dass die Einreiseprozedur und die Gepäckausgabe zusammen etwa eine Stunde dauert. Andreas unterhält sich mit anderen, teilweise kennt er die Fahrer. Immer wieder verabschiedet sich einer, weil sein Gast gekommen ist. Auf einmal kommt ein alter Mann auf ihn zu. Unterwegs hält er alle fünf Meter an und ruht sich auf seinem Kofferwagen aus. Andreas hofft insgeheim, er möge nicht unser Gast sein. Doch je näher er kommt, desto weniger bleibt die Möglichkeit, dass er jemand anderen ansteuert. Jetzt kommt noch eine Geräuschkulisse dazu, die an eine alte Lok erinnert. Drei Schritte mit dem Kofferwagen, dann ein lautes „Pfffff" beim Ausatmen. Als er vor Andreas steht, setzt er sich erst mal auf seinen Koffer und macht ganz viele Pfffffs. Nachdem er einigermaßen zu Luft gekommen ist, schaut er Andreas an, der wie in einer Schockstarre immer noch das Schild vor sich hält, und meint: „Wo ist denn das Auto?" Andreas deutet nach vorne zu den Parkplätzen und meint: „Wir müssen noch etwa zweihundert Meter gehen."

„Das schaffe ich nicht", lautet die Antwort. Andreas glaubt das aufs Wort, doch er darf mit dem Auto nicht näher an das Ankunftsportal heranfahren. Er wundert sich auch, warum der Gast nicht den kostenlosen Service der Fluggesellschaften für kranke Gäste genutzt hat. Da wäre er mit dem Rollstuhl bis ans Auto gefahren worden. Also setzt er ihn kurzerhand auf den Koffer und schiebt den Kofferwagen samt unserem Gast schwungvoll in Richtung Auto. Auf einmal wird die Fahrt abrupt durch eine Bodenschwelle gebremst, was zur Folge hat, dass der Passagier fast mit dem Koffer vorne runterrutscht. Er kann sich gerade noch auffangen. Etwas langsamer fährt Andreas das letzte Stück und packt Koffer und Opa ein.

Gut, dass es in unserem Haus einen Aufzug gibt, jedoch muss man am Eingang erst einmal fünf Stufen erklimmen. Bis unser Gast das geschafft hat, bringt Andreas schon mal die Koffer rauf und warnt mich vor: „Hoffentlich haben wir dieses Mal keine Kaltabreise." So nennt man in den Hotels die Gäste, die während des Aufenthaltes versterben. Bis er mir den Grund näher erläutern kann, öffnet sich schon die Aufzugtüre und ich höre: „Tipp, tapp, pfffff ..." Ich verstehe. Entsetzt schaut sich unser Gast um und meint, er wollte nicht in einer Baustelle leben. Wir schauen erst uns an, dann ihn. „Unsere Wohnung und der Compound ist doch fertig!"

„Ja, aber die Umgebung!" Nun, damit hat er grundsätzlich Recht, doch wir haben uns an den Anblick der unfertigen Häuser und Straßen bereits gewöhnt.

Hoppla, was ist das?

Der Gast hat Gott sei Dank schnell eine Wohnung gefunden, die ihm besser zusagt und ist ausgezogen. Ich räume alles wieder zurück in die Wohnung. Es erschreckt mich, wie froh wir sind, den Mieter los zu sein. Und überhaupt: Wie oft schleichen wir durch unsere vier Wände, damit die Gäste nicht merken, dass wir da sind … Das lässt mich laut überlegen.

„Schatz, wie wäre es, wenn wir die Wohnung gar nicht mehr vermieten, sondern selbst bewohnen? Erstens, mich nervt es, immer wieder unsere privaten Sachen hin und her zu räumen. Es werden mit jeder Vermietung mehr. Wir brauchen mehr Platz. Zweitens, mich nerven die Gäste. Ich will nicht mehr Entertainer sein. Ich bekomme Aggressionen, wenn es klopft, man nach Marmelade fragt oder mit uns was unternehmen will. Ich bin nicht mehr gästegeeignet." Er fühlt genauso, und damit ist die Entscheidung gefallen: Wir beziehen beide Wohnungen.

Dann passiert es. Erst ist unsere Freundin Karin wieder zurück in ihre Heimat gegangen. Die Anfragen für Luxor oder Kairo gehen bei uns ein. Die Kontakte für Bus und Guide hat sie uns überlassen, sodass wir die Touren nun selbst begleiten. Lars von *RobinsonTours* ruft an und meint zu Andreas: „Ich gehe zurück nach Deutschland. Es wäre schade, wenn meine Facebook-Seite nicht weiter genutzt würde. Willst du sie nicht übernehmen?"

Habe ich euch schon erzählt, dass Andreas einen Sprachfehler hat? Er kann nicht Nein sagen. Also haben wir auch die Schnorcheltouren übernommen. Doch Andreas will seinen Gästen nicht nur Spaghetti Bolognese anbieten. Nein, die erste Tour ist gebucht, und was macht er? Deutsche Hausmannskost: Frikadellen, Kartoffel- und Nudelsalat, Hähnchenschnitzel. Dafür steht er den ganzen Tag in der Küche.

Und schon sind unsere Tage verplant. Das Boot wird öfter angefragt als gedacht. Also ich in der Küche, drei Schüsseln mit Dressing. Eine für die Nudeln mit Erbsen und Möhren, eine für Kartoffeln mit Essiggurken und Eier, eine für Gurken mit Dill und Sahne. Hackfleisch vermantschen und Frikis braten. Die Gäste buchen nämlich teilweise wegen des leckeren Essens wie zu Hause. Ja, man will die Sonne und das Meer von Ägypten, das Essen soll aber schmecken wie in der Kneipe von nebenan.

Luxor und Kairo wird ab und an angefragt, und monatlich grüßt das Murmeltier bei der Miete für die Autos. Tja und am Jahresende schauen wir in unser Tauchbuch und merken, dass wir gerade fünf Mal unter Wasser waren. Ups, da haben wir, ohne es zu planen, auf einmal eine ganze Menge Abwechslung.

Sonnenklar.TV

Deutschlandbesuche nutzen wir nicht nur, um die Familie zu sehen. Wenn es möglich ist, pflegen wir auch unsere Freundschaften. Deshalb freuen wir uns, dass Andreas Lambeck spontan Zeit für einen gemeinsamen Abend hat. Ebenso spontan ändern wir unseren Tourenplan und erweitern diesen um einen Besuch in München. AL, wie wir ihn nennen, um Verwechslungen auszuschließen, ist jetzt Geschäftsführer von *Sonnenklar.TV*, einem Privatsender, in dem Ägypten hautnah erlebt werden kann. Da AL noch einmal vor die Kamera muss, schlägt er vor, uns direkt im Sender zu treffen. Wir könnten auch die Zeit nutzen, einmal das Studio zu besichtigen. Wir lassen uns nicht zweimal bitten, hinter die Kulissen des größten TV-Reiseveranstalters Deutschlands zu schauen. Besonders, weil unsere Wahlheimat mit einem Spezial zum fünfzehnten Geburtstag des Senders beworben wird.

Von außen sieht das Gebäude völlig unspektakulär aus, eines von vielen Bürogebäuden. An der Rezeption werden wir gebeten, Platz zu nehmen, bis wir abgeholt werden. Der große Bildschirm zieht unseren Blick an, und wir folgen den Filmen von Urlaubsgebieten, die Fernweh bereiten. Eine junge Dame nimmt uns in Empfang und wir folgen ihr. Immer wieder huschen Mitarbeiter vorbei, die uns freundlich zunicken. Sie könnten alle unsere Kinder sein. Wir liegen somit deutlich über dem Durchschnittsalter der Mitarbeiter und fühlen uns erst wieder wohler, als AL zu uns stößt, der auch in unserem Alter ist. Auf dem Weg zu seinem Büro kommen wir bei der „Maske" vorbei. Direkt im Erdgeschoss befindet sich das Studio, in dem die Sendungen produziert werden. Wir gehen um die Ecke und erschrecken, denn wir stehen direkt hinter dem Kameramann mit Blick ins Aufnahmestudio: „Seid leise, wir sind on air!", flüstert AL, da er weiß, wie gerne und laut wir reden. Er kennt uns eben.

„Live?", flüstern wir zurück. Er nickt nur. Andreas und ich werfen uns einen Blick zu. Ich hätte wirklich gedacht, dass Werbesendungen aufgezeichnet werden. Die Moderatorin bewirbt die Türkei. Euphorisch und überzeugt vom Produkt spricht sie davon, als ob sie das Hotel gestern besucht hätte. Sie erzählt ohne längere Atempause oder eines Überbrückungs-*Ähs*. Wir hören fasziniert zu, denn hier finden wir tatsächlich einen Meister. Und wir dachten immer, wir wären nicht zu toppen!

„… Und nicht zu vergessen, das ist der Preis für vierzehn Tage! Vierzehn Tage all inclusive. Es kommen keine Kosten mehr dazu, wir wollen doch unseren Urlaub kalkulieren können! Flug, Übernachtung in einem 5-Sterne-Haus mit Verpflegung und Getränken. Ich kann es fast selber nicht glauben."

Leise verlassen wir das Studio und gehen durch einen langen Gang. Die verschlossenen Türen öffnet AL mit einer Magnetkarte. *Besser abgeriegelt als eine Bank,* denke ich. Rechts und links Schreibtische, an denen junge Mitarbeiter sitzen. Jeder ist mit Computer, Laptop oder sonstigen elektronischen Medien beschäftigt, mit denen die Welt an den Arbeitsplatz geholt werden kann.

„Ich hab noch eine halbe Stunde Zeit, lasst uns ein Glas Wein trinken gehen", schlägt AL vor. Oha, wo geht man jetzt noch schnell Wein trinken? Im obersten Stock in der Kantine. Das nenne ich eine klasse Sozialleistung des Arbeitgebers. Es ist keine Kantine, sondern vielmehr ein Erlebnisrestaurant mit Blick über ganz München. Bei dem Angebot der Mitarbeiterverpflegung und der Getränke braucht niemand für das Feierabendbier außer Haus. So sehen es auch die Mitarbeiter, die uns Andreas vorstellt. Nachdem auch das Team kurz informiert wurde, dass wir in Ägypten leben, kommen Fragen und Antworten so schnell wie bei einem Ping-Pong-Spiel. Doch auch wir werden überrascht. Nein, wir wussten nicht, dass *Sonnenklar.TV* der Spezialist für Reisen in den Orient ist und ein Hauptreiseziel unsere Wahlheimat ist: Ägypten!

Er wäre nicht Andreas Lambeck, wenn er nicht spontan diese Situation in seine Pläne integrieren würde. Deshalb wundern wir uns nicht über sein Angebot: „Kommt doch mit auf Sendung!" Klar, alle finden die Idee toll, doch was um Himmels willen sollen wir erzählen? Nachdem mein Andreas kurz reflektiert, dass es sich hier um eine Livesendung handelt und wir schon auf dem Weg zum Studio sind, fragt er vorsichtig: „Du willst jetzt aber nicht ohne Briefing die Sendung mit uns machen?"

„Ihr braucht kein Briefing und die Moderatorin wurde informiert, dass zwei Gäste dazukommen, die in Ägypten leben."

Noch fünf Minuten bis zur Schalte, wie es im Fachjargon heißt. Den Besuch in München haben wir spontan eingeschoben. Entsprechend hektisch haben wir am Morgen unsere Koffer gepackt und sind nach allen Erledigungen nachmittags losgefahren. Nach drei Stunden Fahrt sind wir jetzt weder passend angezogen, geschweige denn gestylt. Die Maskenbildnerin ist auch keine Zauberin und pudert lediglich das Gesicht, mehr kann sie in einer Minute nicht machen. Noch zwei Minuten, keine Zeit zu verkabeln. Ein Assistent nimmt noch schnell unsere Vornamen auf, um wenigstens Stefanie Frohmann, der Moderatorin, eine Chance zu geben, uns korrekt anreden zu können.

„Los, stellt euch neben die Moderatorin! Achtung, noch zehn Sekunden, bis ihr auf Sendung seid." Nein, neun Sekunden reichen nicht aus, um Nervosität aufkommen zu lassen. Lediglich um ein kurzes Hallo zu sagen und schon geht's los – Action! Souverän bindet Stefanie die Produktinformationen in einen Small Talk mit Fragen ein, die abwechselnd von AL oder uns beantwortet werden. Die Zeit vergeht wie im Flug, und erst als wir uns die

Aufzeichnung im Internet runterladen, wird uns klar, dass die Sendung zwanzig Minuten gedauert hat.

AL bestätigt uns beim Abendessen, dass sein neuer Job wirklich äußerste Flexibilität verlangt. Ja, einer der Gründe, warum wir ausgewandert sind. Das Arbeitsleben wird immer schneller. Wer plant heute noch? Die meisten Entscheidungen müssen spontan getroffen werden. Im Hotel werden selbst Tagungen immer kurzfristiger reserviert, die Industrie muss von heute auf morgen Aufträge ausführen und auch die Urlaube werden *last minute* gebucht, weil man bis zuletzt nicht weiß, ob die freien Tage genehmigt werden. Doch es ist nicht der Arbeitgeber, sondern AL, der aus einer spontanen Aktion eine Idee entwickelt und seine Mitarbeiter am nächsten Tag damit konfrontieren will. Deshalb bittet er uns um ein weiteres Treffen.

„Wir haben in der Türkei einen Außenreporter, der live vor Ort aus den Hotels, für die wir Angebote haben, berichtet. Wollt ihr das für Ägypten auch machen? Ich kann euch dafür kein Geld bezahlen, aber wir können euch bei den Flügen Sonderkonditionen geben."

Na klar, unsere Autovermietung nimmt uns nicht so viel in Anspruch, dass wir überlastet wären, und es würde uns Spaß machen, Urlaubern die Ecken von Ägypten nahezubringen, die uns gefallen. Außerdem hätten wir die Möglichkeit, Touristen Input zu geben, was man außerhalb von den Hotelanlagen machen und erleben kann. Und wir können Hotelanlagen kennenlernen, zu denen normalerweise nur Gäste Zutritt haben. Vielleicht interessiert sich *Sonnenklar* für unseren Weißwurst-Stammtisch am 12. Februar in der *Caribbean Bar* vom *Hotel Bella Vista*? Oder eine Bootstour auf die einsame Insel? Vielleicht Obsteinkaufen auf unserem Souk oder einer Autofahrt mit unserem Käfer durch Hurghada. Natürlich machen wir das! Wir freuen uns darauf und sind gespannt, welche Geschichten wir berichten dürfen.

Unser erster Call-out

Jetzt sind wir echt dabei! Heute haben wir per E-Mail die Info von *Sonnenklar.TV* bekommen, dass wir um 17:15 Uhr das erste Call-out haben, ein Telefoninterview. Wir sollen erzählen, wie wir in Ägypten leben und Insidertipps für Ausflüge, Besichtigungen und kulinarische Genüsse geben. In Zukunft wollen wir das Ganze per Skype machen, um auch ein Bild live in die Sendung zu bekommen. Ich stelle mir vor, was bei uns Chaoten so passieren kann. Wir vergessen den Termin und das Telefon schellt, während wir keuchend auf dem Laufband im Gym trainieren, das Ganze live im Sender. Oder wenn wir gerade am Marmeladeneinkochen oder beim Bowlen sind. „Warte mal kurz, Andreas muss noch eine Kugel werfen!" Natürlich könnte es auch passieren, dass wir mit unserem Käfer unterwegs stehen bleiben, weil die Tankanzeige ja immer noch nicht geht. Per Skype können wir dann demonstrieren, wie man einen Käfer anschiebt.

Haha, also das wird spannend! Vor allem, wenn mit Bild übertragen wird, darf ich ja nicht mehr „uneitel" (Lieblingswort von Andreas, wenn er meinen Stil beschreiben soll) rumlaufen. Vielleicht wird unser Weißwurst-Stammtisch das erste Live-Interview per Skype. Aus Ägypten mit Tracht – die Leute werden glauben, sie sind im falschen Land!

Darf ich vorstellen: Dienstälteste UrlaubsChecker bei Sonnenklar.TV

Wer konnte ahnen, dass aus einer Schnapsidee von Andreas Lambeck, die bei unserem spontanen Treffen in München vor drei Jahren entstand, eine jahrelange Kooperation würde und wir heute dienstälteste (aber auch altersälteste) Urlaubschecker von *Sonnenklar.TV* sind? In diesen drei Jahren haben wir etwa vierhundert Berichterstattungen aus fünfzig verschiedenen Hotels gemacht. Nicht nur unsere Wahlheimat Ägypten durften wir präsentieren, wir waren auch in Marokko, Dubai, Malta, Gambia und natürlich Sharm EL Sheikh. Wir haben den Nil und den Gambiariver erlebt, die Pyramiden und die Tempel von Luxor. Wir durften das Rote Meer mit dem Atlantik und dem Mittelmeer vergleichen und haben auch die Tauchgebiete am Golf von Akaba getestet.

Was änderte sich in den drei Jahren? Zu Beginn lag unser Schwerpunkt auf der Vorstellung des jeweiligen Hotels und seinem eigenen Reiz, den Vorteilen, Schwerpunkten und Ausflugsmöglichkeiten. Wir wollten den Zuschauern eine echte Hilfe bei der Auswahl des für sie passenden Hotels bieten. Zunächst machten Andreas und ich die Schalten gemeinsam, was leider meistens die Sendezeit sprengte. Wie immer, wenn zwei dasselbe beschreiben, sieht jeder etwas anderes. So auch bei uns. Andreas schwärmt vom Wasser, ich liebe es, Hintergrundinfos über Kulinarik und Wellness beizusteuern. Wen wundert es, dass wir vom gleichen Hotel unterschiedlich erzählen?

Vor drei Jahren starteten wir mit Skype-Übertragungen. Der größte Feind bei unseren Interviews war und ist das schwankende Internet. Nach einem Jahr bekamen wir eine professionelle Kamera, mit der wir in HD-Qualität aufnehmen konnten.

Um auch jüngere Zuschauer zu gewinnen, hat *Sonnenklar.TV* vor etwa eineinhalb Jahren begonnen, Hotels über Facebook vorzustellen. Wir können uns noch an die ersten Versuche erinnern – mit Sebastian am Nil. Er schaltete sich live ein und die Zuschauer konnten sagen, was sie sehen wollten. Daraus wurde die Idee „UrlaubsChecker ferngesteuert" geboren. Heute hat „UrlaubsChecker ferngesteuert" einen festen Sendetermin am Mittwoch um 11:30 Uhr, wo fünfzehn Minuten dieser Hotelrundgänge auch im Fernsehen übertragen werden. Alle Rundgänge kann man entweder auf Facebook ansehen oder auf YouTube.

Mit unserer Kamera hatten wir leider nicht lange Freude, da das Internet nicht stark genug war, um die Bilder zu übertragen. Seither übernehmen wir die Technik des UrlaubsCheckers auch für die kurzen Berichterstattungen. Leider mit einer Verzögerung von etwa 10 Sekunden, sodass es nicht mehr möglich ist, Fragen des Moderators aus München zu beantworten. Deshalb haben sich die Interviews in Live-Berichterstattung gewandelt. Nach drei Jahren Erfahrung haben wir Routine und können den Zuschauern punktuelle, wichtige Infos geben. Deshalb erkundigen wir uns im Hotel immer erst über Neuigkeiten, die in der Beschreibung noch nicht berücksichtigt wurden. Seien es neue Restaurants, neue Ausflugsmöglichkeiten oder neue Events, die wir den Zuschauern dann vorstellen.

Für uns ist es immer noch das Wichtigste, dass der zukünftige Gast ein Hotel bucht, das seine Vorstellungen erfüllt. Denn Reklamationen entstehen grundsätzlich aus falschen Erwartungen. Doch im Zeitalter von Bewertungsportalen und Hotelbeschreibungen, die auch über *Sonnenklar* bei YouTube zu finden sind, sollte es jedem möglich sein, das passende Hotel für seine persönlichen Bedürfnisse auszuwählen.

Pleiten, Pech und Pannen

Wir senden live, das bedeutet, keine Möglichkeit, das gesprochene Wort zurückzunehmen. Wenn ich mir meine Berichterstattung hinterher anhöre und dann erst merke, dass ich das Hotel Cleopatra aus Versehen Aldiana genannt habe, so wie es früher mal hieß, ist es leider zu spät.

Besonders spontan musst du sein, wenn du vor der Kamera stehst und der Anmoderation konzentriert lauschst, um dann zu hören, dass der Moderator dich zu einem ganz anderen Hotel befragt als zu dem, in dem du dich gerade befindest!

Da wir etwa zehn Sekunden Verzögerung haben, beginnen wir bereits mit dem Antworten und Erklären, während in München der Moderator noch zu uns spricht. Deshalb nicht wundern, wenn wir gefragt werden: „Würdest du das Hotel buchen?", und wir antworten: „Du hast vollkommen recht, hier kann man seine Seele baumeln lassen!"

Wir bekommen natürlich die Info, wer gerade moderiert. Trotzdem habe ich schon Kai Pätzmann begrüßt, obwohl Goofy moderiert hat. Er hat mich dann mit Andrea angesprochen.

Die „UrlaubsChecker ferngesteuert" brauchen gute Vorbereitung. Wir wollen gerade in den ersten fünfzehn Minuten, in denen der Facebook-Beitrag auch im Fernsehen übertragen wird, möglichst viel von einer Anlage zeigen. Dazu gehört auch ein Hotelzimmer. Das Zimmer sollte in unseren Rundgang leicht zu integrieren sein, deshalb am besten im Erdgeschoss liegen, mit Zugang über die Terrasse. Wir bereiten das vor und lassen die Tür zum Garten auf. Erstens können wir auf diese Weise sofort erkennen, welches Zimmer unseres ist, und zweitens können wir direkt reingehen. Andreas ist also live im Fernsehen und geht zielstrebig zu „seinem" Zimmer und versucht, die Tür zu öffnen. Nix. Das fleißige Housekeeping war in der Zwischenzeit da und hat die offene Türe ordentlich wieder geschlossen.

Die Zimmer werden für die Übertragung nicht speziell präpariert, sondern sehen so aus, wie unsere Gäste sie vorfinden. Oft meinen es die Hotels gut und dekorieren oder stellen Präsentkörbe auf. Das lassen wir alles wieder abbauen, denn es schürt falsche Erwartungen. Doch es gibt auch umgekehrte Beispiele. Einmal präsentierte Andreas ein Hotel mit einer außergewöhnlich gut gefüllten Minibar. Er bewohnte das Zimmer selbst. Stolz moderierte er also an, wie positiv überrascht er war über das üppige Sortiment in der Minibar. Zum Beweis öffnete er die Tür und: Peinlich! Sie wurde nicht aufgefüllt.

Um nicht den langen Weg durch die Hotelanlage zu Fuß gehen zu müssen, habe ich mir ein Elektroauto mit Fahrer besorgt. Wir haben noch Zeit und ich bitte den Fahrer eindringlich, in dreißig Minuten bei mir zu sein, denn da beginnt der Rundgang in Facebook und im Fernsehen. Tatsächlich kommt er sogar zehn Minuten früher. Ich bekomme das Go von der Regie und beginne mit meiner Hotelführung für die Zuschauer. Erklärend, dass die Wege so weit sind, gehe ich Richtung Caddy. Der steht da, nur der Fahrer ist weg. Live im Fernsehen versuche ich die Situation zu retten. Einerseits soll ich den Gästen Interessantes erzählen, andererseits rattert es in meinem Kopf, wo dieser Fahrer sich versteckt hat, denn trotz 360 Grad Drehung für die Zuschauer sehe ich ihn nirgends. Vor lauter Verzweiflung gehe ich Richtung Pool und da entdecke ich ihn hinter der Bar. Zwischen Erklärungen über die Hotelanlage rufe ich ein „Lau samaht!", was so viel bedeutet, wie „Darf ich bitten?". Er stellt den Kaffee weg und kommt grinsend. Tausend Flüche würde ich ihm am liebsten an den Kopf werfen, doch ich zische nur ein „yallah", damit er weiß, er soll sich beeilen.

Unangenehm ist es auch, wenn man, wie Jan Kuhnert beim Urlaubs-Checker live Gäste befragt: „Und, über *Sonnenklar* hier?" „Ja, leider!" Doch er hat es wohl nicht realisiert, denn er fragt weiter: „Ist alles in Ordnung!" Prompt lautet die Antwort: „Nein!"

Für mich persönlich stammt der witzigste Versprecher von Kai Pätzmann. Er pries eine „schwanzigminütige Schnuppermassage" an und bekam einen minutenlangen Lachflash! Alles festgehalten bei YouTube!

Wenn einer eine Reise tut

Andreas ist im Auftrag von *Sonnenklar.TV* in verschiedenen anderen Ländern gewesen. Wir erinnern uns gerne an seine Interviews aus Malta, wo das neue *Labranda* noch im Bau war. Da er von der Baustelle sendete, musste er einen gelben Schutzhelm tragen, was ihm den Spitznamen „Bob, der Baumeister" einbrachte.

Dubai im August! Es ist dort so heiß, dass sogar die Kamera schwitzte. Es stand eine Berichterstattung mit Ulli Potofski an, der dort seine ersten Erfahrungen machen durfte. Als er Ullis Outfit zum ersten Interview sah, war Andreas vollkommen entsetzt: ein Jackett! Schnell merkte Ulli, dass er mit legerer Kleidung der Witterung besser angepasst war. Übrigens: Seit der Zeit in Dubai ist es Andreas in Ägypten nicht mehr zu heiß.

Doch die beste Story erlebte Andreas in Agadir: Da es keine Möglichkeit gibt, von Hurghada direkt dorthin zu fliegen, führte seine Route von Hurghada über Kairo bis Casablanca mit Egypt Air, und von dort mit Royal Air Marokko bis Agadir. Leider kam nur er in Agadir an, nicht seine Koffer. Als ihm dann mitgeteilt wurde, dass sein Gepäck erst am nächsten Tag nachgeflogen würde, jedoch nur bis Casablanca, stellte sich die Frage: Wie kommt er an den Koffer? Es blieb ihm nichts anderes übrig, als die Entfernung von knapp 500 Kilometern mit einem Leihwagen zurückzulegen. Bei dieser Gelegenheit wollte er dann auch den bekannten Souk von Marrakesch ansehen und die dortige Zentrale von FTI besuchen. Als er abends ankam, war die Kofferausgabe leider nicht mehr geöffnet, sodass er erst einmal eine Übernachtung in Casablanca organisieren musste. Am nächsten Tag hatte er dann endlich seinen Koffer zurück und machte sich auf den Weg nach Marrakesch. Natürlich wollte er sich den berühmten Markt dort ansehen. Er wusste, in der Nähe der Moschee war ein Parkplatz. Doch er hatte das Labyrinth unterschätzt. Bei dem Versuch, mit Blick zur Moschee den Parkplatz zu finden, fuhr er geradewegs in den Markt hinein. Aus Straßen wurden Gässchen, und auf einmal kam er weder vor noch zurück. Die Straßenhändler mussten für ihn die Stände abbauen, damit er weiterfahren konnte. Er irrte so mit dem Fahrzeug im orientalischen Souk umher, ohne jemals den Parkplatz zu erreichen. Immer den Turm der Moschee im Auge, wollte er nur noch den Ausgang finden. Er schwitze Blut und Wasser, die Händler schimpften. Nach eineinhalb Stunden fand er endlich raus. Er hatte genug vom Souk gesehen und wollte nur noch ins Hotel.

Trotzdem: Agadir ist eine tolle Destination, besonders die Kombination aus Atlasgebirge mit Schnee und Agadir am Atlantischen Ozean, haben ihn sehr beeindruckt.

UrlaubsChecker heute

Die Liveberichte aus einer Urlaubsdestination sind für die Zuschauer informativ und hilfreich. Von Gästen wissen wir, dass die Filme „Urlaubs-Checker ferngesteuert" sogar genutzt werden, um die Anlage schnell kennenzulernen.

Wenn wir in unserem *Sonnenklar.TV*-Poloshirt im Hotel aufkreuzen, werden wir immer angesprochen. Meist sind es die treuen Zuschauer, die die Moderatoren besser kennen als wir. Doch man sollte wissen, dass wir weder Buchungen für *Sonnenklar* vornehmen noch uns um Reklamationen kümmern können. Für Reklamationen ist der Reiseleiter oder die Gästebetreuung im Hotel zuständig, Buchungen können online oder im Reisebüro gemacht werden.

Man trifft sich immer zweimal im Leben. Dieses Sprichwort trifft gerade bei Andreas Lambeck zu. Vor *Sonnenklar.TV* haben wir gemeinsam in Bodenmais gearbeitet. Dort haben er und wir Spuren hinterlassen.

Unterschiedliche Motivatoren hatten uns im Jahr 2007 dazu bewegt, uns in Bodenmais niederzulassen. In den folgenden sechs Jahren verfolgten wir das gleiche Ziel: AL wollte als Geschäftsführer der Bodenmaiser Tourismus GmbH die Gästeübernachtungen steigern – und wir als Besitzer und Betreiber vom *Hotel Dolce Vita* ebenso. Es war eine spannende Zeit, in der jeder aus seiner Perspektive außergewöhnliche Mittel eingesetzt hat, um erfolgreich zu sein. AL hat seine Zeit übrigens in seinem Buch „Bodenmais zwischen Fremdenverkehr & Tourismusindustrie" beschrieben. Daran erkennt man, wie wichtig der Lebensabschnitt auch für ihn war.

Kapitel 4: Der erste gemeinsame Traum 2007

Eigentlich ein tolles Gefühl, wenn man seinen Kontoauszug anschaut und es ist eine Überweisung mit 1.200.000 Euro eingegangen! Jaaaaa, eine siebenstellige Zahl habe ich mir erarbeitet, ohne finanzielle Unterstützung von irgendjemandem. Genau zehn Jahre hat mein Zeitarbeitsunternehmen bestanden, das ich jetzt zu diesem Preis verkauft habe. Wenn man bedenkt, wie viele Nächte ich schlaflos lag und nicht wusste, wie ich die Löhne und Sozialabgaben zahlen sollte, weil die Kredite mich aufzufressen drohten, bin ich wirklich stolz darauf. Wenn alle noch vorhandenen Schulden getilgt sind, bleiben 900.000 Euro (vor Steuern) übrig. Da heißt es zu überlegen, was man damit macht.

Mein erster Gedanke: Ein Jahr Pause machen und gemeinsam mit Andreas eine Wohnung in Frankfurt beziehen, da auf Dauer zwei Wohnungen ja Quatsch sind. Das Leben genießen, abschalten, Kraft sammeln und in Ruhe überlegen, was als Nächstes in Angriff genommen wird.

Auswandern war in unserem Kopf. Italien, ein Ziel, mit dem wir uns beide anfreunden können, ist jetzt ein Stück nähergerückt. Ein kleines Ferienhaus in Sizilien oder Kalabrien, aber auch in der Toskana, würde uns gefallen. Deshalb trinken wir unseren Morgenkaffee gemütlich in meinem Bett und stöbern in der AHGZ, einer gastronomischen Fachzeitung, die Auslandsimmobilienseiten durch. Andreas deutet auf ein tolles Objekt: kleines Gästehaus, acht Zimmer, mit Blick auf den Comer See, Olivenhaine drumherum. Doch der Preis ist auch nach dem Verkauf nicht erschwinglich: 3,2 Millionen Euro. Auch alle anderen Objekte liegen in dieser Preisklasse.

Dann fixiert mein Blick unten rechts eine Anzeige:

Kleines Hotel im Bayerischen Wald zu verkaufen. Kein Investitionsstau, man kann sofort eröffnen. Preis: 585.000 Euro. Dies ist kein Druckfehler. Nur ernsthafte Interessenten bitte anrufen.

Ich schiele zu Andreas, doch er schaut gar nicht in diese Richtung.

„Hast du die Anzeige gesehen?", frage ich ihn deshalb und deute darauf. Er liest und ich warte gespannt auf seine Reaktion.

„Das ist bestimmt ein Fake, und wenn nicht, sind garantiert schon viele andere daran interessiert und du bekommst keinen Termin." *Hat er gerade gesagt, ich bekomme keinen Termin? Ich, die Starverkäuferin?* Sofort meldet sich mein Ehrgeiz. Er zieht mich förmlich aus dem Bett ins Wohnzimmer, wo das Telefon steht und ich wähle die angegebene Nummer. Es meldet sich ein Dr. John, der keine Zeit mit Neugierigen, nicht ernsthaft Interessierten verbringen will. Es gibt bestimmt genügend Leute, die es sich zum Hobby machen, während ihrer Freizeit Hotels zu besichtigen. Immerhin hat man dabei reelle Chancen, kostenlos zu übernachten und zu essen. Deshalb fragt er auch sofort ziemlich unverblümt, ob ich das Hotel überhaupt bezahlen kann. Stolz erzähle ich ihm kurz von meinem Verkauf und unseren Plänen. Außer, dass es nicht Italien ist, passt die Beschreibung. Jetzt kommen wir schnell ins Gespräch und ich erfahre, dass das Objekt in Bodenmais liegt und seit einem Jahr nicht betrieben wird, weil der Pächter das Handtuch geschmissen und fristlos gekündigt hat. Das Hotel könnte man sofort wiedereröffnen. Ich vereinbare einen Besichtigungstermin und gehe stolz grinsend zurück ins Schlafzimmer zu Andreas.

„Wir fahren am Wochenende in den Bayerischen Wald nach Bodenmais!"

Sofort wird recherchiert, wo Bodenmais liegt. Aha, an der tschechischen Grenze in Niederbayern. Wir schauen uns die verschiedenen Hotels an, die dort vermieten. Es sind eine ganze Menge sehr schöner Häuser. Wir staunen, denn von Schwimmbad über Wellnessangebote kann man dort alles buchen. Wir sind noch kein halbes Jahr ein Paar, doch wir spinnen zusammen einen Traum: Ein eigenes Hotel, zwar nicht in Italien, doch im Rahmen unseres Budgets.

Bodenmais - so eine Fahrt kann dauern

Wir haben noch nie darüber gesprochen, wie wir uns die gemeinsame Führung eines Hotels vorstellen würden. Wir haben überhaupt noch nicht von einem gemeinsamen Hotel gesprochen. Von Frankfurt nach Bodenmais sind es knapp 400 Kilometer. Ich bin es gewohnt, auf der Autobahn schnell zu fahren, deshalb bin ich auch Punktekönigin in Flensburg. Also rechne ich mit drei Stunden Fahrt, die wir dafür nutzen, unsere Vorstellungen auszuloten.

„Ich möchte ein richtig gutes Restaurant, wo man am Tisch flambiert und tranchiert, so wie ich es in meiner Ausbildung im Steigenberger `Drei Mohren` gelernt habe", beginne ich zu träumen.

„Ja, bei uns wurde auch alles frisch gemacht, Saucen, Suppen, Pasteten. Es gab noch Schnecken und Froschschenkel als Vorspeisen und der Lachs wurde am Tisch filetiert." Auch Andreas gerät ins Schwärmen.

„Wir haben noch Irish Coffee am Tisch flambiert! Die angeschlagene Sahne durfte nicht untergehen", erinnere ich mich.

„Und die Gäste bestellten Entrecôte double oder Chateaubriand, was am Tisch tranchiert wurde", ergänzt Andreas.

„Wir mussten als Azubi immer an der Tür stehen und sie den Gästen öffnen. Das gab immer schönes Trinkgeld", grinse ich.

„Und wir standen Spalier und haben Fingerkontrolle machen müssen, weil wir im Schlosshotel Kronberg für die königliche Familie gearbeitet haben", prahlt er.

Wir steigern uns so rein, dass wir fast die Abfahrt Neumarkt in der Oberpfalz versäumen. Noch 160 Kilometer, zwei Stunden Fahrt.

„Wieso brauchen wir denn dafür so lange?", wundere ich mich irritiert.

„Weil wir jetzt nur noch über Land fahren."

„Wer fährt denn in den Urlaub zwei Stunden durch die Pampa?" Ich bin es einfach gewohnt, dass jeder Zielpunkt maximal 35 Kilometer entfernt von einer Autobahnauffahrt liegt.

„Ja, jeder will auf dem Land Urlaub machen, aber eine Autobahn in der Nähe haben. Das geht nicht."

„Da bekommst du doch keine Gäste hin?"

„Bodenmais liegt am Arber, das niederbayrische Mittelgebirge. Die Skifahrer und Wanderer, die fahren das schon."

„In den Bergen? Ich mag keine Berge."

„Du willst da auch nicht in den Urlaub, sondern ein Hotel kaufen."

Man merkt, dass man nach Bayern kommt. Viel Wald und Wiesen, ab und zu ein kleiner Ort. Endlich geht es Richtung Bodenmais, Arberland.

„Der Große Arber ist sogar Austragungsort für Weltmeisterschaften."

Trotzdem mag ich Skifahren nicht. Wir fahren durch den Ort, kommen nur an Restaurants, Hotels oder Cafés vorbei. „Das ist ja der Wahnsinn, so ein kleiner Ort und so viele Hotels!"

Mitten im Ort müssen wir links abbiegen, dann rechts einen Berg hinauf, dessen Straße immer enger wird, bis sie auf dem Parkplatz des Hotels endet. Eigentlich schaut es nicht aus wie ein Hotel, sondern wie ein Einfamilienhaus. Und alt. Wir sind schon etwas enttäuscht. Wir steigen aus, laufen am Haus entlang und versuchen, durch die Fenster zu schauen. Auf einmal taucht ein Mann auf und begrüßt uns mit tiefbairischem Dialekt. Da er sich als Dr. John vorstellt, frage ich: „Sind Sie der Hausmeister?" Er grinst und meint, er wäre der Immobilienmakler. Ups, davon wissen wir nichts!

„Ja, Sie wissen noch manch anderes nicht!"

Unsere erste Hotelbesichtigung

So, wie uns das Hotel von außen abgeschreckt hat, so hat es uns von innen überrascht. Lobby und Rezeption sind aus dunklem Holz. Eine Steintreppe führt nach oben zu den Zimmern und auf der anderen Seite in einen Salon mit wunderbarer Aussicht auf das ganze Dorf. Die Einrichtung erinnert an die 70er-Jahre: Die Retrobäder der Hotelzimmer in Rosa, Grün und sogar Schwarz, der Salon mit Clubsesseln und das darunterliegende Restaurant mit schweren Eichenstühlen. Alles ein bisschen in der Zeit stehen geblieben. In einem Bad sieht es aus, als ob sich gerade jemand rasiert hätte. „Ach ja, das ist ein Obdachloser, der hier immer wieder übernachtet. Ich hab ihn vorhin rausgeschmissen." Ups, so einfach kommt man hier wohl rein. Man erkennt genau, dass es früher tatsächlich mal ein Wohnhaus war. Die Küche, Theke und Bar befindet sich im Erdgeschoss, eine Treppe hinter den Kulissen führt nach oben und dort sind noch der Salon und zwei richtige Einzelzimmer. Noch ein Stock weiter oben ist die Betreiberwohnung mit einem riesigen Wohnzimmer und einem Schlafzimmer, einer Abstellkammer und einem Bad. Nebenan noch ein großes Hotelzimmer mit kleinem, zusätzlichem Schlafzimmer.

Das Restaurant wurde später gebaut, und darunter befindet sich ein Schwimmbad. Der Zimmertrakt wurde ebenfalls angebaut, als die Eigentümer des Hauses entschieden, ein Hotel zu betreiben. Für den Namen stand die erstgeborene Tochter Pate: *Hotel Andrea*. Nach der Besichtigung geht der Makler mit uns nach draußen und meint: „Das kleine Haus hier nebenan gehört auch dazu. Darin gibt es noch einmal sechs Gästezimmer." Um uns besser unterhalten zu können, gehen wir in ein Café und er erzählt uns, warum das Hotel seit über einem Jahr nicht mehr betrieben wird.

„Es kam der schwere Winter, wo sich meterweise der Schnee auf den Dächern sammelte. Dabei brach ein Teil des Daches ein. Jetzt stritten sich der Pächter und der Eigentümer, wer für die Erneuerung zuständig wäre. Als die Hotelbesitzer endlich die Renovierungen durchführen ließen, hatte der Pächter schon das Handtuch geschmissen und war von heute auf morgen raus. Jetzt hat das Hotel ein neues Dach, ist aber seit eineinhalb Jahren geschlossen."

„Aber wer ist denn jetzt Dr. John, der das Inserat geschaltet hat?"

„Herr John war der Vorvorbesitzer. Er hat jetzt mitbekommen, dass sie das Haus nicht verkauft bekommen und es eigenmächtig in die Hand genommen. Ich bin als Immobilienmakler beauftragt. Er ist auch kein Doktor, sondern hat immer Direktor mit Dr. abgekürzt und sich somit quasi selbst zum Doktor ernannt."

„In der Anzeige stand nichts von einer Maklercourtage, die ja wohl auch bezahlt werden müsste", werfe ich fragend ein.

„Über die Provision wird man sich schon einig. So, und jetzt lasse ich Sie allein, denn ich schaue mir das Fußballspiel an. Melden Sie sich einfach bei mir."

Er reicht uns die Hand und lässt uns mit unseren Plänen und Eindrücken zurück. Wir schauen uns an. „Die Gegend ist sehr schön. Man kann im Winter am Arber Ski fahren und im Sommer wandern", beginnt Andreas.

„Ich wandere nicht und ich fahre auch nie wieder Ski!"

Mit Schrecken erinnere ich mich an meine Erlebnisse auf den schmalen Brettern. Bei unserem ersten gemeinsamen Urlaub in Sölden, bei wunderbarem Pulverschnee, hat es nach zwei Tagen wirklich gut geklappt. In schönen Bögelchen bin ich die weiche Piste runtergekommen. Da Andreas ein begnadeter Skifahrer ist, wollte ich dieses Hobby gern mit ihm teilen. Also habe ich einen weiteren Kurs bei unserem Bekannten in Österreich gemacht. Immerhin ist er Skilehrer für Behinderte gewesen. Das Problem war nur, dass ich von der Hütte erst einmal zum Skilift fahren musste – und diese Strecke war vereist.

Meine Skier machten, was sie wollten. Ich schlitterte die Eisplatten runter, die Skier kreuzten sich und auf dem letzten Stück bekam ich so viel Schwung, dass ich den Hügel runterschoss und bäuchlings auf der Übungspiste der Kinder landete. Erst kam der Skilehrer, dann umringten mich die amüsierten Kinder und mit galantem Schwung kam auch noch Andreas an. Er bremste profimäßig und fragte, ob mir was passiert sei.

Ich war so sauer auf mich selbst, dass ich seinen besorgten Ton nicht wahrnahm und nur fauchte: „Was machst du denn hier? Du sollst mich nicht auch noch beobachten!"

Wütend drehte er sich um und fuhr mit den Worten „Blöde Kuh!" davon. Seitdem bringt mich niemand mehr auf Skier.

„Und das Hotel ist alt, nicht schön, und Bodenmais ist am Arsch der Welt. Nein, das Hotel will ich nicht!" Ich hake das Thema ab.

Ein Nein ist ein Nein!

Wir haben getrennte Wohnungen. Wenn Andreas zur Arbeit muss, übernachten wir bei ihm, am Wochenende dann bei mir. Christian ist mit der Schule fertig und hat eine Ausbildung im Restaurant eines Freundes begonnen, wo auch Andreas schon gearbeitet hat.

Andreas richtet sich für die Arbeit her. Der Anzug kleidet ihn gut. Er bindet sich die Krawatte, dann die Schuhe. Beiläufig meint er: „Also nehmen wir das Hotel wirklich nicht?"

„Würdest du es denn nehmen wollen?"

„Ja. Ich denke, es hat die richtige Größe und man kann was draus machen."

„Du würdest mit mir zusammen leben und arbeiten?"

„Ja."

„Schatz, das ist das größte Kompliment, das du mir machen kannst. Heiraten wäre unverfänglicher. Nein, wir nehmen das Hotel nicht."

Er geht zur Arbeit. Ich rufe „Dr." John an und teile ihm meine Entscheidung mit.

„Wenn Sie wirklich ein Startobjekt suchen, dann ist dieses Haus optimal. Wenn Sie das nicht nehmen, dann lassen Sie die Finger von allen Hotels, dann haben Sie nicht den richtigen Biss."

In mir brodelt es. Er packt mich an meinem Stolz, das geht gar nicht. Andreas würde es gerne machen. Vom Finanziellen her passt es super. Wenn wir den Kaufpreis noch etwas runterhandeln, können wir das Geld in die Renovierung des Restaurants und des Salons stecken. Die Zimmer sind grundsätzlich in Ordnung, das Hallenbad und die Diskothek im Haus auch. Wie war es mit der Küche?

„Okay, ich werde noch mal mit einem Freund kommen, der sich mit der Küche besser auskennt. Ich melde mich", beende ich das Gespräch jetzt doch mit einem *Vielleicht*.

Andreas kommt heim. „Wollen wir doch noch mal hinfahren und uns das Hotel unter dem Aspekt ansehen, dass wir Restaurant und Salon sofort renovieren lassen, wenn wir den Kaufpreis um 100.000 Euro drücken können?" „Woher der Sinneswandel?" Ich erzähle ihm von dem Telefonat und er grinst. Natürlich wollen wir. Und da es um die Küche geht, fragen wir unseren Freund Albert, der Koch ist, ob er am Wochenende Zeit hat, mit uns einen Ausflug in den Bayerischen Wald zu machen. Klar kommt er mit.

Für und wider

Albert wird auf den neuesten Stand unseres Planes gebracht. Die Fahrt kommt mir heute irgendwie kürzer vor und bei so viel Quatschen übers Essen bekommen wir Hunger. Wir diskutieren gerade über den Namen des Hotels.

„Wir können es ja in *Hotel Andreas* umtaufen, da muss nicht viel geändert werden!"

„Das hört sich an wie eine Pension. Zu einem Hotel gehört keine Personifizierung", wirft Andreas ein.

„Na, *Steigenberger* oder *Sacher* gibt es ja auch."

„Das sind keine Vornamen. Hotel Regina, Hotel Sonja, das hört sich an wie eine Pension."

Wir fahren in Parsberg von der Autobahn ab und Andreas steuert die Raststätte an. Wir holen uns was zum Mitnehmen. Auf dem Weg zum Auto fällt mir gegenüber ein kleines Haus auf: „Hotel Villa Toskana".

„Wir nennen unser Hotel *Venezia*!", platze ich raus.

„Hört sich an wie eine Eisdiele!", kommt sofort der Einwand von Andreas. Albert nickt wieder.

„Aber es spiegelt unseren Traum *Italien* wider!", rufe ich euphorisch. Kurze Denkpause, während Andreas losfährt.

„Lass uns das Hotel so nennen, wie sich die Gäste fühlen sollen." Noch eine kurze Pause. „Ich hab's. Wir nennen das Hotel so, was es sein soll:

`Dolce Vita` – das süße Leben." Gespannt schaut er in den Rückspiegel und zu Albert. Albert nickt und bei mir rattert es: „Ja, das hört sich gut an!" Jetzt haben wir innerhalb von zehn Minuten einen Hotelnamen kreiert. Natürlich sind wir nun so richtig im Kreativmodus und lassen bei der zweiten Besichtigung des Hotels unserer Fantasie freien Lauf. Man muss sich das vorstellen, wie wenn einer das Wrack *Titanic* sieht und dann, das einstmals so noble Schiff gedanklich wieder zum Leben erweckt.

„Im Pool werde ich Wassergymnastik anbieten. So wie es im Süden gemacht wird." Schon sehe ich, wie sich meine Gäste zu moderner Musik im Wasser bewegen. Im Keller ist eine komplett ausgebaute Diskothek mit der typischen Diskokugel und einer Musikanlage. „Hier werden wir Ü-30-Partys veranstalten!" Ich sehe John Travolta zur Musik der Bee Gees tanzen.

„Die Empore mit dem gusseisernen Geländer sieht aus wie ein italienischer Innenhof", strahlt Andreas und wir sehen gut gekleidete Gäste die Treppe runterschlendern, um in der Bar einen Aperitif zu nehmen. Wir gehen weiter ins Restaurant. Dort werden die Gäste platziert.

„Die Fensterfront ist gigantisch und man hat einen Blick über den ganzen Ort. Stell dir nur vor, wenn es hier Schnee hat, wie schön!" In Gedanken riechen wir förmlich das Fondue und Raclette, was wir auf jeden Fall anbieten werden. Die rustikalen Eichentische passen allerdings nicht ins Bild. Wir planen, wie das Restaurant umgestaltet werden könnte. Ein festes Büffet, Fliesenboden und moderne Tische. Für alles hat der Immobilienmakler, der uns noch einmal begleitet, eine Lösung und die nötigen Kontakte. Albert begutachtet die Küche und ist offensichtlich erstaunt, wie und womit die Küche ausgestattet ist. „Da muss nichts neu gekauft werden. Sie ist gut und praktisch eingerichtet." Ich höre das Klappern des Geschirrs, wenn das Essen abgerufen wird.

Nach so viel Enthusiasmus wenden wir uns an den Immobilienmakler. „Wir machen es, wenn der Preis um 100.000 Euro reduziert werden kann, um die notwendigsten Renovierungsarbeiten sofort zu machen und die Maklercourtage inklusive ist."

„Ich werde die Besitzer gleich anrufen und fragen. Inzwischen könnten wir mal zu der Firma gehen, die das neue Gastgeberverzeichnis herausbringt. Das ist der Reisekatalog für Bodenmais. Vielleicht habt ihr noch eine Möglichkeit, da hineinzukommen." Gesagt, getan. Es ist möglich. Wir reservieren eine Seite. Der Preis ist im Vergleich zu meinen früheren Personalanzeigen im Frankfurter Raum günstig. Gleichzeitig erzählen wir, dass wir einen neuen Namen haben und ob man uns helfen könnte, die Internetseite zu reservieren. Auch das ist innerhalb von zwei Minuten erledigt. Jetzt kommt der Vorschlag, zum Ortsfotografen zu gehen, da dieser noch die Bilder vom *Hotel Andrea* hätte. Damit könnte man die Seite kurzfristig gestalten und auch für das Gästeverzeichnis schnell ein Layout konzipieren, da es zeitlich nur noch ein paar Tage Zeit sind. Mitten in unserer Organisation kommt der Makler grinsend an. „Ich habe eine freudige Nachricht: Sie können das Hotel sogar für nur 450.000 € kaufen." Wir strahlen und aus unseren Entwürfen werden die ersten Aufträge in Bodenmais. Mit einer neuen Challenge machen wir uns auf den Heimweg.

„Schatz, jetzt hast du, was du wolltest. Du musst mit mir in eine Wohnung ziehen *und* mit mir arbeiten. Das bedeutet: vierundzwanzig Stunden am Tag mit mir zusammen sein!"

„Wird schon klappen." Ich sehe im Rückspiegel, wie Andreas mir aufmunternd zuzwinkert. Erschöpft, aber glücklich, kommen wir zu Hause an. Andreas holt eine Flasche Sekt mit zwei Gläsern aus der Küche. „Auf ein neues Kapitel in unserem Leben!"

Hotel Dolce Vita in Bodenmais

Beim Autofahren jagen meine Gedanken wie ICE`s durch den Kopf. Ich versuche, sie ein bisschen zu bremsen und zu sortieren. Das Jahr 2007 hat wirklich einen kompletten Umbruch in mein Leben gebracht. Im Februar sind Andreas und ich ein Paar geworden, im Juli habe ich mein Zeitarbeitsunternehmen verkauft und jetzt, im Oktober, bin ich stolze Besitzerin eines Hotels, was ich cash bezahlt habe, und werde dies gemeinsam mit Andreas leiten, ohne dass wir uns groß darüber Gedanken gemacht haben, weil wir ja noch nicht einmal zusammen gewohnt haben. Wir wollen unbedingt zu Weihnachten eröffnen, denn da ist Hochsaison und jeder kann seine Zimmer mit einem guten Preis verkaufen. „Wenn es regnet, werden alle nass!", ist der passende Spruch von Andreas. Deshalb ziehe ich schon mal in die vorhandene Pächterwohnung nach Bodenmais und beginne mit Marketing- und Umbaumaßnahmen. Andreas kündigt seinen Job und wird ab 1. November nachkommen.

Zur gleichen Zeit, wie ich nach Bodenmais gehe, beginnt Andreas Lambeck als neuer Geschäftsführer der Bodenmais Touristik GmbH. Das war Grund genug, um sich gegenseitig kennenzulernen. Nach einer touristischen Veranstaltung, die er durchgeführt hatte, stelle ich mich ihm vor und er ist neugierig genug, um mit mir gemeinsam Abend zu essen. Andreas Lambeck stellt sich als unkonventioneller Touristiker dar, der viele neue Ideen umsetzen will, um die Übernachtungszahlen im Ort zu steigern. Und ich finde, dass es sich gut ergänzen würde, wenn man dazu ein neues Hotel hat, das zu allen Schandtaten bereit ist, weil es zur Zeit noch leersteht.

Mit einem gut gefüllten Bankkonto, das noch 450.000 Euro Guthaben vorweist, sollte man in der kurzen Zeit das Wichtigste organisieren können. Dank der guten Kontakte des Immobilienmaklers sind die perfekten Handwerker schnell am Start. Das Restaurant soll mediterran gefliest und modern eingerichtet werden. Aus dem Salon muss der dicke Teppich raus und dafür Parkett rein. Die schweren Sessel werden durch Rattantische und passende Stühle ersetzt, da auch Tagungen möglich sein sollen. Die Fenster werden von den alten Vorhängen befreit und Lamellenjalousien lassen den Blick über den Ort zu, schützen jedoch auch vor der Sonne. Die alte Sauna kann bleiben, doch vor unserem Schwimmbad ist ein Umkleideraum, in dem wunderbar eine neue Sauna Platz hat. Das geben wir jetzt alles in Auftrag. Und bis das alles in Gang kommt, machen Andreas und ich noch zwei Ausflüge. Einmal gönnen wir uns ein Wellnesswochenende in einem großen Hotel, eine Art Bildungsurlaub, und anschließend wollen wir in Österreich eine Fachmesse besuchen.

So nicht!

Wir sind auf dem Weg in den *Allgäu-Stern,* wo Andreas früher gearbeitet hat. Wir wollen ausspannen, aber auch Input holen für unser Hotel. Wir haben eine wunderschöne Suite mit Himmelbett bekommen. Man achtet auf einmal auf ganz andere Dinge.

„Weißer Bademantel, weiße Bettwäsche, weiße Handtücher, ich komme mir ein bisschen wie im Krankenhaus vor", meine ich zu Andreas.

„Du kannst weiße Hotelwäsche am besten waschen und sauber halten", erklärt er mir.

„Aber es gefällt mir nicht. Unser Hotel soll keine weiße Bettwäsche bekommen und keine weißen Bademäntel."

Der Wellnessbereich besteht aus Schwimmbad, Sauna, Dampfbad, Partnerwhirlpools und einem Außenbereich. Als wir den Nacktbereich betreten, zeigt ein Schild an, dass dieser nicht für Kinder erlaubt ist. Beim Aufhängen der Bademäntel erkennen wir ein Dilemma. „Und jetzt? Alle Bademäntel sehen gleich aus. Ich stecke meine Uhr oder irgendwas in die Tasche, damit ich später *meinen* wiedererkenne. *Wir* nehmen verschiedene Farben!" Entspannt steigen wir in zwei Wannen nebeneinander, halten Händchen und genießen das sprudelnde Wasser. Da wird die Ruhe von Kindergekicher unterbrochen.

„Komm rein, hier sind lauter Nackige!", höre ich einen Knirps flüstern. Dann rennen die beiden durch den Wellnessbereich, spielen Fangen und finden es klasse, sich mit dem Kaltwasserschlauch abzuspritzen.

„Ich dachte, im Wellnessbereich sind keine Kinder erlaubt?", sage ich zu Andreas. Die romantische Stimmung ist dahin. Dann kommt das nächste schreiende Kind rein: „Mama!" Aus mit Entspannung. Wir verlassen das Schwimmbad und legen uns auf eine Liege. Ich hole mein Buch raus. Ja, ich kann mich daran erinnern, wie es war, als ich mit meinen kleinen Töchtern im Schwimmbad war. Beim Lesen hatte ich immer ein Ohr am Geschehen und war beruhigt, wenn ich meine beiden schreien hörte. Dann wusste ich, sie sind nicht untergegangen. Aber heute bin ich mit meinem Schatz hier und möchte kein Kindergeschrei. Platsch, jetzt ist mein Buch nass, weil irgend so eine Göre eine Arschbombe ins Wasser gemacht hat. Wir schauen uns an und gehen resigniert aufs Zimmer.

Beim Abendessen freuen wir uns auf ein romantisches Dinner. Wir gehen spät essen, in der Hoffnung, dass alle Kinder schlafen. Aber nicht zu spät, da die Küche um halb neun schließt.

„Bei uns wird man bis 24:00 Uhr warme Küche bekommen", entscheiden wir deshalb.

Wir haben uns zu früh gefreut. Die Kinder sind noch da und knatschig. Und dann dieser Dominoeffekt: Schreit eines, fangen die anderen solidarisch mit an zu brüllen.

„Willst du das?", frage ich Andreas und nippe am Wein.

„Nein, wir machen ein kinderfreies Hotel auf." Unser erstes Alleinstellungsmerkmal, um uns von den anderen vierzehn Hotels in Bodenmais abzuheben, ist festgelegt.

Am Morgen beobachten wir, wie sich die Gäste nach dem Frühstück weiter am Büffet bedienen. Ich glaube, ich sehe nicht richtig! Da werden doch tatsächlich die Brötchen geschmiert, in der Serviette eingepackt und ab in die Tasche.

„Das gibt es doch nicht. Meinen die Gäste denn, sie haben das ganze Büffet bezahlt?"

„Das ist in Ferienhotels ganz üblich."

„Nicht in unserem Hotel, dafür werde ich sorgen. Dann bekommen die Gäste ein Lunchpaket berechnet."

Mit ganz vielen Eindrücken fahren wir zurück in unser Hotel. Dort beginnen jetzt die Arbeiten.

Doch meistens kommt es anders, als man denkt

Wir haben unsere Wohnungen aufgegeben und unsere Möbel im Hotel verteilt. Mit den übrigen Möbeln richten wir im Nebenhaus noch zwei Zimmer im Dachgeschoss ein. Hier entsteht Christians Personalzimmer und die Personalumkleide. Andreas übernimmt die Gespräche mit den Reiseveranstaltern und Lieferanten. Da wir ein leeres Hotel haben, brauchen wir Hilfe von Agenturen. Andreas hat die Kontakte noch aus seiner Zeit als Hoteldirektor. Wir kalkulieren Zimmerpreise mit Halbpension, also Abendessen. Auf die Verkaufspreise müsse wir zwischen 20 und 30 Prozent Provision an die Reiseveranstalter zahlen. Ein Termin nach dem anderen.

Ich beaufsichtige den Fortschritt der Umbaumaßnahmen, kümmere mich um Werbetexte und bestelle Tischwäsche, Servietten und alles, was man zum Arbeiten braucht. Inzwischen ist man im Wellnessbereich dabei, die Leitungen für die Saunaanlage zu legen und das Wasser vom Pool auszulassen, da es erneuert werden muss.

„Chefin, kommst du mal!", ruft ein Handwerker. Ich folge ihm in den Saunaraum. Mitten im Raum ist ein Loch, durch das man hinter die Poolanlage kommt. „Schau mal, wir können das Wasser vom Pool nicht erneuern. Es läuft nicht ab, sondern sammelt sich hier. Der Abwasserkanal ist kaputt und kann auch nicht repariert werden."

Ich schaue ihn entsetzt an. „Und wie bekommen wir jetzt das Wasser raus?" Immerhin sind das rund tausend Kubikliter Wasser. Mit dem Eimer klappt das nicht.

„Andere Hotels haben eine Übung mit der Feuerwehr gemacht. Das machen die meistens gegen eine Brotzeit und Bier."

Okay, ich gehe zurück zu meinem Arbeitsplatz, der schon an der Rezeption eingerichtet ist und rufe den Feuerwehrchef an. Der Deal steht für Samstag.

Ich begutachte die Fliesen im Restaurant, denn gerade kommt die zweite Lieferung. Ich glaube, mich trifft der Schlag. Die neuen Fliesen sind viel dunkler als die ersten.

„Da haben sie wohl einen neuen Brand gemacht. Das passiert bei Naturfliesen", will man mich beschwichtigen. Doch wie sieht das denn aus? Die Hälfte des Restaurants ist schon gefliest, da können wir doch nicht die andere Hälfte mit dunkleren Fliesen machen? „Die müssen zurück und die aus der gleichen Charge müssen her."

„Das geht nicht, die sind aus Italien!"

„Das ist mir relativ egal, woher die sind. Ich möchte die gleichen Fliesen!"

Man nimmt die dunklen zurück und hofft, dass die Lieferung rechtzeitig ankommt.

„Chefin, kommst du mal!"

Was ist jetzt los? Ich folge wieder nach unten in den neuen Saunabereich. „Wir versuchen jetzt schon zum dritten Mal, einen Abfluss zu bohren, doch jedes Mal stoßen wir auf eine Wasserleitung. Wir müssen den Abfluss woanders hinsetzen. Ist das okay?" Was bleibt mir anderes übrig?

„Chefin, kommst du mal!" Jetzt ruft mich der Installateur, der die Handseifenschalen im Gästeklo anbringen soll. Hier sind bereits neue Fliesen gelegt. Die Gästetoiletten sahen in Giftgrün einfach schrecklich aus. „Ich wollte das anbohren, da hat es einen Schlag getan. Ich glaube, ich habe eine Elektroleitung erwischt." Also den Elektriker anrufen. Er überprüft es. Sein Urteil fällt Gott sei Dank milde aus.

„Er hat ganz knapp über der Hauptleitung angebohrt. Das ist alles okay. Einen Zentimeter weiter unten, und wir hätten alles aufreißen müssen." Glück im Unglück.

Die Fliesen werden wohl erst Ende November kommen, dafür ist der Parkettboden jetzt da. Das Personal beginnt, alle Hotelzimmer zu reinigen und fertig zu machen. Da kommt ein Mitarbeiter an. „Chefin, kommen Sie mal!" Ich ahne Schlimmes. Er führt mich in ein Bad, wo der Installateur die Handseifenschalen aufhängen sollte. Dort sind die Mauern dünn und er hat durchgebohrt, sodass jetzt auf der anderen Seite die frisch gestrichene Wand ein Loch hat.

„Chefin, das hat er nicht nur hier gemacht." Entsetzt zeigt er mir drei weitere Zimmer, in denen dasselbe passiert ist. Ich renne zu dem für das Malheur verantwortlichen Handwerker und weise ihn nachdrücklich an, sofort aufzuhören. Dann informiere ich seinen Chef und fordere einen Mitarbeiter an, der hoffentlich in der Lage ist, die Dinger anzubringen, ohne mir die Wände zu zerstören.

Bekanntschaft mit der Freiwilligen Feuerwehr Bodenmais

Für die Hilfe der Freiwilligen Feuerwehr in Bodenmais möchte ich mich an dieser Stelle ganz herzlich bedanken. Tatsächlich hat sich der Kommandant bereiterklärt, mit seiner Mannschaft eine Übung zu machen und Wasser aus dem Pool zu pumpen. Der Preis dafür: Bier und Pizza vom Lieferservice, denn in unserer eigenen Küche können wir noch nichts zaubern. Sie zieren sich zu Beginn. Wer möchte Bier, wer Pizza? Es melden sich nur einige. Also werden nur drei Pizzen bestellt. Das Pumpen beginnt und man kommt ins Gespräch – ein gegenseitiges Abtasten. *Welche Preißen mechten da unbedingt nach Niederbayern ziang?* Zumindest ich kann punkten, dass ich aus Bayern stamme, sogar eine waschechte Rosenheimerin bin. Doch Bairisch spreche ich nicht. Aber da meine Mama eine Kneipe hatte, bin ich ziemlich geeicht. Schon früh kannte ich damals das „Wettsaufen" mit den Gästen: Also holen wir Bier. Langsam bekommen dann doch alle Hunger, sodass ich noch schnell Pizza nachbestelle. Das Wasser ist inzwischen komplett ausgepumpt, die Arbeit getan, jetzt wird getrunken und gegessen. Die neue Pizza kommt und ich hole meine geliebten scharfen Peperoni aus der Küche, die haben wir schon da.

Der Ehrgeiz der Feuerwehr ist entfacht. Wer kann schärfer essen? Da ich meine Geschmacksknospen wahrscheinlich in Sri Lanka mit einheimischem Essen abgetötet habe, bin ich Siegerin. Zur Verdauung schenke ich den Haselnussgeist aus, den ich aus Mömbis mitgebracht habe. Ihr wollt mich unter den Tisch saufen? Nicht mit mir! Ich halte mit – so lange, bis die Ersten rausgehen und sich all des guten Essens und des Alkohols direkt neben dem Feuerwehrauto entledigen.

Die Akzeptanz der Feuerwehr habe ich mir heute schwer erfressen und ersoffen!

Messe in Österreich

Nach so vielen „Chefin, kommst du mal!" genieße ich jetzt den kleinen Ausflug auf die Fachmesse nach Österreich. Es macht Spaß, endlich mal mit einem echten Grund (nicht nur um Wein und Brötchen zu verkosten) dort zu sein. Andreas besucht alle Firmen, die er von seinem Hoteliersdasein noch kennt. Der Brötchenlieferant, damit wir bei Bedarf zusätzliche Frühstücksbrötchen frisch aufbacken können. Außerdem bietet er kleines Partygebäck, das wir am Abend vor dem Menü reichen können und Stangenweißbrot für unseren geplanten Fondueabend. Bier, Wein und Schnaps, alles kann man direkt bei den Lieferanten verkosten und auch sofort Erstbestellungen machen.

Beim Schlendern durch die Gänge sehe ich es: Ein wunderschön eingedeckter Tisch mit futuristischem Besteck. „Das will ich!" Andreas ignoriert den Tisch, doch ich ziehe ihn zurück.

„Wir brauchen kein Besteck. Das ist das Einzige, was wir komplett haben", argumentiert er.

„Ich will es aber!"

„Das kostet bestimmt eine Menge!"

„Mir egal!"

Andere Frauen stehen auf Schmuck, Schuhe oder Handtaschen. Das ist mir alles egal. Aber schönes Geschirr oder Besteck, das liebe ich einfach. Und auf dem Konto ist noch genug Geld. Wir lassen uns das Besteck, komplett für Vorspeise, Hauptgang, Fisch und Dessert sowie Brotmesser zeigen und berechnen. Wir brauchen es fünfzig Mal. Es sind also fünfhundert Besteckteile, jedes kostet zwischen 5 und 10 Euro. Okay, das Fischbesteck lasse ich weg, der Rest wird bestellt. Ich freue mich wie ein kleines Kind. Weil wir schon dabei sind, werden noch Platten und Teller fürs Frühstück gekauft. Weiße Teller mit grünem Rand, dazu die passenden Kaffeetassen. Man soll am Morgen mit saftigen Farben gute Laune bekommen. Jetzt fallen uns noch Salz- und Pfefferstreuer in die Hände, die wie größere Zipfelmützen aussehen, aus Glas und Chrom. Das i-Tüpfelchen auf unserem edel eingedeckten Tisch. Zufrieden fahren wir zurück nach Bodenmais.

Als wir die ersten Berge hochfahren, fallen sie vom Himmel: Schneeflocken. Je näher wir Bodenmais kommen, desto größer werden sie. Und als wir unseren Parkplatz erreichen, liegt der Schnee schon fünf Zentimeter hoch. Wir bleiben draußen und beobachten das herrliche Tanzen der Flocken. Genau der Moment, in dem unser Hausmeister, den wir zum Monatsanfang eingestellt hatten, da Andreas zwei linke Hände hat, zum Einsatz kommt: „Sie können jetzt den Schnee wegräumen!" Er schaut mich an, als hätte ich von ihm verlangt, den Boden mit einer Zahnbürste zu putzen. „Wenn ich fertig bin, kann ich gleich wieder von vorne anfangen!", argumentiert er.

„Ja, macht doch nichts, Sie haben doch eh noch nichts anderes zu tun!" Er verzieht sich ins Nebenhaus, zieht sich um und taucht nie wieder auf! Und wie werden wir jetzt der Schneemassen Herr? Es schneit und die Schneedecke ist bereits auf zehn Zentimeter gewachsen. Ich rufe unseren Nachbarn an und frage ihn.

„Manche kaufen sich einen Radlader", erfahren wir. Aber ich kaufe doch keinen eigenen Schneeräumer! Ist für so was nicht die Stadt zuständig? Ich rufe bei der Gemeinde an. „Nein, wir räumen nur die öffentlichen Straßen", bekomme ich Auskunft.

„Aber wir sind doch eine Sackgasse. Da könnte der Schneepflug oben wenden und bei der Gelegenheit den Schnee wegräumen …"

„Das dürfen wir nicht. Aber ich gebe Ihnen die Adresse eines privaten Anbieters." Das ist die Rettung. Ich rufe sofort an – und tatsächlich, ein junger Mann mit Schneepflug kommt direkt und wir besprechen, wo der weggeräumte Schnee hin soll. Man kann sich gar nicht vorstellen, wie hoch so ein Berg Schnee ist, der von unserem Parkplatz für 20 Autos weggeräumt wird. Es gehen dabei zwei Parkplätze verloren und das Nebenhaus ist fast nicht mehr zu sehen. Jetzt freuen wir uns auf einen ersten richtigen Winter, den wir gemeinsam erleben dürfen.

Countdown: Noch 20 Tage bis zur Eröffnung

Gut, Schnee geräumt, Abguss im Keller gelegt, WC erneuert und Salon fertig. Alle Zimmer sind geputzt, die Matratzen professionell gereinigt und frei von Milben, die Betten zartgelb bezogen. In den unteren Etagen hängen weiße und blaue Bademäntel mit eigenem Logo, in den oberen apricotfarbene und graue. Eigentlich haben wir uns überlegt, nicht nur ein eigenes Logo darauf zu sticken, sondern: „Geklaut im *Hotel Dolce Vita*". Andreas kann ein Lied davon singen – in seiner Zeit als Hotelier hat er so einiges erlebt. Bestes Beispiel: Eines Morgens rief die Hausdame an und fragte, warum sie nichts davon wüsste, dass ein Hotelzimmer renoviert werden würde. Andreas staunte nicht schlecht, als er mit ihr zusammen das betreffende Zimmer besichtigte: Alles, wirklich alles war leergeräumt. Der diebische Gast hatte am Vorabend sogar noch Kisten geordert, da er angeblich so viel gekauft hatte. Es gab einen Aufzug direkt ins Parkhaus, sodass niemand mitbekommen hatte, wie er das komplette Zimmer leergeräumt hatte.

Doch zurück nach Bodenmais, wo uns so was nicht passieren soll ... Die alten Bäder sind mit neuen Badezimmeraccessoires aufgepimpt worden und die Duschvorhänge ausgetauscht. Wir haben die Duschvorhänge beibehalten, da alle Zimmer mit Wannen ausgestattet sind. Gemäß der 4-Sterne-Vorgaben müssen wir Duschhauben und Schminkspiegel vorweisen, auch das ist ergänzt worden. Unsere Zimmer sehen toll aus.

Morgens führt mich der erste Weg zur Kaffeemaschine nach unten. Heute öffne ich die Tür und sehe die Treppen vor lauter Feinstaub nicht. Ich glaube das ja wohl nicht! Alarmiert rase ich nach unten und höre schon von weitem, was los ist. Die Fliesen sind gekommen und werden geschnitten.

„Ja, seid ihr noch ganz dicht?", versuche ich das Sägen zu übertönen. Es wird still und man schaut mich verwundert an. „Kann man nicht vorher den Torbogen abhängen, damit der Staub nicht durch das ganze Hotel fliegt? Wir haben bereits alle Zimmer geputzt, und jetzt dringt der Staub durch jede Ritze. Ich schwöre euch, entweder ihr lasst meine Zimmer auf eure Kosten reinigen oder von euren Frauen putzen, mir egal. Ansonsten ziehe ich euch die Putzkosten von der Rechnung ab!" Ich bin so sauer, dass ich losheulen könnte.

Jetzt, wo es eigentlich zu spät und alles schon schmutzig ist, wird mit einer Decke abgehängt. Ich hole unseren Kaffee und mache mich mit der Morgenzeitung auf den Weg zu Andreas, um ihm das Malheur zu erzählen. Mein Blutdruck ist mindestens auf hundertachtzig. Auch Andreas schüttelt nur den Kopf. Nachdem sich der Nebel gelegt hat, gehen wir nach unten. Da taucht der Fliesenleger mit dem nächsten Problem auf: Die extra für die Treppen gekauften Fliesen passen nicht. „Wir müssen sie zurechtschneiden und die Kanten eckig lassen." Na ja, außer, dass es rausgeschmissenes Geld war, ein kleines Problem.

Doch weil wir jetzt genügend Bodenfliesen haben, entscheiden wir, auch das Büffet damit zu verschönern. Als alles vorbei ist, können wir endlich die eingelagerten Möbel holen, die bestellten Tische liefern lassen und mit den eigens angefertigten Stuhlhussen das Restaurant fertig einrichten.

Es wird zum ersten Mal eingedeckt und sieht wunderschön aus!

Wo kommen denn die Hotelsterne her?

Jetzt, wo das Hotel startklar ist, wollen wir überprüfen, ob wir auch wirklich die 4 Sterne erreichen. Die Klassifizierung eines Hotels ist freiwillig und wird vom Bundesverband DEHOGA überprüft. Die Kriterien können in einem „Katalog" nachgelesen werden, und je nach Standard bekommt man eine gewisse Punktzahl. Zum Schluss werden alle Punkte zusammengezählt und dann schaut man nach, welcher Klasse das Hotel entspricht. Also drucken wir den Punktekatalog aus und beginnen zu überprüfen.

Wenn man sich mit diesem Thema zum ersten Mal richtig beschäftigt, fällt einem auf, wie viele grundsätzliche Dinge in Deutschland geregelt sind, um überhaupt als Hotel zu gelten. Ein Hotel erfordert ein Mindestmaß an Personalaufwand, da es tägliche Zimmerreinigung, Frühstück und auch Getränke- und Speiseangebot haben muss. Ich bewundere die Familienbetriebe, in denen meist die Ehefrau freundlich den Gästen das Frühstück serviert, dann auscheckt, um anschließend die Zimmer zu putzen. Daneben bereitet der Ehemann in der Küche das Essen vor, erledigt die Bestellungen und füllt die Getränkebar auf. Die ankommenden Gäste werden eingecheckt und abends wird standhaft mitgetrunken, bis sich auch der letzte Gast müde ins Zimmer verabschiedet. Der eine räumt auf, der andere macht Abrechnung. Ein 18-Stunden-Tag, sieben Tage in der Woche. Egal, ob du fünf Gäste hast oder zwanzig.

Doch wir wollen mehr. Wir wollen unseren Gästen mehr Service und mehr Luxus bieten, mehr Angebote ermöglichen. Das wird mit den Hotelsternen gut signalisiert. Natürlich bedeutet das auch mehr Personal, mehr Kosten, mehr Aufwand. Hoffentlich ist der Gast auch bereit, dafür mehr zu bezahlen.

Bekommen wir die 4 Sterne?

Wir nutzen den Punktekatalog als Ideenspender für außergewöhnliche Extras, die Gäste nicht unbedingt erwarten, um ihnen ein Aha-Erlebnis zu verschaffen. Eine gute Möglichkeit, zufriedene Gäste zu bekommen.

Ein Lift muss vorhanden sein, wenn das Hotel mehr als drei Stockwerke hat. *Trifft bei uns nicht zu, also kein Lift.* Eine separate, eigenständige Rezeption, an der die Privatsphäre des Gastes geschützt wird. Na ja, Andreas und ich machen die Rezeption, ob da wirklich die Privatsphäre geschützt wird? Ich stelle mir vor, wie ein Gast diskret fragt: *„Wo ist denn die nächste Apotheke, wir brauchen Kopfschmerztabletten"*, und mir dabei zuzwinkert. Und wie ich dann Andreas zurufe: *„Haben wir noch Kondome da?"* Lobby mit Sitzgelegenheiten und Getränkeservice: haben wir neu eingerichtet. Rezeption sechzehn Stunden geöffnet, vierundzwanzig Stunden telefonisch intern und auch von außen erreichbar (somit ist unsere Arbeitszeit auch geregelt). Safe an der Rezeption. Wir haben diesen sogar in jedem Zimmer, was uns fünf Zusatzpunkte bringt. Gesicherte Gepäckaufbewahrung für an- und abreisende Gäste (bei uns kann man die Koffer in der Rezeption abstellen. So haben wir auch die Möglichkeit, bei abreisenden Gästen nachzusehen, ob sie das liebste Andenken, den Bademantel, im Koffer haben!) An der Rezeption muss ein Mitarbeiter mindestens zwei Sprachen sprechen. Hessisch und Bairisch wird nicht bewertet, doch Andreas spricht neben Englisch auch Französisch, unser Kellner außerdem Griechisch. Somit decken wir drei Fremdsprachen ab, also plus zwei Punkte! Mit Gästebeschwerden und Gästebewertungen muss systematisch umgegangen werden. Nun, ich bin gar nicht kritikfähig, sodass der Ansatz einer Reklamation bei mir automatisch zum Konfliktgespräch führt, da es nur eine Regel gibt: Ich habe immer Recht. Deshalb ist zwischen Andreas und mir unausgesprochen klar, er wird das Beschwerdemanagement übernehmen, wir müssen nur alle Gäste darüber informieren. Die Analyse der Gästebewertungen kann ich übernehmen.

Statistiken, Zahlen, Formulare, das kenne ich von meiner Zeitarbeitsfirma, die Iso-zertifiziert war. Ein 4-Sterne-Hotel muss eine Hotelbar haben, die maximal einen Ruhetag hat, und ein Restaurant, welches auch an sechs Tagen in der Woche für mindestens vierzehn Stunden geöffnet ist. Wir wollen den Kollegen der anderen Hotels auch die Möglichkeit geben, nach Feierabend etwas zu essen, deshalb entscheiden wir uns dafür, bis Mitternacht warme Küche anzubieten. Natürlich machen wir keinen Ruhetag und bieten Mittag- und Abendessen an. Plus zehn Punkte. Gepäckservice auf Wunsch? Da wir einen hohen Dienstleistungsgedanken haben, gehört es für uns selbstverständlich dazu, dass **alles** Gepäck ins Zimmer gebracht und auf Wunsch abgeholt wird. Plus drei Punkte! Tägliche Tageszeitung (ok, erst lesen wir diese im Bett mit Kaffee, dann bekommt sie der Gast). Plus einen Punkt! Wäsche-, Bügel- und Nähservice für Gäste. Das ist eine Dienstleistung, die man nicht kostenlos anbieten muss. Selbstverständlich bieten wir deshalb unseren Gästen nicht nur an, zu waschen und zu bügeln, sondern die Wäsche auch in die chemische Reinigung zu bringen. Für diesen Extra-Service dürfen wir uns zusätzlich drei Punkte vermerken. Regenschirm am Empfang. Dafür gibt es zwar nur einen Punkt zusätzlich, doch die Idee gefällt uns. Der Bayerische Wald kennt immer wieder Wetterkapriolen, und deshalb bestellen wir direkt Regenschirme in Regenbogenfarben mit unserem Logo. Shuttledienst oder Limousinenservice. Wir haben einen Firmenbus gekauft, da wir natürlich auch Gäste, die ohne eigenes Auto anreisen, vom Bahnhof in Bodenmais kostenlos abholen, von den Bahnhöfen, die weiter weg liegen, gegen Bezahlung. Also können wir zwei Punkte mehr dazuzählen. Personalisierte Begrüßung auf dem Zimmer mit Blumen oder Präsent. Ja, das ist klasse. Wir lassen kleine Klappkarten drucken mit der Adresse und Telefonnummer unseres Hotels. Die legen wir jedem Gast aufs Bett mit persönlicher Ansprache und Einladung zu unserer offiziellen Gästebegrüßung inklusive Willkommensschnaps. Sechs Punkte bringt es extra. Begleitung der Gäste bei Anreise aufs Zimmer. Wir haben nur vierundzwanzig Zimmer und wollen einen Gepäckservice anbieten. Also begleiten wir die Gäste sowieso ins Zimmer. Deshalb sind das zwei geschenkte Punkte. Die Größe der Zimmer ist ein sehr ausschlaggebendes Kriterium für die Vergabe der Punkte. Je größer das Zimmer, desto mehr Punkte gibt es. Der Unterschied zwischen vierzehn und dreißig Quadratmeter (inklusive Bad) beläuft sich auf fünfzehn Punkte. Das ist ein echter Vorteil der älteren Hotels. Früher wurde einfach noch großzügiger gebaut. Alle unsere Zimmer sind mindestens fünfundzwanzig Quadratmeter groß, da zu jedem Zimmer auch ein Sechs-Quadratmeter-Balkon gehört, der zur Hälfte dazuzählt. Mit zwanzig Punkten bringt uns dieses Extra das zweithöchste Plus auf unserer Liste. Eine Suite besteht aus einem Wohn- und einem abgetrennten Schlafbereich und muss sich im Hotel befinden, also keine Ferienwohnung oder kleine Villa auf dem Grundstück. Wir haben ein Zimmer, das diesen Kriterien entspricht, und vermerken weitere zwei Punkte. Matratzenhygienebezüge und jährliche Matratzentiefenreinigung. Wir selbst wollen ausschließlich in Betten liegen, die nicht nur sauber, sonder keimfrei sind. Deshalb ist es für uns selbstverständlich, dass zwischen Matratze und Laken ein Hygienebezug kommt, der keine Flüssigkeit auf die Matratze lässt. Bitte, wer ein bestimmtes Alter erreicht, der weiß, dass ich hier nicht von verschüttetem Rotwein im Bett spreche. Gegen Milben oder Keime rückt einmal im Jahr eine professionelle Matratzenreinigungsfirma an, die wir natürlich direkt vor der Eröffnung auch schon bestellt hatten. Unser Hygienesinn bringt uns ebenfalls zwanzig Zusatzpunkte. Kopfkissenauswahl ist bei 4 Sternen ein Mindestkriterium. Schon alleine aus optischen Gründen bekommt jedes unserer Betten ein großes und ein kleines Kissen. Natürlich können noch Allergikerkissen oder Nackenrollen angefragt werden. Das bringt vier Zusatzpunkte. Hotelzimmer müssen abgedunkelt werden können. In modernen Häusern macht man das mit lichtundurchlässigen Vorhängen. Ältere Häuser haben noch Rollläden, die uns hier fünf Zusatzpunkte einbringen. Die Zimmereinrichtung ist auch gleich geregelt: Es muss eine bequeme Sitzgelegenheit mit Ablage vorhanden sein. Alle unsere Zimmer sind mit einer gepolsterten Sitzgruppe mit Tisch und einem großen Schreibtisch mit Beleuchtung ausgestattet. Das bringt uns neun Zusatzpunkte. Minibar mit Getränken und Snacks muss ein 4-Sterne-Hotel haben. Alle Zimmer wurden mit Minibars ausgestattet. Und damit die Minibar nicht für die Wurst, die beim Metzger gekauft wurde, oder den Joghurt, der vom Frühstücksbüffet geklaut wurde, zweckentfremdet wird, machen wir die Getränkepreise wirklich günstig. Mineralwasser für 1 Euro, einen halben Liter Schorle für 2 Euro und unser Haussekt 0,2 l für 3,50 Euro. Für andere Getränkewünsche steht unser Zimmerservice zur Verfügung. Und noch etwas war uns wichtig: Wir trinken gerne morgens Kaffee im Bett, auch im Urlaub. Deshalb wird jedes Zimmer mit einer kleinen Tassimo-Maschine ausgestattet. Wir verkaufen die Kapseln für 50 Cent. Diesen Service bekommen wir beim Sternekatalog mit vier zusätzlichen Punkten belohnt. Mehrsprachiger Serviceleitfaden A–Z. Ich frage mich immer noch, wie viele Ausländer hier im Bayerischen Wald Urlaub machen werden. Aber wir fassen schön zusammen, die Öffnungszeiten der Bar und des Restaurants, Check–in- und Check-out-Zeiten und alles Weitere, was Fragen aufwerfen könnte. Wahrscheinlich würde das am ehesten gelesen werden, wenn man es im Bad auslegt. Stift und Block müssen angeboten werden. Da habe ich von der Zeitarbeit noch so viel übrig, dass ich diese hier mit einbringe. Wäschebeutel, Schuhputzutensilien, zusätzliche Kosmetikartikel sind Pflicht, das sind alles die kleinen Accessoires, die auf jeden Fall im Koffer des Gastes verschwinden. Zentral an- und ausschaltbare Zimmerbeleuchtung. Was wir meist für so selbstverständlich halten, ist Luxus. Unser Schalter am Bett, um die Beleuchtung im Zimmer zu regeln, bringt vier Punkte. Natürlich sind Flachbildschirmfernseher und Radio Mindeststandard. Unsere Hotelbetten haben wirklich noch Radio am Nachttisch integriert, was mir besonders gut gefällt. Die Flachbildschirmfernseher haben wir mit Pay-TV ausgestattet. Alle Sky-Programme kann man sehen – und Pornos. Ich stelle mir jetzt schon vor, wenn die Gäste auschecken und wir fragen: Hatten Sie Pay-TV? Sie sagt Nein und er sagt Ja! Doch die Abrechnung erfolgt über die Überprüfung des Sensors am Schlüssel, wo dann direkt die Rechnung gedruckt wird. Wir müssen dann halt schnell reagieren und sagen: „Der Actionfilm auf Sky war wirklich klasse!" Dieses Extra bringt uns fünf Punkte. Wir müssen mindestens zwei mal pro Woche Bettwäschewechsel anbieten – und täglich auf Wunsch (wir werden die Gäste erziehen, dass sie es nicht täglich wollen). Doppelbetten müssen mindestens 1.80 / 2.00 Meter groß sein mit mindestens achtzehn Zentimeter dicker Federkernmatratze und zusätzlicher Decke und Kissen auf Wunsch bestückt sein (Gott sei dank erfüllt das Hotel bereits diesen Standard). Das Bad muss zusätzlich einen beweglichen Kosmetikspiegel und einen Föhn haben, eine eigene Heizung und eine großzügige Ablagefläche. Die Kosmetikspiegel, die wir erneuert haben, verfügen über Vergrößerungsglas und Licht. Wisst ihr, wie man erschrickt, wenn man auf einmal blaue Adern unter den Augen oder Poren, die so groß wie Krater aussehen, entdeckt? Der Vergrößerungsspiegel mit Licht gibt einen Zusatzpunkt. Ein Doppelwaschbecken im Bad ist zusätzlicher Luxus. Da unser Haus schon vor langer Zeit gebaut wurde, waren damals noch geräumige Bäder mit Wanne und Doppelwaschbecken modern. Dies kommt uns wieder mit fünfzehn Zusatzpunkten zugute. Bademantel und Slipper auf Wunsch. Nein, es ist uns ein persönliches Bedürfnis, allen Gästen Bademäntel und Badeschlappen bereitzulegen, in verschiedenen Farben. Plus vier Punkte. In unserem Salon haben wir einen übergroßen Fernseher für gemeinschaftliche Aktivitäten. Wir zeigen dort DVDs über den Ort, über uns selbst, aber auch Fußballübertragungen oder gemeinsame Spieleabende von „Wer wird Millionär!". Auch das wird mit zwei weiteren Punkten belohnt. Wellnessbereich ist ein „Kann". Unser Wellnessbereich mit Sauna, Infrarotkabine, Innenpool, Massage- und Kosmetikangebot hat uns zusammen vierzig Punkte gebracht.

Jetzt heißt es zusammenzählen und die Bewertungsskala anschauen:

Wir freuen uns! Wir sind ein 4-Sterne-Hotel – und dazu noch das kleinste in Bayern!

Das etwas andere Hotel eröffnet

Hotel Dolce Vita im Bayerischen Wald und kleinkinderfrei. Das ist schon etwas ungewöhnlich. Dann besticht unser neues Zuhause nicht unbedingt durch den ersten Eindruck. Im Gegenteil, den Gästen geht es genau wie uns, als wir es zum ersten Mal gesehen hatten: Es gleicht einem alten, kleinen Haus, in dem man nicht einmal ein Hotel vermutet. Doch die Zimmer und das Haus haben Charme und eine Seele. Wenn du das Hotel betrittst, wird es dir warm ums Herz. Und grundsätzlich gibt es nichts Einfacheres, als Menschen, die sich auf den Urlaub freuen, bei ihrer guten Laune abzuholen und diese zu bestärken. Und genau das ist unsere Stärke!

Andreas beobachtet die ankommenden Gäste, schaut die Autonummer an und begrüßt sie mit irgendeinem dummen Spruch aus ihrer Heimat, den er zur Not gegoogelt hat. Jeder Gast soll sich sofort zu Hause fühlen. Unsere Einrichtung verkauften wir als Retro des 70er-Style und das Ambiente im neurenovierten Restaurant sowie unsere unkonventionelle Art, lassen die Gäste schnell auftauen. Auf die Punkte, die andere Hotels bestimmt nicht haben, weisen wir bei unserer Gästebegrüßung hin. Welches Hotel hat einen Pool, der rund um die Uhr geöffnet ist und in dem man ab 22:00 Uhr nackt baden darf? Wo bekommt man bis Mitternacht im Restaurant warmes Essen oder das Frühstück auf eine eigens dafür konzipierte Bettbrücke? Wer hat für jeden Mitarbeiter eine „Spar-Maus" in der Lobby für das Trinkgeld? Jeden Dienstag wird der Salon zum Spielcasino und wir erklären Black Jack und Roulette, damit man im Nachbarort vielleicht im echten Casino sein Glück versuchen kann.

Doch eine Sache ist wirklich sehr ungewöhnlich und muss den Gästen zu Beginn erklärt werden. Wir haben nicht genug kleine Tische im Restaurant, um jedem Gästepaar einen eigenen Tisch im Restaurant zu reservieren. Deshalb sind die beiden kleinen Tische den Gästen vorbehalten, die ein romantisches Dinner gebucht haben, die anderen Gäste werden bereits am ersten Abend fremde Menschen bei sich am Tisch haben. Gerade die deutsche Mentalität neigt dazu, ein Restaurant sofort wieder zu verlassen, wenn kein leerer Tisch für sie alleine frei ist. Auch wenn an einem Tisch für zehn Personen nur einer sitzt, bedeutet das, der Tisch ist voll. Doch ist ein Urlaub nicht dann erst besonders schön, wenn man nette Bekanntschaften gemacht hat? Und diese Chance haben unsere Gäste somit vom ersten Abend. Wir achten bei der Sitzplatzgestaltung darauf, dass es irgendeine Gemeinsamkeit gibt. Alter, Wohnort oder eben nur, dass man sich für ein Dolce Vita in Bodenmais entschieden hat. Tatsächlich geht unser Konzept auf und es entstehen immer schnell Cliquen, die gemeinsam den Urlaub verbringen. Im Gegenteil, es beschweren sich sogar Gäste, wenn sie, auf Grund niedriger Belegung, alleine an einem Tisch sitzen „müssen".

Bodenmais und Umgebung - so vielfältig wie ein Gemischtwarenladen

Wenn ich im Urlaub bin, möchte ich nicht mehr organisieren und recherchieren. Genau das können unsere Gäste auch erwarten. Wir sind die Gastgeber, wir kennen uns hier aus und geben hilfreiche Tipps. Was kann man mit seiner Freizeit hier anfangen? Und da gibt es für jeden etwas!

Der Genießer: Für die kulinarische Vielfalt ist einmal unser Küchenchef zuständig, der von bayrischem Büffet bis zu mediterranen Menüs alles bietet. Doch was wäre ein Ort in Niederbayern ohne einen tollen Metzger, der für die Zeit nach dem Urlaub echt bayrische Erinnerungen in Form von besten Weißwürsten oder Schweinebraten anbietet? Wer kennt nicht die bekannten Kräuter Bärwurz und Blutwurz, aus denen hochprozentiger Schnaps beziehungsweise Kräuterlikör hergestellt wird? Und natürlich fahren wir mit unseren Gästen einmal in die Destille zur Verkostung und Besichtigung der Herstellung.

Der Sportliche: Es ist ein völliger Irrtum zu glauben, Bodenmais böte nur Urlaub im betreuten Wohnen. Bodenmais liegt im Arberland, welches mit Bergen bis zu 1.400 Metern Höhe glänzt. Egal, wo du hingehst, es wird immer ein Auf und Ab sein. Deshalb ist es nicht wirklich für gehbehinderte Menschen geeignet. Im Winter hat man ab 800 Metern Höhe eine fast hundertprozentige Schneesicherheit, sodass am Arber sogar schon einmal die Weltmeisterschaft im Riesenslalom der Damen ausgetragen wurde. Der Nationalpark, der grenzübergreifend bis nach Tschechien reicht, bietet über 500 Kilometer Wanderwege im Sommer, die im Winter als Rodelstrecke oder Langlaufloipe zur Verfügung stehen. Wer hat schon einmal eine Schneeschuhwanderung unternommen? Auch das gibt es hier.

Der Entertainte: Wer glaubt, in Niederbayern gibt es nichts weiter als Wandern und Essen, der täuscht sich. Wie wäre es mit einem Ausflug zum Zauberstadl? Nein, nicht Kinderprogramm, im Gegenteil, eher nicht jugendfrei! Oder ins Spielkasino zu Black Jack oder Roulette? Und wer keine Ahnung davon hat, kann dort sogar eine Einweisung bekommen. Natürlich werden die Urlauber auch bei Tanzabenden eingeladen, selbst aktiv zu werden.

Der Verspannte: Was wäre ein Urlaub ohne Massage, Kosmetik oder andere Wellnessangebote? Ich habe noch nie erlebt, dass ein so kleiner Ort mit gerade mal 3.300 Einwohnern so viele Hotels mit Wellnessabteilungen hat. Sauna, Dampfbad und Massagen sind so selbstverständlich wie das Frühstück im Hotel.

Der Kulturelle: Und wer jetzt der Meinung ist, Bayern hätte außer Tracht und Schuhplattln keine Kultur zu bieten, der täuscht sich gewaltig. Bodenmais liegt so zentral, das eine Tagesfahrt nach München, Prag oder Regensburg möglich ist, um natürlich auch Bauwerke und Kirchen zu besichtigen. Wer nicht so weit weg mag, der geht ins Silberbergwerk und lernt etwas über die schwere körperliche Arbeit der Bergarbeiter.

Michael Adam, Bürgermeisterkandidat

Das 3000-Seelen-Dorf im Bayerischen Wald soll den Bürgermeister wählen. Der amtierende Bürgermeister Wühr, ein sehr sympathischer Mann, den wir bei unserer Einweihungsfeier kennenlernen durften und der zusammen mit Andreas Lambeck im Januar 2008 das erste Touristik- und Medientreffen veranstaltet, glaubt nicht, nach achtzehn Amtsjahren einen ernstzunehmenden Konkurrenten zu bekommen.

Andreas Lambeck kommt gerne nach 21:00 Uhr zu uns, um noch etwas zu essen. Man könnte meinen, er hat das gleiche verschobene Essverhalten wie die Gastronomen. Doch genau das war unser Gedanke, als wir entschieden haben, bis 24:00 Uhr warme Küche anzubieten. Wie oft überlegen die Gastronomen nach Feierabend, wo sie selbst noch hingehen können, um was zu essen zu bekommen.

„Jetzt kommt gleich unser zukünftiger Bürgermeister auch zum Essen", erklärt er mir, während er Platz nimmt. Ich bringe ihm seine Cola light und bin gespannt. Auf einmal kommt ein schlaksiger junger Mann mit blondem kurzem Haar in Jeans und Turnschuhen rein. Er könnte mein Sohn sein und erinnert mich mehr an einen Milchbuben als an einen angehenden Politiker. Das Entsetzen muss mir ins Gesicht geschrieben sein, denn bei der Bestellungsaufnahme wendet sich AL an Michael Adam: „Das ist Frau Stiefel, sie ist von dir als Bürgermeisterkandidat nicht überzeugt. Nenne ihr zehn Argumente, warum sie dich wählen soll!" Grinsend schaut AL (diesen Spitznamen habe ich ihm gegeben, damit ich ihn nicht mit meinem Andreas verwechsle) zu Michael, der wiederum schaut mich an, ich schaue ihn an. Er ist überrumpelt und ringt förmlich nach Argumenten. „Ich brauche keine zehn. Ein *gutes* würde mir genügen", werfe ich ihm den Ball nochmals zurück und warte.

„Die Gemeinde braucht eine starke Führung", kommt selbstsicher aus seinem Mund. Aha. Wie alt wird er wohl sein? Anfang zwanzig. Gut, da habe ich auch schon meine ersten Führungspositionen hinter mir gehabt.

„Haben Sie denn schon Mitarbeiter geführt?", hake ich deshalb nach.

„Nein, ich studiere noch."

Prima. Von der Schulbank in die Politik. „Haben Sie denn Familie und Kinder, wo Sie schon Verantwortung übernommen haben?", versuche ich, die nötigen Voraussetzungen herauszufinden.

„Nein", meint er nur.

„Ein junger Student, der keinerlei Führungsqualitäten vorweisen kann, möchte eine Horde von Gemeinderäten leiten und einen Ort managen. Na danke, das ist natürlich mein Wunschkandidat!", lautet mein nicht gerade schmeichelhaftes Urteil. Er merkt, dass seine Argumentation kein Treffer war. Daraufhin vorsichtig: „Na gut, ich bin das kleinere Übel!" Jetzt muss ich lachen. „Na, wenigstens sind Sie ehrlich! Das gefällt mir schon eher, damit können Sie bei mir punkten."

Wir sitzen noch lange zusammen, und ich erfahre ein bisschen was über die Situation in Bodenmais. Der Ort sei total verschuldet und stehe kurz vor der Zwangsverwaltung. Das ist ähnlich, wie wenn eine Firma einen Insolvenzverwalter zugeteilt bekommt. Nach achtzehn Jahren unter derselben Führung ist der Gemeinderat ein eingeschworenes Team, das nicht immer zum Wohle des Ortes agiert. Ich frage mich, was das für mich als Hotelier bedeutet. Wir sind einfach zu kurz vor Ort, um uns ein objektives Bild machen zu können. Ich überlege sogar, ob ich überhaupt wählen gehen soll.

Konservativ und christlich-demokratisch regiert

Eigentlich glaubt Michael selbst nicht an seinen Sieg. Es gibt keinen großen Wahlkampf. Doch die Bürger sind zwiegespalten. Die Gemeinde ist hoch verschuldet. Man munkelt, in jedem Amtsjahr wurde eine Million Euro Schulden gemacht. Diese Tatsache hat sich, wider Erwarten, im Wahlergebnis widergespiegelt. Der amtierende Bürgermeister hat keine absolute Mehrheit erhalten und es kommt zur Stichwahl im Mai. Jetzt gibt es einen richtigen Wahlkampf. So langsam beginne auch ich mich für Politik zu interessieren. Tatsächlich ist in einem so kleinen Ort jede Stimme wichtig. Wir leben jetzt seit einem halben Jahr in dieser Gemeinde, und ich möchte mir gerne selber ein Bild machen. Also höre ich mir an, was Herr Wühr zu sagen hat. Er erzählt, was er in den letzten Jahren geleistet hat, was investiert wurde und was noch investiert werden muss. Dann kommt wie immer die Aufforderung, Fragen zu stellen. Ich kenne das aus Schulungen, Vorträgen oder ähnlichem. Keiner macht den Anfang. Also erbarme ich mich und melde mich zu Wort.

„Herr Wühr, man sagt, es wären in den letzten Jahren viele Schulden gemacht worden. Man munkelt, es seien über 18 Millionen Euro. Wie wollen Sie das in Zukunft ändern?" Ich denke, damit habe ich eine einfache, klare Frage gestellt. Zur Antwort bekomme ich jedoch: „Haben Sie nicht aufgepasst? Ich habe doch erläutert, wofür das Geld gebraucht wurde." Rumms. Du bist wohl ein bisschen blöd? Pass gefälligst auf, was der liebe Bürgermeister sagt. So nicht! „Das ist nicht die Antwort auf meine Frage. Ich wiederhole sie gerne: Was wollen Sie verändern, damit es in Zukunft mehr Einnahmen als Ausgaben gibt und keine neuen Schulden gemacht werden?" Wer von uns beiden ist blöd? Er steht etwas hilflos da. Jetzt kommt die Stimme aus dem Volk. „Du bist doch erst kurz hier und kennst di net aus. Wanns dia net basst, dann konnst ja wieder wegziang." Der mich von der Seite blöd anmacht, ist Gemeinderatsmitglied. Tatsächlich bin ich über so viel Feindseligkeit sprachlos. Es rumort in meinem Kopf. Sind hier alle deppert? Ich bekomme die weiteren Gespräche nur nebenbei mit, denn das muss ich jetzt wirklich auf mich wirken lassen. Da wird in einem Wahlkampf um Fragen gebeten, die dann nicht beantwortet werden. Stattdessen wird man von Mitbürgern direkt aufgefordert, halt wieder wegzuziehen, ohne dass der Bürgermeister sein Veto einlegt. Ich melde mich stinksauer nochmals zu Wort.

„Ich bin jetzt schon ein wenig platt. Nur zur Erinnerung. Das hier ist eine Wahlveranstaltung, bei der man die Möglichkeit nutzen sollte, diejenigen für sich zu gewinnen, die anders gewählt haben. Und laut Wahlergebnis waren wohl mehr als 50 Prozent gegen Herrn Wühr. Es müssen hier nicht diejenigen überzeugt werden, die eingefleischte Freunde sind, sondern die anderen." Ich bekomme darauf zwar immer noch keine Antwort auf meine Frage, jedoch kommen anschließend mehrere Ortsansässige zu mir, um sich für den Zwischenfall zu entschuldigen oder mir zu sagen, dass sie jetzt wissen, wen sie *nicht* wählen.

Inzwischen haben wir Michael näher kennengelernt. Nach dem Debakel bei der Veranstaltung des Amtsinhabers, das sogar in der Presse ein Thema war, meint Michael: „Gell, auf meine Veranstaltung kommst du nicht!"

„Klar, komme ich, und ich werde dir eine einzige Frage stellen: ‚Wie willst du dich gegen einen Gemeinderat durchsetzen, der jeden, der nicht seiner Meinung ist, anfällt?'"

Jung und dynamisch stellt sich Michael dar. Er hat Visionen, er spricht die Probleme und Fakten an. Wie sein Gegner fordert er dazu auf, Fragen zu stellen, auch hier traut sich niemand, den Anfang zu machen. Ich stelle meine Frage, und wieder schreit einer aus dem Volk: „Wärst net wieder bsuffa, dann hättest auch alles verstanden!" Ich bekomme leichte Schnappatmung, als mir Michael das Mikro wegnimmt und dem Menschen direkt antwortet, und zwar auf eine Art, die er versteht: „Die Frau Stiefel hat *mich* was gefragt, da hoitst du dei Mai." Ich bedanke mich bei Michael öffentlich mit den Worten: „Diese Reaktion hätte ich mir von einem erfahrenen Bürgermeister gewünscht!"

Michael macht Bodenmais noch bekannter

Natürlich gewinnt Michael die Wahl, und er macht überall Schlagzeilen mit seinen Worten: „Ich bin alles, was man in Bayern nicht sein darf: jung, bei der SPD, evangelisch und schwul!" Und jetzt kommt eine Eigendynamik in den kleinen Ort. Ein junger Bürgermeister, ein neuer Geschäftsführer für den Bodenmais-Tourismus und neue Hotelbesitzer, die in einem bayrischen Ort ein Hotel *Dolce Vita* nennen und keine Kinder aufnehmen.

Bodenmais hat 3.300 Einwohner und 7.000 Gästebetten, darunter zwölf 3- und 4-Sterne-Hotels. Tatsächlich kommt es uns so vor, als ob die Menschen immer das wollen, was sie nicht bekommen können. Auf einmal gibt es Beschwerden bei Michael Adam, wie es denn sein kann, dass man nicht mit Kindern ins *Dolce Vita* darf. Die regionalen Zeitungen berichten darüber, Antenne Bayern ebenfalls. Verbotene Früchte sind einfach interessanter. Tatsächlich haben sich bei uns Großeltern mit ihren Enkeln eingebucht, frei nach dem Motto, wenn wir erst mal da sind, werden wir bestimmt nicht weggeschickt. Noch nicht einmal zum Warten, bis der Reiseveranstalter ein anderes Hotel angeboten hat, haben wir sie in unser Hotel reingelassen. Die Kinder erinnern mich an alte Spielfilme: Rote Backen, übergewichtig und hyperaktiv. Und als sie endlich woanders untergebracht sind, sage ich nur zu Andreas: „Selbst wenn wir Kinder aufnehmen würden, wären das die ersten, die ich trotzdem rausgeschmissen hätte. Solche verzogenen und unsympathischen Kinder wünscht man nicht einmal seinem schlimmsten Feind."

Doch es gibt mehr Zuspruch als Gegenwind. Kinderlose oder Eltern erwachsener Kinder wie wir, freuen sich über unser Angebot. Erzieherinnen, Lehrer und alle Berufsgruppen, die tagtäglich mit Kindern zu tun haben, sind froh darüber, einmal im Urlaub nicht an die Arbeit erinnert zu werden. Doch auch junge Leute, die mit ihrem ersten Freund in den Urlaub fahren, genießen die Ruhe vor allem im Pool, den sie übrigens die ganze Nacht nutzen dürfen. Und auch wir sind glücklich. Keine Kinderhände, die alle eingedeckten Tische anfassen oder mit dem Schöpflöffel am Büffet schauen, wie weit die Sauce spritzt … Um glaubhaft zu bleiben, machen wir die Altersgrenze am Alter unserer Jüngsten fest, die jetzt zu uns gezogen ist: *Kinder unter zwölf sind nicht erlaubt!*

Hund ja - Kind nein?

Andreas ist alleine im Dienst, als er beobachtet, wie eine schwangere Frau mit Mann, einem etwa sechsjährigem Kind und Oma aus einem Auto steigen und auf den Hoteleingang zugehen. Da wir hier öfter Väter haben, die ihre Frauen und Kinder in der Mutter-Kind-Kur besuchen, denkt er sich nichts dabei. Er begrüßt die Familie freundlich. „Wir hätten gerne zwei Zimmer."

„Zwei Einzelzimmer?", fragt er deshalb nach.

„Nein, ein Familienzimmer für uns und ein Einzelzimmer für unsere Mutter."

Jetzt dämmert es ihm. Er sagt seinen Standardspruch: „Oh, das tut mir leid, aber Sie haben von vierzehn Hotels in Bodenmais das Einzige erwischt, das keine Kinder aufnimmt."

„Aber es ist November, da haben Sie doch bestimmt genügend Zimmer frei!"

„Ja, Sie haben recht. Trotzdem haben die Gäste, die hier sind, das Recht, das zu bekommen, was sie gebucht haben: Ein kleinkinderfreies Hotel."

Das nächste Auto fährt auf den Parkplatz. Ein junges Pärchen mit Hund steigt aus. Sie kommen rein und fragen, ob sie sich das Hotel ansehen können. Andreas denkt sich, klar, heute, wo ich alleine bin, kommt alles auf einmal. Er bejaht die Frage und holt die Frühstücksbedienung zur Unterstützung. Sie zeigt dem Pärchen das Hotel. Entsetzt schaut der Vater dem Paar hinterher und meint: „Wollen Sie jetzt sagen, die dürfen mit Hund rein und wir mit einem Kind nicht?"

„Ja, Hunde sind bei uns erlaubt, jedoch nicht im Restaurant oder Wellnessbereich."

„Das ist ja Diskriminierung! Wie kann man denn so kinderfeindlich sein?"

„Wir sind nicht kinderfeindlich. Wir haben selbst vier erwachsene Kinder, aber dennoch auch das Bedürfnis, Urlaub ohne Kinder zu genießen. Genau darauf haben wir uns spezialisiert."

Inzwischen kommt das Pärchen wieder, bekommt die Diskussion mit und hat auch eine Meinung kundzutun.

„Ja, das finden wir jetzt auch nicht in Ordnung. Geben Sie der Familie doch ein Zimmer!"

Stoisch erklärt Andreas den Hundebesitzern noch mal die Hotel-Philosophie und bleibt bei seinem Standpunkt.

„Es bringt jetzt auch nichts, wenn Sie immer wieder mit dem Argument, Hund ja, Kind nein anfangen. Da drehen wir uns im Kreis. Fakt ist, ich werde keine Ausnahme machen, bin Ihnen aber gerne behilflich, ein schönes anderes Hotel zu finden." An das Paar mit dem Hund gerichtet: „Und wenn Sie einchecken möchten, kann ich Ihnen gerne ein Angebot machen."

Beide Familien bedanken sich und gehen beziehungsweise fahren.

Andreas setzt sich gerade wieder hin, als ein großer Bus mit der Aufschrift eines bekannten Fernsehsenders hochgefahren kommt und die vermeintlich schwangere Frau mit dem Mann dieses Mal mit Mikrofon und

Kameramann zurückkommen. Tatsächlich wurde er mit versteckter Kamera gefilmt. Die Oma mit dem Enkel waren Fremde, die sie im Dorf getroffen haben. Wieder eine Reportage mehr über uns – wieder Werbung für uns! Denn wer nicht kommen will, kommt nicht, wer aber ein kleinkinderfreies Hotel sucht, der hat jetzt vielleicht von uns erfahren.

Natürlich kommen die meisten Reaktionen über E-Mail. Eine bringt uns richtig zum Kopfschütteln: „Die Menschheit lernt nichts dazu. Wurde nicht auch die schwangere Maria mit Josef weggeschickt?"

Irgendwie hab ich in Religion gepennt. Waren die im Urlaub?

Aller Anfang ist schwer

Das Zeitalter von Internet beginnt. Ich weiß noch gut, wie ich das erste Mal mit Google konfrontiert wurde. Ich dachte mir: „Was soll der Mist? Ich kann Adressen aus dem Telefonbuch suchen, Restauranttipps geben mir Freunde, und für Reisen habe ich das Reisebüro meines Vertrauens. Ich weiß gar nicht, welche Infos ich mir aus dem Internet ziehen soll."

So, glaube ich, sind die Bodenmaiser noch immer eingestellt. Denn Andreas pflegt intensiv das Beurteilungsportal *Holiday Check*. Jeder Gast, der zufrieden abreist (und das sind sie alle), bekommt die Hausaufgabe, bitte eine Bewertung bei *Holiday Check* zu machen. Wir sind neu in Bodenmais, unser Hotel ist über ein Jahr geschlossen gewesen und nun unter neuem Name wieder erwacht. Das Einzige, was wir jetzt brauchen, sind Publicity und Buchungen. Deshalb sind wir froh, mit Andreas Lambeck einen Geschäftsführer in der Touristik GmbH zu haben, der den Tourismus vor Ort auch mit wahnsinnig vielen Ideen ankurbelt, von unkonventionell bis aufsehenerregend. Nur ein Beispiel: „Buchen Sie Ihr Hotelzimmer und bezahlen Sie, was Ihnen der Urlaub wert ist!" Er organisiert Events wie Jürgen Drews zum 2. Weihnachtsfeiertag oder open Air Kino am Marktplatz und macht damit den Ort Bodenmais präsent. Unser Vorteil ist, dass wir für seine Ideen offen sind und genügend Zimmerkapazitäten haben. Also stellen wir unsere Hotelzimmer für jede Aktion zur Verfügung und profitieren davon. Bereits im ersten Jahr haben wir eine Auslastung von 50 Prozent, was überdurchschnittlich ist für ein Haus, das geschlossen war. Ein Hotel lebt erst mit Gästen. Wir sind hervorragende Gastgeber und produzieren zufriedene Gäste, die hoffentlich ihren nächsten Urlaub direkt bei uns buchen. Wie gut wir sind, erfahren wir bei einem Telefonat, das Andreas ganz nervös macht.

„Ja, ich bin Andreas Diefenbach, der Hoteldirektor. Ja, ich kenne *Holiday Check*. Nein, davon habe ich noch nie gehört!" Fragend schaue ich ihn an und warte gespannt, bis er auflegt.

„Wir bekommen den *Holiday Check Award 2008!*", strahlt er mich an, nachdem er aufgelegt hat.

Kapitel 5: Nicht gesucht - aber gefunden

Egal, ob wir mit Freunden auf unserer Dachterrasse sitzen oder mit Gästen unterwegs sind: Früher oder später kommt die Frage auf, wie wir uns kennengelernt haben. Daraufhin kommt von uns beiden dieselbe Antwort: „Wir haben uns nicht gesucht, aber gefunden." Andreas ist der Meinung, unser erstes Gespräch war das verrückteste Bewerbungsgespräch, das er je erlebt hat. Als er anschließend heimgekommen ist, hat er Christian nur erzählt: „Diese Alte hat einen Knall." Als wenn er es immer noch nicht fassen könnte, schaut er mich an dieser Stelle der Geschichte immer lange an. „Wenn mir damals einer gesagt hätte, dass ich mit dieser Frau mein restliches Leben verbringen würde, den hätte ich für verrückt erklärt."

Dann wandern die Augen zu mir, so in etwa mit der Frage, also hast du ihn dir geangelt. Nein, Andreas war nicht mein Typ. Na ja, nicht ganz. Grundsätzlich fahre ich auf die George-Clooney-Typen ab, also grau-silbernes Haar, interessantes Gesicht. Andreas dagegen war mir zu klein und zu dick. Er sollte ja auch nur Umsatz für mich machen, sonst nichts. Trotzdem stelle ich nur Menschen ein, die mir sympathisch sind. Immerhin verbringt man in der Arbeit viel Zeit miteinander.

Ich liebe unser erstes gemeinsames Lebenskapitel, denn ich bin dankbar und glücklich, mein Deckelchen ein zweites Mal gefunden zu haben. Wie sagen unsere Freunde: „Ihr seid wie Faust aufs Auge oder Arsch auf Topf." Es ist nicht immer einfach, wenn zwei Alphatiere eine Beziehung miteinander führen, aber immer spannend! Kommt mit und lernt es kennen! Doch ich muss etwas weiter ausholen, nämlich zurück zu der Zeit, als ich von der Gastronomie in die Zeitarbeit wechselte. Ich will ein bisschen aus dem Nähkästchen erzählen, denn es war eine sehr spannende Zeit und für mich ein wichtiger Schritt!

Der steinige Weg zur ersten Millon

Haben wir wirklich 1994 oder 1964? Was ist das Problem, wenn man es wagt, wirklich einen Rollentausch durchzuziehen? Ich habe noch ein wenig Verständnis für die Eltern meines Mannes, die sich damit schwer tun, dass ihr Sohn Hausmann ist und ich arbeiten gehe. Ich erinnere mich noch an ihre Reaktion, als wir ihnen unseren Entschluss mitgeteilt haben. Sein Vater meinte: „Ich dachte immer, es bleibt der zu Hause, der weniger verdient!" Er war dann ziemlich entsetzt, als ich seine Meinung teilte mit den Worten: „Ja, so machen wir das auch."

Die Mutter meines Mannes hatte immer wieder den Versuch unternommen, ein typisches Frauengespräch mit mir zu führen: „Hast du das Angebot von Aldi gesehen?" oder „Welchen Weichspüler benutzt du?" Immer wieder erhielt sie die Antwort: „Bitte frage deinen Sohn!" Nach vier Jahren haben sie sich langsam daran gewöhnt. Doch anscheinend sind wir Exoten, denn sogar der Elternzeitschrift war diese Entscheidung eine doppelseitige Reportage wert.

Bei meiner aktuellen Position bin ich an finanzielle Grenzen gestoßen, die mir nicht erlauben, eine vierköpfige Familie zu ernähren. Also starte ich Bewerbungen in ganz Deutschland. Solange die Kinder noch nicht in der Schule sind, ist ein Wohnortwechsel vollkommen unspektakulär.

Es ist deprimierend, wenn man sich entscheidet, als Frau die Familie ernähren zu wollen. Bei allen Positionen, auf die ich mich beworben habe, lande ich auf dem unglücklichen zweiten Platz. Wie unpopulär der Gedanke ist, eine Mutter Vollzeit in einer Führungsposition zu beschäftigen, bestätigt mir der Personalleiter einer großen Elektrofirma, der einen Stellvertreter für sich sucht. Bis zum persönlichen Gespräch schaffe ich es immer. Ich sitze ihm also gegenüber, auf seinem Schreibtisch steht ein Foto mit Frau und Tochter. Alles ist gesagt, mit meiner fachlichen Kompetenz konnte ich ihn überzeugen. Doch jetzt sprechen wir darüber, dass ich Vollzeit arbeiten möchte, obwohl ich zwei Kinder habe. Ich erkläre ihm, dass mein Mann seinen Beruf aufgegeben hat und Hausmann ist. So ganz kann er das wohl nicht glauben oder nachvollziehen, ansonsten verstehe ich seine Frage nicht: „Was machen Sie, wenn eines Ihrer Kinder krank ist?" Mal abgesehen davon, dass er als Personalleiter weiß, dass jedem Mitarbeiter bezahlte Fehlzeiten wegen Krankheit des Kindes zustehen, schaue ich auf das Foto und antworte: „Dasselbe wie Sie, ich gehe arbeiten." Seine Absage, die wenig später im Briefkasten lag, war freundlich, aber bestimmt: „Sie haben alle Qualifikationen und es tut mir wirklich leid, aber ein Kandidat passt noch optimaler." Klar, ein Mann.

Okay, dann werde ich den Job annehmen, um den ich seit Monaten umworben werde. Mein Personallieferant, eine Zeitarbeitsfirma, möchte mich gerne abwerben. Bisher mache ich im Endeffekt dieselbe Arbeit, nur eben innerbetrieblich für etwa 100 Betriebsrestaurants eines Cateringunternehmens. Deshalb muss ich auch keine Kunden akquirieren. Der Verkauf liegt mir, da bin ich von mir überzeugt. Aber ob ich wirklich bei *Zeitarbeit* glücklich werde, bin ich mir nicht sicher.

Wer nicht wagt, der nicht gewinnt! Und besonders groß ist das Risiko nicht, denn sollte es nicht passen, hat mein Mann nach seinem Erziehungsurlaub ja auf jeden Fall noch eine Arbeitsstelle. Der Zeitpunkt ist jetzt also gut, einen Neustart zu wagen.

Ich bin mir sicher – das ist mein neuer Job

Heute stelle ich meine Kaffeetasse auf den Schreibtisch und sage zu meiner Chefin: „Wissen Sie, was das bedeutet?" Sie schaut mich mit großen Augen an. „Ich bleibe", erkläre ich.

Ich brauche nicht lange, um zu entscheiden, ob ein Job zu mir passt oder nicht. Und Personaldisponentin passt zu mir. Einerseits muss ich Mitarbeiter davon überzeugen, dass wir das richtige Unternehmen sind, ja, wir müssen um die Mitarbeiter kämpfen, und andererseits das Gleiche bei den Kunden, denn die Konkurrenz schläft nicht. Doch wir sind schneller, fairer und ehrlicher als viele Mitbewerber, das macht uns aus. Wir sagen dem Kunden, wenn er eine Neueinstellung bekommt und wir den Mitarbeiter noch gar nicht beurteilen können. Wir sprechen mit dem Mitarbeiter, wenn wir einen heiklen Auftrag haben, und wir sehen im Mitarbeiter einen Menschen mit Bedürfnissen, nicht als Profitmaschine. Doch mein Ziel ist es nicht, täglich nach Mainz zu fahren. Ich möchte schnell die wichtigsten Fakten lernen, besonders die rechtlichen Vorgaben sind wichtig, um dann meine eigene Niederlassung zu führen. Auch wenn meine Chefs mir sagen, dass sie von der Autobahn aus rund um Aschaffenburg weit und breit keine Industrie sehen, bleibe ich dabei: Dort wird meine erste Niederlassung sein.

Ich beginne, Kunden zwischen Mainz und Aschaffenburg zu akquirieren. Neu Isenburg liegt in der Mitte und ich kenne die Industrie noch von meiner Zeit bei *EUREST*. Ich bekomme meine Chance bei einem Kunden, der bis zu zwanzig Leiharbeiter braucht. Am Montag soll ich mit fünf Mitarbeitern vor Ort sein. Pünktlich um sieben Uhr bin ich da, aber nicht einer meiner Mitarbeiter. Ich will im Erdboden versinken und stelle mich dem Desaster, bitte um etwas, was es normalerweise nicht gibt: eine zweite Chance. Doch ich bekomme sie. Vollkommen geknickt fahre ich zurück in meine Niederlassung.

Meine Chefin meint nur: „Ich dachte mir das."

„Warum?"

„Neukunde und neue Mitarbeiter, das funktioniert nicht. Neukunden bekommen alte Mitarbeiter, neue Mitarbeiter gehen zu Stammkunden."

Ich will meinen eigenen Personalstamm aufbauen. Sie gibt mir fünf ihrer besten Mitarbeiter und ich glänze am nächsten Tag. Dies ist der Beginn der Zusammenarbeit mit einem meiner größten Kunden, der mich über Jahre hinweg begleiten wird. Ich starte meine Niederlassung in Aschaffenburg mit dreißig Mitarbeitern. Jetzt kann ich auch in umliegenden Orten akquirieren und Mitarbeiter aus Bayern anwerben. Hier gibt es noch nicht so viele Zeitarbeitsunternehmen und mein Bereich erstreckt sich von Miltenberg bis Schlüchtern. Ich habe bewusst eine Niederlassung in Bayern betreiben wollen, denn die Landesgrenze bildet auch eine Mentalitätsgrenze. In Offenbach wirst du blöd angeschaut, wenn du arbeiten gehst, in Bayern, wenn du es nicht tust. Die Uhren ticken hier anders, und das ist mein Trumpf. Ich habe ausgesprochen motiviertes Personal, und durch die schlechte Verbindung mit öffentlichen Verkehrsmitteln besitzt fast jeder ein Auto und ist entsprechend flexibel. Man ist hier gewohnt, länger als zehn Minuten zur Arbeit zu fahren. Deshalb schaffe ich es, innerhalb von nur einem Jahr eine Vorzeigeniederlassung aufzubauen, die es schafft, das Mutterhaus im Umsatz zu übertrumpfen. Und ich habe hundert Mitarbeiter im Einsatz.

Ja, ich habe mein Versprechen gehalten und meine Chefs ihres ebenfalls. Heute habe ich meinen Firmenwagen abgeholt. Ich sitze in meinem Mercedes Kombi, der Blumenstrauß liegt auf dem Beifahrersitz und schalte das Radio an. Der „Earth Song" von Michael Jackson wird volle Lautstärke aufgedreht! Das Leben ist schön …

Banken und Wirtschaftsprüfer sind auch nur Verbrecher

Ich verdiene gut, ich verdiene richtig gut. Ich verdiene so gut, dass ich meine Familie ernähre, ein Haus kaufe und mir eine Haushälterin leiste. Zeitarbeit boomt und jeder versucht, Steuern zu sparen. Da kommt der Mauerfall und der damit einhergehende Aufbau des Ostens gerade recht. Unser Wirtschaftsprüfer bereitet ein Konstrukt vor, dass meine lieben Chefs möglichst wenig Steuern zahlen müssen. Sie kaufen ganze Straßenzüge im Osten, vollkommen risikofrei natürlich! Eine Baufirma verspricht den Ausbau der Häuser und spricht von garantierten Mieteinnahmen. Die Hausbank finanziert den Häuslekauf, der Wirtschaftsberater bekommt Provision auf den Verkauf und meine Chefs sparen sich für die Abschreibung die Steuern. So weit, so gut.

Ob ich nicht auch ein oder zwei Häuschen kaufen möchte? Nein. Ich zahle lieber Steuern. Denn für jede Mark Steuer, die ich spare, muss ich zwei Mark ausgeben. Also leuchtet mir diese Rechnung nicht ein. Und irgendwann bricht dieses Gerüst zusammen: Die Baufirma geht pleite, die garantierten Vermietungen bleiben aus, die Umsätze bei *Zeitarbeit* gehen zurück, doch die Kredite müssen bedient werden. Dafür zaubert der Wirtschaftsprüfer in unserem Unternehmen Gewinn, der schon lange nicht mehr da ist, damit die Geschäftsführer weiter jeden Monat 25.000 DM Gehalt beziehen und die Kredite zahlen können. Zurückrudern geht nicht, sonst müssten die gesparten Steuern zurückgezahlt werden. Damit das Bargeld nicht ausgeht, kauft der Wirtschaftsprüfer 7,5 Prozent der Unternehmensanteile, die nach dem Stuttgarter Verfahren und mit seiner selbstgemachten Bilanz (daher wohl das Sprichwort: Glaube nur einer Bilanz, die du selbst gefälscht hast!) 450.000 DM kosten. Ein Betrag aus der Portokasse, nachdem er die Provision von etlichen verkauften Häusern im Osten eingestrichen hat. Doch langsam bekommt der Vorstand der Bank kalte Füße und hätte gern noch zwei weitere Schultern, auf die man das Risiko ablegen könnte. Wie wäre es mit Frau Stiefel? Ich kenne nur folgende Fakten: Ein Unternehmen mit vier Niederlassungen, die sehr gut laufen. Jeder von uns Niederlassungsleitern hat zwischen fünfzig und hundert Mitarbeiter im Einsatz. Ich verdiene 4.000 DM Fixum und monatlich zwischen 10.000 und 20.000 DM Provision auf die verkauften Stunden. Unser Steuerberater und Wirtschaftsprüfer hat sich in unser Unternehmen mit eingekauft, weil wir so gute Gewinne erwirtschaften, und ich habe meine erste Niederlassung in Form einer eigenen GmbH eröffnet, weil wir ein Franchise-Konzept erarbeiten wollen und meine Niederlassung der Prototyp ist.

Bei einem Mittagessen werde ich gefragt: „Frau Stiefel, möchten Sie auch Anteile bei uns kaufen?"

Ich fühle mich geschmeichelt. Ich bin geschäftsführende Gesellschafterin meiner *Stiefel Personal Partner GmbH* und soll jetzt auch geschäftsführende Gesellschafterin von *Diehm Personal Partner GmbH* werden und 25 Prozent Anteile erwerben in Höhe von 1.500.000 DM.

„Ich habe das Geld nicht und werde mein Haus nicht als Sicherheit hinterlegen." Privat und Geschäft gehören getrennt. Dafür ist eine GmbH schließlich da, dass man nur mit der Einlage haftet.

„Kein Problem, die Bank gibt Ihnen die 1,5 Millionen als Kredit, blanko. Die Geschäftsanteile werden als Sicherheit hinterlegt und aus dem jährlichen Gewinn wird der Kredit getilgt." Ja. Ohne eine Zahl zu prüfen sage ich „Ja". No risk, no fun.

Da ich nun auch Geschäftsführerin bin und ebenfalls monatlich 25.000 DM Gehalt beziehe, weil wir jeden Geschäftsführer gleichstellen müssen, bin ich auch für das Unternehmen haftbar. Jetzt erst schaue ich mir die Zahlen genauer an und merke, das klappt so nicht. Wir können nicht

75.000 DM monatlich an Gehalt auszahlen, das verkraftet das Unternehmen nicht. Eine Rückstufung ist nicht möglich, denn die Rückzahlung des Kredites für die Straßenzüge im Osten basieren auf diesem Gehalt. Ich muss Schadensminimierung betreiben. Mein Angebot: Meine 25 Prozent der Anteile werden abgesplittet in Form von drei Niederlassungen und gehen in meine eigene GmbH über. So bin ich aus der Haftung für die beiden anderen Geschäftsführer raus. Der Deal wird gemacht und bin geschäftsführende Gesellschafterin von *Stiefel Personal Partner* mit vier Niederlassungen und einer Zentrale in Alzenau.

März 2006: Wieder einer der geht

Ich sitze in meiner Niederlassung Gelnhausen, trinke mit meinen Personaldisponenten schon einmal aufs Wochenende, auch wenn es erst Donnerstag ist (Einwand von Andreas: Die Hauptverwaltung trinkt immer Sekt), und versuche, eine Lösung zu finden. Mein Disponent für die Abteilung Gastronomie hat mir gekündigt. Unter Tränen verrät er mir, dass sein Vater ihn enterben will, wenn er nicht sofort zurück nach Österreich gehen und die hauseigene „Händlbraterei" übernehmen würde.

„Glauben Sie mir, ich habe keine Lust, täglich fünfhundert Gockel zu paprizieren, zu grillen und am Stand zu verkaufen. Aber das Unternehmen ist wirklich eine Goldgrube und ich muss zurück."

„Aber wenn es Ihnen doch keinen Spaß macht, dann verdammt noch mal pfeifen Sie auf das Erbe und machen Ihr eigenes Ding!"

Auch meine bekannte Holzhammermethode hat nicht geholfen. Jetzt stehe ich da und brauche einen neuen Mitarbeiter für mein „Steckenpferd" Gastro. Wisst ihr, diese Abteilung ist für mich etwas ganz Besonderes. Erstens habe ich diese aufgebaut, weil ich mit dem Herzen Gastronomin bin und bleibe und ich die Verbindung brauche, auch wenn ich jetzt Geschäftsführerin meiner eigenen Zeitarbeitsfirma bin. Zweitens ist dieser Geschäftsbereich unser Alleinstellungsmerkmal, weil jemand, der sich mit der Materie nicht auskennt, in der Gastronomie niemals dauerhaft einen Fuß in die Tür bekommt. Immerhin haben wir es nach knapp neun Jahren *Stiefel Personal Partner* geschafft, beständig etwa fünfzig Mitarbeiter gastronomisch zu beschäftigen, von der Küchenhilfe bis zum Küchenchef, vom Cateringunternehmen bis hin zur Großveranstaltung auf Messen. Natürlich kann ich erst einmal selbst die vakante Stelle überbrücken, doch ich befürchte, dann habe ich schnell noch mehr offene Stellen. Es ist besser, ich manage meine fünf

Niederlassungen von der Zentrale aus, als dauerhaft eine Abteilung zu übernehmen.

Zwischen dem ersten und dem zweiten Glas Sekt meint auf einmal der sich verabschiedende Mitarbeiter: „Unser Ansprechpartner im *Hotel National*, der von uns Servicekräfte für das Frühstück nimmt, will sich verändern. Wenn wir etwas Interessantes hätten, dann sollten wir ihn anrufen." Aha, gebe ich doch nicht umsonst so viel Geld aus, um meine Internen zu schulen. Zumindest hat das Thema „lösungsorientiertes Arbeiten" etwas gebracht. „Okay, wie heißt er?" Sofort zückt er eine Visitenkarte.

Andreas Diefenbach, Hoteldirektor Hotel National Frankfurt

Sektglas weg, Telefon her.

„Hallo, hier ist Astrid Stiefel. Ich habe gehört, Sie wollen mich zum Essen einladen? Sie dürfen bestimmen, wann und wo, denn Sie bezahlen." Schrecksekunden, Totenstille. Grinsend nippe ich an meinem Sekt. Ich liebe es, Menschen zu überrumpeln.

„Wer ist da?" Bevor er jetzt auflegt, weil er glaubt, eine Irre ist am Telefon, muss ich etwas mehr ins Detail gehen.

„Stiefel, Astrid Stiefel (Vorstellung nach „Bond-Methode") von *Stiefel Personal Partner*. Mein Mitarbeiter sagte mir, Sie suchen einen neuen Job. Deshalb dachte ich, wir besprechen das bei einem Essen."

„Ah – ja, das stimmt." Ich finde, es ist wichtig, dass man sofort meine direkte Art kennenlernt. Besonders, wenn man mit mir arbeiten will. Immerhin verbringt man mehr Zeit mit seinem Chef oder den Kollegen als mit seinem Partner. Natürlich beißt er an, nachdem ich ihm mein Dilemma geschildert habe. Und jetzt sind wir wieder beim ursprünglichen Thema, einen Termin für unser erstes persönliches Gespräch zu finden.

„Gerne können wir uns bei einem Abendessen darüber unterhalten. Wie wäre es nächsten Montag?", schlägt Herr Diefenbach vor.

„Das ist schlecht. Ich bin frisch getrennt, am Sonntag kommen meine Kinder zu mir und die Zeit mit ihnen ist mir heilig. Die nächste Woche geht abends also gar nichts. Wie wäre es diesen Freitag?"

Ich möchte abends nicht alleine rumhängen, und deshalb wäre Freitag für mich optimal, denn da ist mein Terminkalender noch leer.

„Das ist schlecht, ich bin auch frisch getrennt und da kommen meine Kinder."

„Da haben wir wohl was gemeinsam?" Wir lachen und er schlägt einen neuen Plan vor: „Ich mache etwas, was ich noch nie gemacht habe. Ich schiebe für die Kinder eine Pizza in den Ofen und wir können uns am Freitag treffen. Sie müssten dann jedoch zu mir nach Steinheim kommen. Bei mir gegenüber gibt es ein kleines Restaurant mit weltbestem Tatar."

„Tatar! Das hört sich gut an! Abgemacht."

„Aber nicht, dass Sie glauben, ich stecke mir eine Rose ins Knopfloch!"

„Nein, ich denke, so viele Männer werden am Abend nicht wartend dastehen." Grinsend lege ich auf. Ich stelle niemals jemanden ein, der mir nicht sympathisch ist. Die erste Hürde hat er geschafft. Jetzt bin ich gespannt auf unser Treffen.

Unser erster persönlicher Kontakt

Kennt ihr das auch? Ihr kennt jemanden über das Telefon und macht euch euer eigenes Bild, wie derjenige wohl aussieht. Bei mir wird eine tiefe Stimme mit einem großen, bärtigen Mann assoziiert, eine helle Stimme mit einem drahtigen jungen Mann. Herr Diefenbach hat eine weiche, männliche Stimme, die aber nicht brummt. Für den Job eines Personaldisponenten, wo man einerseits Personal rekrutieren, andererseits dafür auch Kunden akquirieren muss, möchte ich auf jeden Fall einen Sympathieträger. Es muss kein Model sein, aber er braucht das „gewisse Etwas". Also bin ich gespannt wie ein Flitzebogen, als ich gegen 18:00 Uhr von Alzenau nach Steinbach fahre, was im Frankfurter Feierabendverkehr bestimmt eine Stunde dauert. Das Navi bringt mich direkt zum Restaurant *Schwan*, wo tatsächlich nur ein Mann vor der Tür, auf die Straße spähend, wartet. Auch ich bin schnell zu identifizieren, denn er winkt mir zu und lotst mich zum Parkplatz. Alle Gastronomen kennen und leben Benehmen und Stil. Deshalb öffnet er mir erwartungsgemäß die Autotür. Laut Knigge geht der Mann ins Restaurant voran, da er der Frau den Weg „bahnt". Herr Diefenbach hält sich an diese Regel. Ich stolziere mit meinen High Heels nach und merke, dass ich damit fast so groß bin wie er. Nachdem er mir den Stuhl zurechtgerückt hat und mir nun gegenübersitzt, habe ich Gelegenheit, ihn zu mustern. Zumindest passt seine Statur zu seiner Stimme. Graumeliertes, kurzes Haar, Kinnbart, muskulöser Oberkörper, der im Sitzen größer erscheint, als er im Stehen ist. Also kurze Beine, was mich ein bisschen an den König im Zeichentrickfilm „Shrek", der mit Beinprothesen rumgelaufen ist, erinnert. Wir sind uns schnell einig, dass wir beide, wie er es empfohlen hat, Tatar bestellen. Natürlich trinken wir, wie es sich gehört, ein Glas Wein dazu. Auch wenn ich noch über 70 Kilometer nach Hause fahren muss. Nach dem Essen ist der Alkohol schon fast wieder abgebaut. Tatsächlich wird Brot bei einem Tatar vollkommen überbewertet. Da ich den Geschmack des angemachten Fleisches genießen will, haben die 250 Gramm locker auf einer einzigen Scheibe Platz. Bekanntlich ist Fett ein Geschmacksträger, deshalb mache ich unter das Tatar dick Butter. Und da ich nicht vorhabe, meinen Bewerber zu küssen, kommen ganz viele gehackte Zwiebeln drauf. Der Einfachheit halber lege ich die Zwiebeln nicht aufs Brot, sondern drücke die Tatarseite in das Schüsselchen mit den Zwiebeln. Belustigt beobachtet mich Herr Diefenbach und bestätigt, dass er Tatar genauso isst – und das macht er dann auch.

Wir kommen beide aus der Gastronomie und sind deshalb versaut, was genussvolles Essen betrifft. Wer dreißig Jahre lang mit dem Motto „So schnell, wie man isst, so schnell arbeitet man!" gelebt hat, der kann dieses Verhalten nicht mehr ablegen. Eindeutig arbeite ich schneller als Andreas. (Später wird er mein Essverhalten mit einem Vorwerkstaubsauger vergleichen und mit einer Gestik, bei der er an seinem Unterarm von rechts nach links die Luft lautstark einsaugt, unterstreichen, um zu demonstrieren: „So schnell isst die Stiefel!")

Während des Essens erzählen wir uns gegenseitig viel von uns und erkennen jetzt noch mehr Parallelen: Wir haben beide in guten Häusern in der Gastronomie unsere Ausbildung gemacht, sind beide über zwanzig Jahre verheiratet gewesen und tanzen beide gern. Andreas verdiente sich sogar während der Ausbildung als Tanzlehrer noch etwas Geld dazu, ich trat mit einer Tanzgruppe auf und bekam Gage. Unsere Kinder sind in einem ähnlichen Alter. Als wir über sie sprechen, meint er „Das Schlimmste, was passieren könnte, wäre, wenn mein Sohn schwul wäre." Jetzt bin ich ein bisschen platt. Tatsächlich war das genau meine Vermutung gewesen. Sein Verhalten, seine Gestik, seine Weichheit. Sagt man nicht immer, mit Schwulen kannst du supergut reden? So geht es mir mit ihm. Er hat gepflegte Hände und riecht gut. Und in meiner Vorstellung hat er sich von seiner Frau getrennt, weil die „Alibi-Ehe" jetzt nicht mehr notwendig ist. Auf mich wirkt er homo. Mein Herz liegt auf der Zunge, sodass ich natürlich rausplatze: „Wie oft wurden Sie denn schon für schwul gehalten?" Eigentlich reagiert er nicht wirklich erstaunt, als er antwortet: „Sagen wir einmal so: Gibt es einen Schwulen in hundert Metern Umgebung, dann hab ich ihn an der Backe."

„Denke ich mir."

„Warum?" Er greift zum Weinglas, spreizt den kleinen Finger ab und nippt. Wie komme ich jetzt aus dieser Nummer wieder raus? Das Aussehen ist männlich, starker Bartwuchs, dunkle Stimme, kleine Härchen an den Fingern. Seine Ausstrahlung aber ist für meine Begriffe schwul.

„Vielleicht wirken Sie durch Ihr Tanzen etwas femininer?", versuchte ich, eine Erklärung zu finden. Um das Gespräch etwas abzulenken, gebe ich der Bedienung ein Zeichen, dass ich noch etwas bestellen möchte.

„Ich hätte gerne einen Espresso und würde so gerne dazu EINE Zigarette rauchen. Da ich eigentlich Nichtraucherin bin, habe ich keine dabei. Könnten Sie mir eine besorgen?"

In der Gastronomie rauchen 90 Prozent der Angestellten, und deshalb mache ich mir keine Sorgen, dass irgendwer vom Personal, sollte die Bedienung tatsächlich zu den anderen zehn Prozent gehören, eine Zigarette abgibt. Stilvoll bekomme ich auf einem Tablett den Espresso, dazu eine Zigarette mit Zündhölzern auf einem Teller. Herr Diefenbach findet das wohl nicht so prickelnd. Tatsächlich bittet er mich, nicht noch eine Zigarette bei der Kellnerin zu schnorren, er wolle noch öfter hierherkommen. Er kennt mich nicht. Natürlich wird das Trinkgeld so großzügig ausfallen, dass es billiger gewesen wäre, mir eine Schachtel zu kaufen.

„Kein Problem!", antwortete ich. Bei mir wird so ein Modus aktiv, der bestimmt ein Überbleibsel von der Pubertät ist. Wenn jemand meint, ich solle etwas nicht machen, dann erst recht. Deshalb wende ich mich an den Nachbartisch, an dem geraucht wird und bitte dort höflich um eine weitere Zigarette. Raucher halten zusammen.

Der Grund unseres Essens war ein Bewerbungsgespräch, und wir haben uns bei dieser Gelegenheit gut kennengelernt. Meine Entscheidung ist gefallen, er wird bei mir arbeiten. Von ihm kommt die Bitte, dass er noch zwei Tage Zeit braucht, weil er noch ein anderes Angebot prüfen wolle. Normalerweise wäre **das** sein Bewerbungs**tod** gewesen. Ich bin niemals die zweite Wahl. Doch bei ihm ist es irgendwie anders. Freundlich lasse ich ihm die gewünschte Bedenkzeit, denn ich weiß, auch er hat sich bereits für mein Unternehmen entschieden, zumindest das Herz. Der Kopf braucht noch ein paar Argumente. Seine Worte zur Verabschiedung: „Sollten wir uns noch einmal sehen, werde ich immer eine Schachtel Zigaretten dabei haben!" Ich grinse und denke mir, dann einfach schon mal einkaufen gehen!

Der erste Arbeitstag bei Stiefel Personal Partner

Wenn das Wort Zeitarbeit fällt, sehe ich meist gerümpfte Nasen oder zumindest erkenne ich Skepsis im Gesichtsausdruck. Obwohl die Branche „Zeitarbeit" sogar einer der größten Arbeitgeber in Deutschland ist, hat es ein Negativimage. Nun ja, ich kann sogar verstehen, wo das herkommt. Habe ich nicht selbst genügend Geschichten erlebt, wo ich mir denke, das kann nicht wahr sein? Und habe ich nicht selbst schon genügend Mitarbeiter entlassen und den Restlohn nicht bezahlt, weil sie meinten, einfach nicht mehr zur Arbeit gehen zu müssen? Die größte Problematik liegt wohl darin, dass man den Ablauf von Zeitarbeit nicht versteht und der Mitarbeiter sofort glaubt, abgezockt zu werden. Die einzige Reaktion vom Mitarbeiter ist dann, nicht mehr zur Arbeit zu gehen. Der Arbeitgeber reagiert darauf entsprechend und hält den verbleibenden Lohn ein. Das Ganze endet dann entweder vor dem Arbeitsgericht oder verläuft im Sande. Fakt ist, vor Arbeitsgerichten habe ich meist gewonnen. Ich bin durch meine Arbeit so fit im Arbeitsrecht gewesen, dass mich Junganwälte um Rat fragten und ich zuletzt sogar aktuelle Fälle als Schulungsgrundlage nahm, mit den Mitarbeitern durchgearbeitet habe und dann die Schulungsteilnehmer mit zu den öffentlichen Sitzungen aufs Arbeitsgericht genommen habe, um das Gelernte mit der Praxis zu vergleichen.

Ich verwahre mich dagegen, als moderne Sklavenhändlerin abgestempelt zu werden. Deshalb werden unsere Mitarbeiter intern (also in der Verwaltung) wie auch extern (die Zeitarbeiter) in meinem Unternehmen so behandelt, wie man das von einem Arbeitgeber erwarten kann. Und das bedeutet für Herrn Diefenbach, den ersten Arbeitstag in meiner Hauptverwaltung zu beginnen, um die wichtigsten Spielregeln von mir persönlich zu erfahren. 9:00 Uhr wäre Arbeitsbeginn gewesen. Etwa zehn Minuten zu spät kommt ein schnaufender, abgekämpfter neuer Mitarbeiter selbstsicher in mein Büro.

„Entschuldigung, aber ich bin an der falschen Haltestelle ausgestiegen und eine Station zu Fuß gegangen."

Tja, in Alzenau kommt das Bummelzügelchen nicht so oft wie die S-Bahn in Frankfurt. Herr Diefenbach soll direkt sein Firmenfahrzeug in Empfang nehmen und ist deshalb mit der Bahn gekommen. Ich muss schmunzeln und biete ihm erst einmal einen Kaffee an. Ein bisschen Bürokratie muss erledigt werden, und als neuer Mitarbeiter muss er auch viele Schulungen absolvieren. *Zeitarbeit* hat neben den normalen Betriebs-, Finanzamts- und Sozialversicherungsprüfungen eine weitere Überwachungsinstanz, das Landesarbeitsamt, von dem man die Erlaubnis zur Arbeitnehmerüberlassung bekommt. Meine unbefristete Erlaubnis aus Hessen möchte ich nach dem Zwischenfall mit der bayrischen Behörde auf keinen Fall auch nur ansatzweise gefährden. Deshalb wird jeder Mitarbeiter von mir persönlich in die wichtigsten Details eingeführt.

Grundsätzlich unterliegen Zeitarbeitsmitarbeiter dem besonderen Schutz des Staates. Damit jeder Mitarbeiter wirklich seine Rechte kennt und versteht, müssen Zeitarbeitsfirmen deshalb Arbeitsverträge in Landessprache des Mitarbeiters aushändigen und jedem ein Merkblatt des Landesarbeitsamtes geben, in dem er seine Rechte nachlesen kann. Jeder Mitarbeiter bekommt somit das Angebot einer staatlichen Hilfe: Wenn er sich irgendwie ungerecht behandelt fühlt, kann er die Telefonnummer, die auf seinem Merkblatt steht, anrufen und um Unterstützung bitten. Das wäre das Gleiche, wenn ein Hotelier bei der Einstellung direkt die Telefonnummer des Gewerbeaufsichtsamtes mitgibt mit dem Hinweis, wenn man gegen ein Gesetz verstößt, bitte sofort dort anrufen.

Die Personalkosten sind der größte Kostenfaktor. Deshalb ist die wichtigste Aufgabe eines Personaldisponenten, immer genug Mitarbeiter zu haben, um alle Aufträge abzudecken, aber nicht zu viele, da wir verpflichtet sind, die

Wartezeit zwischen zwei Einsätzen zu bezahlen. Und dies ist der größte Knackpunkt. Oft werden dann von Zeitarbeitsfirmen die Mitarbeiter genötigt, unbezahlten Urlaub zu nehmen, oder sie werden sogar gekündigt. Davon möchte ich mich distanzieren, und genau dafür habe ich gute Mitarbeiter, die diesen Spagat zwischen genügend Mitarbeiter und genügend Aufträge beherrschen.

Monatlich kommt unser Betriebsarzt vor Ort, damit die Mitarbeiter die nötigen, vorgeschriebenen Untersuchungen bekommen. Kein Mitarbeiter geht in den Einsatz, ohne die entsprechende Sicherheitsbelehrung und Schutzkleidung. Es liegt uns am Herzen, alles zu tun, um einen Betriebsunfall zu vermeiden. Um die Wichtigkeit zu bekräftigen, gebe ich immer folgende Beispiele: „Wenn ein Mitarbeiter ein Silo sauber machen muss, bekommt er eine Maske auf, da er sonst ersticken würde. Wenn er jedoch gegen Masken allergisch ist oder diese nicht verträgt, dann wird ihm schlecht. Muss er sich übergeben, dann hat er zwei Möglichkeiten: Er erstickt am Erbrochenen oder weil er die Maske abnimmt. Deshalb ist die Untersuchung zur Maskentauglichkeit lebensnotwendig. Das gleiche gilt für Höhentauglichkeit. Es macht keinen Sinn, jemanden ohne Untersuchung in den Einsatz zu schicken. Wenn er nicht tauglich ist, dann geht er nicht hoch oder fällt runter. Beides nicht gut. Und das Schlimmste, was ich mir vorstellen kann, ist, dass ein Mitarbeiter tödlich verunglückt und ich das seiner Familie mitteilen muss. Nein, NIEMALS ohne lebensnotwendige Untersuchungen in den Einsatz schicken."

Wir möchten gute Mitarbeiter an uns binden, deshalb bekommen auch die „Externen" Weihnachtsgeld bezahlt und werden zu Betriebsfeiern mit eingeladen. In jeder Niederlassung gibt es einen Firmenbus, damit Mitarbeiter zu jedem Einsatz kommen, auch ohne eigenes Fahrzeug. Doch eines stimmt: Jeder Zeitarbeitnehmer verdient weniger als der, für den er den Job macht. Dafür haben Quereinsteiger die Chance auf eine Festeinstellung, die sie aufgrund ihres Lebenslaufes sonst niemals bekommen würden. Zeitarbeit vernichtet keine Arbeitsplätze, sondern erhält sie. In der heutigen Zeit, wo man als Unternehmen schnell reagieren muss und unser starres Arbeitsrecht dies nicht zulässt, ist Zeitarbeit ein wichtiges Instrument. Was wäre die Alternative? Verlagerung ins Ausland.

Ich bin eine Verfechterin von Zeitarbeit und möchte, dass auch meine Mitarbeiter hinter ihrem Job stehen.

Arbeiten mit Frau Stiefel ist nicht so einfach

Theorie und Praxis liegen oft meilenweit auseinander. Das hat Andreas schnell mitbekommen. Erfolgreich hat er direkt nach einigen Akquisegesprächen seinen ersten, großen Auftrag in einem namhaften Hotel bekommen. Man gibt ihm die Chance, gegen einen der größten Konkurrenten anzutreten. Für den nächsten Tag werden fünf Frühstückskellner benötigt.

Jetzt heißt es, die „Schläfer" zu aktivieren. Das waren seine Bewerber, die entweder einen Aushilfsjob suchen, was auch bei *Zeitarbeit* möglich ist oder eine Festanstellung. Er telefoniert alle durch. Da die Bewerbungsgespräche schon geführt worden und auch die Konditionen besprochen sind, müssen nur noch die Arbeitsverträge und die Sicherheitsbelehrung gemacht werden. Nicht alle Mitarbeiter schaffen es, noch vor dem Auftragsbeginn, um 6:00 Uhr am nächsten Morgen, zu ihm ins Büro zu kommen, um die Formalitäten zu erledigen. Der neue Auftrag ist wichtig. Deshalb wird er selbst um 5:45 Uhr vor dem Hotel stehen, von den Mitarbeitern, die noch keinen Vertrag haben, diesen auf der Motorhaube unterschreiben lassen und dann das Team beim Kunden so präsentieren, als ob alle schon seit Jahren für ihn arbeiten würden.

Tatsächlich läuft alles wie am Schnürchen. Alle Mitarbeiter sind da, der Kunde ist glücklich und Andreas stolz zurück in seiner Niederlassung. Doch da er jetzt erst die unterschriebenen Verträge der Mitarbeiter mitgebracht hat, konnte der andere Part, der Arbeitnehmerüberlassungsvertrag für den Kunden, nicht vor Auftragsbeginn geschlossen werden.

Das Ganze kann im Computersystem von mir eingesehen werden. Zusätzlich muss bei einem Neukunden eine Bonitätsüberprüfung vor Auftragsbesetzung gemacht werden, damit wir auch sicher sein können, dass wir die Rechnung bezahlt bekommen. Auch das war nicht erledigt.

Und jetzt werde ich sauer. Ich rufe ihn an und dämpfe seine Freude über den gelungenen Start mit der Erklärung, dass er bitte die administrative Reihenfolge einhalten soll. Wir diskutieren hin und her, weil ich ihm die Brisanz des Themas nahebringen möchte. Wir legen beide lautstark auf.

Meine langjährige Mitarbeiterin in der Niederlassung, wo Andreas arbeitet, hat das Gespräch im Zimmer gegenüber mitbekommen und steht jetzt mit verschränkten Armen in seinem Türrahmen, in der einen Hand eine brennende Zigarette.

„Herr Diefenbach, so können Sie mit der Chefin nicht reden!", sagt sie. „Haben Sie noch nicht bemerkt, wie wenige Männer hier beschäftigt sind? Sie sind schneller wieder weg, als Sie schauen können!" Doch in diesem Moment ist das Andreas vollkommen egal. „Dann soll sie mich doch feuern. Ich versuche hier **ihre** Abteilung auszubauen und für **sie** Umsatz zu machen. Da muss man auch mal Fünfe gerade sein lassen."

Immerhin stehe ich auf der roten Liste des Landesarbeitsamtes Bayern und ich habe Angst, dass Hessen gegen mich aufgehetzt wird. Den Grund, warum ich in Bayern schlechte Karten hatte, habe ich beim letzten Jahrestreffen des Arbeitgeberverbandes erkannt. Ich hatte der Beamtin beim Small Talk erzählt, dass der Geschäftsführer eines großen Zeitarbeitsunternehmens angeblich vorbestraft sei. Bei diesem Treffen saß genau dieser neben mir und erzählte amüsiert, dass er dessen bezichtigt wurde und daraufhin einen großen Wirbel gemacht habe. Wer wohl so einen Schwachsinn verbreiten würde! Nein, ich oute mich nicht! Doch jetzt war mir klar, warum sie mich so auf dem Kieker hatte. Deshalb müssen wir wirklich genau arbeiten, um Hessen keinen Grund zu liefern, der meine unbefristete Erlaubnis gefährden könnte und somit auch alle Arbeitsplätze. Doch das erkläre ich Herrn Diefenbach etwas später.

Hilfe: Weihnachten als getrennte Eltern

Nein, ich habe Herrn Diefenbach nicht eingestellt, weil er mein Typ ist, sondern unheimlich sympathisch. Deshalb haben wir uns auch abends mit unseren Kindern zum Dartspielen verabredet. Sein Sohn Christian ist etwas älter als meine Töchter Pia und Sarah. Die Kinder mochten sich auf Anhieb. Kennt ihr ICQ? Ein Internetchat für Kinder. Darüber haben sie sich vernetzt, und immer öfter passiert es, wenn ich in meiner Kinderwoche pünktlich um 16:00 Uhr nach Hause komme, dass sie mich anstrahlen und fragen: „Wir haben uns mit Christian verabredet. Fährst du uns hin? Herr Diefenbach kommt auch mit." Also machen wir gemeinsame Freizeitgestaltung. Einmal verlaufen wir uns im Dickicht dermaßen, dass der Hund, ein Labrador, getragen werden muss. Oder zum Darts oder in die Disko.

Christian lebt nicht mehr bei seiner Mutter, sondern bei Herrn Diefenbach. Der hat mir seine amüsante Weihnachtsgeschichte dazu erzählt:

Den ersten Heiligabend nach der Trennung haben mich Freunde eingeladen, um nicht alleine zu sein. Da bekam ich von meiner Ex am Nachmittag einen Anruf.

„Du kannst ihn abholen!"

„Wen, den Hund?"

„Nein, DEINEN SOHN!"

Sie haben sich tatsächlich gestritten, weil Christian nicht mit dem Hund Gassi gehen wollte. Ich fuhr wutentbrannt zu ihr. Bereits beim Betreten des Hauses auf dem Weg in den ersten Stock habe ich geschrien und geschimpft, was ich hier lieber nicht wiederholen möchte. Ich musste auf Christian warten, denn er war dann doch mit dem Hund unterwegs. Als er kam, wusste er gar nicht, was los war. Ich sagte nur: „Packe deine Sachen, deine Mutter hat dich rausgeworfen."

Langsam beruhigten wir uns wieder auf der Fahrt zu meinen Freunden und wir beschlossen, in die Christmette zu gehen. Ich fragte noch vor der Kirche, ob jeder sein Handy ausgeschaltet hätte. Es war still in der Kirche und dann ging **mein** *Handy los! Ich hatte damals einen Klingelton von Mundstuhl, den mit den bösen Tassen, die in die Stille riefen: „Du kannst mich mal am Arsch lecken!" Und die andere antwortete: „Du kannst mich auch mal am Arsch lecken." Panisch, um mich nicht zu outen, versuchte ich, das Handy in der Hosentasche auszumachen. Schon riefen sie noch lauter: „Du kannst mich vier Mal am Arsch lecken!", „Und du immer zweimal mehr!" Verzweifelt holte ich es aus der Tasche und schaltete es aus. Nach der Messe fragte ich meine Ex, was sie noch wolle. Sie hatte angerufen, um sich bei uns zu entschuldigen. Nun, seitdem haben wir eine Männer-WG.*

Jetzt steht **unser** erstes Weihnachten nach der Trennung vor der Tür. Meine Töchter sitzen gemütlich mit mir unter unserem „Baldachin", auf einer orientalisch aussehenden Himmelbettcouch. Wir kraulen uns gegenseitig die Füße, hören leise Musik und lesen. Da beginnt Sarah ganz beiläufig: „Wir möchten gerne mit Papa und dir gemeinsam Weihachten feiern." Klar, Weihnachten, das Fest der Liebe und der glücklichen Familie, wie soll man das als frisch getrenntes Paar gemeinsam feiern? Ich habe zu meinem Ex ein gutes Verhältnis, das ist bei pubertierenden Kindern im Alter von vierzehn und sechzehn auch wichtig.

„Wie stellt ihr euch das vor? Ich möchte nicht in unserem Haus feiern, wo Papa jetzt wohnt, und in meiner Wohnung auch nicht. Wollen wir zu Krögeroma fahren?"

„Nein, das ist uns zu langweilig." Wir haben schon einmal Weihnachten bei meiner Mama gefeiert, damals noch etwas unpersönlich in ihrer Gaststätte, die sie zu der Zeit noch hatte. Die Erinnerung daran ist wohl nicht so toll.

„Wollen wir bei Tante Sigrid feiern?"

„Nein, das ist blöd, denn wir haben sonst auch kaum Kontakt." Leider ist unser Verhältnis zueinander wirklich nicht so, wie man sich das unter Geschwistern vorstellt. Ich bin mit meinem Latein am Ende. „Was meint ihr denn, wo wir feiern könnten?" Wie aus einem Mund kommt: „Bei Herrn Diefenbach!" Mit diesem Vorschlag habe ich gar nicht gerechnet! Tatsächlich bin ich sprachlos. Mit einem Mitarbeiter Weihnachten zu feiern, ist das nicht ein bisschen zu viel des Guten? Doch weil mir kein besserer Vorschlag einfällt, überlassen wir die Entscheidung *ihm*. Am nächsten Tag um 9:00 Uhr beginne ich, wie immer, mit meiner Guten-Morgen-Mail an alle Mitarbeiter, dann ist Meeting und sofort danach greife ich zum Telefon, um den seltsamen Wunsch der Stiefelchen zu überbringen. Schon nach dem ersten Tuten geht er dran und ich eruiere erst einmal: „Was machen Sie denn an Weihnachten?"

„Nichts Besonderes. Ich werde mit Christian was kochen und dann hauen wir uns vor die Glotze und schauen fern." Vollkommen gegen meine Vorstellung. In meiner Wohnung gibt es keinen Fernseher mehr. Die Kinder waren zu Beginn etwas entsetzt darüber, doch jetzt, nach einem halben Jahr gemeinsamen Sorgerechts, welches wir wochenweise ausüben, finden sie es toll. Und besonders an Weihnachten wollen wir etwas gemeinsam machen. Na, wir werden sehen. Jetzt erst einmal zum Punkt kommen.

„Meine Kinder wollen mit meinem Ex und mir gemeinsam Weihnachten feiern und haben als neutralen Boden vorgeschlagen, das bei Ihnen zu machen. Wäre das möglich?" Ohne zu zögern kommt ein spontanes: „Ja, klar!" Gebongt! Noch während ich den Kindern die Zustimmung mitteile, ruft er noch einmal an.

„Meine Ex meinte, dann wäre es sinnvoll, wenn auch Katharina mit uns feiern würde." Aber klar, kann das zehnjährige Nesthäkchen, das noch bei der Mama lebt, bei unserer gemeinsamen Feier dabei sein.

Heiliger Abend mit vier Kindern und zwei Männern

Dieses Mal bin sogar ich etwas aufgeregt vor dem Heiligen Abend. Erstens, weil man ja seine ganz persönliche Vorstellung hat und wir bei jemanden feiern, den wir gar nicht so gut kennen. Zweitens, weil es das erste Treffen mit meinem Exmann nach der Trennung vor einem halben Jahr ist.

Wir bringen ein paar Vorspeisen mit, da wir direkt von Oma aus Augsburg kommen und es da einen guten Feinkostladen gibt. Ja, mit gutem Verdienst wird man auch bequem, man lässt lieber kochen. Wir kommen gleichzeitig mit Jürgen, meinem Ex, an, und Herr Diefenbach begrüßt uns gut gelaunt. Er ist immer gut gelaunt und witzig. Das ist etwas, was ich an ihm besonders mag. Normalerweise bin ich an solchen Abenden immer der Entertainer, doch heute kann ich mich mit jemandem abwechseln.

Er ist, wegen des neuen Jobs bei mir, erst vor einigen Monaten nach Gelnhausen gezogen und liebt den Garten, den er mitnutzen darf. Deshalb hat er draußen ein Feuer gemacht und Glühwein als Aperitif vorbereitet. Das lockert bei uns allen die Stimmung, auch bei Jürgen, der keinen der Diefenbachs kennt.

Katharina, die jüngste der vier Sprösslinge, bekommt auch einen Schluck. Sie ist wahnsinnig anhänglich. Trennung der Eltern mit zehn Jahren – das ist auch wirklich ein blödes Alter. Herr Diefenbach und ich sind und bleiben per Sie. Ich halte nichts davon, dies privat und geschäftlich unterschiedlich zu handeln und bin mit allen meinen Mitarbeitern per Sie. Jürgen und Andreas sind sich einig, sie duzen sich. Klar, die beiden treffen die letzten Vorbereitungen gemeinsam in der Küche, da beide gelernte Köche sind. Den Kindern bieten wir jeweils auch das Du an. Normalerweise sehen meine Kinder den geschmückten Baum erst zum Essen, aber heute kommt das Aaah und Ooooh schon beim Betreten der Wohnung. Es ist wirklich ein wunderschöner Christbaum, genau nach meinem Geschmack. Im Kamin knistert und aus der Küche duftet es und der Tisch ist weihnachtlich gedeckt. Wir legen die Geschenke unter den Baum und fühlen uns alle sichtlich wohl.

Natürlich schmeckt es hervorragend. Die Kochkunst durfte ich ja schon öfter testen. Nach dem Essen machen wir einige Gesellschaftsspiele. Obwohl Herr Diefenbach nicht so der fanatische Spieler ist, haben wir wirklich viel Spaß. Es ist einer der harmonischsten Heiligabende überhaupt. Danke und der ganzen Welt: Frohe Weihnachten!

Freizeitplanung mit einem Mitarbeiter

Die Treffen werden immer häufiger. Die Kinder genießen es, weil wir sie zu unseren Tanzabenden mitnehmen, besonders Sarah mit ihren vierzehn Jahren. Es gibt eine Disko, die auf der einen Tanzfläche Lieder aus den Achtzigern spielt und auf der anderen aktuelle Musik. Herr Diefenbach war übrigens als junger Mann Tanzlehrer für Standard. Endlich mal ein Tanzpartner, der führt. Wisst ihr, es ist schon verdammt schwer, als erfolgreiche Geschäftsfrau mal jemanden kennenzulernen, der auf Augenhöhe ist. Da genießt man es, wenn man mal wenigstens auf der Tanzfläche nicht das Sagen hat!

Im *Living,* einer „In"-Diskothek, dürfen wir mit den Kids nur bis 23:00 Uhr bleiben. Das reicht auf jeden Fall für das Abendessen, das hier angeboten wird. Da es sehr gut schmecken soll, machen wir das. Wir lieben alle krossgebratene Ente mit Rotkohl und selbstgemachten Knödeln. Ich schiele auf Herrn Diefenbachs Teller, wo das Flügelchen auf der Seite liegt. *Mein Gott,* denke ich, *das Beste mag er nicht.* Schwupps, nehme ich es mir und beiße in den knusprigen Knochen. Er schaut mich ziemlich fassungslos an.

„Sie mögen das doch nicht?", will ich seine Bestätigung haben.

„Doch, ich wollte mir das Beste bis zum Schluss aufheben." Ups, fast bleibt mir der Knochen im Hals stecken und ihm das Gesicht stehen.

Silvester 2006 / 2007 gibt es in Kassel die *HR3-Party* auf verschiedenen Bühnen: Livebühne mit Übertragung im Radio, Groovy, Funk, Hardrock und Achtziger. Das ist genau das Richtige für uns. Eine andere Mitarbeiterin kommt auch mit. Nur das Nesthäkchen Katherina ist für diesen abendlichen Ausflug zu jung. Unsere gemeinsame Party ist gelungen und lustig.

Ein anderes Mal erzählt Herr Diefenbach mir beiläufig, dass er in seiner Jugend mit Freunden zum Frühstück nach Paris gefahren ist. Das ist die perfekte Idee für Sarahs fünfzehnten Geburtstag im Januar. Wir schenken ihr einen *Ausflug nach Paris* mit Christian, Pia und uns. Als eingespieltes Team fahren wir für ein Wochenende nach Frankreich und lassen uns von Herrn Diefenbach die *Stadt der Liebe* zeigen. Mir war nicht klar, dass man in Paris so viele Restaurants findet, die Fondue anbieten. Zumindest ist das günstiger als das Restaurant auf dem Eiffelturm, wo nicht nur die Höhe schwindlig macht, sondern auch die Preise. Wir genießen den Abend mit kräftigem Rotwein, der scheinbar bei mir schneller wirkt, als ich es merke. Jedenfalls meinen meine Töchter mehrmals, ich solle leiser sein. Tja, ein bisschen komisch haben die Gäste am Nachbartisch schon geschaut, als ich ins Dekolleté meiner Bluse zwischen die Brüste zum BH greife, weil mich etwas zwickt. Die Spitze des Bügels, der den Busen etwas festigen soll, hat den Stoff durchstochen und pikst mich unangenehm. Also greife ich kurzerhand in meinen Ausschnitt, bekomme den Drahtbügel sofort zu fassen und ziehe ihn mit einem Ruck raus. Stolz wie eine Sechsjährige, die gerade ihren Milchzahn verloren hat, präsentiere ich am Tisch das Teil, das mich wundscheuerte. Ich verstehe nicht, warum meine Kinder das peinlich finden. Trotzdem haben wir richtig viel Spaß.

Auf dem Heimweg schlafen die Kinder auf der Rückbank und Herr Diefenbach fragt mich: „Ich besuche eine ehemalige Mitarbeiterin von uns, die auch mal meine Kollegin war. Ich habe ihr einen Job in Sölden vermittelt. Da gehe ich ein wenig Skifahren. Kommen Sie mit?"

Es rattert ein wenig in meinem Kopf. Will er mich wirklich nur aus Spaß dabei haben? Ich denke an die kleinen Berührungen zum Beispiel beim Backgammon-Spiel, wenn wie zufällig die kleinen Finger aneinander stoßen. Ich denke daran, wie gut es tut, wenn er nach dem Tanz den Arm um mich legt und mich zum Tisch zurückführt. Sind das alles Zufälle? Bilde ich mir da was ein oder baggert er?

„Warum möchten Sie mich denn dabei haben?" Ich weiß nicht, ob er den Hintergrund meiner Frage verstanden hat. Jedenfalls kann man die Antwort so und so interpretieren: „Na ja, wir verstehen uns doch gut! Wir machen uns ein paar nette Tage!" Ich sage für den gemeinsamen Urlaub in zwei Wochen zu. Er hat schon lange Urlaub eingereicht. Da ich seine Chefin bin, möchte ich kein Getuschel haben. Deshalb werde ich erklären, dass ich kurzfristig nach Österreich auf eine Schulung fahre.

Amor hat mich getroffen

Ich bin auf dem Rückweg von einem Spontanbesuch bei meiner Freundin in Augsburg. Andreas wollte mit Katharina nicht mit, weil eine Übernachtung geplant war, die ich jetzt doch nicht gemacht habe. Ich summe die Musik im Radio mit. Noch 500 Kilometer Autobahn vor mir und die Gedanken drehen sich um wen? ... Um IHN! Das ist der Moment, wo ich realisiere, dass mich Amors Pfeil mitten ins Herz getroffen hatte. Mir wird ganz anders bei dem Gedanken, dass ich eine Woche Urlaub mit ihm gebucht habe. Natürlich in zwei Einzelzimmern, aber trotzdem. Ich rufe ihn an. Katharina geht an den Apparat: „Papa hat keine Zeit, gerade ist unser Cousin gekommen!"

„Oh, ich möchte bei der Familienfeier nicht stören! Alles gut, viel Spaß!" Keine Minute nach Beendigung des Telefonates ruft ER zurück! „Sie wollen wohl nicht mit mir reden?" Ich höre durchs Telefon, wie er lächelt.

„Klar, aber ich möchte nicht stören!"

„Nein, der Cousin besucht nur meinen Sohn, die gehen heute Abend auf Achse. Kommen Sie doch bei mir vorbei, wenn Sie jetzt schon wieder auf dem Heimweg sind!"

„Na ja, ich habe noch mindestens fünf Stunden Fahrt vor mir, es wird Mitternacht, bis ich da wäre."

„Macht nichts, ich schlafe eh nicht so früh und muss noch bügeln. Kommen Sie ruhig!" Klar, jeder Mitarbeiter lädt seine Chefin nachts ein, ohne Hintergedanken. Ich fahre hin. Wir spielen Backgammon. Wieder berühren sich dabei unsere Finger und es ist wie ein elektrischer Schlag. Ich rauche auf seinem Balkon, meine Zigaretten, und wir reden bei einer Flasche Wein.

Irgendwann kommt Christian mit seinem Cousin nach Hause und schaut uns vollkommen entsetzt an.

„Wir spielen Backgammon!", kommt wie aus einem Munde.

„Natürlich! Es ist morgens um halb fünf, der Vater ist mit seiner Chefin zu Hause und spielt Backgammon – und morgen kommt der Osterhase!", kommentiert er grinsend, bevor sie sich ins Zimmer verziehen.

Ich fahre nach Hause. Doch ich kann nicht schlafen. Hat auch er Gefühle für mich oder nicht? Ich bin verliebt und brauche Klarheit, **bevor** wir eine Woche gemeinsam verbringen. Doch als Erstes werden die Sterne befragt, bevor ich irgendwelche einschneidenden Entscheidungen treffe. Ich nehme unsere Geburtsdaten und lasse ein Partnerhoroskop erstellen. Wenn du im Herzen bereits eine Entscheidung getroffen hast, suchst du nur noch Argumente für die Ratio. Das Partnerhoroskop liefert sie mir: *Sie reden gern miteinander, da Sie beide ähnlich denken und auch die Gedankengänge des anderen verstehen. Sie beide haben ständig neue Ideen und lieben es, Erfahrungen zu sammeln. Es wird eine konkurrierende, streitsüchtige, kampflustige Beziehung. Diese kreative Energie lässt sich gut in einer Geschäftsbeziehung einsetzen. Sie machen beide als Paar einen günstigen Eindruck auf die Öffentlichkeit, sodass Sie beide wahrscheinlich ein gutes gesellschaftliches „Image" haben werden. Diese Beziehung wird eine tiefgehende Wirkung auf Sie beide haben. Vermutlich üben Sie beide als Paar eine starke Wirkung auf andere Menschen aus. Sie können andere in einer Art beeinflussen, wie es Ihnen alleine niemals möglich wäre. Im Allgemeinen wird Ihre Beziehung dynamisch und tatkräftig sein, wodurch Stagnation verhindert wird.*

Was will man mehr?

Der Erste-Kuss-Tag 05.02.2007

Meine Gute-Morgen-Mail an alle Mitarbeiter dreht sich nur um Gefühle. Danach rufe ich ihn sofort an.

„Kommen Sie heute Abend zu mir? Wir müssen reden!"

„Geschäftlich?"

„Wenn es geschäftlich wäre, würde ich Sie in mein Büro zitieren. Privat natürlich!"

„Ich habe heute Abend ein Treffen mit ehemaligen Kollegen, aber ich komme danach, so gegen 22:00 Uhr, wenn es nicht zu spät ist!" Hallo? Wenn ich um Mitternacht zum Backgammon kommen kann, kannst du auch um 22:00 Uhr zu mir kommen! „Nein, ist okay", sage ich nur. Es läutet gegen halb zehn. Nervös mache ich die Tür auf.

„Ich habe extra nichts gegessen, weil ich dachte, *wir beide* essen gemeinsam. Deshalb habe ich eine Pizza mitgebracht." Unter anderen Umständen hätte ich diese Idee total klasse gefunden. Doch diese Ungewissheit, diese Angst vor dem klärenden Gespräch, verschließt mir den Magen.

„Essen Sie ruhig, solange es Ihnen noch schmeckt!" Okay, jetzt ist auch sein Appetit geschrumpft. Nach ein paar Bissen legt er die Pizza beiseite und schaut mich erwartungsvoll an. Wie beginnt man so ein Gespräch mit über vierzig? *Willst du mit mir gehen?* – oder: Flaschenspiel mit Pflicht und Wahrheit? Was ist, wenn ich mir doch alles nur einbilde und mich absolut lächerlich mache? Dann verliere ich auch noch einen Mitarbeiter. Deshalb bleibe ich bewusst beim *Sie,* damit man jederzeit zurückrudern kann.

„Ich habe mich in Sie verliebt." Was soll ich um den heißen Brei rumreden? Da wir beide nach dem Motto handeln, never fuck in the company, erkläre ich sofort: „Ich bin dabei, mein Unternehmen zu verkaufen." Ich habe mit vielem gerechnet, aber nicht damit, dass er sich schlecht machen würde! „Sie haben einen besseren verdient! Ich bin noch nicht so weit für eine neue Partnerschaft!" Lauter Sätze, die ich in Erinnerung habe, wenn man Schluss gemacht hat. Amor hilft und spielt im Radio einen schönen Blues. Jetzt sprechen wir die Sprache, die wir beide verstehen. Wir tanzen und, wie im Film, finden unsere Lippen zueinander zu unserem ersten Kuss.

„Ich sieze niemanden, den ich geküsst habe!"

Oh Gott, habe ich ihn überrumpelt?

Andreas musste an unserem Erster-Kuss-Tag nach Hause fahren, denn heute ruft die Arbeit. Irgendwie habe ich Angst, dass er es sich anders überlegt hat. Ich rufe ihn auf dem Handy an. Er geht nicht dran. Ich warte ein wenig. Ich rufe an, rufe an, rufe an. Mir wird mulmig im Bauch. Vielleicht fühlte er sich doch überrumpelt? Vielleicht wollte er mir nur nicht ins Gesicht sagen: „Frau Stiefel, was Sie alles deuten, ist gar nicht so! Es macht Spaß, mit Ihnen tanzen zu gehen, und aus der Tanzlehrerzeit bin ich es gewohnt, die Dame zur Tanzfläche und zum Tisch zurück zu begleiten. Zwischen uns ist nichts." Dagegen meinen unsere Kinder schon die ganze Zeit, wir hätten was miteinander und würden ihnen nur nichts sagen. Freunde, die uns zusammen sehen, meinen, wir würden wie ein altes Ehepaar wirken. Ich fühlte mich wie eine Vierzehnjährige, als er vorhin ging. Ich versuche es weiter, und mit jedem unbeantworteten Anruf steigt bei mir die Angst, dass er es sich auf dem Weg nach Hause anders überlegt hatte. Irgendwann schreibe ich ihm eine SMS: „Wie wär's mit antworten?" Huch, sofort klingelt mein Telefon. Andreas ist dran und raunzt mich an: „Ist was passiert?" Ich bin total perplex, dann sprudele ich sofort los mit meinen Ängsten, Fragen und Erwartungen.

„Nein, natürlich hab ich es mir nicht anders überlegt! Aber falls du es vergessen hast, ich arbeite. Und meine Chefin hat verboten, zu Kundenterminen das Handy mitzunehmen!" Oh je, das habe ich ganz vergessen! Erleichtert strahle ich ins Telefon, wünsche einen schönen Tag und lasse ihn seine Arbeit machen.

Unser Kurztrip nach Österreich ist in vier Tagen. Wir werden auf der Arbeit nichts darüber sagen. Ich möchte ihm den Spießrutenlauf und das Getuschel ersparen, er würde sich im Unternehmen hochschlafen. Wir haben also vereinbart, in der Arbeit Herr Diefenbach und Frau Stiefel zu bleiben. Die Einzige, die ich eingeweiht habe, ist meine Geschäftsführerin, die mit mir den Verkauf des Unternehmens organisiert, der am 31. Juli unter Dach und Fach sein wird und bei dem Herr Diefenbach quasi mit verkauft wird. Immerhin gibt es in Deutschland die gesetzliche Regelung, dass Personal bei Unternehmensverkäufen ein Jahr lang übernommen werden muss und während dieses Jahres unter besonderem Kündigungsschutz steht. Das gilt auch für ihn.

Ich suche die Telefonnummer für die Pension in Österreich, bestelle die beiden Einzelzimmer ab und buche ein Doppelzimmer.

Verrückt: Schmetterlinge im Bauch

Es ist soweit, wir fahren los nach Österreich. Wir sind beide nervös. Die ganze Woche haben wir uns privat nicht gesehen. Während wir so schön die Serpentinen hochfahren, erwähne ich nebenbei: „Ich habe übrigens die zwei Einzelzimmer storniert und ein Doppelzimmer gebucht." Beinahe hätte Andreas die Kontrolle über das Fahrzeug verloren und wäre in die Leitplanke gefahren. Ich sehe seinen entsetzten Blick und bekomme einen Lachanfall.

„Hallo, wir sind beide über vierzig! Wollen wir jetzt die ersten Monate Händchen haltend rumlaufen? Aus dem Alter sind wir beide raus."

Wir lernen uns in dieser Woche richtig gut kennen und sind schlimmer als zwei frischverliebte Teenager. Wir knutschen in der Öffentlichkeit, wir necken uns und strahlen um die Wette.

Er ist ein super Skifahrer, ich nehme in Sölden bei Pulverschnee einen Anfängerkurs und bin stolz, als ich das erste Mal mit kleinen Bögen den Berg hinabwedele und unten gut ankomme. Es ist Mittwoch, Valentinstag, und wir sitzen in einer Après-Ski-Hütte. Tatsächlich schenkt Andreas mir eine Rose. Wir trinken, quatschen und stehen irgendwann auf, um zum Hotel zu gehen. Was vergesse ich? DIE ROSE! Er wird mir das nie verzeihen und sogar nach zwölf Jahren werde ich diesen Fauxpas immer wieder unter die Nase gerieben bekommen. Doch zum Wochenende haben wir ein kleines Problem zu lösen: Wir sind bei einer Mitarbeiterin zur Hochzeit eingeladen. Da wir mit nur einem Auto unterwegs sind, werden wir gemeinsam dort ankommen. Ich bin offiziell auf Schulung, er im Urlaub. Meine Mitarbeiterin ist eine langjährige Freundin von Andreas. Wir sitzen im Schnee unter blauem Himmel, als wir nach einer Lösung suchen. Kurzerhand ruft er sie auf der Arbeit an.

„Hallo Constanze! Stell dir vor, wer mich hier im Urlaub besucht!" Er will den Kollegen erzählen, dass ich nach der Schulung spontan einen Abstecher zu ihm gemacht hätte. Dass wir viel gemeinsam in der Freizeit machen, ist bereits allseits bekannt.

„Die Stiefel!", kommt wie aus der Pistole geschossen! Da das Telefon auf Lautsprecher steht, schauen wir beide uns vollkommen entsetzt an.

„Wie kommst du darauf?"

„Andreas, jeder im Unternehmen weiß, was zwischen euch läuft!" Dass es so offensichtlich ist, hat keiner von uns geglaubt. Tatsächlich, als wir bei der Hochzeitsgesellschaft ankommen, läuft mir die Kollegin, mit der wir auch Silvester verbracht haben, als Erstes über den Weg. Sie schaut mich abschätzend von oben bis unten an und meint: „Haben wir einen neuen Freund, der nicht so groß ist? Jetzt tragen wir keine Absätze mehr?" Bums, das sitzt. Auf was Menschen alles achten! Wir sind blind vor Verliebtheit und sehen nur uns. Wir versuchen, uns aus dem Weg zu gehen. Doch wie von einem unsichtbaren Bungeeband werden wir immer wieder zueinander gezogen.

Andreas ist beim Grillen eingeteilt. Auf einmal kommt Constanze und meint: „Die Kollegin ist fix und fertig. Sie ist auch in Andreas verliebt!" Durch unsere Fokussierung haben wir nichts bemerkt. Jetzt verstehe ich auch die Bemerkung mit den Schuhen. Als Verliebte hat sie gespürt, dass wir ein Paar sind. Glaubt sie jetzt allen Ernstes, Ihre Chefin hätte ihr den Mann ausgespannt? Sofort werde ich uns am Montag mit einer Rundmail outen. Ich habe keine Lust, in den letzten Wochen vor dem Verkauf auch noch Gerüchten ausgesetzt zu sein. Und so wurde aus Stiefel und Diefenbach – die STIEFELBACHS!

Kapitel 6: Gesundheit, ein wichtiges Thema

„Wie macht ihr das mit der Krankenversicherung?" Das ist eine gute Frage, die sich jeder stellen sollte, bevor er auswandert. Wir sind weiterhin in Deutschland versichert, haben hier eine Auslandsreiseversicherung für die ersten sechzig Tage und bezahlen sonst selbst. Wenn du im Ausland lebst und ein gesundheitliches Problem bekommst, hast du drei Möglichkeiten: ignorieren, nach Deutschland fliegen oder in deiner Wahlheimat zum Arzt gehen.

Ein kleines Piksen, Ziehen oder Schmerzen ignoriert man. Wenn es dann nach einigen Tagen nicht verschwunden ist oder sogar Verschlechterung eintritt, dann kommt man zur Selbstdiagnose. Dr. Google ist da sofort mit dabei. Ich google „Schmerzen im Daumen mit Knacken". Sofort öffnen sich 7.290 Ergebnisse und der erste Treffer ist von *Gelenkdoktor.de,* der mir sagt: Fingerarthrose! Ich überfliege die Kurzbeschreibung und finde mich wieder. Gelenkschmerzen, besonders bei Greifbewegungen. Zur Selbstdiagnose kommt jetzt der Behandlungsvorschlag: nicht behandelbar. Prima – ich werde alt! Nein, nicht nur, dass die Haut an manchen Stellen beginnt auch auszusehen, als ob jemand ein Origami gemacht hätte … Tja, die Gelenke halten eben nur knapp fünfzig Jahre und beginnen dann, Verschleißspuren zu zeigen. Ich lese weiter: „Bei einem Röntgenbild kann man den Verschleiß deutlich erkennen." Beim Röntgen kann man ja nicht viel falsch machen, also nehme ich meinen ganzen Mut zusammen und gehe in ein ägyptisches Krankenhaus. An der Rezeption lachen mich zwei junge Frauen an, nachdem ich vorsichtig frage, ob sie Englisch sprechen. Die eine ist offensichtlich Ägypterin, die andere könnte vom Typ her aus Norwegen oder Schweden stammen, doch der Akzent verrät, sie ist Engländerin. Mein Akzent verrät mich als Deutsche und meine Vorbereitung auf Fachenglisch für Krankheitsdiagnose habe ich glatt vergessen. Jetzt weiß ich nicht, ob der entscheidende Hinweis „Orthopädie" (englisch ausgesprochen) oder „pain at the bones" war, jedenfalls kommt ein junger Mann dazu, der sich für meine Hand interessiert. Ich zeige ihm die schmerzende Stelle und demonstriere das Anwinkeln meines Daumens, wo man beim Überschreiten eines gewissen Winkels ein deutliches Knacken SEHEN kann. Er tauscht sich mit den beiden jungen Damen auf Arabisch aus, was ich natürlich nicht verstehe. Deshalb werfe ich noch den Vorschlag ein, wegen dem ich ja eigentlich gekommen bin: mich zu röntgen. Natürlich fällt mir auch dieses Fachwort nicht ein, aber die Umschreibung „picture of my bones" bringt mir sichtliche Zustimmung und ein Grinsen auf seinem Gesicht sowie die Bemerkung, genau das habe er auch gerade vorgeschlagen. Wir sind beide zufrieden. Also holt mich ein anderer junger Mann ab und bringt mich in den Röntgenraum. Ich erinnere mich daran, dass in Deutschland überall Gefahrenzeichen an den Türen sind, die sehr an Atomkraftwerke erinnern. Hier werde ich einfach hingesetzt, meine Hand drapiert und los geht es. Der Röntgenapparat sieht gebraucht aus, obwohl das Krankenhaus ganz neu ist. Ich vermute, eine Spende eines anderen Krankenhauses, aus dem Ausland oder geklaut. Wobei Letzteres bei der Größe eher unwahrscheinlich ist. Tatsächlich nimmt der junge Mann eine kleine Platte, schiebt die in eine Öffnung, und schon baut sich am Monitor nebenan ein Bild auf, das nach einigen Sekunden tatsächlich eine Hand darstellt. Neugierig stelle ich mich hinter die beiden jungen Männer, der Assistenzarzt ist jetzt auch wieder da und betrachte verzückt meine Hand. „Nice hand", kann ich mir nicht verkneifen, wobei der junge Mann lachend zu mir schaut und immer wieder „nice hand" wiederholt. Er hat sich wohl auch in meine Hand verliebt, denn schon sollen noch weitere Bilder geschossen werden. Also wenn wir jetzt ein Fotoshooting machen, dann frage ich schon einmal, warum ich nicht – wie in Deutschland – so eine Strahlenschutzschürze umbekomme. „I don't get any protection?" Ich habe wohl zufällig das richtige Wort gewählt, denn auf Arabisch bekommt jetzt der Röntgenmann erklärt, was ich meine. Liegt diese Schürze doch zusammengefaltet auf dem Tisch! In seinen Augen erkenne ich, dass dieses Ding von mir vollkommen überbewertet wird. Keine Ahnung, vielleicht sind Röntgenstrahlen in meinem Alter wirklich das kleinste Risiko? Egal! Nach zwei weiteren Bildern sind alle zufrieden und mir wird erklärt, dass jetzt der Arzt informiert wird. Das geht nicht, wie früher, per Telefon oder Funk, nein, meine Bilder sind schon auf dem Tablet und werden dem Arzt zugesendet. Ich stelle mir jetzt vor, wie der Arzt gerade seine Tahina isst und es plötzlich bei ihm blinkt. Er sieht sich gelangweilt meine Hand an und gibt schon mal Instruktionen, in die ich auch involviert werde.

Der Arzt macht sich auf den Weg und wird in zwanzig bis dreißig Minuten hier sein. Meine Idee, zwischenzeitlich noch was anderes zu erledigen, findet keine Zustimmung. Der Arzt kommt ja jetzt extra wegen mir und es wäre blöd, wenn die Patientin dann nicht da wäre. Ich kenne jedoch ägyptisches Zeitverständnis. Da können zwanzig Minuten auch gern mal eine Stunde bedeuten. Deshalb frage ich noch mal nach. Nein, er wäre in spätestens dreißig Minuten da. Gut, dann warte ich. Was sind schon dreißig Minuten? In Deutschland wartet man gut und gern sechs Monate auf einen Termin bei einem Orthopäden! Ich überbrücke die Zeit, indem ich mit Hilfe meiner App arabische Schriftzeichen übersetze, was die Leute immer wieder zum Staunen bringt, da ich scheinbar Arabisch lesen kann. Lesen ja, verstehen und richtig aussprechen nein. Deshalb nutze ich ja diese App, um mir die Aussprache anzuhören und die Übersetzung anzeigen zu lassen. Mein Assistenzarzt ist begeistert, dass ich mich mit seiner Sprache auseinandersetze und fängt gleich mit dem Sprachtraining beginnt. Ich protze mit meinen Sätzen, die ich mühevoll auswendig gelernt habe, und er antwortet, was ich natürlich nicht verstehe. Doch die Zeit vergeht dadurch schnell, und auf einmal steht ein großer Mann, Mitte dreißig, da und informiert sich kurz über mein Anliegen. Ich folge den beiden in ein kleines Behandlungszimmer. Jetzt soll ich noch einmal meine Geschichte erzählen. Kurz wiederhole ich meine Symptome und erkläre auch, was sein Kollege, Dr. Google, dazu gemeint hat. Irgendwie ist er der Ansicht, ich solle auf Dr. Google pfeifen. Ich hätte einen „trigger thumb", und das müsse operiert werden. Die Operation nennt sich „trigger thumb release". Und da ich ja Dr. Google so viel Glauben schenke, sucht er jetzt die Diagnose dort und will mir einen zehnminütigen Film von der OP zeigen. Entsetzt lehne ich ab: Ich will gar keine Details hören, geschweige denn sehen, weil ich sonst gleich vom Stuhl falle. Was ich mitgenommen habe, ist, dass es nicht von alleine besser wird, weil der Ring, durch den die Sehne geht, unflexibel ist. Ich bedanke mich und vertröste ihn erst mal. Er meint, ich könne mich einen Tag vor dem Eingriff melden, das würde reichen.

Zu Hause will ich mir das Ganze erst einmal auf Deutsch durchlesen. Die Übersetzung ergibt wörtlich „Daumen – Abzug" und auf Medizinerdeutsch heißt es „schneller Finger". Im Umgangsjargon ist das Phänomen auch als Handydaumen bekannt. Es handelt sich um eine Verdickung der Sehne, die nicht mehr durch das unflexible Ringband gleiten kann. Das verursacht die Schmerzen und das Knacken. Es könnte langfristig dazu führen, dass der Finger irgendwann krumm bleibt. Besonders bei Frauen ab sechzig oder Diabetikerinnen. Ich bin weder das eine noch das andere und ich schreibe auf dem Handy auch nicht mit dem Daumen. Also werde ich die schönen Bilder mitnehmen und beim nächsten Deutschland-Aufenthalt einem Arzt zeigen, falls ich einen Termin bekomme. Bis dahin schone ich den Daumen und hoffe, dass er dadurch alleine wieder heilt.

Schneller Daumen wird in Deutschland behandelt

Also nichts gegen die ägyptischen Ärzte. Doch solange ich noch in Deutschland krankenversichert bin, lasse ich die Diagnose „Schneller Daumen" dort überprüfen und vor allem die Frage klären, ob eine Operation notwendig ist. Schlichtweg unmöglich erschien mir der Gedanke, bei einem Orthopäden kurzfristig einen Termin zu bekommen. Deshalb habe ich kurzerhand die chirurgische Ambulanz in Zwiesel angeschrieben, weil ich noch einen Kurztrip bei Freunden in der Nähe plane und mein Anliegen erklärt. Ich bekomme die Antwort, während ich in Deggendorf bin. Tatsächlich bekomme ich kurzfristig einen Termin bei einem Handchirurgen, Donnerstag, zwei Tage vor Rückflug, 8:00 Uhr morgens.

Erst einmal die Frage: Wie organisiere ich das? Fahre ich am Mittwoch tagsüber von Berlin los und übernachte in Zwiesel oder fahre ich in der Nacht los, um morgens direkt da zu sein. Nachts ist weniger Verkehr, doch ich übermüde schnell und fahre nicht gerne im Dunkeln. In Deutschland geht die Sonne erst um 7:30 Uhr auf! Also eine Übernachtungsmöglichkeit suchen. Meine ehemalige Mitarbeiterin, Katrin Kessler, arbeitet in einem Hotel in Zwiesel. Natürlich ist es naheliegend, da anzufragen. Sie antwortet fix, sie würde sich nach dem Preis erkundigen. Weder über die Website noch über *HRS* oder *Booking* kann ich das Hotel buchen, aber ein anderes wird für 22 Euro angeboten. Unverständlich, wie man für so einen Preis auch noch Frühstück dazu bekommt! Katrin versteht das auch nicht und hat die Befürchtung, dass es sich um eine Absteige handeln muss. Vorsichtshalber bietet sie mir ihr Gästezimmer an. Ich hoffe, sie hat damit gerechnet, dass ich das Angebot gerne annehme. Erstens können wir dann noch quatschen, zweitens ist privat einfach persönlicher. In Hotels schlafe ich inzwischen ausgesprochen schlecht, besonders ohne Andreas.

Pünktlich um 8:00 Uhr bin ich in der Ambulanz. Trotz Vorlage des Krankenkassenkärtchens werde ich gebeten, eine Überweisung zu bringen. „Kein Problem, ich fahre danach zum Hausarzt nach Bodenmais!", verspreche ich. Schnell sind die Formalitäten erledigt und ich kann beim Arzt vorsprechen.

„Die ägyptischen Kollegen haben recht", sagt er mit einem typischen Akzent, der darauf schließen lässt, dass er aus Tschechien stammt.

„Und was kann man machen?"

„Kurzfristig hilft eine Spritze." Oh Gott, ich habe es im Internet gelesen. Eine Spritze direkt an die Sehne! „Nein!", schreie ich fast.

„Dann OP!"

Spontan frage ich: „Können wir das jetzt gleich machen?"

„Heute?"

„Ja, ich fliege doch übermorgen zurück!"

„Nein, das geht nicht."

„Wieso?"

„Wer macht die Nachuntersuchung?"

„Der ägyptische Kollege!"

„Aber fliegen geht nicht!"

„Warum? Kann die Naht beim Druck aufplatzen?"

Jetzt lacht die Assistentin: „Ich stelle mir gerade vor, wie der Daumen in der Luft platzt!"

Der Arzt überlegt. „Wir hatten die Situation noch nicht. Nein, vom Druck kann nichts passieren. Die Infektionsgefahr ist auch nicht größer. Und wir haben nicht viel zu tun. Sie haben Glück, ja, wir können es machen." Ich habe keine Ahnung, wie das jetzt ablaufen wird, werde aber nervös. Man sagt, ich soll in die erste Etage gehen und mich dort melden. Ich werde gebeten, meine Oberteile, bis auf den BH, auszuziehen und mich hinzulegen. „Ich bin total nervös!", oute ich mich.

„Bleiben Sie ganz ruhig!" Ich überlege, was jetzt kommt. Mir werden Kontakte angeschlossen.

„Welche Narkose bekomme ich denn?"

„Weiß ich nicht, ich mache nur das EKG!" Na gut. Mein Herzschlag beruhigt sich. Ich gehe wieder runter in die chirurgische Ambulanz. Es kommt eine Frau und bittet mich, beide Arme freizumachen und mich hinzusetzen. Oh Gott, es ist ja nur ein kleiner Eingriff, aber im Sitzen? War mein EKG so gut? Ich habe nur noch eine Jacke an, darunter ein kurzärmeliges T-Shirt. Da kommt ein Arzt. Es werden verschiedene Spritzen ausgepackt. Ich schaue weg und erwarte die Narkose. Es wird am Arm geklopft, desinfiziert, gestochen. Es raschelt Papier. Ich warte auf irgendeine Reaktion, doch nichts passiert. „Was spritzen Sie mir?", frage ich vorsichtig.

„Nichts, ich nehme nur Blut ab!" Jetzt traue ich mich endlich, hinzuschauen. Die Kanüle wird fixiert und bleibt gleich stecken. Gott sei Dank, dann bekomme ich keine Spritze in den Daumen, vor der ich ja so große Angst habe.

„Jetzt gehen Sie hoch in den ersten Stock zur Anästhesiebesprechung." Aha, doch irgendeine Betäubung. Auf dem Gang hängt ein Infoblatt, auf dem alle Narkosemöglichkeiten erklärt werden. Die örtliche Betäubung überfliege ich, sie kommt für mich nicht infrage, da ich nichts mitbekommen will. Obwohl die Möglichkeit besteht, dabei auch ein leichtes Schlafmittel zu bekommen. Bei der leichten Vollnarkose wird nur ein starkes Schlaf- und Schmerzmittel gespritzt. Nur für den Fall, dass die Atmung erlahmt, wird ein kurzer Tubus gesetzt. Jetzt bin ich auch schon dran. Die Ärztin erklärt mir das Gleiche, wie ich gerade gelesen habe, und zeigt mir dabei eine Gesichtsmaske mit einem etwa zwanzig Zentimeter langen Tubus, der jedoch über der Luftröhre endet. Auch ihr Akzent lässt eine tschechische Herkunft vermuten. Sie liefert meinem Kopf noch die nötigen Fakten, um die Entscheidung zu bestätigen, die mein Bauch längst getroffen hat: leichte Vollnarkose.

Jetzt darf ich in einen Umkleideraum, alles ablegen und das obligatorische Krankenhauskittelchen anziehen, was nur oben zugebunden wird. Vor der Tür wartet mein Bett. Ich liebe Krankenhäuser, da ich noch nie schlechte Erfahrungen gemacht habe. Deshalb decke ich mich bis obenhin zu und … schlafe ein. Irgendwann fragt mich ein Mann mit bairischem Dialekt: „Na, wird bei Ihnen der …"

„Daumen operiert, ja", ergänze ich. *Hallo, ich bin der Sprungdaumen!*

„Welche Hand ist es denn?"

„Die rechte, nicht zu verwechseln, da ich links ja schon die Kanüle habe!"

„Ja wunderbar, dann müssen wir gar nicht mehr stechen! Trotzdem kennzeichne ich lieber die Seite, sicher ist sicher." Er nimmt meinen Arm und malt mit Kuli ein riesiges X drauf. Dann geht's auch schon los. Mein weißes Nachthemd muss ich jetzt auch ausziehen, und weil ich ihm nicht zumuten möchte, 83 Kilo zu hieven, klettere ich selbst auf den herangefahrenen OP-Tisch. Belohnt wird die Aktion mit: „Mei, Sie san halt no jung und rüstig!" Wo darf ich noch klettern? Aus mit albern, wir fahren in den OP-Raum. Die grünen Kittel, der Mundschutz, das helle Licht lässt mich nun doch wieder zittern, obwohl ich nicht friere. Jetzt kommt der Anästhesist und schaut meine Akte an.

„Vollnarkose?"

„Ja", bestätige ich. Obwohl ich mir überlege, dass so eine Vollnarkose nicht so toll ist, wenn ich danach noch 180 Kilometer nach Augsburg fahren will. Der Arzt nimmt meine rechte Hand in Augenschein. „Die Venen sind so toll, da könnten wir wunderbar eine Teilnarkose machen."

„Wenn Sie mir versprechen, dass ich nichts höre und nichts sehe, denke ich auch, dass es besser wäre." So eine Vollnarkose hat schon auch Risiken, die ich eigentlich doch nicht gewillt bin, einzugehen. Ruckzuck wird ein Vorhang aufgehängt und ich spüre nur noch, dass irgendetwas an mir gemacht wird. Irgendwie fühlt es sich an wie ein Gummiwickel. Dann bekomme ich eine feste Manschette um den Oberarm, wie beim Blutdruckmessen. Der nette bairisch sprechende Mann verwickelt mich in ein Gespräch, sodass ich noch nicht mal den Pieks merke. Aber dann spüre ich ein Ziepen, so als wenn jemand mit der Rasierklinge an der Hand zuppelt.

„Würden Sie bitte mit dem Schneiden warten, bis der Arm taub ist?", frage ich erstaunlich ruhig.

„Sie merken nur einen Druck, oder?"

„Nein, ich merke das Skalpell!"

„Oh, dann warten wir noch zwei Minuten!" Geht doch, wir sind schließlich nicht am Fließband! Bald merke ich meine Hand nicht mehr. Ich erzähle ein wenig über Ägypten und über das Leben dort. Es ist für uns alle kurzweilig, sodass wir es fast bedauern, als hinter dem Vorhang das Ende der OP angekündigt wird. Anschließend komme ich in den Aufwachraum, obwohl ich ja wach bin. Ich beobachte das Geschehen. Paketlieferungen, Kaffeeservice, Betten rein. Auch ich werde schnell gefragt, ob ich einen Kaffee möchte, was ich dankend annehme. Wir sind jetzt zu dritt, denke ich. Da mir langweilig wird, frage ich mal in den Raum: „Geht es allen gut?"

Neben mir, hinter der Trennwand, rührt sich nichts. Gegenüber räkelt sich ein junger Mann, glaube ich zumindest, denn ich bin stark kurzsichtig. „So ein Kaffee mit einer Zigarette wäre jetzt nicht schlecht.", meint er.

„Du bekommst noch keinen, du hattest eine Vollnarkose!", nehme ich das Gespräch gleich auf.

Dann kommt wieder ein netter Pfleger zu mir. „Wie lange muss die Manschette noch umbleiben?" Noch hängt mein Arm da wie ein Stück Fleisch, das nicht zu mir gehört.

„Eine Stunde nach der OP. Schauen Sie, das Blut wurde mit einer Gummibandage aus dem Arm gedrückt, und mit der Manschette wird verhindert, dass es zurückläuft. Jetzt müssen wir eine Stunde warten, bis das Narkotikum vom Gewebe aufgenommen wird, damit es nicht in den Blutkreislauf gerät. Wäre ja dumm, wenn auf einmal das Herz etwas davon abbekommt." Das leuchtet mir ein und deshalb warten wir die halbe Stunde!

Der Mann gegenüber hat ein Pflaster am Hals. „Na ja, da wäre so eine örtliche Narkose wie bei mir wohl nicht möglich gewesen. Stell dir vor, das Blut wird aus dem Hals gedrückt und dann wird abgebunden." Wir lachen und er darf jetzt beim Kaffeekränzchen mitmachen.

Die zwei Stunden sind fast um, als eine Ärztin meine Entlassung vorbereiten will. „Werden Sie abgeholt oder fahren Sie mit dem Taxi?"

„Weder noch, draußen steht mein Auto!" Entsetzt schaut sie mich an. „Sie dürfen in den nächsten vierundzwanzig Stunden kein Auto fahren und keine Unterschriften leisten."

„Ich habe hier aber niemanden!"

„Dann unterschreibe ich Ihre Papiere nicht." Weg ist sie.

„Mann, ich fahre nach einem Glas Wein Auto, dann kann ich doch wohl nach einer örtlichen Betäubung auch fahren? Nach einem Zahnarztbesuch fahre ich auch selbst nach Hause?" Sie lachen zwar, aber trotzdem will mir keiner die Entlassungspapiere unterschreiben.

„Okay, ich fahre mit dem Taxi zu einer Freundin."

„Das wollten wir hören!" Mein Arzt kommt. „Also, mit Taxi oder Abholung?" Leise fügt er noch an: „Ich kontrolliere es ja nicht!"

Ich schaue meinen Verband an, der aussieht, als hätte ich ein gebrochenes Handgelenk. „Bekomme ich noch einen kleineren Verband?"

„Ja, morgen, bei Ihrem Hausarzt!" Prima, dann versuche ich doch erst einmal, mit dieser Hand zu schalten. Inzwischen informiere ich auch meine

Mama in Augsburg, dass ich erst testen muss, ob ich überhaupt fahren kann. Der nächste Weg führt mich zum Hausarzt, um einen Verbandstermin zu vereinbaren und die Überweisung abzuholen. Das Fahren klappt gut. Keine Schmerzen, den Ballen und die Finger kann ich nutzen. Der Hausarzt hat zu. Ich fahre zur Vertretung. Was steht da? Urlaub, Vertretung wäre mein Hausarzt! Also, gleich ab nach Augsburg, bevor der Christkindlmarkt zumacht!

Ich liege zum Erster-Kuss-Tag im Krankenhaus - in Deutschland

Nicht alles kann in Ägypten so spontan diagnostiziert werden wie ein *schneller Daumen*. Ich habe Koliken, doch der Facharzt kommt nur einmal in der Woche, sodass ich nach drei Wochen immer noch nicht weiß, was mir solche Schmerzen bereitet. Bei einem Anruf in einer deutschen Klinik sagt man mir direkt aufgrund der Symptome, dass es sich um eine Harnstauniere handelt und ich als Notfall jederzeit bei ihnen vorsprechen kann. Das veranlasst mich dann schon, sofort nach Deutschland zu fliegen. Die Reise findet einige Tage vor unserem „Erster-Kuss-Tag" statt, den wir jedes Jahr wie unseren Hochzeitstag feiern. Ich versuche mich selbst zu beruhigen, dass ich bestimmt schnell wieder zurück bin. Bestimmt erfolgt der Eingriff über den Bauchnabel und ich bin schnell wieder draußen, hoffe ich. Andreas stimmt mir nicht zu. Sie machen bestimmt einen Riesenschnitt, wie bei einer Nierenentnahme, fürchtet er. Die Untersuchung ergibt eine Verengung des Weges zwischen Niere und Blase, die wirklich gefährlich werden kann, weshalb ich sofort operiert werden muss. Die Aufklärungsgespräche gehen bei mir immer recht schnell. Erstens will ich gar nicht wissen, was genau gemacht wird, und zweitens wende ich immer Dale Carnegie an: „Stelle dir das Schlimmste vor, dann verlierst du die Angst. Zu 90 Prozent tritt es eh nicht ein."

Bei einer OP ist die Chance, dass alles planmäßig läuft, viel höher, als dass etwas schiefgeht. Also sage ich dem Narkosearzt, er soll einfach dafür sorgen, dass ich gut einschlafe und nix von der Operation mitbekomme. Alles andere vertraue ich seinem Studium und seiner jahrelangen Erfahrung an, schließlich ist er eindeutig älter als vierzig Jahre. Auch der Chirurg kann nicht erhoffen, als Halbgott in Weiß schon mal Vorab-Lorbeeren von mir zu bekommen. Kurz und knapp sage ich ihm, er soll bitte an der richtigen Seite schnippeln und versuchen, meine Niere zu erhalten, da mir klar ist, dass ich, worst case, ohne Niere aufwache. Trotzdem lässt er es sich nicht nehmen, die Operationsmethode zu erläutern und mich zu fragen, ob ich ein Problem bei seitlicher Überstreckung hätte, da er so am besten sehen könne. Etwas entsetzt stelle ich mir vor, wie ich halb aufgeklappt auf dem OP–Tisch liege.

„Ich dachte, das wird heute mit Endoskopie gemacht, also die Operation über Mikroskop und Computer!", gebe ich ihm einen Denkanstoß über diese Alternative.

„Nein, ich brauche Platz, um zu sehen, was los ist." Ja, ich möchte wirklich nicht so enden wie meine Freundin. Ich erzähle ihm, dass sie bei der OP über den Nabel beinahe hopsgegangen wäre, weil kurz vor Schluss versehentlich die Hauptschlagader im Bauch angeschnitten wurde und man natürlich durch das kleine Löchlein so schnell nix machen konnte, sodass man schließlich doch den Bauch aufschneiden musste. Nickend meint er: „Deshalb operieren wir konservativ. Wenn da was passiert, einfach Daumen drauf und dann wird der Gefäßchirurg geholt." Habe ich schon mal erwähnt, dass ich praktisch veranlagte Menschen liebe?

Natürlich wache ich wieder auf und habe Schmerzen wie ein Tier. Ich bekomme eine Infusion mit Schmerzmittel und will nur schlafen. Es vibriert auf meinem Nachttisch. Bestimmt Andreas, der wissen will, ob ich noch lebe. Im Tran nehme ich das Ding und mache es aus. Mir wird übel. Jetzt ruft er auf dem ägyptischen Handy an, was leider auch noch an ist. Ohne Brille sehe ich nichts und bitte deshalb die Bettnachbarin, das Ding auszumachen. Mir wird noch mehr übel, ich melde mich bei der Stationsschwester, die gerade da ist. Sie gibt mir eine Nierenschale, wie passend.

Jetzt klingelt bei ihr das Telefon. Ich weiß genau, wer dran ist. Ich kann und will jetzt nicht mit ihm sprechen, denn genau in diesem Moment muss ich mich übergeben. Ich versuche, nicht unnötig zu würgen, da es sich anfühlt, als ob jemand mit dem Messer die Narbe aufschneidet. Die Schwester will mir das Telefon geben, weil Andreas ja ziemlich energisch sein kann. Ich schüttle den Kopf, dabei schwappt die Nierenschale um und ich sehe aus wie gekotzt. Die Schwester beruhigt erst Andreas, dass ich noch lebe, und legt dann auf. Anschließend soll ich aufstehen, damit sie das Bett frischmachen kann.

„Ich mach gar nix!", protestiere ich. „Lieber bleib ich in der Kotze liegen. Ich will einfach nur schlafen." Also wird nur notdürftig trocken gemacht und man lässt mich in Ruhe.

Es geht aufwärts

Prophylaktisch muss ich auch noch Antibiotika nehmen, weil ich, wie mir auch schon bei der Besprechung angedroht wurde, einen Katheter bekommen habe. Tabletten und ich, zwei Welten treffen aufeinander! Ich kann keine Tablette schlucken, die größer ist als die Pille. Wirklich, auch wenn ich mir vorstelle, es wäre ein Stück Kruste vom Schweinebraten, der mindestens so groß und eckig ist wie eine Tablette, bekomme ich sie nicht runter. Ich kann sie ganz nach hinten legen und einen halben Liter trinken. Entweder klebt sie dann noch auf der Zunge oder sie fängt an, sich aufzulösen und schmeckt gallebitter, oder sie ist schon ein Stück weiter gerutscht, sodass ich sie wieder hochwürgen muss. Dabei schießen mir die Tränen in die Augen und ich verzweifle. Deshalb nehme ich lieber den bitteren Geschmack in Kauf, löse die Tabletten auf und trinke nach und stelle mir dann vom Frühstück die Marmelade oder Portionsfrischkäse hin, den ich hinterher esse. Ich erinnere mich in diesem Moment immer an unseren Hund, dem wir auch versuchten, die Wurmtabletten mit Kalbsleberwurst zu geben. Wurst war weg, Tablette wurde ausgespuckt.

Am Tag fünf habe ich zum ersten Mal sieben Stunden ohne Schmerzmittel durchgehalten. Nein, nicht dass ich tapferer geworden bin – die Schmerzmittel halten wohl länger oder die Schmerzen sind schwächer geworden. Doch wie willst du den fünf jungen Männern diese Schmerzen erklären, die bei der Morgenvisite ihre Fachgespräche über dich führen und dabei beiläufig fragen: „Wie geht es Ihnen?" Ich schaue so in die Runde. Jeder von denen könnte mein Sohn sein, wieder ein Indiz, dass ich schon zum älteren Semester gehöre! Immer mehr im Umfeld sind jünger statt älter. Ich versuche, meine persönliche Verfassung zu erklären: „Solange ich meinen Cocktail aus Anti-Kotz- und Schmerzmittel regelmäßig bekomme, geht es mir gut." Immerhin weiß ich jetzt, dass die Übelkeit eine Nebenwirkung der Schmerzmittel ist!

„Reichen die drei Mal am Tag?"

„Ja, dann geht es mir richtig gut. Nur wenn mir ein Nieser entwischt, weil ich ihn nicht durch Nasezuhalten abwehren konnte, dann habe ich eine Explosion im Bauch, die sich anfühlt wie eine kleine Atombombe. Pilzförmig breitet sich eine Hitzewelle im Bauchraum aus, die mir das Gefühl gibt, innerlich zu verglühen. Und nach ein paar Sekunden – alles vorbei! Keine Ahnung, was da passiert! Wissen Sie, wie bei einer Wehe, die kommt auch, und dann ist alles weg, kein Schmerz, man kann lachen, Witze machen. Aber wieso erzähle ich vier Männern was von Wehen! Ihr kennt das ja nur aus dem Studium!" Schmunzelnd bestätigen sie mir, schon mal was davon gehört zu haben. Wahrscheinlich hätte ich dabei die Nervenenden erreicht, die diesen Schmerz verursachen. Aber was soll's, ich muss ja froh sein, wenn nichts außer der Wundheilung wehtut. Für alles andere hatte ich den Ärzten bereits bei dem netten Aufklärungsgespräch vorab die Absolution erteilt.

Auch die Putzfrau erzählt uns nach der Visite über ihre Erfahrungen im OP (muss mir das zu denken geben?). „Ich habe schon so fette Menschen auf dem OP-Tisch gesehen, dass der Gurt nicht gereicht hat und man nach der Öffnung mit Spannbettlaken rechts und links das Fett festhalten musste. Es war so viel, dass der Chirurg gar keine Möglichkeit hatte, zum operierenden Teil hinzukommen." Diesen Bericht krönte sie mit einer Imitation der Ärzte, wie sie breitbeinig in Kniebeuge und nach vorne gebückt versuchen zu operieren. Ja, so ein Putzfrauenalltag ist bestimmt sehr interessant!

Kleiner Verbesserungsvorschlag (heute sind ja auch die Kliniken schon ISO-zertifiziert!): Bei allen Menschen, die im Flugzeug einen Verlängerungsgurt brauchen, bitte erst Fettabsaugung, dann OP!

Die Narbe

Andreas hat also doch recht behalten, ich wurde tatsächlich aufgeschnitten. Doch mit der Größe der Narbe wollte ich recht behalten. Bitte, wie viel Platz braucht man denn, um so ein bisschen Gewebe zu entfernen? Das Pflaster auf dem Rücken bestätigte das. Meine Freundin Yvonne, die mich heute besucht, will es ebenfalls wissen. Da ich ja immer noch das Flügelhemdchen anhabe (@Margit, ich kann es täglich wechseln, wenn ich will!) sage ich ihr, sie kann selbst nachschauen.

„Ui, ganz schön groß!", meint sie.

„Echt? Wieso, das Pflaster hat maximal vier Zentimeter!"

„Ja, aber links und rechts daneben sieht man noch Naht, mindestens zehn Zentimeter!" Okay, jetzt muss ich mir das doch mal anschauen, obwohl ich mir diesen Anblick eigentlich ersparen wollte. Tatsächlich – ich sehe so aus wie die armen Menschen, denen man eine Niere geklaut hat. Eine mindestens fünfzehn Zentimeter lange Narbe, beginnend hinten am Rücken bis fast vorne. Jetzt wird mir schlecht, denn mir fällt die Frage aus dem Vorgespräch ein, ob ich beim seitlichen Überstrecken irgendwelche Probleme hätte. Angesichts der Riesennarbe bekomme ich Kopfkino: Hätte ich etwa während der OP in der Mitte auseinanderreißen können? Immerhin ist es die richtige Seite – wie bei der Daumen-OP wurde die betreffende Stelle am Abend vorher ordentlich mit Filzstift markiert. Ein bisschen sieht es aus, als ob sie mir eine Wespentaille gemacht haben – doch nur links! Dabei war die erhoffte endoskopische Operation mit ein Grund, warum ich mich lieber in einem deutschen Krankenhaus behandeln lassen wollte. So ein bisschen hat man schon den Gedanken, dass man nicht weiß, welcher arme Tropf mich in Ägypten operiert hätte. Wenn der mich dann so liegen gesehen hätte, wäre er vielleicht auf die Idee gekommen, meine kranke Niere drinzulassen und die gute rauszunehmen, um sie zu verkaufen ...

Da muss ich immer an den Witz von Otto Waalkes denken: „Ich habe einen egoistischen Onkel, dem musste ich eine Niere spenden. Jetzt hab ich eine und er drei!"

Ich liebe Krankenhäuser

Da ich als Kind oft im Krankenhaus war und immer gute Erfahrungen gemacht habe, habe ich es dort geliebt. Jeder war so freundlich zu mir, ich stand im Mittelpunkt, es gab keine Streitereien. Auch dieser Aufenthalt hat mir dieses Gefühl wieder bestätigt. Ich chatte in Facebook. Wie hat jemand so nett geschrieben: „Sehe den Krankenhausaufenthalt als All-inclusive-Urlaub mit ärztlicher Betreuung!" Okay, Fitnessraum gibt es keinen, aber kostenloses, schnelles Internet; vierundvierzig Fernsehprogramme (auch in Arabisch und Russisch) und tägliche Menüauswahl mit wirklich schmackhaften Gerichten, sodass ich mich ärgere, noch keinen Appetit zu haben. Aber auch da weiß unsere polnische Putzfrau Bescheid: „Auch Tiere essen nix, wenn sie krank sind, weil sie die ganze Energie zur Heilung brauchen." Na ja, aber nur liegen und nix essen führt wirklich zu Muskelabbau. Ich werde spätestens ab morgen, wenn „Mei Beutele" weg ist, mal ein bisschen die Umgebung erkunden. Bin ja nicht eingesperrt.

Das Personal ist ausreichend und nett. Das Einzige, was mich wundert, ist, dass es Vier-Bett-Zimmer gibt. Man glaubt wohl, so ein bisschen Kommunikation schadet nicht, denn es wurde wohl im Nachhinein aus zwei Zimmern ein großes gemacht. Also Krankenhaus-Suiten! Na ja, viele Patienten sind hier wirklich nur für eine Nacht, sodass nur in meiner ersten Nacht alle vier Betten belegt waren, und da war ich noch nicht ansprechbar. An den anderen Tagen wurde entweder eine entlassen oder lag auf der Intensivstation. Jedenfalls habe ich das Zimmer meist alleine.

So, ihr merkt, es geht aufwärts, ich kann wirklich viel erzählen. Jetzt kommen die Schwestern! OMG – großes Kino, die Drainage wird gezogen. Ich muss weiterschreiben, um mich abzulenken! Jetzt hab ich doch geschaut, oh weh, ganz schön lang, so ein Ding. Jetzt leg ich mich hin, mir wird wieder schlecht. Also viel Spaß euch allen, bis bald!

Woran merkt man, dass man alt wird?

Ich sitze bei Kaffee und Zigarette daheim auf unserem Balkon im Schatten und warte darauf, dass Andreas nach einer Bootstour nach Hause kommt. Er hat keinen Schlüssel dabei und unsere Türglocke geht immer noch nicht. Da ich es leid bin, immer vier Stockwerke runterzufahren oder – wenn der Aufzug nicht geht – zu laufen, um die Gäste oder Andreas reinzulassen, werfe ich lieber den Schlüssel vom Balkon hinunter. So hat das schon meine Mama vor fünfzig Jahren gemacht!

Das Klingeln des Telefons reißt mich aus meinen Gedanken. Unser ägyptischer Freund ruft mal wieder an. Mohamed, der entweder unser Telefon ignoriert oder am Tag zehnmal anruft. Heute ist wieder so ein Tag, an dem er sich schon zum vierten Mal meldet. Ich überlege, ob ich überhaupt drangehen soll, doch die Neugier siegt. Ohne große Begrüßungsfloskel teilt er mir mit, dass Andreas einen Autounfall hatte und ich runterkommen solle, er hole mich ab. Jetzt wird mir schlecht. Andreas, ein wirklich souveräner Autofahrer, hatte einen Unfall und ich werde nicht von ihm selbst, sondern von Mohamed informiert, da schrillen natürlich alle Alarmglocken! Während ich die Klamotten, die ich nur zu Hause trage, durch Straßenkleidung ersetze, versuche ich hektisch, Andreas zu erreichen, doch es ist belegt. Als ich auflege, ruft er selbst an. Auch er bestätigt mir, einen schweren Unfall gehabt zu haben, doch er ist immerhin bei Bewusstsein. Er soll ins Krankenhaus.

„Was hast du?" Die Wahl des Krankenhauses ist ein wenig davon abhängig, welche Behandlung man braucht. Er habe ein ziemlich großes Loch im Kopf, erklärt er. Schnell rattern meine Gedanken. Ist jetzt Neurologie wichtiger oder Chirurgie? Da das *AMC-Krankenhaus* beide Abteilungen hat, entscheide ich mich spontan dafür. Die Sanitäter, die bereits vor Ort sind, schlagen das *Royal* vor, doch ich bestehe auf *AMC*. Andreas sieht das genauso. Er bittet mich, zu kommen und seinen Pass mitzubringen. Nebenbei habe ich schon die Unterlagen für die Auslandskrankenversicherung aus dem Ordner geholt, ein Bündel Geld in die Tasche geschmissen und unsere Pässe eingesteckt. Wir tragen die Pässe im Alltag nie bei uns, dafür sind wir einfach zu schusselig.

Mohamed ruft wieder an, was sicher bedeutet, dass er schon da ist. Deshalb gehe ich nicht ran, sondern ziehe die Schuhe an, konzentriere mich noch einmal (nichts vergessen?) und fahre runter zu ihm. Der Vorfall ist nicht weit von uns entfernt passiert. Mohamed hält bei dem Unfallwagen, während ich über Viber die Notfallnummer unserer Auslandskrankenversicherung anrufe. Ich bin froh, immer genug Guthaben auf Viber geladen zu haben, denn darüber kann man supergünstig ins deutsche Festnetz anrufen. Ich schildere den Vorfall und frage, ob Andreas sofort nach Deutschland geflogen wird. Irgendwie bin ich panisch und stelle mir vor, jetzt kommt ein ADAC-Hubschrauber und transportiert ihn nach München ins Klinikum.

„So einfach ist das nicht", erklärt die nette Dame von der Versicherung. „Erst einmal müssen wir die Diagnose kennen, dann entscheidet der medizinische Dienst, ob man ihn im Ausland versorgen kann oder nicht. Und er müsste natürlich auch flugfähig sein. Erst einmal bekommen Sie sofort eine Mail mit der vorläufigen Schadensnummer, dann warten wir die Diagnose des Krankenhauses ab." Aha, doch nicht so einfach heimfliegen. Wir sind am Unfallort und ich schaue, was Mohamed macht. Ich traue meinen Augen nicht. Er räumt Andreas' persönliche Sachen, einschließlich der Boxen vom Catering, zusammen. Ich gehe zu ihm und meine, das sei doch jetzt unwichtig, ich würde lieber ins Krankenhaus wollen. „No, no, Mrs. Astrid. Now I call a pick-up for the car. So nobody can steal it." Ich betrachte die Überreste des Autos und sage zu Mohamed, sollte irgendjemand Interesse an einem Schrotthaufen haben, bitte schön. Doch er lässt sich nicht davon abhalten. Seelenruhig verstaut er alles in seinem Auto. Als wir endlich weiterfahren, frage ich nach der Autobetriebserlaubnis. Die hat die Polizei, genauso wie den Führerschein von Andreas.

Wir kommen im Krankenhaus an und ich darf sofort zu ihm. Er ist unter örtlicher Betäubung. Am Kopf ist alles nur rot! Geschockt begrüße ich ihn.

„Nicht anfassen!", schreit er vor Schmerz, als ich ihn berühre. „Die Brust tut weh!" Doch erst wird die blutende Wunde am Kopf genäht. Ich werde nun auch rausgeschickt. Der erste Eindruck war jedoch beruhigend, er spricht. Ich setze mich zu Mohamed und fülle die Krankenhauspapiere aus. Wenn ein Patient das nicht selbst machen kann, darf dies auch eine andere Person in seinem Namen übernehmen. Da ich bereits den Fragenkatalog von der Versicherung habe, gebe ich ihn dem Krankenhaus, dazu die Unterlagen der Versicherung, die vorläufige Schadensnummer und die E-Mail-Adresse. Die beantworten nun die Fragen zum Gesundheitszustand, ich unterschreibe dafür alle nötigen Krankenhaus-Unterlagen und gebe per Mail die persönlichen Daten durch. Das läuft wirklich ineinander wie Zahnräder. Da inzwischen eine Freundin gekommen ist, bedanke ich mich bei Mohamed und sage ihm, er könne mich jetzt allein lassen, Doris würde dableiben und mich später nach Hause fahren. Er verabschiedet sich.

Endlich ist die Kopfwunde genäht und Andreas kommt aus dem Erstversorgungszimmer – im grünen Kittelchen mit Verband um Kopf, Arm und Bein. Er schildert mir kurz den Unfallhergang. Nach seiner Erinnerung hat er das Auto wohl zu stark gegengelenkt und dabei ein anderes Auto gestreift. Dadurch kam er ins Schleudern. Das Auto wurde in hohem Bogen über den etwa zwanzig Zentimeter hohen Bordstein katapultiert und nach dem Aufprall von einer Hausmauer gebremst. Dabei ist er über das Lenkrad gedrückt worden, was ihm eine gebrochene Rippe eingebracht hat, und mit dem Kopf an die Frontscheibe, die gebrochen ist und ihn fast skalpiert hat.

Doch Gott sei Dank ist nur die Haut verletzt, keine Knochen.

„Hast du die Weißwürste?", fragt er mich allen Ernstes.

Hallo? Welche Weißwürste?

„Ich bin nach der Bootstour ins Hotel gefahren und habe die Weißwürste abgeholt. Ich habe die nur noch im Auto rumfliegen sehen! Ich weiß, dass ich nach dem Aufprall aus dem Auto gestiegen bin, die Ägypter kamen sofort und brachten mir mein Handy und meinen Geldbeutel, die irgendwo im Sand lagen. Dabei sah ich, dass auch die Boxen draußen lagen und dachte nur an die Weißwürste. Hast du die?" Ja, Mohamed hat alles eingesammelt, doch wo sind die Weißwürste jetzt? Ich ging raus zu Doris, die mir mitteilt, dass die Boxen bereits in ihrem Auto sind. Das habe ich gar nicht mitbekommen.

„Bitte, kannst du nach Weißwürsten suchen? Sie müssten in einer schwarz-weißen Tüte sein." Alles da. Andreas ist sichtlich erleichtert und ich frage mich, ob er wohl in einem früheren Leben mal verhungert ist? Man könnte fast meinen, er sei froh, nur eine Platzwunde am Kopf zu haben und keine geplatzten Weißwürste!

Wenig später wird er in die Röhre geschoben. Als Gewissheit herrscht, dass er keine weiteren Verletzungen hat, wird er auf die Intensivstation gebracht, um dort vierundzwanzig Stunden lang beobachtet zu werden. Schon auf dem Weg dorthin bin ich sicher, dass er keinen weiteren Schaden hat, denn er verlangt nach einer Shisha. Eine Intensivstation in Ägypten ist mit einer in Deutschland nicht zu vergleichen. Er liegt mit zwei anderen Patienten in einem Raum und ist an ein EKG-Gerät angeschlossen. Der anwesende Pfleger spielt mit dem Handy. Beim Betreten des Raumes muss ich Überschuhe anziehen, das ist schon alles. Er wird jetzt einige Tage im Krankenhaus verbringen. Am nächsten Tag kommt Andreas auf eine normale Station. Er hat ein Zimmer für sich, das mit so manchem einfachen Hotelzimmer konkurrieren kann. Übrigens: In zwei Tagen hat er Geburtstag. Das beantwortet auch meine Eingangsfrage: Woran merkt man, dass man alt wird? Ganz einfach: Daran, dass man alle besonderen Ereignisse im Krankenhaus feiert …

Gesundheitssystem in Ägypten, nicht vergleichbar

Auf dem Heimweg denke ich darüber nach, ob das deutsche Gesundheitssystem wirklich besser ist. Ich erinnere mich daran, wie meine Mutter gestürzt ist und in die Notaufnahme kam. Meine Schwester berichtete mir: *In der Notaufnahme sind die völlig überlastet, die Kapazitäten für die vielen Menschen haben sie gar nicht. Es waren alle Flure voll mit Patienten. Bei uns im Gesundheitswesen herrscht Chaos! Die Leute bekommen keinen Termin beim Hausarzt und gehen zur Notaufnahme, dort kommen dann echte Notfälle und noch schlimmere Notfälle mit Hubschraubern. Es gibt viel zu wenig Personal und Ärzte, die Anfänger sind. Ein Sträfling ist munter hin und her gelaufen, zwei Polizisten marschierten hinter ihm her. Der hatte weder eine ernsthafte Verletzung noch sah er aus, als habe er Schmerzen. Eine blondierte Türkin im schwarzen Schlauchkleid mit Goldklunkern hockte auf einem Bett und informierte die gesamte türkische Verwandtschaft per Selfies und WhatsApp, dann ging sie auf die Toilette, um sich dort vor dem Spiegel zu drehen und zu wenden, sich zurechtzumachen und zu schminken. Als sie wieder rauskam, erzählte sie der Verwandtschaft vom Achsenbruch ihres Autos und war recht munter. Ernsthaft verletzt sah die nicht aus. Einer mit Rastazöpfchen und Halbglatze stapfte mit Freundin an und sagte, er habe Kopfweh. Alle, die nicht fast tot waren, mussten über fünf Stunden warten, bis ein Arzt mit ihnen sprach. Mama war um 12:05 Uhr vom Sanka geholt worden, um 20.30 Uhr kam eine Ärztin zu ihr. Alles, was in der Zwischenzeit stirbt oder freiwillig geht, ist ein Fall weniger für das Case Management.*

Andreas dagegen war vorhin innerhalb von zwanzig Minuten im Krankenhaus seiner Wahl, das natürlich, wie alle anderen, ein privates Krankenhaus ist. Wer keine Versicherung hat oder wessen Schaden von einem Ägypter übernommen wird, landet im städtischen Krankenhaus. Das ist von der ärztlichen Betreuung her nicht unbedingt schlecht, jedoch sind die hygienischen Voraussetzungen nicht ansatzweise so, wie wir uns das vorstellen. Zumindest haben wir gesehen, wie ein Arzt rauchend aus dem Behandlungszimmer kam, und es roch streng. Hier lebende Ausländer bezahlen für eine Behandlung ebensoviel wie Ägypter. Das kann im schlimmsten Fall, zum Beispiel bei einer Operation, etwa 30.000 ägyptische Pfund kosten. Für Touristen wird es jedoch teurer, die müssten dann etwa 30.000 Euro bezahlen.

Den Aufenthalt im Krankenhaus selbst versuchen die Mitarbeiter und Ärzte so angenehm wie möglich zu gestalten. Die Versicherung in Deutschland bekommt die Diagnose und Informationen über die Behandlung. Es wird in Deutschland gegengecheckt. Andreas wird täglich von der Versicherung angerufen und gefragt, ob alles zu seiner Zufriedenheit sei. Die Besuchszeiten sind sehr locker, nein, eher nicht vorhanden. Da wir schon unseren letzten „Feiertag" nicht zusammen genießen konnten, weil ich im Krankenhaus war, wollte ich es mir nicht nehmen lassen, wenigstens um Mitternacht mit ihm auf seinen Geburtstag mit Cola anzustoßen und ihn mit selbstgemachten Käsespätzle zu überraschen. Tatsächlich ist es kein Problem, Tag und Nacht im Krankenhaus jemanden zu besuchen. Es schaute noch nicht einmal jemand vom Personal komisch, als ich kurz vor Mitternacht mit einer Warmhaltebox auftauchte, dafür Andreas umso mehr. Alleine sein Gesichtsausdruck war es wert! Alles Liebe zum Geburtstag, mein Schatz!

Das Krankenhaus hat eine Cafeteria auf der Dachterrasse. Dort gibt es sogar Sonnenliegen. Am nächsten Tag feiern wir also mit Freunden und unserem Kranken auf der Dachterrasse mit Blick auf das Rote Meer seinen Geburtstag. Wo kann man das in Deutschland? Übrigens: Nach vier Tagen meint die Versicherung, er könne jetzt nach Deutschland geflogen werden. Da wir ziemlich sicher sind, das Gröbste überstanden zu haben, lehnt er dankend ab und meint, er bleibt lieber hier, bis er vollständig genesen ist.

Die Nerven von Schwester Astrid werden strapaziert

Wer hat noch nie einen Angehörigen gepflegt? Kranke Kinder sind die pflegeleichtesten Patienten. Man braucht nur Hörspiele, Vorlesebücher oder Gesellschaftsspiele, um die Zeit schneller vergehen zu lassen. Ich erinnere mich an meine Krankenhauszeiten und wie sehr ich die Rätselbücher geliebt habe. Bilderzeichnen nach Zahlen, Rätsel, ausmalen.

Die Pflege alter Menschen kann super anstrengend sein. Verständlich, wenn aus selbstständigen Menschen auf einmal hilfsbedürftige Kranke werden, die sich teilweise nicht einmal mehr verständigen können. Da kann man nachvollziehen, dass manche in dieser Situation aggressiv werden.

Doch wie ist es mit kranken Partnern, besonders den Männern? Wir Frauen haben das Helfersyndrom normalerweise in den Genen. Kommt einfach aus der Urzeit, in der die Männer für die Versorgung verantwortlich waren und die Frauen sich zu Hause um das Wohl der Familie kümmerten. Mein Traumberuf als Kind war Krankenschwester. Mein Opa konnte mir das auch mit Schreckensbeispielen nicht ausreden, zum Beispiel, ich müsste dann auch alten Leuten den Hintern abputzen oder sie füttern. Meine Lieblingslektüre war unser „Doktorbuch" und die Binden meines Vaters, die er zum Fußballspielen als Bandage nutzte, waren meine Accessoires, um nach dieser Vorlage alle Familienmitglieder zu verbinden. Meine Mutter erlaubte jedoch keine Ausbildung zur Krankenschwester, weil sie meinte, so unordentlich, wie ich sei, wäre ich eine Gefahr für Leib und Leben der Kranken. Sie meinte, ich würde garantiert alle Arzneimittel vertauschen (heute bin ich der Meinung, ich würde sie gar nicht erst finden!). Und wenn ich jetzt an meinen kranken Schatz denke, der den letzten Heilungsprozess zu Hause vollzieht, glaube ich, auch nervlich nicht geeignet zu sein. Wir sind uns einig, die Vorteile im Krankenhaus möglichst lange auszunutzen. Besonders das verstellbare Bett wird zum persönlichen Liebling, wenn man bei jeder

Bewegung Schmerzen hat. Die schönen Nebeneffekte wie Essen ans Bett gebracht bekommen, jederzeit ärztliche Hilfe beanspruchen zu können und mehr Besuch zu bekommen als zu Hause in einem ganzen Jahr, sind auch nicht zu vernachlässigen. Deshalb wundere ich mich, dass Andreas den Arzt, der nach seinem Befinden fragt, spontan fragt, wann er heim darf. Theoretisch hätte er am zweiten Tag schon gehen dürfen, doch wie bereits gesagt, wollte er da noch nicht raus. Der Arzt verspricht, sich darum zu kümmern. Vielleicht hat Andreas nach sechs Tagen einen Krankenhauskoller?

Kaum bin ich zu Hause angekommen und mir aus dem Tiefkühler ein Brötchen hole, um es in der Sonne aufzutauen, klingelt mein Handy. Andreas teilt mir mit, dass er sofort abgeholt werden kann. Ich schaue mein Brötchen an und höre mit Erleichterung, dass ich noch etwas Zeit habe. Schon bei der Fahrt ins Krankenhaus überlege ich, welchen Weg ich zurück nehme. Er sollte möglichst wenige Schlaglöcher oder Bodenschwellen haben. Da mir keine geeignete Ausweichstrecke einfällt, bleibt nur der übliche Weg.

Andreas hat schon alles zusammengepackt: der kleine Laptop in der Tasche, seine Wäsche in der Tüte und seine medizinischen Bilder in einer DIN-A-2-Mappe. Ich nehme alles und schon beginnt die Diskussion. Er will den Laptop selbst tragen und ich lasse es nicht zu. Wir ziehen an dem Ding und er wird sauer, weil es das männliche Ego wohl nicht ertragen kann, einfach ohne zusätzliche Last aus dem Krankenhaus zu marschieren. Ich hänge mir die beiden Taschen um und nehme das Kuvert, das ein Infoblatt mit allen wichtigen Telefonnummern des Krankenhauses enthält. Andreas geht voran, offensichtlich sauer darüber, dass ich mich durchgesetzt habe. Dabei gibt es keinen Grund für ihn, mit gebrochener Rippe und Brustbeinprellung auch nur ein Gramm zu tragen. Als ich die hintere Autotür öffne, liegt natürlich genau hier der Koffer, den ich mitgenommen hatte.

„Da hast du ja den kleinsten Koffer genommen, den wir haben", kommentiert Andreas sarkastisch. Ich lege die Tüten in den Fußraum und die Röntgenbilder auf die andere Seite. Andreas quält sich ins Auto und stößt dabei Töne aus, die mich ziemlich an seinen Vater erinnern, wenn er unterzuckert ist und aggressiv wird. Ich freue mich schon auf die Fahrt.

„Willst du dich nicht anschnallen?", will ich wissen. Eigentlich ist diese Frage überflüssig, denn ich kenne längst die Antwort. Natürlich hat er Angst, dass jedes leichte Bremsen gleich Schmerzen bereitet, daher kein Gurt. Ich starte. Natürlich kann ich nicht jede Unebenheit umfahren, sodass der erste Kanaldeckel mir gehört, es ist nur ein kleiner Ruckler.

„Nimmst du jetzt jedes Schlagloch mit?"

„Es war kein Schlagloch."

„Ich sollte doch besser selber fahren."

„Kommt gar nicht infrage!" Vorsichtig überfahre ich die erste Bodenschwelle. Auch bei der nächsten Unebenheit bremse ich ab.

„Du kannst normal drüberfahren, es tut doch nicht weh", erklärt Andreas zu meinem Erstaunen. Ich fahre trotzdem extrem vorsichtig, denn ich möchte nicht daran schuld sein, dass bei einem Ruckel das zarte Gewebe, das sich gerade an seiner Rippe gebildet hat, wieder reißt. Kurz bevor wir zu Hause ankommen, fällt mir ein, dass Andreas den Pass im Krankenhaus abgegeben hat, und frage, ob er ihn zurückbekommen hat. Erschrocken verneint er. „Vielleicht ist er bei den Unterlagen?" Ich greife nach hinten und versuche, die Mappe zu erwischen.

„Wir sind doch eh gleich zu Hause." Unbeirrt taste ich weiter und gebe ihm die Unterlagen. Nichts. Ich freue mich, gleich zum dritten Mal die 40 Kilometer lange Strecke fahren zu dürfen. Vor unserem Haus angekommen, räume ich erst einmal Andreas' Sachen in den Koffer, um nicht zweimal in die Wohnung hinaufgehen zu müssen.

„Willst du jetzt dafür den Koffer in den Sand legen?" Na, wenn man in der Wüste lebt, passiert das nun mal. Die Tüte mit Getränken und Essen, schmutziger Wäsche und Unterhaltungskram wird eingepackt und hoch in die Wohnung geschleppt.

„Hast du eine Telefonnummer des Krankenhauses?"

„Ja, auf dem Infozettel, den ich dir gegeben habe. Wo ist der?" Tja, wo ist der Zettel? Keine Ahnung. „Der ist wichtig!", betont Andreas noch. „Er wird schon auftauchen!"

„Immer, wenn du was verschlampst, siehst du das so locker. Hast du den vergessen?" Oh je, Krankenhauskoller gepaart mit Shishaentzug und Schmerzen machen aus Andreas ein kleines, ungeduldiges Monster.

„Komm jetzt mal runter, mach dir eine Shisha, und inzwischen fahre ich los und hole deinen Pass." Das kann ja heiter werden. Natürlich liegt der Zettel im Auto, und bei einem Anruf wird mir bestätigt, dass der Pass im Krankenhaus liegt. Als ich nach einer Stunde wieder heimkomme, ist aus dem kranken Monster wieder ein friedlicher Andreas geworden. Doch er merkt schnell, dass nichts dem komfortablen Krankenbett nahekommt. Besonders als er aufstehen und das Bett verlassen will, merkt er, wie praktisch eine elektrisch verstellbare Rückenlehne war. Ich erinnere mich an meine Kindheit, wo ich auch hoch liegen musste, wenn ich keine Luft bekam. Wir hatten damals einen Keil unter die Matratze gelegt. Den haben wir zwar nicht, doch mit ein paar Kissen unter der Matratze müsste es zu machen sein. Wir bringen die Polster der Wohnzimmercouch ins Schlafzimmer. Die Bettmatratze ist fast nicht zum Knicken. Erstes Kissen darunter und Probeliegen. Nachdem Andreas sich reingesetzt hat, merkt man nichts mehr von der Erhöhung. Noch ein Polster, noch ein Kissen und es passt.

„Sitzen kann ich gut, doch zum Schlafen ist es zu hoch." Okay, wieder ein Kissen raus, ein Polster weiter hochschieben. Passt.

„Aber jetzt ist der Fernseher zu weit unten." Ein Hartschalenkoffer unter dem Gerät schafft die nötige Höhe. Die erste Nacht kann kommen!

Kapitel 7: Familienbesuche in Deutschland

Selbstverständlich fahren wir mehrmals im Jahr nach Deutschland, nicht nur, wenn es um die Gesundheit geht, sondern hauptsächlich, um unsere Familie zu besuchen. Mit Urlaub hat das nichts zu tun, im Gegenteil: Es muss gut organisiert werden, um in der verbleibenden Zeit möglichst viele Familienmitglieder zu sehen. Deshalb ist gute Vorbereitung angesagt. Landung in Frankfurt, und das mitten in der Nacht. Wohin soll jetzt die Reise gehen? Zu spät, um bei der Tante zu übernachten. Zu schlechte Verbindung mit dem Zug nachts, um noch zu eines der Kinder zu fahren. Also werde ich tatsächlich das Angebot einer Freundin annehmen und mich von ihr abholen lassen, dort übernachten und am nächsten Morgen zum Bahnhof bringen lassen, um mein eigentliches Ziel, Berlin, zu erreichen. Dorthin werde ich mit dem Zug fahren.

Vorab möchte ich aus Ägypten bereits die Fahrkarte buchen. Bei einer Onlinebuchung muss man viel Geduld mitbringen, doch die Informationen darüber sind besser als die am Schalter – und freundlicher. Es gibt ja Unmengen an Sparpreisangeboten: Wochenend-, Länder-, Deutschland- oder Europaticket. Warum so kompliziert? Tatsächlich bucht man ein Ticket nach Polen billiger als nach Berlin. Und beim Deutschlandticket kann ich für 29 Euro von Norden nach Süden reisen, mit dem Nahverkehr. Ich entscheide mich dafür. „Möchten Sie sich einloggen oder ohne Login fortfahren?", fragt mich das System, nachdem ich mich für das Deutschlandticket entschieden habe. Ohne fortfahren, da ich die Logins immer vergesse und dann sowieso ohne buchen muss. Also alle persönlichen Daten eingeben, Zahlungsmittel, dann kommt die Sanduhr. Und sie läuft und läuft und läuft, bis es heißt: „Zeitlimit überschritten! Bitte buchen Sie erneut!" Ich kenne dieses Spiel. Während des nächsten Buchungsvorgangs leuchtet die

Warnung auf. „Akku auf niedrigem Stand". Verzweifelt suche ich das Ladekabel. Hängt es noch am Bett? Oder habe ich es in der Handtasche? Aah, es ist im Auto. Also Ersatzkabel aus der Ladestation und Stecker von Andreas leihen. Geschafft, doch Zeitlimit wurde wieder überschritten. In den nächsten Buchungsvorgang komme ich gar nicht mehr rein. Nachdem auch alle anderen Online-Tests scheitern, ahne ich, dass mein Internetvolumen leer ist. Also noch schnell aufladen. Diese Onlinebuchung entwickelt sich zur Tagesaufgabe. Nach drei Anläufen habe ich meine Tickets und drucke sie aus.

Ich packe meinen Koffer und nehme mit: eine Buchungsbestätigung für den Flug, ein Ticket für meine Zugfahrt, ein Handy für Ägypten, ein Handy für Deutschland, einen Laptop zum Schreiben mit Onlinezugang von *Aldi*, eine Kreditkarte, eine Krankenkarte, den Führerschein, die *ADAC-Mitgliedskarte*, da das Auto meiner anderen Tochter seit Wochen mit leerer Batterie da steht und ich es nutzen will, Bargeld. Kleidung ist wirklich nur noch Nebensache. Deutschlandaufenthalte werden auch dafür genutzt, um Sachen einzukaufen, die es in Ägypten nicht gibt oder sehr teuer sind. Dafür brauche ich einen großen, leeren Koffer. Obwohl es in Deutschland kalt ist und ich dicke, warme Sachen brauche, genügt für die Kleidung der Handgepäckskoffer. Um es einfacher zu haben, packe ich diesen in den großen Koffer, der nur für den Rückflug gebraucht wird. Ich bin startklar. Der Flug verläuft tatsächlich normal, auch die Ankunft in Deutschland und die Abholung durch unsere ehemalige Mitarbeiterin Martina Valdeig, mit der sich inzwischen eine Freundschaft entwickelt hat. Es ist angenehm, im Dunkeln auf deutschen Straßen zu fahren. Man muss keine Angst haben, dass irgendwo unerwartet ein tiefes Loch ist oder die Straße einfach endet. Man lernt die Leitplanken wieder schätzen, ohne die man in Ägypten viel weniger Orientierung hat und mehr geblendet wird, was zur Folge hat, dass die meisten nachts ohne Licht fahren.

Der erste Abend im kalten Germany ist schnell um und das selbstgebackene Spritzgebäck gegessen. Ich bin froh, bei der Kälte im Schlafzimmer eine Heizdecke zu bekommen. Am Morgen um 8:00 Uhr stehe ich – ausgeschlafen nach dem ersten Becher Kaffee – pünktlich am Bahnhof. Jetzt sollte ich noch ein Ticket lösen bis zum nächsten Umsteigebahnhof, da mein Deutschlandticket erst ab 9:00 Uhr gültig ist. Ich kämpfe lange mit mir, ob ich die elf Euro bezahle oder mich bei einer Kontrolle blöd stelle und dann nachbuche. Die ehrliche Seite in mir gewinnt und ich ziehe das Ticket. Erwartungsvoll sitze ich im Nahverkehrszug und warte auf den Kontrolleur. Vierzig Minuten hat er Zeit und – er kommt nicht. Ich ärgere mich, elf Euro für die Katz ausgegeben zu haben.

Ich warte auf dem Bahnsteig auf meine Verbindung. Die Anzeigetafeln ähneln denen am Flughafen und die Ansagen sind nicht mehr wie früher mit so viel Hall, dass man durch das Echo fast nichts verstanden hat. Heute ist die Computerstimme klar und deutlich. Am Bahnsteig nebenan fährt der ICE nach Berlin ab, mein Ziel. Er wäre eine Stunde schneller, doch dafür auch teurer. Ich habe ja Zeit. Mein Zug kommt. Ich bin erstaunt, wie voll er ist. Bestimmt sind viele mit dem Sparticket unterwegs. Ich setzte mich zu einer Frau an einen Tisch. Fahrkartenkontrolle. Endlich! Ich zücke das Ticket, es wird eingescannt. „Damit können Sie nicht in diesem Zug hier fahren!" Ich schaue sie entgeistert an. „Sie können nur Nahverkehr nehmen."

„Ich bin doch im Nahverkehrszug? Ich fahre keinen ICE!"

„Aber IC!" Schon will sie mir die Strecke mit den Bummelzügen raussuchen. Sauer auf mich selbst raunze ich die Bahnangestellte an: „Ich will mit keinem anderen Zug fahren, wie viel muss ich draufzahlen?"

„Was heißt hier draufzahlen? Das Ticket ist nicht gültig, Sie müssen ein neues kaufen – für 85 Euro!" Ich könnte kotzen. Elf Euro für das Ticket vor neun Uhr, 44 Euro für das Deutschlandticket, das jetzt nicht gilt, und noch mal 85 Euro – das ergibt 140 Euro nach Berlin mit der Bahn. Da hätte ich auch fliegen können. Nach einer Weile habe ich mich abgeregt, als der nächste Kontrolleur kommt und am Nachbarsitz den Hundebesitzer auf einen Maulkorb für seinen Windhund anspricht. Da dieser Gast sehr gesprächig ist, habe ich schon erfahren, dass er für den Hund ein eigenes Ticket für sage und schreibe 100 Euro lösen musste. Ich weiß nicht, diese Art von Tierliebe geht mir tatsächlich zu weit. Der Hund hat somit jedoch Anspruch auf einen Sitzplatz, den er Gott sei Dank unter dem Sitz am Boden nutzt. Also erklärt sein Herrchen mit einer Mischung aus ignorantem und arrogantem Gesichtsausdruck, dass er keinen Maulkorb für das Tier hat. Jetzt kommt das Fachwissen des Schaffners. „Laut Schienenbeförderungs-Gesetz Paragraph schlag-mich-tot ist jeder, der einen Hund mit sich führt, verpflichtet, diesem einen Maulkorb anzuziehen."

„Das habe ich nicht gewusst!"

„Mit Kauf des Tickets haben Sie sich dem Schienenbeförderungs-Gesetz unterworfen. Ich dürfte Sie nicht weiterfahren lassen." Die Belehrungen sind bei dem Bahngast angekommen, doch er antwortet entsprechend seines Gesichtsausdrucks: „Ja, dann müssen Sie wohl den Zug anhalten!"

Der Kontrolleur gibt weiteres Fachwissen preis, was den Gast nun zusätzlich sauer macht. „Ich fahre jetzt seit vier Stunden mit diesem Zug. Mir und dem Hund wurde von Ihrem Kollegen freundlich in den Wagen geholfen, ich wurde zweimal kontrolliert und keiner hat ein Wort darüber verloren. Im Gegenteil, der Hund wurde gestreichelt." Der Kontrolleur wollte sein letztes Wort nicht abgeben: „Also, wenn Sie noch mal mit dem Zug fahren, dann müssen Sie einen Maulkorb mitnehmen, sonst werden Sie nicht befördert!" Eine rege Diskussion entfacht sich danach. Das ältere Ehepaar neben mir wagt es, einzuwerfen, dass er schon mal von einem vermeintlich friedlichen Hund gebissen wurde. Darauf die schroffe Antwort des Hundebesitzers: „Dann haben Sie bestimmt zuerst gebissen." Huch, ich überlege, ob es nicht besser wäre, dem Herrchen einen Maulkorb zu verpassen.

Kleine Kinder, kleine Sorgen ...

Nach sechs Stunden Zugfahrt komme ich endlich in Berlin an, dem eigentlichen Ziel, denn ich will meine Tochter Pia besuchen. Wenn die Kinder an vier verschiedenen Orten wohnen, muss man schon gut organisieren, wie man am besten möglichst alle unter einen Hut bekommt. Da Kathi, unsere Jüngste, Geburtstag hat, plane ich, diesen bei Sarah, unserer mittleren Tochter, zu feiern, die als Akrobatin im Weihnachtsvarieté in Koblenz engagiert ist. Um auch Pia, die Älteste, mitnehmen zu können, muss der Aufenthalt in Koblenz so kurz wie möglich gehalten werden, da sie sich nicht so lange freinehmen kann. Christian, unser Sohn, bekommt Ende des Jahres leider nicht frei. 75 Prozent der Kinder zusammen, das ist schon prima!

„Nein, wir fahren nicht mit dem Zug!", widerspreche ich energisch, als Pia diese Möglichkeit, um nach Koblenz zu kommen, in Erwägung zieht. „Erstens, schlafen wir in Limburg und müssen pendeln, zweitens klappt das mit dem Deutschlandticket nicht, da diese Fahrt ein EC wäre und somit, drittens, die reguläre Fahrt zu teuer ist." Also entscheiden wir uns, das Auto von Sarah zu nehmen, welches ich noch mit dem *ADAC* zum Laufen bringen muss, und bereits am Sonntag anzureisen, wenn weniger Verkehr ist. Kaum ist die Planung abgeschlossen, erhalten wir einen Anruf von unserer Artistin.

„Ich bin im Krankenhaus!"

„Oh Gott, was hast du?"

„Ist nichts Schlimmes!" Klar, als Luftakrobatin im Krankenhaus, ohne dass es was Schlimmes wäre. Sofort kommen Bilder hoch von Künstlern, die abgestürzt sind. Ich werde oft gefragt: „Hast du keine Angst um sie?" Ich muss gestehen, nein. Beide Kinder haben sehr jung mit Sport begonnen.

Sarah konnte sich am Anfang nicht entscheiden, ob Trampolin, Leichtathletik oder Bodenakrobatik. Tatsächlich hatte sie die meisten Unfälle beim Trampolinspringen. Beim Kunstturnen blieb mir immer das Herz stehen, wenn sie auf dem zehn Zentimeter breiten Schwebebalken einen Salto machte oder mit Anlauf über das Pferd einen Überschlag. Jedes Mal hatte ich Kopfkino, was passieren würde, wenn sie daneben greifen oder auf dem harten Holm aufschlagen würde. Ich war so froh, als sie sich gemeinsam mit ihrer Schwester für Bodenakrobatik entschied. Dass sie ihr Hobby zum Beruf machen würde, und das auch noch in der Luft an Seil, Ketten und Tuch, damit habe ich damals nicht gerechnet.

„Ich hab nur eine leichte Gehirnerschütterung!"

„Was ist passiert?"

„Ich habe einen Trick falsch eingeschätzt und bin statt *über* dem Boden *auf* dem Boden gelandet. Aber es ist wirklich nur eine kleine Gehirnerschütterung! Ich bin bis morgen noch zur Beobachtung im Krankenhaus, wenn ihr kommt, bin ich wieder draußen. Aber ich darf nicht auftreten."

Dass wir ihre neue Nummer an den Ketten nicht sehen können, ist zwar schade, aber viel wichtiger ist uns, dass sie wirklich keine größeren Schäden durch den Unfall erlitten hat. Pia und ich machen uns, nachdem das Gespräch beendet ist, trotzdem Sorgen und erwarten jetzt noch ungeduldiger, zu ihr zu kommen, um uns selbst von ihrem Zustand überzeugen zu können. Tatsächlich begrüßt sie uns bei der Ankunft ohne sichtliche Probleme. Kathy, unser Geburtstagskind, ist auch schon da. Jetzt lassen wir uns den Unfall von einem Kollegen, der ihn beobachtet hatte, schildern.

„Es war bei der Vorstellung. Ich sitze ja während ihrer Nummer mit auf der Bühne. Es war der Trick, wo sie sich von oben runterfallen lässt und sich dann mit den Füßen in der Schlinge fängt. Doch leider war die Schlinge zu tief, sodass sie aus drei Metern Höhe direkt auf dem Kopf landete und sofort bewusstlos zusammensackte. Wir brachen sofort die Show ab. Im Publikum hat sich dann ein Gast so aufgeregt, dass er einen Herzanfall erlitt. Ihn brachten wir zusammen mit Sarah ins Krankenhaus. Tatsächlich war es schlimmer, als es aussah. Es ist wirklich nur eine kleine Gehirnerschütterung, und auch dem Gast geht es wieder gut." Wir sind alle erleichtert und genießen gemeinsam die Show. Sarah als Zuschauerin.

Besuch bei Mama

Natürlich gehört auch ein Besuch bei Mama dazu, besonders wenn die Acht schon vorne steht. Obwohl meine Mama ja immer noch glaubt, sie sei jung. Es geht schon damit los, dass sie nicht mit den anderen im betreuten Wohnen zusammen essen mag, weil ihr die zu alt sind. Mit der neuen Hüfte, die sie jetzt hat, müsste sie laufen üben. Eine andere ältere Dame dreht täglich im Hof die Runden.

„Mach doch mit!"

„Na, die redet nix."

„Braucht sie doch nicht, du redest doch genug!" Sie möchte mit mir ins Kino gehen und den Queen-Film „Bohemian Rhapsody" ansehen.

„Woasst, i war scho im Kino. Aber nach einer halben Stunde dachte ich, der Vorfilm ist aber lang, bis ich gmerkt hab, i bin im falschen Film." Wir gehen zusammen rein. An der Kasse frage ich, ob es für Senioren eine Vergünstigung gibt. Es wurde bejaht. Optimistisch fragt meine Mama: „Wollen Sie meinen Ausweis sehen?" Etwas undiplomatisch meint die Kassiererin: „Nein, ich glaube es Ihnen auch so!" Meine Mama läuft nicht, sie watschelt eher. Doch jetzt im Alter ist es eine Mischung aus Watscheln und Stolpern, deshalb sollte sie einen Stock oder Rollator benutzen. *Aber sie ist ja noch nicht so alt!* Doch nicht nur das Laufen bereitet ihr Schwierigkeiten, auch die Altersinkontinenz macht ihr zu schaffen. Natürlich nutzt sie es aus, wenn ich bei ihr bin, um alle Einkäufe zu tätigen. Wir sind im Drogeriemarkt und stehen hinter einer Frau mit Baby an der Kasse. Sie legt Pampers aufs Band, ich die Windeln für Mama. Sie eine Kinderzahnbürste, ich Kukident und Haftcreme. Sie trägt den Kleinen, ich schaue Mama an und reiche ihr den Arm. Im betreuten Wohnen hat sie jetzt den Vorteil, dass morgens und abends ein Pfleger kommt, um ihr die Gummistrümpfe an- und auszuziehen und die Tabletten zu portionieren. Leider hat der Pfleger keinen Schlüssel, sodass sie gesucht wird, als wir abends außer Haus waren. „Es würde doch Sinn machen, einen Schlüssel abzugeben?"

Am nächsten Tag sagt sie ganz stolz zu mir: „Ich hab dem Neger jetzt einen Schlüssel gegeben."

„Welchem Neger?", frage ich erstaunt.

„Pfleger!", schreit sie mich an. Oh je, ich werde auch schon alt. Sie hat eine kleine Terrasse mit einer Bank, auf der Pflanzen stehen, einem Tisch und zwei kaputten Stühlen. „Wollen wir nicht mal neue kaufen, damit du draußen sitzen kannst?" Gesagt – getan. Wir fahren zum Gartencenter und schauen uns Liegen, Sitzmöbel und Stühle an. Sie will ja auch mal draußen ein Nickerchen machen. Da empfehle ich ihr eine Dreibeinliege, die auch etwas höher ist. Ich fordere sie auf, diese zu testen. Plumps, da sitzt sie. Aber ohne Armlehnen kommt sie nicht mehr hoch. Ich feuere sie an, denn wenn ich weg bin, muss sie es auch alleine schaffen. Die Beine sind zu schwach, um den Körper zu stemmen. Wir müssen lachen. Ich reiche ihr die Hand und versuche, sie mit meinem Gegengewicht hochzustemmen. Na, immerhin wiegt sie noch über 90 Kilo, obwohl sie ja, nach ihren Angaben, angeblich nichts isst. Der Po hebt sich fünf Zentimeter, dann muss ich so lachen, dass ich sie wieder zurückplumpsen lasse.

„Am besten, i bleib einfach hier liegen!", meint sie jetzt. Mit viel Mühe bekommen wir sie wieder hoch. Die Dreibeinliege ist abgeschrieben. Wir probieren lieber einen Stuhl, der sich nach hinten verstellen lässt. Wunderbar, sie kann sich setzen und kommt dank der Armlehne auch wieder hoch. „Mama, bleib hier, ich suche eine Verkäuferin und kaufe den."

„Ja, wo meinst denn, dass ich groß hinlaufe!" Da hat sie auch wieder recht. Wir fahren wieder heim und kommen dabei auf das Thema Bank und Bezahlen. Tatsächlich wird es für alte Leute immer schwieriger, überhaupt noch eine Bank mit Schalter zu finden. Und wenn man dann eine Überweisung oder ähnliches am Schalter machen möchte, verlangen sie tatsächlich Gebühren dafür. Wen wundert es also, wenn das Geld unters Kopfkissen wandert oder bestenfalls, wie bei Mama, ins Schließfach? Natürlich gibt es vor der Bank keinen Parkplatz und es schüttet wie aus Eimern. Ich fahre verbotenerweise durch die Baustelle, um sie möglichst nah am Eingang abzusetzen. Sofort ist die Baustellenaufsicht da. Ein bisschen auf Mitleid gemacht, schon wird Mama von der Aufsicht zum Eingang geleitet. Ich drehe inzwischen eine Runde und warte dann wieder verbotenerweise vor dem Eingang. Nach Bankgeschäften und Einkäufen geht es nach Hause. Ich übernehme den Haushalt und das Kochen.

„Was magst du denn Essen?"

„I woaß net." Diese Antwort ist eine wirkliche Hilfe. Also räumen wir Kühlschrank und Tiefkühler mal leer: Hackfleisch, Schweinesteak, Gemüse, Spätzle.

„Ich mache heute Schnitzel mit Kartoffelsalat und aus dem Hackfleisch Fleischpflanzerl. Die kannst du dann morgen essen." Letzteres sind übrigens Frikadellen. Nach Zustimmung ihrerseits lege ich los. Mama macht inzwischen ein Nickerchen. Zum Essen trinkt sie, gegen alle Gewohnheiten, Bier oder Wein. Sie trinkt ja nie, sagt sie.

„Aber jetzt bin i so vollgefressen, jetzt brauch i an Schnaps. Auf dem Kühlschrank steht die Flasche. I brauch koa Glas dazu!" Schwups, setzt sie an und trinkt aus der Flasche. Prost! Wenn ich bei Mama bin, schlafe ich auch bei ihr. Nur hat sie bereits die senile Bettflucht. Das bedeutet, ich geh um zwei Uhr nachts ins Bett, sie steht um sechs wieder auf. Ganz zu schweigen von den nächtlichen Toilettengängen. Also fühle ich mich wieder zurückversetzt in die Zeit, als ich wegen meiner Kinder nicht durchschlafen konnte. Permanenter Schlafmangel bei Mama ist somit vorprogrammiert.

Reisen mit Mama

Unsere Familie ist schon ziemlich gewachsen und der älteste Enkel wird bereits eingeschult. Natürlich fahre ich mit Mama zu dieser Feierlichkeit. Die Vorbereitungen ähneln denen früher mit Kind. „Hast du alles eingepackt? Geh noch mal aufs Klo, denn bis zum nächsten Halt dauert es." Dann geht es los. Den Einstieg ins Auto versuche ich ihr so angenehm wie möglich zu machen. Trotzdem muss ich jedes Mal lachen. Türe auf, dann wird sich seitlich hingestellt und versucht, mit dem Po im Sitz zu landen. Jetzt müssen die Beine rein. Das geht nur, indem sie sich mit der rechten Hand oben am Bügel festhält, während sie mit der anderen Hand das Bein an der Hose hochzieht, um den Fuß ins Auto zu bekommen. Das andere Bein klappt von alleine. Jetzt in die Mitte rutschen, bis sie sitzt – auf ihrer Hand. Das Gewicht ist zu groß, um die Hand unter dem Po wieder rauszukriegen. Also ziehe ich kräftig daran. Jetzt sitzt sie – mit offener Tür. Sie beugt sich vor und meint: „Schubs mal." Ich drücke ihren Oberkörper so weit nach vorne, bis sie den Türgriff erwischt und die Türe schließt. Endlich startklar.

Ich bin nach drei Stunden Fahrt am toten Punkt. Was hilft es, dass die Straßen in Deutschland schöner sind, wenn ich eh nur von einem Stau in den nächsten fahre? Eine Raststätte ist in Sicht – mit einer *Nordsee*-Filiale.

„Hast Lust auf eine Fischsemmel?"

„Na." Falsche Antwort. Sie merkt es wohl. „Du scho?"

„Ja, ich brauche eine Pause, dann würde ich mir eine Fischsemmel holen. Willst auch eine?" Bevor sie mir beim Essen bloß zuschaut, will sie doch.

„Matjes oder Rollmops?"

„Egal." Da beide gleich viel kosten, entscheide ich mich für Matjes. Es sind keine Brötchen, sondern Baguettes, also größer. Trotzdem finde ich 4,90 Euro ganz schön teuer. Ich liebe Zwiebeln, deshalb lasse ich noch welche drauf machen. Stolz bringe ich Mama die Semmel.

„Steig bitte aus, du isst nicht im Auto!"

„Warum?"

„Weil du sonst alles einsaust. Außerdem schadet es dir nicht, wenn du ein wenig stehst nach der langen Fahrt." Widerwillig wie ein kleines Kind steigt sie aus. Ich gebe ihr die Semmel. Sie schaut sie an und meint: „Des is koa Fischsemml."

„Nein, es ist Matjes. Dir war es egal."

„I wollt a ganz normale Fischsemml."

„Mama, iss jetzt." Schon beginnt sie, die Zwiebeln auf den Boden zu werfen. Die guten Zwiebeln! „Was machst du da?"

„Des sind mir zu viel Zwiebel." Ich packe das Brötchen zur Hälfte aus dem Papier und lasse die andere Hälfte drin, damit sie nicht alles einsaut. Ihre Zwiebeln übernehme ich auf mein Brötchen. Ich habe Hunger. Sie hört nach der Hälfte auf und will den Rest zurück in die Tüte stopfen.

„Was machst du jetzt?"

„I bin satt." Wie kleine Kinder, denen es nicht schmeckt.

„Wir packen das jetzt nicht ein für später, da stinkt das ganze Auto und du isst es eh nicht. Gib her, ich esse die andere Hälfte."

„Ja, friss nur, damit no fetter wirst. Schau, am Boden sind noch Zwiebel, magst die nett auch noch essen?" Bevor sie noch frecher wird, sage ich, sie soll ihren Revuekörper schon mal ins Auto schwingen, damit ich ihr den nötigen Schubs geben kann, um die Tür zu schließen. Beim Fahren bemerke ich, dass sie einen weiteren Tick bekommen hat. Sie reibt sich permanent mit der linken Hand am Oberschenkel. Ich sehe es aus dem Seitenwinkel und es macht mich narrisch.

„Deine Hose wird jetzt gleich durchgerubbelt sein."

„Ach ja, des is a Angewohnheit von mir." Sie weiß es also. Jetzt ist Ruhe.

Besuch bei der Tochter zur Verlobung

Sarah hat die Reihenfolge nicht ganz eingehalten. Ihr Sohn ist jetzt schon fast ein Jahr alt, als sich die beiden das Eheversprechen geben. Das Brautmutterherz springt vor Freude natürlich im Dreieck, als es erfährt, dass in absehbarer Zeit eine Hochzeit stattfindet, besonders weil ich etwas konservativ bin. So wie die Verlobung ein Eheversprechen ist, so hat sie von mir das Versprechen bekommen, das ich das Hochzeitskleid bezahle. Eigentlich dachte ich, wir suchen das Kleid in Deutschland aus und lassen es dann in Ägypten schneidern. Sarah ist sich gar nicht so sicher, ob sie mit mir in ein Brautmodengeschäft gehen will. Sie hat Bedenken, dass ich ihr meinen Geschmack aufdränge. Doch da sie sich schon ein Geschäft ausgesucht hat und wir Zeit haben, fahren wir dorthin, mit dem Fahrrad. Sie radelt langsam und ich sage, sie könne gerne einen Zahn zulegen. Schließlich bin ich doch fit! Sie meint, wir könnten nebeneinander fahren und ratschen. Ich bin gewohnt, dass man hintereinander fährt. Außerdem habe ich ein extrem tolles Fahrrad unterm Hintern: Nur die Rücktrittbremse funktioniert, die Handbremse geht ins Leere. Deshalb fahre ich ihr lieber hinterher.

Wir sind da. Trotz meines Einwandes, dass so alte Drahtesel bestimmt niemanden motiviert, dafür straffällig zu werden, besteht sie darauf, sie abzuschließen. Beim Hineinspazieren meint sie: „Glaubst du, wir bekommen ein Glas Sekt?" Ich denke an die einschlägigen Filmszenen, in denen zur Brautkleidanprobe immer ein Glas Sekt gereicht wird. „Das, meine Liebe, gibt es nur im Hollywood." Wir gehen hinein und erklären, dass Sarah gerne erste Inspirationen für das Gefühl einer Braut bekommen möchte. Ob wir einen Termin hätten. Wir schauen uns an, dann die Verkäuferin und schütteln den Kopf. Als noch dazu keine konkrete Vorstellung über das Brautkleid kundgetan werden konnte, meinte die Verkäuferin: „Wir benötigen dazu mindestens zwei bis drei Stunden, deshalb vergeben wir Termine.

Wir hätten jetzt eine Stunde Zeit." Na bitte, in einer Stunde kann sie einige Kleider anprobieren. Schon kommt die nächste Hürde. Alle Kleider gibt es nur einmal, in einer Größe. Sarah trägt Kleidergröße 34. In dieser „Kleine" gibt es nicht viel Auswahl. Man muss das Kleid anfertigen lassen, wenn man sich für ein Model entschieden hat. Was probieren wir denn jetzt? Sarah beschreibt ihre Vorstellung – und die ähnelt einer eierlegenden Wollmilchsau. Es soll romantisch sein, aber schlicht. Es soll ausgefallen sein, aber ohne viel Spitze und Tüll. Es soll lang sein, aber beim Tanzen nicht stören. Es soll keine Schleppe haben … Keine Schleppe gibt es nicht. Alle Brautkleider haben eine Schleppe, die man nach der Zeremonie hochsteckt, um mehr Bewegungsfreiheit zu haben. Das erste Kleid wird angezogen. Wörtlich, sie wird angekleidet. Es ist gar nicht einfach, so viel Stoff an die richtige Stelle zu bekommen. Ein Hocker dient dazu, dass die Länge nicht am Boden aufliegt und man die ganze Pracht erkennen kann. Wunderschön sieht meine Tochter aus. Das Kleid hat einen tiefen Ausschnitt und eine Halskrause aus feiner Spitze, auch ein tiefer Rückenausschnitt macht es raffiniert.

„Es erinnert mich an ein Kostüm von meiner Artistik-Nummer." Schon ist die Romantik den Bach runter. Das nächste Kleid: elegant, enganliegend mit vielen Perlenfäden.

„Das erinnert mich an Charleston." Bumm. Jetzt kommt ein verspieltes Kleid mit weißem Unterkleid aus Seide und Spitze darüber. Allmählich beginnt Sarah sich wohlzufühlen. Es ist ein Kleid im Style der 50er-Jahre. Man nennt ihn „Vintage". Noch ein ganz anderer Stil, um alle einmal gefühlt zu haben. Die Stunde ist um und wir machen für den nächsten Tag einen Termin. Ich habe mir unauffällig mal die Preisschilder angesehen. Alle Kleider zwischen 2.000 Euro und 5.000 Euro. Natürlich sollte für diesen Festtag nichts zu teuer sein, aber mit so viel Geld für ein Brautkleid hatte ich nicht gerechnet. Aber nachdem ich es ja locker vom Hocker versprochen habe, kann ich jetzt nicht mehr zurückrudern.

„Ich frage mal in Ägypten nach, was dieses Kleid kosten würde, wenn wir es schneidern lassen." Dafür habe ich extra alle Kleider, die ihr gefielen, fotografiert.

„Aber ich dachte, ich müsste es schon auch anprobieren?" Sarah klingt wie als kleines Kind, wenn sie bei einem Spiel verlor und weinerlich sagte: „Du weißt, ich kann nicht verlieren."

„Ja natürlich sollst du es anprobieren, das klappt während eines Urlaubes bestimmt."

„Aber ich finde, für ein Brautkleid nach Ägypten zu fliegen, das schadet der Umwelt."

Oh mein Gott, jetzt treffen wieder zwei vollkommen unterschiedliche Meinungen aufeinander. „Du sollst nicht wegen des Kleides kommen, sondern mich besuchen. Nebenbei können wir das Kleid machen lassen. Außerdem habe ich dir schon einmal gesagt, du kannst die Zeit nicht zurückdrehen. Es gibt Flugzeuge und Flüge, egal ob du mitfliegst oder nicht."

„Aber ich habe ein Kind und ich bin darauf bedacht, ihm eine Welt zu hinterlassen, in der es selbst auch noch Kinder bekommen kann. Und alles, was ich dafür tun kann, möchte ich tun." Für ein Brautkleid nach Ägypten zu fliegen, gehört nicht dazu. Was soll man dagegen sagen? Wir fahren weiter zu einem Spieleladen. Bei der Gelegenheit kommen wir zufällig an einem weiteren Brautkleidershop vorbei. Es ist, als wenn du ein rotes Auto hast, auf einmal fahren viele rote Autos herum. Sarahs Augenmerk war jetzt auf Brautmode fokussiert. Zack, legt sie eine Notbremsung hin, während sie überflüssigerweise fragt, ob wir reinschauen wollen. Der Laden ist über Mittag geschlossen. Wir müssen noch eine halbe Stunde überbrücken. Erst im

Spieleladen, dann in einer Kneipe bei einem Radler. Natürlich überkommt es mich jetzt, im Internet nach weiteren Shops zu suchen, vielleicht auch Second-Hand. Immerhin hat Sarah so viel aus zweiter Hand, dass sie bestimmt nichts gegen ein gebrauchtes Brautkleid hat, das sie ja nur ein einziges Mal trägt. Bei dieser Suche poppt, wen wundert es, genau das Geschäft auf, das gerade Mittagspause hat. Wir durchstöbern die Bildergalerie und lesen, dass alle Brautkleider Unikate sind und selbst designed wurden. Ein Kleid hatte es Sarah sofort angetan: Model *Elvira*. Wir gehen zurück zu dem Laden, leider immer noch geschlossen. Ich klopfe nebenan bei der Schneiderei. Erstaunt wird uns gleich, nachdem der Schlüssel gesucht und gefunden wurde, aufgesperrt. Die Inhaberin wirft sofort einen Blick in ihren Terminkalender und meint ebenfalls, sie habe nur eine Stunde Zeit. Sarah kommt direkt auf das Model *Elvira* zu sprechen. Tatsächlich ist es in Größe 34 geschneidert, und sie probiert es an. Ich will wieder ein Foto machen, was mir untersagt wird mit der Begründung, alles seien ihre Designs und die darf sonst niemand fotografieren. Ertappt! Sarahs Augen glänzen, als sie mich ansieht und erklärt: Das ist es. Die Inhaberin will uns sogar noch einen Nachlass gewähren. Und dann fragt sie: „Möchten Sie vielleicht mit einem Glas Sekt auf das Kleid anstoßen?" Es ist richtig unheimlich. Als ob sie uns vorhin belauscht hätte. Jetzt ist Sarah nicht mehr zu halten und natürlich schmilzt auch das Mutterherz dahin. Mit Tränen in den Augen und stockender Stimme flüstert sie: „Mama, ich bin eine Braut! Ich werde bald heiraten! Oh Gott, ich kann es gar nicht fassen. Das Kleid ist so wunderschön, ich fühle mich darin so wohl." Wie im Film bekommen wir zwei Gläser Rosé-Sekt, der übrigens richtig gut schmeckt. Jetzt mache ich Bilder und die Stiefelbach-Familie darf es erfahren. Joshy und seine Familie werden es erst nächstes Jahr zur Trauung sehen. Tja, zwar gehört das auserwählte Kleid noch zu den günstigen, aber teurer als in Ägypten. Deshalb freue ich mich, die Kosten mit Sarahs Papa teilen zu können.

Repräsentatives Beispiel des Reiseendes

Die letzte Station ist Zwiesel in Bayern, bekannt durch die Kinder aus der TV-Sendung „Dingsda" und natürlich die Glasmanufaktur. Da ich morgens um sechs Uhr am Flughafen sein muss, bin ich froh, wieder von Freunden das Angebot zu bekommen, die letzte Nacht bei ihnen zu verbringen, einen Shuttle zum Flughafen zu bekommen und eine Abstellmöglichkeit für unser Auto zu haben. Mit Diät-Schweinekrustenbraten und hausgemachtem Semmelknödel werde ich am letzten Abend verwöhnt. Danach ist Packen angesagt. Zu meiner Standardausrüstung gehört neben dem leeren Koffer eine Kofferwaage. 8,5 Kilo, habe ich ausgerechnet, kann ich für Lebensmittel reservieren. Ich bin bestimmt die Einzige, die beim Einkaufen nicht die Kosten zusammenzählt, sondern das Gewicht. Bei zehn Kilo entscheide ich, auch Klamotten in Deutschland zu lassen. Die Tüten mit Fressalien stehen in deutscher Kälte auf dem Balkon. Der große Koffer ist schnell geleert und noch schneller gepackt: Einfach die zwei Einkaufstüten rein und eine Jacke, die ich während des kompletten Aufenthaltes nicht anhatte, als Füllmittel dazu. Die schweren Sachen auf die Seite, die unten ist, wenn der Koffer steht. Volumen ist nicht viel, sodass er sich einfach verschließen lässt. Jetzt kommt die Kofferwaage zum Einsatz: 20,1 Kilo – perfekt. Alle anderen Sachen verteile ich auf die Handtasche, die mehr einer Einkaufstasche aus Kunstleder gleicht, die Laptoptasche, die so groß ist wie ein Handgepäckkoffer und den eigentlichen Handgepäckkoffer, der mit acht Kilo bereits Übergewicht hat. Die Schokoladentafeln müssen noch in den großen Koffer. Ein Kilo mehr wird schon durchgehen, hoffe ich. Den Schlafanzug will ich schon mitnehmen, also rein mit ihm in die Handtasche. Die Pumps will ich auch nicht zurücklassen, also stecke ich sie in die Laptoptasche. Sieht zwar lustig aus, wenn so ein Absatz oben rausschaut, aber der Reißverschluss lässt sich nicht besser verschließen. Jetzt fehlt nur noch der Kulturbeutel, den ich wegen der Flüssigkeiten lieber im großen Koffer unterbringe. Nach Zwiebelprinzip wird der Rest, der noch rumliegt, angezogen. T-Shirt und Hose habe ich bereits an. Ärmellose Jacke, darüber dünne Jacke, darüber Sweatshirtjacke. Startklar. Wo ist das ägyptische Handy, auf dem das Online-Ticket gespeichert ist? Wo das Handy, das ich in Deutschland benutze? Und der Pass? Alles da! Los geht's! Gerade wollen wir losfahren, da fällt mir ein, dass ich noch einen Mantel und eine Jacke in meinem Auto habe. Stopp. Den Mantel lasse ich da, die Jacke ist für Ägypten brauchbar, also auch noch anziehen. Nach einigen Kilometern fange ich an zu schwitzen. Soll ich jetzt etwa anfangen, mich auszuziehen? Nein, ich entscheide mich dafür, die Sitzheizung auszuschalten und die Wagentemperatur auf zwanzig Grad einzustellen. Ich schaue auf die Uhr, kurz vor sechs. Um sieben Uhr schließt der Schalter. Bis München sind es noch 74 Kilometer, doch der Flughafen kommt deutlich vorher. Ab viertel nach sechs lasse ich die Uhr nicht mehr aus den Augen. Um halb sieben fahren wir ins Flughafengelände. Ich will einen Kofferwagen holen, doch wo ist der Geldbeutel? Ich checke die Seitenfächer der Laptoptasche – nein. Seitenfächer des Handgepäcks – nein. Mir wird heiß. Handtasche: ja! Alles gut. Ich hole den Kofferwagen und packe ihn voll. Schnelle Verabschiedung und rein ins Gebäude. Abflug Hurghada C5, ich bin bei B. Los geht es in schnellen Schritten, es ist 6:45 Uhr. Bei C finde ich nur die Passkontrolle. „Wo sind die Condor-Schalter für Hurghada?" „In D!" Gott sei Dank höre ich eine Gruppe junger Männer hinter mir, die auch nach Hurghada wollen. Ich bin also nicht die Letzte und spurte weiter. Es ist nicht mehr viel los, zehn Minuten hat der Schalter noch auf. Jetzt werde ich doch nervös, ob mein Handgepäck mit Laptoptasche und Handtasche so auch akzeptiert werden. Gleich kommt die Stunde der Wahrheit. Alles hat geklappt, auch das Kilo Übergewicht wird toleriert. Ich spurte wieder zurück zu C, zur Passkontrolle. Auch diese Schlange hat sich schon aufgelöst, sodass ich schnell zur Handgepäckskontrolle komme. Den Wagen muss ich draußen lassen, sodass ich vollbepackt wie ein Esel ans Band trete. Laptop raus und Laptoptasche mit Schuhabsatz aufs Rollband. Dann beginne ich mich auszuziehen und die Augen des Zollbeamten werden immer größer. Nachdem ich die vierte Jacke abgelegt habe, für den er den dritten Behälter zur Verfügung stellt, meint er: „Es hat doch gar keine Minusgrade draußen!" Er hat nicht realisiert, dass auf seinem Band mindestens noch mal 20 Kilo liegen. Jetzt kommt wieder die Vergesslichkeit ins Spiel: Hoffentlich habe ich nichts Verbotenes in meinen Taschen! Alles wird kommentarlos durchleuchtet und kommt ohne Piep durch die Kontrolle. Jetzt nicht wieder alles anziehen, erst mal nur die ärmellose Jacke. Die Winterjacke binde ich um, die Kapuzenjacke in die Handtasche. Oh, da liegt noch eine weitere Jacke. Anziehen, Winterjacke neu binden. Laptop in die Laptoptasche, diese auf den Handgepäckkoffer, Handtasche über die Schulter, was gar nicht so gut geht, weil die rote Jacke drüberhängt. Es ist fünf nach sieben und ich freue mich auf einen Kaffee. Runterkommen und letzte Nachrichten mit dem kostenlosen Internetzugang lesen. Auf geht es ins Flugzeug. Natürlich sitze ich in einer der hinteren Reihen und vor mir versperren mir die Passagiere den Weg, die seelenruhig ihr Zeug verstauen. Endlich komme ich in die Nähe meines Sitzes, wo bereits zwei Plätze belegt sind. Nix mit freiem Platz in der Mitte. Gegenüber ein leeres Gepäckfach, das gehört mir. Handtasche und Handgepäckkoffer rein. Laptoptsche zu den Füßen. Da ich wenig Platz habe und meine Sitznachbarin mich immer berührt, was ich gar nicht mag, und zusätzlich unter Blähungen leidet (und das bis zur Landung), spare ich mir das Suchen nach meinem Kopfhörer. Ich schlafe lieber. So vergeht die Zeit im wahrsten Sinne des Wortes wie im Flug.

Als eine der Letzten gehe ich wieder voll bepackt von Bord. Schnell bin ich an der Visumskontrolle, da ich keines kaufen muss. Nach zehn Minuten mache ich mich schon auf den Weg in Richtung Kofferband. Da sehe ich den Duty-free-Laden und beschließe, mir noch Zigaretten mitzunehmen. Wo ist … der Geldbeutel? Ich schaue in alle Seitentaschen – nichts. Ich schaue in die Handtasche – nichts. Leichte Panik erfasst mich. Ich leere die Taschen – nichts. Ich schaue in alle vier Jacken – nichts. Als ich noch mal alle Taschen geleert habe, bin ich sicher, dass der Geldbeutel nicht da ist.

Aber wo könnte er nur sein? Entweder ist er im Flugzeug rausgefallen oder beim Anstehen für den Einreisestempel, als mir eine Jacke runtergefallen ist. An wen wendet man sich am besten? Ich beschließe, erst mal den Koffer zu holen. Habe ich den Geldbeutel in dieser Seitentasche? Kann nicht sein, ich hatte mir ja noch einen Kaffee gekauft. Hab ich ihn in München liegen lassen? Nein, ich bin mir sicher, ihn im Flugzeug noch gesehen zu haben. Als ich kurz vor dem Kofferband bin, höre ich jemanden rufen: „Miss Stiefel?" Ein Mann kommt auf mich zu und hält etwas Schwarzes in der Hand. Mein Geldbeutel! Er wurde im Flugzeug gefunden mit Ausweis, Kreditkarte, Führerschein und 600 Euro in bar. So stand es auf seiner Checkliste, die ich gerne unterschreibe. Finderlohn will niemand annehmen. Ich liebe Ägypten!

Kapitel 8: Unser Ägypten

Wir fahren Auto. Das ist grundsätzlich nichts Besonderes. Doch wenn die Straßen nicht asphaltiert sind, die entgegenkommenden Autos nachts ohne Licht fahren und man auf der „Autobahn" immer mit einem Geisterfahrer rechnen muss, dann ist man in Ägypten. Das Vier-Augen-Prinzip hat sich hier deshalb so gut bewährt, weil Andreas die Unart hat, beim Autofahren immer über Messenger auf Fragen zu antworten und wir somit wieder nur zwei Augen auf der Straße haben.

„Achtung!", ist deshalb ein Wort, das ich besonders häufig verwende.

„Ich sehe das schon!", kommt dann stets zurück.

„Soll ich lieber fahren, dann kannst du in Ruhe antworten?" Ups, das männliche Ego ist angegriffen. Da er meist mit Diktierfunktion oder Sprachnachrichten arbeitet, kommt die Antwort etwas schärfer: „Ich kann schon reden und fahren gleichzeitig. Ich rede ja mit dir auch." Ich bleibe weiter mit meinen Augen auf der Straße. Viel erinnert an die Verkehrslage in den 60ern. Es gibt viele alte Peugeots 504 und VW Käfer, obwohl kein Oldtimertreffen stattfindet. Kinder sitzen im Kofferraum, die Beinchen baumeln nach draußen. Sie halten den Deckel fest, damit er bei Unebenheiten nicht auf den Kopf schlägt, oder sie sitzen auf Opas Schoß und bekommen im zarten Alter von drei Jahren das Fahren nahegebracht. Der Zigarettenqualm in den Autos stört niemanden, und Anschnallen wird völlig überbewertet. So, erinnere ich mich, war es bei uns in der Kindheit auch. Inzwischen ist Andreas im Kreisel die falsche Ausfahrt rausgefahren. „Wir wollen auf die Outerroad, du bist falsch."

„Warum sagst du nichts?"

„Na, wenn ich was sage, ist es nicht Recht, wenn ich nichts sage, auch nicht."

Schnell fahren geht meist sowieso nicht, da es statt Schilder für Geschwindigkeitsregulierung einfach Bodenschwellen gibt; die übrigens viel effektiver sind. Oft wird mir als Frau die Frage gestellt, ob ich nicht Angst hätte, hier mit dem Auto unterwegs zu sein. Ich lache. „Da ich in Deutschland bereits so gefahren bin, wie man hier fährt, ist es für mich keine Umgewöhnung. Im Gegenteil, ich fühle mich richtig wohl." Andreas schimpft immer noch, wenn die anderen Autofahrer nach einem U-Turn einfach die Spur wechseln, ohne zu blinken oder zu schauen. Stattdessen kommt einfach nur die Hupe zum Einsatz. Grundsätzlich gilt französisches Verkehrsrecht. Eigentlich ist die Vorfahrt auf allen Fahrten nach dem Rechts-vor-Links-Prinzip geregelt, jedenfalls habe ich noch nie ein Vorfahrtstraßen-Schild gesehen. Dieses Prinzip wird von den Ägyptern auch durchgängig angewendet. Nur haben wir verschiedene Vorstellungen davon, was als Straße zählt. Die Ägypter kommen auch aus Ausfahrten oder unbefestigten Wüstenwegen herausgeschossen, ohne zu schauen. Deshalb ist der sicherste Platz auf der Straße in der Mitte. Da kannst du ausweichen und musst nur noch auf die Schlaglöcher und die Bodenschwellen achten. Also wirklich ganz einfach.

Unliebsame Weckdienste

Heute war ich beim Frisör. Ich schaffe es, alleine drei Angestellte zu beschäftigen. Immerhin habe ich vor, Pediküre, Maniküre, neue Farbe und Enthaarung in drei Stunden zu schaffen. Nicht möglich – gilt nicht.

„Während mir Christina die Fingernägel macht, bitte die Farbe in den Haaren einwirken lassen. Während ich gespült werde, bitte die Farbe für die Augenbrauen einwirken lassen. Während die Kur einwirkt, bitte Brauen zupfen und Beine enthaaren. Während der Pediküre trocknen die Haare an, die anschließend geföhnt werden können."

Wir lachen alle und Claudia fragt, welchen Clown ich gefrühstückt habe. Da fällt mir ein, warum ich so lustig bin. Dazu muss ich ein wenig ausholen.

Ich habe echt die senile Bettflucht. Egal, wann ich ins Bett gehe, ich wache morgens jetzt schon zwischen fünf und sechs Uhr auf. Bei Andreas macht sich das Alter durch Kreuz- und Gliederschmerzen bemerkbar, trotzdem kann er morgens wenigstens bis acht schlafen. Da freuen wir uns natürlich, morgens durch Klopfen und Hämmern aus der Nachbarwohnung geweckt zu werden. Wir klären es, dass die Arbeiter nicht vor 8:00 Uhr beginnen.

Dafür klingelt es am anderen Tag morgens um 7:00 Uhr an der Eingangstür.

Verrückterweise geht die Glocke nie, wenn Gäste zu uns kommen, deshalb glaubte ich, mich verhört zu haben. Es klingelt wieder. Ich schaue zum Balkon hinunter – niemand. Ich sitze noch nicht, da klingelt es zum dritten Mal. Wutentbrannt nehme ich meinen Haustürschlüssel und fahre die vier

Stockwerke nach unten, natürlich im Schlafanzug. Die Aufzugtür geht auf und da steht ein Arbeiter bei unserem Doorman. Er hat alle Klingeln betätigt, um ins Haus zu kommen. In perfektem Arabisch sage ich ihm, das er verrückt sei, uns so früh zu wecken. Das Ganze heißt dann: „Enta magnoon! Ehna ayzeen benenaim!" Dieser Mitarbeiter hat leichtfertig mit seinem Job gespielt, er wird hier nicht mehr arbeiten.

Heute morgen erschreckt mich unsere Haustürglocke um 7:30 Uhr, dass ich fast vom Stuhl falle. Wir haben eine typisch ägyptische Glocke, die ein Geräusch zwischen Kanarienvogel und Trillerpfeife macht, und das mit mindestens 80 Dezibel. Ich springe in Unterhose und T-Shirt zur Tür und öffne sie mit bösem Blick. Eigentlich habe ich nicht erwartet, dass da jemand steht. Kleinlaut gibt mir unser Doorman zu verstehen, dass das Auto weggefahren werden muss.

„Die Straße gehört nicht Michael!", werfe ich ein, da unser Hauserbauer öfter meint, unser Parkverhalten verbessern zu müssen.

„No, not Mr. Michael. They are working there." Ich verstehe und verspreche, das Auto gleich wegzufahren. Ausgerechnet heute haben wir drei Autos vor der Tür stehen, ausnahmsweise! Damit ich weiß, welchen Autoschlüssel ich mitnehmen muss, schaue ich noch mal aus dem Fenster. Gerade wird Michaels Auto weggefahren. Aha, ihn hat es selbst auch getroffen. Ich nehme den Schlüssel des Autos, das daneben steht. Als ich das Fahrzeug umgeparkt habe, frage ich nur anstandshalber, ob auch die anderen wegmüssten. Mohamed nickt. Also wieder rauf, die beiden anderen Schlüssel holen und umparken.

Da ich jetzt Hunger habe, gehe ich schnell in den Supermarkt und schaue nach Schlagsahne, denn Andreas hat einen Apfelkuchen gebacken, den ich jetzt probieren möchte. Natürlich gibt es keine Sahne. Ich gehe wieder hoch und beneide Andreas um seinen Schlaf. Also wenn schon keine Sahne, dann mache ich mir Vanillesauce dazu. Ich will Milch aufkochen, doch es ist leider nur noch ein Schluck da. Also nur den Schluck aufkochen und Mohamed anrufen, er soll mir einen Liter Milch kaufen und bringen. Weil es zu wenig Milch ist, wird es Pudding statt Sauce. Ich erinnere mich daran, dass Andreas noch selbstgemachten Eierlikör hat, den er eigentlich wegwerfen will, weil er ein bisschen zu sprittig ist. Er hat damals vergessen, die Sahne hineinzumachen. Den Likör nehme ich nun, um die Sauce zu verdünnen. Ups, Sauce ist jetzt dünn, aber eindeutig zu sprittig. Endlich steht auch Andreas auf. Er fragt: „Hast du schon gefrühstückt?

„Apfelkuchen mit Vanille-Wodka-Sauce!" Deshalb bin ich um 10:00 Uhr schon so lustig. Claudia fragt: „Kann ich auch was von der Vanillesauce haben?"

Zwei Jahre Ägypten – was hat sich verändert, was ist geblieben?

In Deutschland haben wir noch *Backgammon* gespielt, heute heißt das Brett *Taula* und das Spiel *Machmousa*.

Früher haben wir bei fünfundzwanzig Grad vor Hitze nicht schlafen können, heute decken wir uns bei siebenundzwanzig Grad zu.

Früher haben wir zu Fisch Weißwein getrunken, heute bestellen wir Zitronensaft in der Literkaraffe.

Der morgendliche Cappuccino im Bett war obligatorisch, heute sitzen wir lieber auf dem Balkon.

Vor zwei Jahren haben wir von der Sonne nicht genug bekommen können, heute genießen wir die Klimaanlage und den Sonnenschirm.

In Deutschland schauten wir den Wetterbericht an, um zu wissen, ob wir draußen grillen können. Heute schauen wir auf den Windfinder, weil wir wissen wollen, ob wir mit dem Boot zum Tauchen können.

Vor zwei Jahren haben wir gesagt, Wasser ist zum Waschen da, heute trinken wir am Tag davon einige Liter, ohne Kohlensäure.

In Deutschland haben wir das Auto gefahren, das wir hier bräuchten, das aber hier nicht fahren würde, weil es kein bleifreies Benzin gibt.

Dafür können wir heute den Bewohnern der Ex-DDR gut nachfühlen, wie es ist, wenn wieder einmal Benzin oder Wasser knapp ist.

Wir essen immer noch gerne Wurst und Schinken, doch genauso gerne *Tahina* und *Papaganoug*.

Wenn wir mal wieder in Deutschland sind, rufen wir den Kellner mit „Low sa macht" und bedanken uns mit „shukran", weil wir das schon wie selbstverständlich sagen. Doch dafür bekommen wir in Deutschland getrennte Rechnungen, die nicht überprüft werden müssen.

In Deutschland fährt man Schlangenlinien mit dem Auto, wenn man betrunken ist, in Ägypten, wenn man Schlaglöchern ausweichen will.

Wir freuen uns darüber, in Deutschland ohne Achsenbruch über einen Kanaldeckel fahren zu können, und warten bei einer Verabredung auf die Abschlussfloskel: „in shallah" was bedeutet, dass der Termin wahrscheinlich einige Tage später eingehalten wird.

Wir sind gespannt, welche Veränderungen die nächsten zwei Jahre bringen!

Unterschiedliche Lebensweisen

Jedes Jahr fliegen wir zwischen drei- und viermal nach old Germany, das war das Versprechen, das wir unseren Kindern gegeben haben und gerne einhalten. Natürlich fällt uns der unterschiedliche Lebensstil immer mehr auf und wir merken auch, dass wir uns immer mehr an den unserer Wahlheimat anpassen – wir sind gelassener geworden. Ich glaube, das ist auch der Hauptgrund, der uns dazu bewogen hat, Deutschland den Rücken zu kehren. Wie ich schon in meiner früheren Geschäftswelt gelernt habe, schließen sich bestimmte Eigenschaften aus. Wenn jemand gelassen ist, dann muss ich mich auch damit abfinden, dass ein Zeitplan nicht immer eingehalten wird. Bedeutet im Leben: Wenn unser Mohamed sagt, unser Auto ist in drei Stunden fertig, kann man **Stunden** schon auch durch *Tage* ersetzen. Natürlich liegt das schöne Lebensgefühl auch darin begründet, dass wir weniger Verpflichtungen haben und nicht täglich zu einer bestimmten Zeit feste, immer wiederkehrende Termine einhalten müssen. Das ist auch ein Grund, warum wir Ägypten ausgewählt haben. Hier kannst du mit weniger Geld deinen Lebensstandard halten. Dafür akzeptieren wir gerne, nicht immer alles zu bekommen. Dauerhafter Strom wird vollkommen überbewertet! Was soll's? Kerzen sind auch sehr romantisch. Jetzt kommt die Gelassenheit wieder ins Spiel und meine Stärke zu improvisieren findet öfter Anwendung. Also, wenn etwas nicht nach Plan geht, wird dieser eben den Umständen angepasst. Allerdings braucht man für echte Gelassenheit auch eine Eigenschaft, bei der ich wohl verpennt habe, *hier* zu schreien, nämlich Geduld! Das wiederum sehe ich als Lernprozess, immerhin kann es ja nicht sein, dass ich mich nicht mehr weiterentwickle!

Der Tag hat vierundzwanzig Stunden?

Die Zeit scheint hier schneller zu vergehen. Das kann an den relativ gleichmäßigen Tag- und Nachtstunden liegen oder an unserer persönlichen

Tag-und-Nacht-Einteilung. Ein Luxus, den wir besonders schätzen: Meist können wir die Schlafenszeiten unserem natürlichen Rhythmus anpassen. Zwar stehen wir morgens nicht besonders spät auf, doch wir können es uns leisten, die Nacht ohne Wecker zu beenden und den Tag gemütlich mit Shisha und Kaffee zu beginnen. Bis wir dann wirklich in die Puschen kommen, ist es dann bereits Mittag, Malesh!

Die arabische Sprache

Es ist eine Schande: Wir sprechen nach sechs Jahren immer noch nicht mehr Arabisch als Urlauber, die das Land regelmäßig besuchen. Einerseits liegt es daran, dass ein gelassenerer Lebensstil nicht wirklich konsequente Handlungsweisen fördert, andererseits daran, dass die Ägypter wahre Sprachgenies sind und uns mit hervorragenden Deutsch- und Englischkenntnissen die Sprachbarrieren ziemlich ebnen. Angefangen habe ich mit Hocharabisch. Das kann jeder Ägypter verstehen, die Nachrichten und Zeitungen werden in Hocharabisch verbreitet, aber die Antworten versteht man nicht. Ägyptisch ist im Vergleich zu Hocharabisch etwa so, als wenn dir jemand in Schwitzerdütsch oder Plattdeutsch antwortet. Ich habe zwar angefangen, Unterricht zu nehmen, doch der einzig gute Lehrer, den ich gefunden habe, meinte, auswandern zu müssen. Jetzt übe ich mit den Unterlagen, mit einer App und mit Ägyptern, die wenig englisch sprechen. Ägyptisch ist für mich eine logische Sprache. Es gibt Regeln, die zu 90 Prozent angewendet werden. Außerdem haben viele Wörter mehrere Bedeutungen. Das macht es einfach, weil man weniger Vokabeln lernen muss, und zugleich schwieriger, weil man die Zusammenhänge verstehen muss, um die jeweils richtige Bedeutung des Wortes herauszufinden. Dann werden die Wörter mit Vorsilben und Nachsilben verändert, sodass man die verschiedenen Zeiten oder das Objekt benennt. Was jeder schnell kennenlernt: ana behabig – ich liebe dich!

Die Schrift erscheint auf den ersten Blick kompliziert, ist es aber nicht. Auch wir haben für jeden Buchstaben vier verschiedene Schreibweisen: Groß und klein, Schreib- und Druckschrift. So ähnlich ist es im Arabischen. Jeder Buchstabe kennt vier Schreibweisen, je nachdem, ob er am Anfang oder Ende, in der Mitte eines Wortes steht oder alleine. Sinnvoll ist es, die Schrift zu lernen, besonders wenn man öfter allein außerhalb von Hurghada unterwegs ist, da die Beschilderung dann nur noch auf Ägyptisch geschrieben ist. Und übrigens: Hurghada heißt auf Arabisch *Radar'a* oder *Radarqa*, je nachdem, in welcher Region von Ägypten man sich befindet. GH wird in der Lautsprache als „R" ausgesprochen.

Die rosarote Brille ist wichtiger denn je!

„Da sieht mal wieder jemand durch die rosarote Brille!" – diesen Einwand bekomme ich öfter, wenn ich mich zum Beispiel positiv über Ägypten als Urlaubsland äußere. Man will mir damit sagen: „Hey, schau mal genau hin, da sind eine Menge Dinge, die nicht so gut sind, vergisst du die?" Nein, ich vergesse sie nicht, aber ich gewichte sie anders. Das ist meine Lebenseinstellung und ich nenne sie „optimistisch". Mir geht es dabei sehr gut. Jeder hat eine rosarote Brille, es kommt nur darauf an, wie oft er sie benutzt. Natürlich gefällt es mir nicht, dass blaue Mülltüten meinen Heimweg zieren, aber der Blick in die Berge mit der Farbenpracht bei Sonnenuntergang ist unschlagbar. Was soll ich machen, wenn auf meinem geparkten Auto Bananenschalen liegen, die aus dem Fenster darüber entsorgt wurden? Ich nutze in Zukunft halt die Bauruine nebenan als Carport. Nein, ich verstehe nicht, warum es Tausende von Bauruinen gibt und es immer mehr werden. Doch ich bewundere den Optimismus der Ägypter, die weiterbauen, als ob die ganze Welt hierher kommen wollte.

Wo findest du dich wieder: Stehst du morgens auf und freust dich, einen lieben Menschen bei dir zu haben, einen leckeren Kaffee trinken zu können oder an diesem Tag etwas Schönes vorzuhaben? Oder ärgerst du dich über das Geschirr vom Vorabend, das noch nicht weggeräumt ist, über das Toilettenpapier, das zum falschen Zeitpunkt zu Ende ist, oder über den unvermeidlichen Stau auf dem Weg zur Arbeit? Das ist nur ein kleines Beispiel für unterschiedliche Sichtweisen. Doch ich denke, das zieht sich wie ein roter Faden durch die persönliche Einstellung. Und Menschen, die sich darüber aufregen, dass man eine Urlaubsdestination natürlich mit positiven Eindrücken bewirbt, gehören vielleicht auch zu denjenigen, die am Urlaubsort mit der Kamera nicht lustige, schöne Eindrücke festhalten, sondern den ganzen Tag *Sherlock Holmes* spielen, um Indizien zu sammeln, damit man dann vom Urlaubspreis auch noch was zurückbekommt.

Jetzt stellt man sich natürlich die Gretchenfrage: „Geht es mir so gut, weil ich optimistisch bin, oder bin ich optimistisch, weil es mir gut geht?" Jeder von uns hat sein Paket zu tragen. Es gibt niemanden, dem alles geschenkt wird oder der keine Sorgen hat. Es kommt auch wieder darauf an, wie man sie gewichtet. Ich kenne so viele Geschichten des Lebens, von Menschen, die man auf den ersten Blick beneidet. Und das ist auch ein Gefühl, das man mit rosaroter Brille nicht bekommt: Neid! Wenn ich meine eigene Lebenslage optimistisch sehen kann, dann muss ich nicht auf andere Menschen neidisch sein. Wie oft wurde mir bei Einstellungsgesprächen von Bewerbern gesagt: „Sie haben es ja gut! Sie sind Ihr eigener Chef!" Das erinnerte mich immer an meine kleinen Kinder, die meinten, wenn sie erwachsen sind, können sie tun und lassen, was sie wollen. Ja, glauben die denn wirklich, als Chef hat man keine Pflichten? Der Neid kann sogar so weit gehen, dass man nach dem Motto lebt: „Wenn ich meine Situation nicht verbessern kann, dann soll es dem anderen wenigstens auch schlechter gehen!" Dann wird gemobbt und intrigiert. Deshalb: Wenn die rosarote Brille hilft, zufriedener zu sein, dann schenke ich hiermit jedem eine – viel Spaß beim Testen und Teilen!

Vorbei

Es sind die Momente wie heute, die mich wirklich berühren. Da sitze ich entspannt bei meinem Morgenkaffee, freue mich über die ersten Sonnenstrahlen und bekomme die Nachricht, dass zwei Menschen, die bei mir Eindruck hinterlassen haben, verstorben sind. Ich schreibe bewusst nicht, dass es Freunde waren oder dass ich sie kannte. Das trifft nicht den Nagel auf den Kopf. Doch beide haben bei mir etwas hinterlassen, beide haben mich zum Nachdenken gebracht. Beide waren auf ihre Weise für mich etwas Besonderes.

Tod, immer noch ein Tabuthema in unserer Kultur, obwohl es jeden betrifft. Sterben, so natürlich wie atmen, blinzeln oder schlucken, aber doch so fremd, ungewiss und schmerzhaft. Es ist so endgültig. Nichts kann nachgeholt werden. Keine Aussprache ist mehr möglich, Erfahrungen können nicht mehr ausgetauscht oder erlebt werden. Wissen geht verloren. Das Einzige, was bleibt, sind die Erinnerungen. Es sind die Momente, in denen ich meinen Status quo abchecke. Was wäre, wenn? Was muss ausgesprochen werden? Was möchte ich noch erleben? Welche Informationen möchte ich haben, bevor sie für mich unerreichbar werden?

„Lebe dein Leben, als wäre es dein letzter Tag!" Dieser Spruch ist einer meiner Leitsätze, doch es ist schwer, wirklich danach zu leben. Manches schiebt man auf, weil man insgeheim doch hofft, man wacht am nächsten Tag wieder auf. Man ist ja noch jung, gesund und will noch so viel machen. Vieles kann nicht ausgesprochen werden, weil dazu mindestens zwei gehören. Und oft ist der andere dazu nicht bereit. Und vor manchem hat man Angst, es zu tun, weil man nicht weiß, wie es ist, dann mit dieser Erfahrung weiterzuleben. An Tagen wie diesen überlege ich dann: „Was würdest du anders machen, wenn du wüsstest, du hast nur noch diesen einen Tag?" Ich glaube, alle, die vom Arzt eine tödliche Diagnose bekommen, können dieses

Gefühl gut nachvollziehen. Man hat ihnen die rote Karte gezeigt. Doch wir? Wir sind gesund, wir sind statistisch betrachtet noch lange nicht dran. Aber man weiß es nicht! An einem Tag wie heute stelle ich mir vor, was wäre, wenn JEDER nach dem Motto leben würde: „Heute ist dein letzter Tag!"

Der ominöse Anruf

Andreas' Handy klingelt. Wie immer schaut er erst auf das Display und fragt dann mich: „Eine seltsame Nummer, wer kann das sein?" Darauf gebe ich immer die gleiche Antwort: „Wenn du rangehst, dann erfährst du es!"

„Da geh ich nicht hin." Jetzt sehe ich förmlich, wie es in seinem Gehirn rattert. Wer könnte das gewesen sein? Immer sein Zwiespalt zwischen Neugier und Ignoranz. Es klingelt noch mal. „Jetzt ruft der über eine andere Vorwahl an!"

„Mann, nimm das Gespräch doch einfach an!" Das war jetzt die Absolution, ohne schlechtes Gewissen eine unbekannte Nummer anzunehmen.

„Ja, der bin ich", antwortet er auf deutsch, was schon ein Zeichen dafür ist, dass es sich nicht um einen ägyptischen Werbeanruf handelt. „Oh, das hab ich gar nicht gesehen!" Jetzt werde ich auch neugierig. Ich gebe ihm Zeichen, dass er mir sagen soll, was los ist. Genervt winkt er nur ab. Es bleibt mir wohl nichts anderes übrig, als zu warten, bis das Gespräch zu Ende ist. Er bestätigt einen Termin und dann legt er auf. Ich schaue ihn an und bin gespannt wie ein Flitzebogen.

„Das war Antenne Bayern! Wolfgang Leikermoser will zum *Tag der Weißwurst* über unseren Weißwurststammtisch in Ägypten ein Interview mit mir machen. Sie hatten mir extra eine Mail geschrieben und den Anruf angemeldet. Das hab ich gar nicht gesehen!"

Das Interview wird aufgezeichnet und am *Tag der Weißwurst*, am 22. Februar 2018 morgens um 6:00 Uhr, ausgestrahlt. Jetzt weiß ganz Bayern, dass Andreas statt Kleidung Würste im Koffer hat und wir diese in die *Caribbean Bar* zum Stammtisch mitbringen.

C wie chaotisch in Kairo

Natürlich wird es bei uns nie langweilig. Trotzdem frage ich mich manchmal, ob es mir nur so vorkommt, oder ob bei uns viele Sachen einen Tick mehr *unrund* laufen? Als Stärke habe ich früher in Bewerbungsgesprächen immer „Organisation" angegeben. Widerspricht sich organisieren und improvisieren nicht irgendwie? Denn tatsächlich bin ich die Göttin der Improvisation. Eine Situation blitzschnell erkennen und dann sofort zu handeln, dass es ein annehmbares Ergebnis gibt.

Neben der Autovermietung, zu der wir wie die Jungfrau zum Kinde gekommen sind, bieten wir auch Ausflüge an. Ursprünglich war ja der Plan, diese nur an unsere Freundin zu vermitteln. Sie ist aber inzwischen nicht mehr in Ägypten, sodass auch dieser Part ganz in unserer Hand ist. Die Ausflüge nach Luxor oder Kairo müssen organisiert sein, da der Zeitfaktor nicht viel Spielraum für Improvisationen lässt. Wenn jedoch Organisation improvisiert wird, dann kann man ab einem gewissen Grad durchaus von Chaos reden. Es beginnt damit, einen Minibus des Vertrauens zu finden. Wir arbeiten jetzt für unsere Verhältnisse schon lange mit Albert zusammen, der tatsächlich eher *vor* dem abgesprochenen Zeitpunkt am verabredeten Ort steht und wartet, als dass er zu spät kommt. Eine Eigenschaft, die in Deutschland normal ist, in Ägypten jedoch außergewöhnlich. Heute müssen die Gäste, die nach Kairo wollen, in Dahar, der Altstadt von Hurghada, abgeholt werden. Ich rechne für die Strecke nach Kairo viereinhalb Stunden ein, deshalb fahren wir um fünf Uhr morgens los, um gegen zehn Uhr an der Zitadelle unseren deutschsprachigen Guide zu treffen. Von unseren bekannten Guides haben wir uns trennen müssen. Der eine hat unsere Gäste direkt angeworben, was durch einen Zufall ans Licht gekommen ist. Das geht gar nicht – weg. Die andere war mit meinem Fahrstil in Kairo nicht einverstanden und hat dreimal lautstark vor den Gästen betont, dass sie doch lieber mit Andreas die Touren machen möchte. Ich bin so freundlich und komme zumindest dem Wunsch nach, dass sie mit mir nicht mehr fahren muss. Deshalb lernen wir heute den Ersatz des Ersatzes kennen und sind gespannt. Der Minibus mit den Gästen kommt pünktlich. **Mein** Platz neben dem Fahrer ist besetzt. Nein, nicht von einem Gast, sondern von dem zweiten Fahrer. Fahrten nach Kairo oder Luxor dürfen nur noch mit zwei Fahrern angetreten werden, erklärt mir Albert. Das macht Sinn, doch ich habe somit nicht mehr die Gelegenheit, von vorn mit allen Gästen zu sprechen. Ich stelle mich vor, erkläre kurz den Ablauf des heutigen Tages, und wir starten Richtung Kairo in den Sonnenaufgang. Erste Pause machen wir in Zaferana, einer sehr schönen Raststätte, die auf europäische Gäste eingestellt ist. Der Gegencheck mit dem Navi sagt mir, dass wir nicht vor halb elf da sind. Ich informiere unseren Guide, der gern vor uns da sein möchte, damit er nicht so lange warten muss. Der Fahrer fragt mich, welche Station wir in Kairo als Erstes anfahren. Das ärgert mich schon, denn der Reiseverlauf, einschließlich des ausgewählten Hotels, in dem wir übernachten, habe ich im Vorfeld mitgeteilt. Natürlich habe ich erwartet, dass die Fahrer vorher informiert wurden.

„*Hossain Moschee*", antworte ich knapp. Wir kommen gut durch in Kairo. Leider muss man an der Moschee vorbeifahren und den nächsten Turn nehmen, da die Einfahrt auf der linken Seite liegt. Ich zeige den Gästen das Gebäude schon mal von außen. Wir fahren an der nächsten Möglichkeit zu wenden vorbei. Ich zeige den Gästen die Zitadelle in voller Pracht von hinten und frage den Fahrer, wie weit er denn noch fahren möchte.

„*Hossain Moschee!*", kommt zurück. Schei ... – natürlich meinte ich *Mohamed Ali Moschee!* Der Fahrer ist genervt, ich bin genervt. Die Gäste bekommen es zum Glück nicht mit, weil ich die Situation mit meinen paar Brocken Arabisch geklärt habe. Peinlich, mein Fehler. Ich sende unserem Guide eine SMS und entschuldige mich, dass es noch später wird. So ein verpasster U-Turn kostet in Kairo direkt eine halbe Stunde Zeit. So kommen wir erst gegen elf Uhr bei der ersten Sehenswürdigkeit an. Jetzt erst mal Markus, unseren neuen Guide, finden – ich weiß ja gar nicht, wie er aussieht. Na, der Mann mit Handy am Ohr, der wird es sein. Bingo! Ich übergebe ihm meine Gäste und bleibe bei den Fahrern, um einen Tee zu trinken. Nach etwa eineinhalb Stunden kommen alle wieder. Wir setzen uns in den Bus und es geht weiter zum *Khan el Khalili*. Das ist einer der größten Basare in Ägypten und immer wieder sehenswert. Dieses Mal überlasse ich die Kommunikation mit den Fahrern meinem Guide, der sich auskennt und mit ihnen Arabisch reden kann.

Die Diskussion über die Reihenfolge hatte ich bereits am Vorabend mit ihm. Er meinte, ob es nicht besser wäre, erst das *Ägyptische Museum* zu machen und dann den Markt. Nein, aus zwei Gründen: Erstens liegt der Markt nur etwa zehn Minuten entfernt von der Zitadelle, zweitens wollen wir dort eine Kleinigkeit essen, da passt die Zeit. Ich war schon oft genug in Kairo, dass ich merke, wenn wir anders fahren. Und wenn die Zeit verrinnt, ohne dass der nächste Punkt in Sicht ist, werde ich nervös. Noch nie sind wir auf dem Weg durch einen Tunnel gekommen. Leise frage ich Markus, was das soll. Er meint, er beschreibe den Weg, doch die Fahrer führen eben anders. Aus den vermeintlichen zehn Minuten werden fünfundvierzig Minuten. Da man vor der Moschee nicht parken kann, sage ich, er soll einfach halten, wir würden den restlichen Weg laufen. Um zwei Uhr ist hier wieder der Treffpunkt. Jetzt meint unser Guide: „Du findest alleine zum *Café El Fishawi?*" Unsere Gäste sollen das älteste Café Kairos bei einem Tee oder frischen Zitronensaft kennenlernen. Natürlich finde ich es. Was macht er daraufhin? Er läuft im Affenzahn davon. Ich pfeife ihn zurück. Er soll doch bitte den Gästen den *Souk* zeigen und sich dann mit mir im Café treffen.

„Das ist doch jetzt Freizeit?"

„Hallo? Du hast gerade mal *eine* Sehenswürdigkeit erklärt und willst die Gäste jetzt allein durch den Markt laufen lassen?"

„Was soll ich denn über den Markt erzählen?"

„Bin ich Guide oder du?" Freundlich übergebe ich ihm die Gäste und gehe schon einmal vor, organisiere das Essen und die Getränke, damit wir einigermaßen wieder in den Zeitplan kommen. Um zehn Minuten vor zwei dränge ich, zu bezahlen. Ich gehe natürlich davon aus, dass der Bus, wie von mir vorgeschlagen oder besser gesagt angeordnet, um zwei auf uns wartet. Doch nein, unser Guide ruft die Fahrer erst jetzt an, damit sie zum Treffpunkt kommen. Und wir warten im Getümmel, bis der Bus bei uns ist. In Kairo dauert die Rushhour vierundzwanzig Stunden, besonders vor dem *Khan Kalily Markt*. Die nächste Station ist das *Ägyptische Museum*. Mir platzt der Kragen und ich frage Albert per SMS, warum sich seine Fahrer in Kairo schlechter auskennen als ich. Und warum sie dann nicht wenigstens das GPS nutzen. Ich plane, mit den Fahrern die Strecke ins Hotel abzufahren, während die Gäste das Museum besichtigen, da sie die bestimmt auch nicht kennen. Die Fahrer sind nicht begeistert, weil ich ihnen eine Stunde Freizeit klaue. Mir egal. Erst einmal bekommen sie, nachdem die Gäste weg sind, einen Einlauf von mir, weil sie sich so schlecht auskennen, dann starte ich mein GPS und wir fahren los. Als „Uta" vom Navi meint, wir wären da, gucke ich ganz doof aus der Wäsche. Hier ist nicht unser Hotel. Ich schaue aufs Handy. Statt *Barcello Gizeh* habe ich Kairo angeklickt. Okay. Sorry, diese Fahrt war umsonst. Wir nutzen die Rückfahrt, um den Weg zum richtigen Hotel zu suchen, damit wir da wenigstens ohne Umwege ankommen. In Zusammenarbeit mit Albert, der noch die falschen GPS-Daten hat, und zwei verschiedenen Handys mit Maps sowie der Wegbeschreibung des Hotels, machen wir uns mit den Gästen auf den Weg. Wir sind laut GPS dreihundert Meter vor dem Hotel und müssen nur noch rechts abbiegen. Die Straße wird immer schmaler. Auf einmal bleibt der Bus stehen. Laut Navi müsste das Hotel gerade in der nächsten Seitenstraße sein. Doch dieser Punkt stimmt nicht mit dem Punkt der Hotelbeschreibung überein. Ich gebe dem Ersatzfahrer die Telefonnummer des Hotels, er soll sich den Weg erklären lassen. Peinlich. Ich versuche, die Straße laut angegebener Karte des Hotels zu finden, und gebe diesen Zielpunkt manuell ein. Inzwischen rangiert der Fahrer in dieser kleinen Gasse, wo es weder Wendemöglichkeit gibt noch Platz nach vorne. Drei Leute lotsen ihn hinaus. Ich wäre an seiner Stelle ausgerastet. Doch Gott sei Dank gibt es noch Menschen mit Gelassenheit, besonders in Ägypten. Dafür liebe ich dieses Land. Ich bin schon etwas kleinlauter, weil mein Vorschlag mit dem GPS jetzt zweimal in die Hose gegangen ist. Wir fahren wieder weiter und direkt am U-Turn sehe ich das Hotel – auf der rechten Seite. STOP! Mir egal, wie viele hinter uns stehen und hupen. Wir steigen hier und jetzt aus, um ins Hotel zu kommen. Auch der Fahrer sieht das so. Die Gäste müssen nur noch mit mir eine dreispurige, stark befahrene Straße überqueren, auf ägyptische Art. Ich erkläre ihnen, wie das funktioniert: „Wenn ich losgehe, dann kommt ihr mit. Ihr schaut nicht nach rechts, sondern nur auf mich, und geht mir zügig nach." Übrigens, diese Art der Straßenüberquerung funktioniert auch in jeder anderen Großstadt Europas. Irgendwie sind wir alle erlöst, als wir gegen 17:00 Uhr im Hotel ankommen, und freuen uns nur noch auf ein Bier in der Bar. Dann heißt es, das Zimmer finden. Während ich alle einchecke, bitte ich um die Zimmerschlüssel, damit die Gäste sich schon entspannen können. Wir verabreden uns anschließend an der Bar. Als ich einige Minuten später mit dem Aufzug meine Etage erreiche und aussteige, kommen mir die Gäste bereits entgegen.

„Na, schon auf dem Weg zur Bar?", frage ich entspannt.

„Wir finden unsere Zimmer nicht!", kommt die verzweifelte Antwort. Tatsächlich: Unsere Zimmernummern sind höher als die ausgeschriebenen Zimmernummern auf den Wegweisern. Wir laufen in Richtung der Nummer, die unserer am nächsten ist. Und siehe da, der Gang geht weiter. Und da hängt jetzt auch ein Schild, das auf unsere Zimmernummern hinweist. Wir haben ein kostenloses Upgrade bekommen für neue, große Zimmer, die auch meine Gäste sehr begeistern. Zehn Minuten später ist es so weit: Wir genießen auf der Dachterrasse unser wohlverdientes Bier. Danke!

Freunde

Was sind Freunde? Diese Diskussion haben Andreas und ich schon, seitdem wir zusammen sind. Natürlich werden Freundschaften ganz anders gepflegt, wenn man selbst immer wieder seinen Wohnsitz um hunderte bis tausende Kilometer verändert. Das hat dann zur Folge, dass sich Freundschaften anders entwickeln. Immer wieder bin ich erstaunt, wer nach einem Wegzug noch Kontakt pflegt. Meist diejenigen, von denen man es nicht erwartet hatte. Erschwerend kommt hinzu, dass meine Freundschaften meist etwas mit meiner Firma zu tun haben. Entweder sind es Kunden, Mitarbeiter oder Lieferanten, mit denen man plötzlich auch private Kontakte pflegt. Doch meist zieht eine Beendigung des Geschäftes auch die Beendigung des persönlichen Kontaktes nach sich. Nach jedem Wohnort- und dadurch auch beruflichen Wechsel, habe ich das zu spüren bekommen. Das begann schon beim Verkauf der Zeitarbeitsfirma. Da hat man vermeintliche Freunde jahrelang unterstützt, auch finanziell. Doch wenn man dann um einen Gefallen bittet, bekommt man die kalte Schulter gezeigt oder eine Rechnung präsentiert. Oder andere, denen man den Weg für eine gute Karriere ebnete und auf einmal im Zwiespalt steht, mit dem alten Arbeitgeber noch Kontakt zu halten und sich nie mehr meldeten. Auch von der vermeintlichen Freundschaft mit meinem Betriebscoach, dem ich über zehn Jahre Mitarbeiter und intimste Probleme anvertraut hatte und der mit mir zusammen beruflich gewachsen war, blieb zum Schluss nichts übrig außer der Erkenntnis, dass man doch nur ein gut zahlender Kunde war. Dafür hatten andere nach dem Verkauf einen Nervenzusammenbruch, weil ihnen der Boden unter den Füßen weggezogen wurde. Man war doch eine große Familie, und sie fühlten sich wie nach einer Scheidung.

Als wir in Ägypten unsere beiden Wohnungen gekauft und unsere Auswanderung vorbereitet hatten, fanden wir alles toll und hatten keine negativen Erfahrungen gemacht. Da meinten die Residenten: „Wartet nur, bis ihr erst einmal hier lebt!" Nun wohnen wir hier in Ägypten, haben immer nur gute Erfahrungen gemacht und uns wird gesagt: „Ihr müsst erst einmal so lange hier sein wie wir!" Ich glaube eher, es ist die Art und Weise, etwas zu sehen und zu beurteilen.

Mein ganzes Leben habe ich mich nur mit Menschen umgeben, die ich sympathisch finde, so mache ich das auch hier. Ich halte nicht zwangsweise an Freundschaften fest. Vielleicht bin ich auch gar nicht „freundschaftsfähig"! Es kristallisiert sich jedenfalls heraus, dass sich oft das Sprichwort bewahrheitet: „Gott behüte uns vor Schnee und Wind und vor Deutschen, die im Ausland sind!" Jedoch ist eines spannend: Man lernt viele interessante Menschen kennen! Vielleicht ist es auch das typische Sicherheitsdenken der deutschen Mentalität, die im Ausland stärker in den Vordergrund tritt, und möglicherweise haben wir deshalb das Gefühl, dass es hier mehr Neider gibt als in Deutschland. Bisher haben wir noch die rosarote Brille auf und sehen, dass die Waagschale der besseren Lebensqualität noch mehr gefüllt ist als die „anzupassende" Seite.

Kapitel 9: Internetmobbing

Die Abende werden länger, denn gerade im Sommer ist es hier in Ägypten erst nach Sonnenuntergang draußen erträglich. Der Fernseher läuft nebenher, wir sitzen auf unserem Balkon und rauchen. Andreas seine Shisha, die er hier wirklich lieben gelernt hat, sodass er inzwischen ein wahrer Shisha-Spezialist geworden ist, ich meine Zigaretten. Leider darf hier überall geraucht werden, die Zigaretten sind ziemlich billig und jeder raucht. Deshalb ist aus meiner Gewohnheit eine Sucht geworden.

Dass man über Facebook Geschäfte generieren kann, haben wir vor einigen Jahren noch bei unserer Freundin in Italien belächelt. Heute generieren wir ausschließlich darüber unser Geschäft. Durch unsere Aktivitäten sind wir bekannt wie ein bunter Hund. „Bing" macht es, Andreas bekommt eine persönliche Nachricht.

„Schaut mal bei *Hurghada aktuell*, da wird gegen euch geschossen!" Es ist nach Mitternacht. Wir öffnen die Gruppe und sehen, wie Andreas als Weißwurstaffe – eine Bild-Collage aus einem Affen mit seinem Gesicht – gepostet wurde. Darunter die Erklärung, dass Andreas in Deutschland als Betrüger gesucht wird und hier den großen Affen macht. Andreas will mit dem Herausgeber Kontakt aufnehmen und schreibt ihn persönlich an. Doch keine Antwort. Wir müssen uns bei dem Post nicht rechtfertigen, es gibt genügend andere, die das für uns erledigen. Wir schauen uns das Profil näher an und merken, dass es gerade heute erst erstellt wurde. Es handelt sich um ein Fakeprofil, wo sich der reale Mensch hinter einem falschen Namen versteckt. Die einzige Möglichkeit, die wir haben, ist, das Profil bei Facebook zu melden und zu entlarven. Doch bis die Prozedur getan ist, gibt es das Profil nicht mehr, es wurde deaktiviert. Diese öffentlichen Posts, meist in Gruppen mit Hurghada-Fans und hier Lebenden, erscheinen ab jetzt in unregelmäßigen Abständen. Immer wenn wir reagieren, wird das Profil wieder geschlossen. Es macht sich jemand richtig viel Arbeit für uns. Andreas wird sogar privat angeschrieben, er solle einem Kunden das Auto wegnehmen. Wenn er es nicht täte, würde man ihn fertigmachen.

Wir lassen uns durch anonyme Drohungen weder verunsichern noch erpressen. Vielleicht steckt ein Gläubiger hinter den anonymen Anschuldigungen und Drohungen, vielleicht ein Neider. Unsere wahren Freunde kennen unsere Geschichte. Es gibt nichts zu verheimlichen und das meiste kann man tatsächlich im Internet recherchieren.

Ja, mein Unternehmen war zahlungsunfähig. Ja, es gibt Rechnungen, die nicht bezahlt wurden. Nein, ich habe weder betrogen noch werde ich in Deutschland wegen betrügerischer Insolvenz oder anderen Delikten gesucht oder bin verurteilt worden. Wer selbstständig ist, weiß, dass man immer mit einem Bein im Knast steht. Wer sich nicht vorstellen kann, dass man auch trotz Erfolg bankrottgehen kann, der sollte die nächsten Kapitel ganz genau lesen.

Dazu müssen wir gedanklich wieder einen Sprung zurück in unser *Hotel Dolce Vita* machen, ins Frühjahr 2012.

Die Wasserquelle in Bodenmais

Wie jedes Jahr ruft die Gemeinde auch in diesem Frühjahr an, um den Wasserzählerstand abzufragen und den Wasserverbrauch zu berechnen. Dank unseres neuen Bürgermeisters Michael wurde inzwischen herausgefunden, dass der Wasserpreis seit Jahren zu niedrig war. Deshalb hat er den Hektoliterpreis auf 2,50 Euro angehoben, um kostendeckend zu arbeiten. Nach der Kostendeckung in den Betrieben fragt natürlich keiner. Andreas geht in den Keller und checkt die Wasseruhr, um dann gleich den Stand durchzugeben. Keine zwei Minuten später ruft die Gemeinde zurück und meint, da könne was nicht stimmen. Andreas geht noch mal in den Keller und kontrolliert erneut. „Doch, der Zähler stimmt."

„Dann hätten Sie mehr Wasser verbraucht als das größte Wellnesshotel in Bodenmais! Hattet ihr einen Wasserrohrbruch oder einen anderen Schaden?" Nein, nichts. Dennoch haben wir laut Zählerstand 6.000.000 Liter Wasser verbraucht. Das ist unmöglich, das wären am Tag 17.000 Liter Wasser. So oft kann man gar nicht aufs Klo gehen oder duschen. Wir sind mit unserem Latein am Ende. Doch wir haben auch einen erhöhten Ölbedarf. Deswegen hatten wir sogar schon Streit mit unserem Lieferanten, weil wir ihn gefragt haben, ob seine Zähler richtig gehen. Wir holen jemanden, der mal nach dem Tank sieht. Der Arbeiter kommt rauf und meint: „Es ist doch jetzt niemand im Haus?"

„Nein, alle Gäste sind wandern oder Ski fahren, jedenfalls nicht im Haus. Und die Küche beginnt erst um 16:00 Uhr. Und die Zimmermädchen sind auch schon zu Hause."

„Eure Wasseruhr dreht sich. Ihr habt einen Wasserrohrbruch." Wasserrohrbruch? Da müsste ja irgendwo Wasser sein! Wir hatten von Gästen schon seit langem Reklamationen, dass man im letzten Zimmer des Ganges das Wasser so stark in den Rohren rauschen hört. Doch wenn dort Wasser austreten würde, dann wären Fliesen von der Wand gefallen. Wir wissen nicht, wo das Wasser abgeht. „Wie stellen wir jetzt fest, wo es abgeht?" Es gibt dafür Spezialisten. Wir bestellen sofort einen. Erst muss das Haus wieder ganz leer sein. Dann schaut er mit einem Feuchtigkeitsmesser durch das ganze Haus. Wir zeigen ihm das Zimmer, wo man die Wassergeräusche hört, doch nichts. Er bittet uns, alle ganz leise zu sein und macht einen Hörtest. Und tatsächlich, nach etwa einer halben Stunde kommt er mit der Erkenntnis: „Sie haben im Keller, in der Wellnessabteilung, einen Wasserschaden. Die Warmwasserleitung ganz in der Ecke muss einen Haarriss haben." Und jetzt fällt es uns wie Schuppen von den Augen.

„Kannst du dich erinnern, dass unsere Masseurin immer gesagt hat, ob wir Fußbodenheizung hätten? Dabei floss da das warme Wasser raus."

„Und der neue Fußboden im Massageraum löste sich in der Ecke, doch niemand kam drauf, dass es sich um einen Haarriss in einer Leitung handeln konnte." Dann wenden wir uns an den Fachmann. „Und wo war denn das ganze Wasser?"

„Das Wasser ist einfach in den Grund gesickert, deshalb hat es keine größeren Schäden verursacht." Wir legen den kaputten Teil offen: Da sprudelt sie, unsere kleine Warmwasserquelle am Hang von Bodenmais.

„Wenn wir noch a bissel gewartet hätten, wären da bestimmt Palmen gewachsen!", scherzt der Spezialist. Uns ist nicht zum Lachen zumute. Insgesamt hat uns dieser Schaden eine Menge Geld gekostet, das nicht von der Versicherung getragen wird, weil bei einem Wasserschaden nur der Wasserverbrauch bis zu einer bestimmten Obergrenze abgedeckt ist. Natürlich denkt man, irgendwann muss es ja mal auffallen, nicht erst nach einem Jahr, wie bei uns. 15.000 Euro Wasserkosten, und da es warmes Wasser war, wissen wir jetzt auch, wo der erhöhte Ölverbrauch herkam, etwa 400 Liter im Monat, das macht noch mal 4.000 Euro. Die Reparatur übernimmt die Versicherung. Das Abwasser, das genauso teuer gewesen wäre, wird uns erlassen, da wir nachweisen können, dass wir den Acker bewässert haben. Aber wir bleiben auf etwa 20.000 Euro Schaden sitzen, den wir nicht aus der Portokasse zahlen können. Das Jahr fängt ja gut an!

Die Betriebsprüfung

Ich bekomme Post vom Finanzamt. Es ist so weit, die Betriebsprüfung meldet sich an. Ich werde blass, denn diesmal wird es nicht so glimpflich ablaufen wie all die anderen Jahre, das weiß ich bereits. Problematisch ist das Jahr, in dem ich die Zeitarbeitsfirma verkauft und das Hotel gekauft habe. Der Verkaufspreis von 1,2 Millionen Euro musste als Umsatz verbucht werden, dem keine Kosten entgegen standen. Das bedeutet, ich hätte in diesem Jahr ein wahnsinnig gutes Betriebsergebnis vor Steuern gehabt. Davon hätte ich fast 50 Prozent Abgaben zahlen müssen, was kein Geschäftsmann gerne macht. Deshalb war ich so begeistert, das Hotel für diesen Preis zu finden. Doch mein Steuerberater zog mir schnell den Zahn, diese Kosten absetzen zu können.

„Der Kauf des Hotels ist eine Immobilie, die du über zwanzig Jahre abschreiben musst. Besser wäre es, du kaufst das Hotel privat und verpachtest es an die GmbH, die das Hotel betreibt. Die Pacht kann als Kosten eingerechnet werden und du hast direkt Einnahmen." Spontan wie ich bin, habe ich genau diesen Plan umgesetzt und das Hotel privat gekauft. Doch die Problematik, fast 400.000 Euro Steuern von meinem Verkaufserlös zahlen zu müssen, war somit immer noch nicht gelöst. Natürlich hatte mein Steuerberater auch dafür einen Vorschlag. Er erklärte mir die Vorteile eines Investitionsplanes. Da die GmbH als neues Geschäft den Hotelbetrieb hatte, war dieses ein ausgezeichnetes Instrument. Man macht einen Plan, was in den nächsten vier Jahren investiert werden muss, um ein gewinnbringendes Geschäft zu bekommen. Das war schnell erledigt. Alle Punkte, die wir bei der Besichtigung schon in Gedanken angesprochen hatten, wurden jetzt niedergeschrieben und mit Kostenvoranschlägen beziffert. Weiter habe ich mir selbst, als geschäftsführender Gesellschafterin, für das hervorragende Ergebnis eine Tantieme von 100.000 Euro versprochen, die ich mir zwar nicht ausbezahlt habe, die aber als geplante Kosten den Gewinn minimierten. Der Investitionsplan wurde anerkannt, was bedeutete, dass ich etwa 300.000 Euro Steuern sparte. Die Renovierungsarbeiten und Neuerungen, die ich hier in der Planung hatte, wurden jedoch zum Großteil bereits vor Eröffnung realisiert. Und die anderen Investitionen sollten nie umgesetzt werden. Natürlich wusste ich, dass innerhalb von vier Jahren diese Rückstellungen aufgelöst werden mussten – also die Kosten entweder mit Belegen versehen oder korrigieren. Doch ich war optimistisch, dass wir innerhalb dieser Zeit unseren Hotelbetrieb so angekurbelt hätten, dass dieser entsprechenden Gewinn abwirft. Mein Steuerberater machte diese Bilanz und dann wechselte ich zu einer Kanzlei bei uns in der Nähe.

Nachher ist man immer schlauer als vorher

Heute sind diese vier Jahre um und das Hotel hat sich zu einer Geldfressmaschine entwickelt, obwohl wir eine Auslastung von etwa 85 Prozent haben und eine Gästezufriedenheit von 98 Prozent. Uns fehlten jährlich etwa 100.000 Euro, um kostendeckend zu arbeiten. Den Grund kennen wir jetzt. Die Größe des Hotels ist nicht dafür geeignet, um mit so viel Personal geführt zu werden, wie wir das machen. Unser Traum, ein kleines, feines Hotel mit erstklassigem Service zu bieten, erfordert dieses Personal nun mal. Doch die Gäste sind nicht bereit, den dafür benötigten Preis zu bezahlen. Da wir das Hotel ohne Gäste übernommen haben, brauchten wir Reiseveranstalter, um die Betten zu füllen. Diese bekommen dafür natürlich Provision. Wir hofften, dass zufriedene Gäste dann Stammgäste werden würden und direkt bei uns buchen. Doch auch dieser Plan ging nicht auf. Bodenmais ist eine Urlaubsregion, die gerne für einen Kurzurlaub genutzt wird, jedoch sind unsere jungen Gäste nicht bereit, hier den Jahresurlaub zu verbringen. Dann begann ein Teufelskreis. Um das Hotel attraktiver für die Gäste zu machen, haben wir sechs Zimmer komplett renoviert, mit den Möbeln aus diesen Zimmern unser Nebenhaus ausgestattet, sodass wir jetzt zwölf renovierte Zimmer haben. Zusätzlich wurden ein Teil der Bäder erneuert, außerdem die Lobby und der Wellnessbereich neu gestaltet. Zu guter Letzt war nicht nur der Verkaufserlös der Zeitarbeitsfirma aufgebraucht, nein, ich hatte tatsächlich auch eine Hypothek in Höhe von 200.000 Euro aufgenommen. Doch mein Optimismus ist weiterhin vorhanden. Es muss doch möglich sein, dieses Hotel zu einem vernünftigen Preis zu verkaufen, um alle Probleme zu lösen!

Jetzt stehe ich vor einem Debakel. Die Reserven sind komplett aufgebraucht und das Hotel bereits beliehen. Bei der Prüfung wird eine Nachzahlung im sechsstelligen Bereich gefordert werden, das hat mein Steuerberater mir jedes Jahr mit dem Jahresabschluss mitgeteilt. Dafür wurde von mir privat das Hotel als Sicherheit abgetreten, da ich sonst schon lange verpflichtet gewesen wäre, Insolvenz anzumelden. Nur ein schneller Verkauf kann mich noch retten. Unser Traum hat sich zu einem Albtraum entwickelt.

Das Gespräch mit der Betriebsprüferin

Es kommt, wie es kommen musste. Die Prüferin ist schnell fertig und jetzt kommt das Abschlussgespräch. Sie erklärt mir das, was ich schon weiß, und beziffert es mit über 100.000 Euro Nachzahlung.

„Außerdem müssen Sie 50.000 Euro Lohnsteuer nachzahlen, für Ihre versprochene Tantieme." Entsetzt schaue ich sie an. „Die habe ich doch nie bekommen! Lohnsteuer wird doch erst fällig, wenn es auch bezahlt wird!" Ich bin vollkommen platt, denn Steuerrecht ist mein Hobby.

„Ja, bei einem Mitarbeiter ist das richtig, jedoch nicht bei einem Geschäftsführer. Da wird die Steuer mit der Zusage einer Sonderzahlung fällig", erklärt sie mir geduldig.

„Jetzt haben wir ein Problem, das Geld ist weg." Ich sacke innerlich zusammen und sehe alle Felle wegschwimmen. Das ist der Ko-Schlag, auch für mich privat. Ihr „Sie sind wenigstens ehrlich" hilft mir nicht weiter.

„Ich versuche schon seit einem Jahr, das Hotel zu verkaufen, das ja als Sicherheit für die GmbH-Schulden steht. Es ist einfach ziemlich schwierig. Sie können sich mit Ihrem Bericht einfach ein bisschen Zeit lassen, damit wir eine Lösung finden?" Mein Steuerberater verabschiedet mich mit den Worten: „Schauen Sie, dass Sie schnell einen Käufer finden!" Zeit, das ist somit das Einzige, was mich noch retten kann. Für mich heißt es jetzt, eine schwerwiegende Entscheidung zu treffen. Es gibt drei Möglichkeiten: Ich versuche, mit einem neuen Geschäftskonzept das Ruder rumzureißen. Ich gebe das Hotel zu einem deutlich geringeren Preis her, um den Schaden zu minimieren. Ich packe alle Sachen, lasse Geschäft und Hotel fallen, melde Insolvenz an und warte auf die Zwangsversteigerung.

Bei Lösung 1 können wir unsere Auswanderungspläne um Jahre verschieben. Das ist schwierig, denn wir haben im Kopf schon unser neues Leben begonnen.

Bei Lösung 2 komme ich mit einem blauen Auge davon, brauche aber trotzdem einen Käufer.

Bei Lösung 3 brauche ich mir keine Gedanken mehr zu machen und fange sofort bei null an.

Da ich eine Kämpferin bin, kommt Lösung 3 nicht infrage. Lösung 2 wird angestrebt, der Immobilienmakler bekommt grünes Licht, einen Käufer zu finden, Preis zweitrangig. Parallel dazu werden wir ein neues Geschäftsmodell entwickeln.

Neues Jahr, neues Glück

Machen wir das Beste daraus. 2012 war wirklich Sch ... Die Nachwehen sind noch zu spüren. Wir sind in der Situation, die Rechnungen in die Lostrommel zu geben. Wenn einer anruft und mahnt, bekommt er die Drohung, aus der Lostrommel entfernt zu werden. Nein, es ist nicht wirklich lustig. Für meine Tantieme, die ich nie bekommen habe, ist mir ein Bescheid zugestellt worden über 42.870 Euro, für die ich privat hafte. Da ich schon lange ein sehr geringes Gehalt beziehe, habe ich eine Stundung durchbekommen. Die Belegung ist weiterhin gut. Beim Personal haben wir abgespeckt. Andreas macht jetzt auch die Vertretung in der Küche, wenn der Küchenchef frei hat, ich im Service. Die Rezeption ist derweil geschlossen. Nicht gut, denn das ist ein Mindestkriterium eines Vier-Sterne-Standards. Aber ich bin in der Bar nebenan und somit schnell da.

Ich sitze über meinen Statistiken. Es fehlen seit Jahren etwa drei Euro Umsatz pro Übernachtungsgast. Lächerliche drei Euro! Wir versuchen es mit Zusatzverkäufen: Upgrade in die nächste Zimmerkategorie, Massagen, Flaschenwein. Wir sind gute Verkäufer, trotzdem reicht es nicht. Das größte Problem, das wir haben: Die Gäste kommen nur, wenn ein Super Special angeboten wird. Unserem Hotel fehlen die Stammgäste. Wir sind das typische Haus für ein schönes Wochenende oder für die Rentner, die über *Aldi* einen günstigen Aufenthalt von Sonntag bis Freitag buchen. Doch bei den Buchungen über Reiseveranstalter müssen wir vom Preis noch zwischen 25 bis 35 Prozent abgeben, denn die Vermarktung will auch bezahlt sein. So drehen wir uns im Kreis: Keine Reiseveranstalter – keine Gäste; mit Reiseveranstalter dagegen gehen wir mit vollem Haus pleite. Wir müssen uns eingestehen, dass der Traum, eine tolle Dienstleistung, gute Qualität und hervorragende Küche, nicht mehr bezahlt werden. Deshalb mache ich ein neues Konzept. Weg von der Halbpension (also Übernachtung mit Drei-Gänge-Menü am Abend), hin zum B&B, also Übernachtung mit Frühstück. An den vier Sternen möchten wir noch festhalten, dafür müssen wir an sechs Tagen in der Woche das Restaurant geöffnet haben. Aber nur noch à la carte, also gegen Bezahlung. Der Vorteil: Wir zahlen an die Reiseveranstalter nur noch die Provision auf den Übernachtungspreis, für das Essen bleibt alles bei uns. „Verdient wird aber eh nur am Getränk, am meisten an Wasser", sagt Andreas etwas geknickt. Doch die aktuellen Verträge mit den Reiseveranstaltern können nicht verändert werden, und diese laufen noch ein Jahr. Frühestens zum nächsten Sommerkatalog könnten wir mit unserem neuen Konzept beginnen. Bis dahin sind es noch neun Monate, die wir überleben müssen. Ich entwickle mich zu einem wahren Geldjongleur. Der Öltank wird schon lange nicht mehr vollgemacht, sondern alle zwei Wochen so weit wie notwendig betankt. Unser Öllieferant ist auch nicht blöd, er verlangt sofortige Barzahlung. Ich kann ihn verstehen, er hat auch nicht eine so große Marge. Bei den Lebensmittellieferanten wechsele ich ab. Immer wenn der eine die letzte Mahnung schickt und beginnt, telefonisch das Geld einzutreiben, schimpfe ich ins Telefon und erkläre ihm, dass es ja noch andere Lieferanten gibt. Dann bestelle ich bei einem anderen und beginne dasselbe Spiel. Ich reize alle Zahlungstermine bis aufs Äußerste aus. Strom und Telefon muss ich auf den letzten Drücker bezahlen, wir können es uns nicht leisten, ohne Strom dazustehen oder telefonisch nicht erreichbar zu sein. Die Gäste sollen von unserem Dilemma nichts mitbekommen, the show must go on. Das Gehalt von Andreas wird auch gekürzt, er gibt mir ein Arbeitgeberdarlehen. Immerhin hat er Kost und Logis frei!

Die Ausstrahlung in *RTL* von „Mitten im Leben" mit unserer Auswanderung war amüsant, hat aber keinen Kaufinteressenten gebracht. Also auch da: Ziel verfehlt. Immer wieder mal kommen Interessenten, doch wer will sich schon Arbeit kaufen? Auch hier merken wir, die Größe des Hauses ist blöd. Zu groß, um es als Paar zu betreiben, zu klein, um die Personalkosten aufzufangen, das merken wir jetzt. Es müsste eine Familie betreiben.

Was ist, wenn ...?

Natürlich muss ich auch damit rechnen, keinen Käufer zu finden. Ich muss meine Finanzen gut im Griff haben, denn wenn mir als Geschäftsführerin eine Insolvenzverschleppung nachgewiesen werden kann, dann bin ich nicht nur pleite, sondern auch vorbestraft und persönlich haftbar. Ein Geschäftsführer muss bei Zahlungsunfähigkeit oder drohender Zahlungsunfähigkeit innerhalb von drei Wochen Insolvenz anmelden. Bisher kann ich mit meiner berühmten Lostrommel noch alle Rechnungen bezahlen, also bin ich nicht zahlungsunfähig. Der Prüfungsbericht ist inzwischen eingetroffen. Um weiter Zeit zu schinden, hat mein Steuerberater erst einmal dagegen Einspruch eingelegt. Wir hoffen jetzt darauf, dass die Finanzämter einfach überlastet sind und wir genügend Luft bekommen, bis ein Käufer gefunden ist. Sollte der Einspruch rechtskräftig abgelehnt werden, dann hätte ich eine drohende Zahlungsunfähigkeit und muss Insolvenz anmelden.

Trotzdem lassen wir uns die Kurzaufenthalte in Ägypten nicht nehmen. Wir sind bei Udo und Tammy und sprechen über meine Situation. Wir stellen uns den schlechtesten Fall vor und überlegen, was passieren würde. Das Ganze hat den Vorteil, dass Situationen ein bisschen den Schrecken verlieren, wenn man in Gedanken alles schon einmal durchlebt.

Erstens, ich habe eine GmbH. Das bedeutet, alle Forderungen aus der geschäftlichen Ebene interessieren privat gar nicht. Doch die Forderungen meiner Lohnsteuer über 42.000 Euro hängen wie ein Damoklesschwert über mir, das eine Privatinsolvenz nach sich ziehen würde. Wir haben ein Dach über dem Kopf, denn die beiden Immobilien in Ägypten hat Andreas – bereits in weiser Vorahnung – auf seinen Namen gekauft. Er ist ein Angestellter, wir sind nicht verheiratet, also sind wir schon mal nicht obdachlos. Eine Immobilie kann vermietet werden und die Einnahmen von den Autos über Tammy und Udo erscheinen nirgends. Somit haben wir auch Geld zum Leben. Udo kennt diese Situation und schaut mich ernst an. „Astrid, du musst für dich eine Entscheidung treffen. Kannst du dein Unternehmen retten oder musst du es hopsgehen lassen. Wenn du entscheidest, Insolvenz anzumelden, dann stecke keinen Cent mehr hinein, sondern schaffe auf die Seite, was geht. Glaube mir, keiner wird es dir danken, wenn du jetzt noch Geld in ein sinkendes Schiff investierst. Du musst an deine Zukunft denken, an einen Neuanfang." Damit hat er alles auf den Punkt gebracht. Seit fast zwei Jahren suchen wir einen Käufer, die Verkaufsaktivitäten sind auf das Minimum beschränkt. Aus eigener Kraft werde ich das Unternehmen nicht retten können. Also treffe ich eine Entscheidung, die nicht jedem gefallen wird. Ich werde beginnen, meine eigene Haut zu retten. Auch Andreas trägt diese Entscheidung schweren Herzens mit.

Etwas deprimierend ist es schon, wenn man überlegt, dass ich meine GmbH vor fünfzehn Jahren auch sehr riskant gegründet hatte, und die Zeitarbeitsfirma trotz aller Hürden mit einem Gewinn von 900.000 Euro verkauft habe, und dass sich nun der Traum vom eigenen Hotel als Griff ins Klo entpuppt.

„Du hättest das Geld damals versteuern und dich mit 450.000 Euro zur Ruhe setzen sollen", gießt Andreas jetzt auch noch Öl in die Wunde.

„Aber es war eine geile Zeit in Bodenmais, und ich bin dankbar für jeden Tag!"

„Ja, das stimmt", pflichtet auch er mir zu. Also beginne ich, zu retten, was zu retten ist.

Der geschäftliche Überlebenskünstler

Ich versuche trotzdem, neue Verträge mit Veranstaltern zu bekommen, die nur noch Übernachtungen mit Frühstück beinhalten. So müssten wir die Provision nur auf die Übernachtungsrate bezahlen, das Abendessen können wir direkt verkaufen. Wir bieten unser Abendmenü für 15 Euro, da ist nicht viel daran verdient, aber mehr, als wenn wir nur 10 Euro vom Reiseveranstalter bekommen. Ein alter Freund ruft an, er könnte uns ein gutes Angebot machen. Er würde unser Nebenhaus separat vermarkten, mit einem Garantievertrag. Das ist fast wie ein Sechser im Lotto. Das bedeutet, ein Reiseveranstalter bezahlt uns die Zimmer, egal, ob sie vermietet sind oder nicht. Im Nebenhaus haben wir sechs Doppelzimmer. Wir machen den Vertrag und bekommen jeden Monat dafür 5.000 Euro. Das sind zwar umgerechnet nur 13,88 Euro pro Nacht und Person, jedoch sehe ich 5.000 Euro im Monat, die mir erst einmal meinen Kredit bei der Bank tilgen und meine Leasingrate, die ich für die sechs renovierten Hotelzimmer bezahlen muss. Der Vertrag beginnt zum 1. März 2013. Jetzt geht es mir schon ein bisschen besser. Wir haben Mitte Februar und für den Garantievertrag ist noch nicht eine Buchung da. Ich rufe beim Reiseveranstalter an und frage, ob sie das Geld ohne Gästeübernachtungen bezahlen möchten. Die Antwort verschlägt mir die Sprache: „Der Mitarbeiter, mit dem Sie das vereinbart haben, ist nicht mehr bei uns, der Vertrag ist ungültig."

„Wie bitte? Nun, wenn Sie für einen Job eingestellt wurden und haben einen Arbeitsvertrag, und der Personalchef geht, haben Sie dann keinen Anspruch auf den Job laut Vertrag?" Mein Argument leuchtet ein. Ich faxe den Vertrag zum Veranstalter und nach zwei Wochen kommen dann auch die ersten Gäste. Es gibt mit der Bezahlung die ersten beiden Monate Schwierigkeiten. Also mache ich dem Reiseveranstalter einen Vorschlag: Wir verkürzen den Vertrag bis zum 31. Dezember, doch dafür möchte ich die restlichen sieben Monate direkt komplett bezahlt bekommen. Der Deal wird angenommen und ich bekomme 35.000 Euro überwiesen, die mir wieder ein gutes Stück weiterhelfen zu überleben.

Zu meiner Glanzzeit bei der *Zeitarbeit* hat die GmbH für mich als Geschäftsführerin eine private Altersvorsorge abgeschlossen, um ab dem 60. Lebensjahr 6.000 Euro monatliche Rente zu beziehen. Dafür hat die GmbH einmalig 200.000 Euro einbezahlt und dann monatliche Beiträge. Das war eine tolle Sache, denn die Kosten konnten natürlich abgesetzt werden. Die Beiträge kann ich schon lange nicht mehr zahlen, deshalb ruht die Versicherung. Ich rufe meinen Makler an und frage, was bei einer Insolvenz mit dem Geld passiert. Nichts, sagt er. Das Geld ist sicher. Die GmbH kann sich diese Summe jedoch jederzeit auszahlen lassen. Wenn ein Insolvenzverwalter das rausbekommt, wird die Insolvenz eröffnet und das Geld fließt zu 100 Prozent zum Insolvenzverwalter, damit sein Gehalt schon mal gesichert ist. Das mache ich lieber selbst. Also lasse ich die Summe ausbezahlen. Ich eröffne dafür sogar ein neues Konto in der Hoffnung, dass diese Summe bei einer Überprüfung niemals auftaucht.

Lieferantenrechnungen jedoch schon. Unser Bäcker hat uns erzählt, dass er eine Hotelkette im Bayerischen Wald beliefert hatte, die Insolvenz anmelden musste. Als er auf die Bank ging, wurde ihm eröffnet, dass sein Konto überzogen sei. Der Insolvenzverwalter hatte alle bezahlten Rechnungen für die letzten drei Monate zurückgebucht. Das durfte er. Daran wäre der Bäcker beinahe selbst pleitegegangen. Das möchte ich nicht. Deshalb bezahlen wir alle Kleinlieferanten bar.

Zu Beginn unseres Hotelgeschäftes habe ich alle Abläufe so konzipiert, dass mein Personal keine Chance hat, in die eigene Tasche zu arbeiten. Somit habe ich selbst Probleme, etwas schwarz einzunehmen.

Ich bin ein böses Mädchen

Das Hemd ist mir näher als die Hose, heißt es so? Den Prüfungsbericht habe ich wirklich erst Ende des letzten Jahres bekommen. Dagegen hat mein Steuerberater Einspruch eingelegt, um Zeit zu gewinnen. Damit er keine Einblicke mehr in meine Finanzen hat, habe ich ihm nur noch die nötigsten Unterlagen gegeben. Denn jeder ist verpflichtet, bei Kenntnis, eine Insolvenz anzumelden. In diese Situation will ich ihn nicht bringen. Was er nicht weiß, kann ihn nicht belasten.

Die Kaufinteressenten haben tatsächlich ihr Wort gehalten. Wir alle wollen möglichst schnell die notarielle Beurkundung. Der Verkauf des Hotels wird auf den 25. Juni 2013 festgelegt, Übernahme zum 1. Juli. Es sind noch knapp zwei Monate zu überbrücken. Jetzt heißt es nur noch, die Wochen zu überstehen, ohne in eine Insolvenzverschleppung zu geraten. Ab jetzt werde ich egoistisch, doch irgendwie müssen wir unseren Neuanfang sicherstellen.

Andreas ist nicht mit mir verheiratet. Rechtlich ist er ein normaler Angestellter, der mir ein Arbeitgeberdarlehen gegeben hat. Natürlich muss das beim Verkauf aufgelöst werden, denn Gehaltsschulden haben immer Vorrang vor Lieferantenschulden. Auch meine versprochene Tantieme wird dann ausbezahlt. Bei einer Insolvenz können Lohnzahlungen nicht zurückverlangt werden, auch nicht die des Geschäftsführers. Aus der Lostrommel werden alle Rechnungen rausgenommen, die nicht mehr lebensnotwendig sind. Also bleiben nur noch die Stromrechnung und die Telefonrechnung drin. Alle anderen Mahnungen verlaufen im Sande. Kleine Lieferanten, wie der örtliche Bäcker oder Metzger, bekommen ihr Geld direkt bar, denn im Falle einer Insolvenz wollen wir nicht, dass diese Zahlungen zurückgeholt werden können. Das Heizöl ist wirklich ein großer Brocken, und es tut jedes Mal weh, 2.000 Euro zu bezahlen. Es ist Mai, wir brauchen nur noch einmal richtig viel Öl, dann ist die Heizperiode zu Ende und es wird nur noch für Heißwasser benötigt. Ich wechsele den Lieferanten, der glaubt, ich käme zu ihm, weil ich mit dem alten unzufrieden bin. Das ist wirklich böse, denn auch seine Rechnung landet nicht in der Lostrommel.

Bevor wir den Käufern das Hotel überschreiben können, muss die Gemeinde bestätigen, dass sie auf ihr Vorkaufsrecht, das in meinem Notarvertrag eingeräumt war, nicht beansprucht. Da ist die nächste Problematik. Es gibt noch offene Rechnungen. Einmal für unseren Wasserschaden, den wir gestundet bekommen haben, dann für die Kurtaxe, da die letzten Rechnungen noch in meiner Lostrommel sind. Doch um den Verkauf vollziehen zu können, müssen die Forderungen bezahlt werden. Deshalb bitte ich unseren Immobilienmakler, meinen Freund und Helfer, bei der Gemeinde diese Bestätigung zu holen.

„Da ist aber noch was zu bezahlen", kommt er, wie erwartet, zurück.

„Ja, ich weiß. Wie viel bekommen sie denn noch?"

„600 Euro", lautet die für mich völlig unerwartete Antwort, denn ich hatte mit viel mehr gerechnet. Ich drücke ihm das Geld in die Hand und bitte, das sofort zu regeln.

Der Verkauf

Der zukünftige Besitzer braucht einen Steuerberater, der die Zahlen überprüft, damit er nicht in die Haftung gerät. Es muss ja auch schnell gehen. Also schlägt mein Steuerberater einen vor. Er selbst darf es nicht machen, logisch. In der Küche arbeitet bereits der Cousin des zukünftigen Hotelbesitzers, am Empfang sein Schwiegersohn. Obwohl es noch unser Haus ist, fühlen wir uns nur noch geduldet. Deshalb machen wir jetzt Nägel mit Köpfen. Wir nehmen uns noch unseren Lieblingswein aus dem Vorrat, die nötige Bettwäsche und Toilettenartikel, die wir in Ägypten brauchen, und machen dann die Inventur und verkaufen die restliche Ware an den neuen Besitzer, der ab sofort das Geschäft übernimmt. Auch finanziell stehen ihm ab sofort die Einnahmen zu. Wir gehen auf Abschiedstour. Es ist der 1. Juni und unsere Nachfolger sollen die Möglichkeit haben, wenn wir zurückkommen, eventuelle Fragen beantwortetet zu bekommen.

Am 24. Juni 2013 kommen wir zurück. Es stehen bereits zwei große Müllcontainer im Hof und das Hotel wird schon entrümpelt, obwohl es noch nicht verkauft ist. Doch ich denke an den Handschlag und vertraue. Ob es Fragen gäbe? Nein. Okay. Am nächsten Tag treffen wir uns alle beim Notar. Dieser eröffnet mit den Worten, dass es ein Problem gäbe. Mir bleibt das Herz stehen und ich werde nervös. Meine Pläne werden gerade komplett über den Haufen geworfen. Ab dem 1. Juli hatte ich geplant, das Geschäft abzumelden, mich postalisch bei meiner Tochter in Berlin anzumelden und alles Formelle zu erledigen, da für den 25. Juli unser Flug nach Ägypten gebucht ist. Aber es hilft alles nichts, der Termin heute ist geplatzt und wird auf den 8. Juli 2013 neu festgesetzt. Ich hoffe nur, dass nicht noch etwas dazwischenkommt oder der Käufer es sich doch noch anders überlegt.

Vor lauter Verzweiflung haben wir uns bei Freunden in deren Hotel eingemietet, da wir uns in „unserem" Hotel schon fremd fühlen. Die nächsten

Tage vergehen zäh. Wir können sie nicht genießen, zu stark sind die Nerven angespannt. Sollte der Kauf wirklich im letzten Moment platzen? Endlich ist es so weit. Der Notar beginnt mit der Beurkundung. Er liest jede Seite vor. Es ist für ihn ein wenig ungewöhnlich, einen Verkauf zu beurkunden, der ja bereits vollzogen ist. Bei vielen Haftungssachen sagt er: „Na, das hat sich ja schon erledigt."

Reicht das Geld oder nicht?

Notar, Steuerberater, Bank, Löhne – als das alles bezahlt ist, ist das Geld aufgebraucht. Jetzt heißt es, keine Zeit zu verlieren. Das Gewerbe wird in Bodenmais abgemeldet und der Firmensitz wird auch nach Berlin verlegt. Über Internetrecherche finde ich einen für mich passenden Anwalt für Insolvenzrecht, den ich jetzt um einen Termin bitte. Das Gespräch ist locker und ich erkläre ihm die Situation. Es gibt kein operatives Geschäft mehr, jedoch noch einige offene Rechnungen. Besonders die ausstehende Forderung des Finanzamtes, die zwar immer noch nicht amtlich ist, aber der Einspruch bestimmt abgelehnt wird, zwingt mich, die Insolvenz einzuleiten. Ab jetzt wird es für mich entspannter. Ich gebe ihm alle meine gesammelten Rechnungen, die in der Lostrommel noch übrig sind. Bei den Absendern fallen mir doch noch manche Episoden ein. Ein Lieferant hatte wirklich Pech. Es ist ein Weinlieferant, der auf jeder Messe und in jedem Freizeitpark wirbt. Alle geraden Endzahlen der Eintrittskarte bekommen einen Gewinn, was natürlich die meisten sind, wenn man als Paar kommt. Wir wollten diesmal den Gewinn abholen. Es war eine Weinprobe. Der Wein traf nicht unseren Geschmack. Aber der Traubensaft war wirklich gut. Und das Tolle, die Rechnung war erst sechs Monate später fällig. Da habe ich für unser Hotel dreißig Flaschen bestellt. Leider liegt die Fälligkeit nach dem Verkaufstermin des Hotels und somit wird der Saft nicht mehr bezahlt. Ein anderer Lieferant ist selbstverschuldet auf seinen Forderungen sitzengeblieben. Trotz Einzugsermächtigung hat er ein Mahnverfahren eingeleitet und geklagt. Nun, da das Verfahren noch nicht beendet ist, landen seine Forderungen jetzt auf der Insolvenzliste. Für mich immer noch unbegreiflich. Zufällig lerne ich eine Frau kennen, die im Finanzamt Berlin arbeitet. Im Scherz sage ich ihr: „Na, dann bearbeitest du mich vielleicht?"

„Ich habe nur Geschäftskunden."

„Ja, wäre ich. Aber ich habe Insolvenz angemeldet."

„Dann bitte sorge dafür, dass diese niemals eröffnet wird. Der Insolvenzverwalter hat das Recht, Beiträge der Krankenkasse oder des Finanzamts der letzten zwei Jahre zurückzufordern. Es kann übrigens jeder, der meint, dass ein Unternehmen zahlungsunfähig ist, die Insolvenz anmelden. Er wäre sogar dazu verpflichtet. Es macht nur niemand, denn dann bekäme er seine Rechnung ganz sicher nicht mehr bezahlt. Besonders Banken, Krankenkassen und Finanzämter haben jedoch diese Aufgabe." Jetzt weiß ich, was mein Ziel ist. Doch, wo bleibt das Schreiben des Anwalts? Bei einer geschäftlichen Insolvenz hat man drei Wochen Zeit, diese anzumelden, um nicht in die Insolvenzverschleppung zu kommen. Ich habe schon Zeit verloren, da sich der Verkauf verzögert hat. Doch die Geschäftsübergabe war zum 1. Juli, somit muss bis zum 21. Juli die Insolvenz angezeigt werden. Ich höre nichts von ihm, obwohl ich fast täglich anrufe. Jetzt werde ich nicht nur energisch, sondern leicht panisch. „Ich habe nur noch bis 21. Juli 2013 Zeit, die Insolvenz anzumelden!"

„Sie haben alle Zeit der Welt bei einer privaten Insolvenz." Mir verschlägt es kurz die Sprache.

„Wer sagt was von privater Insolvenz? Sie sollen meine Geschäftsinsolvenz anmelden." Jetzt wird er etwas nervös.

„Da müssen wir uns ja wirklich beeilen, das schaffe ich nicht mehr bis zum 21.!" Na prima, da bin ich dann gespannt, wie wir aus dieser Nummer rauskommen. Wir nehmen das Kaufdatum als Stichtag und ich bin gespannt, ob das so anerkannt wird. Am 24. Juli wird der Insolvenzantrag gestellt. Alle Forderungen, die noch offen sind, haben nun keine Chance mehr auf Zahlung. Das ist der Vorteil einer GmbH, wenn die Insolvenzeröffnung mangels Masse abgelehnt wird und gegen mich als Geschäftsführerin keine

Erstattungsansprüche geltend gemacht werden können. Doch das wird jetzt erst einmal durch einen Sachverständigen geprüft und dann werde ich zu der Situation befragt. Bis zu diesem Zeitpunkt werde ich in Ägypten meine Nerven schonen und Reserven auftanken. Jetzt heißt es wirklich: Goodbye Deutschland, hallo Ägypten!

Wird die Insolvenz eröffnet?

Für einige kommt unser Verkauf wohl doch sehr unerwartet. Wir haben nie ein Geheimnis daraus gemacht, dass wir nach Ägypten gehen wollen. Im Gegenteil, Film, Fernsehen und auch die Zeitungen haben darüber berichtet. Am 24. Juli wird der Insolvenzantrag gestellt. Alle Forderungen, die noch offen sind, werden jetzt zusammengefasst, um festzustellen, ob man das Unternehmen retten kann. Mein Ziel bei dem Gespräch am 19. August 2013 ist somit klar: Das Insolvenzverfahren soll mangels Masse nicht eröffnet werden. In diesen Wochen bekommt meine Tochter, bei der ich postalisch gemeldet bin, so viel Post vom Gerichtsvollzieher wie normalerweise Werbung für das ganze Jahr. Manche Lieferanten, die wegen der Insolvenz angeschrieben worden sind, versuchen, von mir privat die Forderungen bezahlt zu bekommen. Das funktioniert jedoch bei einer GmbH nicht. Pünktlich zum 19. August fliege ich wieder zurück nach Berlin, um das Gespräch mit der Gutachterin zu führen. Wer kommt zu spät? Mein Anwalt. Doch bis dahin läuft das Gespräch gut. Tatsächlich ist es so, dass die Bank und die Krankenkassen nichts gewusst haben können. Das Konto war immer im Plus, die Krankenkassen habe ich immer pünktlich bezahlt, da ich privat dafür hafte. Ich werde zu der Situation befragt und dazu, wie es zur Zahlungsunfähigkeit kommen konnte. Wahrheitsgemäß erkläre ich die Geschichte von der Verkaufsabsicht und dem daraus resultierenden schlechteren Geschäft. Ein Teufelskreis. Und jetzt, nach dem Verkauf, ist nicht mehr genug übrig. Tatsächlich hat die Gutachterin die Überweisung der 150.000 Euro aus meiner privaten Rentenversicherung gefunden. Natürlich fragt sie, wo das Geld geblieben ist.

„Damit habe ich offene Rechnungen und ausstehende Löhne und Gehälter bezahlt." Ob ich eine Zukunftschance für das Unternehmens sehen würde, will sie wissen. Welches Unternehmen? Es gibt keinen Geschäftsinhalt mehr, es gibt kein Vermögen mehr. Das Hotel wurde verkauft und als

Erstes hat natürlich die Bank ihren Kredit abgelöst. Mit dem bisschen, was übrig war, wurden Kleinlieferanten bezahlt, außerdem die Abfindung für Herrn Diefenbach, den Hotelmanager. Alles wird protokolliert und anschließend von einem Sachverständigen geprüft und beurteilt. Dann wird eine Entscheidung getroffen. Wir verabschieden uns und ich frage meinen Anwalt, ob es ein Problem ist, wenn ich mich weiterhin in Ägypten aufhalte. Er verneint dies und verspricht mir, die Entscheidung sofort per Mail zu senden. Also fliege ich wieder in die Wahlheimat und warte auf die nächsten Informationen.

Die Entscheidung

Am 10. September bekomme ich eine Mail von meinem Anwalt mit dem Gutachten über die Insolvenzgründe und Fortführungsaussichten. Sofort zu Beginn steht die Zusammenfassung:

1. Die Schuldnerin betrieb bis zum 30. Juni 2013 das Hotel **Dolce Vita** *in Bayern.*

2. Sie ist heute zahlungsunfähig und überschuldet.

3. Die Verfahrenskosten können aus der freien Masse nicht gedeckt werden.

4. Fortführungsaussichten bestehen nicht.

Ich kann vor diesem Hintergrund eine Verfahrenseröffnung nicht befürworten.

Erstes Ziel erreicht. Doch ich suche in dem Gutachten weiter, denn wir haben den Antrag zu spät eingereicht. Werde ich dafür in Haftung genommen?

Ursachen und Zeitpunkt der Insolvenzreife

... Nachdem der Käufer schließlich den vereinbarten Kaufpreis nicht aufbringen konnte, scheiterten diese Vertragsverhandlungen im Januar 2013 endgültig. Zum 1. Juni 2013 entwickelte die Geschäftsführerin ein neues Konzept. Überraschend trat allerdings im Mai dieses Jahres ein weiterer Interessent auf sie zu. Er war allerdings nicht bereit, einen Fortführungswert zu vergüten, sondern erwarb lediglich das Anlagevermögen der Schuldnerin zu einem Preis von € 40.000,00. Der Kaufpreis wurde am 25. Juli 2013 gezahlt. Hieraus wurde der

Negativsaldo bei der Sparkasse Regen-Viechtach ausgeglichen. Die Geschäftsführerin gab an, die Zahlungen am 8. Juli 2013 eingestellt zu haben. An diesem Datum verortet sie auch den Eintritt der Insolvenzreife. Tatsächlich hätte sich bei Aufstellung eines Liquiditätsstatus anlässlich des Unternehmenskaufvertrages herausgestellt, dass der erzielbare Kaufpreis nicht ausreicht, um sämtliche Verbindlichkeiten zu bedienen. Der Kaufinteressent trat im Mai 2013 auf Frau Stiefel zu. Der Betriebsübergang erfolgte zum 30. Juni 2013. Spätestens an diesem Tag dürften die Kaufpreisverhandlungen abgeschlossen gewesen sein. Ich sehe den Eintritt der Insolvenzreife daher spätestens Ende Juni 2013.

Oha, der Gutachter hat also gemerkt, dass wir schon früher die Insolvenz bemerkt haben müssen. Ich überfliege das Gutachten, um festzustellen, ob man daraus eine Straftat oder Haftungsansprüche ableiten kann.

Erstattungsansprüche gemäß § 43 GmbHG

Gemäß § 43 GmbHG hat der Geschäftsführer in den Angelegenheiten der Gesellschaft die Sorgfalt eines ordentlichen Geschäftsmannes anzuwenden. Für die Verletzung dieser Obliegenheiten haftet er nach Absatz 2 der Norm.

Anhaltspunkte für eine Verletzung dieser Pflichten sehe ich nicht.

Ja, das wollte ich lesen. Und jetzt kommt noch die Entscheidung beziehungsweise die Empfehlung des Gutachters: *Ich muss daher anregen, den vorliegenden Antrag auf Eröffnung des Insolvenzverfahrens mangels Masse abzuweisen.*

Die erste Hürde ist geschafft. Doch es folgen noch weitere.

Gute Mädchen kommen in den Himmel, böse gehen an die Bankkarten

Die Geschäftsinsolvenz ist somit vom Tisch. Paradoxerweise muss ich beim Bundesanzeiger, wo man alle geschäftlichen Veränderungen nachlesen kann, eine Eröffnungsbilanz veröffentlichen. Wo bekomme ich die her? Meine letzte Bilanz stammt aus dem Jahr 2011, da diese bis zum 30. Juni des Folgejahres erstellt werden muss. Für das Jahr 2012 hat mein Steuerberater keine mehr erstellt, weil ich den Vorschuss nicht gezahlt habe.

„Die Bilanz ist jetzt wirklich kein Hexenwerk", meint der Anwalt. Im Gutachten ist eine Art Bilanz veröffentlicht, die ich abschreiben soll. Die Verbindlichkeiten der Gläubiger ergeben zusammen 38.000 Euro, Verbindlichkeiten im Finanzbereich und bei den Sozialkassen 76.000 Euro. Ach ja, jetzt stehen die Steuerschulden auch in der GmbH. Anscheinend ist der Widerspruch abgelehnt worden. Alle anderen Positionen waren bei null, da es nichts mehr gibt. So ist auch die letzte Hürde zur Beendigung der GmbH genommen. Ein Jahr später wird sie gelöscht werden. Ich gebe zu, ich habe die Probe aufs Exempel gemacht. Noch bin ich im Besitz von Kreditkarten und Girokonten, sogar mit einem Dispositionskredit. Ich kann jetzt etwas nachempfinden, wie Menschen in eine Schuldenfalle geraten. Ich gehe einkaufen. Ein Laptop, Geschirr für das Wohnmobil, Sonnenliegen, Lebensmittel. Alles bezahle ich mit der EC-Karte. Als diese dann am Limit ist und nicht mehr akzeptiert wird, wechsele ich zur Kreditkarte. Ich bestelle im Internet, bezahle den Flug und hebe sogar noch Bargeld ab. Das Ganze klappt bis zu vier Wochen lang, dann will das Kreditkartenunternehmen das Geld vom Girokonto buchen. Da ich das schon ausgeschöpft habe, werden jetzt die Karten gesperrt. Nun, das Girokonto war zuletzt mit 11.000 Euro im Minus.

Für Finanzamts- und Sozialversicherungsschulden habe ich inzwischen auch die Zahlungsaufforderung bekommen. Tja, das sind jetzt weit über

100.000 Euro, die ich privat bezahlen muss. Natürlich kann ich mich bis zur Unendlichkeit pfänden lassen. Doch jetzt entscheide ich, den Weg mit Aussicht auf ein Ende zu wählen. Ich beantrage auch eine private Insolvenz, bei einem anderen Anwalt. Das Prozedere ist ähnlich. Auch er bekommt alle Rechnungen. Alle Gläubiger werden informiert, dass ich zahlungsunfähig bin. Es gibt drei Möglichkeiten, wie diese Insolvenz endet:

Ich bezahle alle Forderungen, dann bin ich sofort fertig.

Ich bezahle die Anwaltskosten in Höhe von insgesamt 5.000 Euro, dann kann ich nach fünf Jahren einen Antrag auf Restschuldbefreiung stellen.

Ich kann die Rechtsanwaltskosten auch nicht bezahlen, dann kommen die zu den persönlichen Schulden noch dazu und ich muss sechs Jahre warten.

Auf jeden Fall bin ich nach sechs Jahren wieder schuldenfrei. Nun stellt sich die Frage, ob ich während dieser Zeit im Ausland leben darf. Es ist möglich. Ich muss einen angemessenen Job annehmen und dem Anwalt monatlich meine Einnahmen mitteilen. Alles, was über der Pfändungsfreigrenze von 1.179 Euro netto liegt, muss ich dem Insolvenzverwalter abführen. Jeder, der sich mit Ägypten etwas auskennt, weiß, dass die meisten Gehälter deutlich darunter liegen, dafür ist der Lebensunterhalt hier auch günstiger. Deshalb sende ich ihm regelmäßig meinen Verdienstnachweis und kann mit diesem Geld hier gut leben. Wäre ich in Deutschland geblieben, hätte ich dann sogar noch Anspruch auf Wohngeld oder sonstige Sozialleistungen.

Der Strafbefehl

Mein Anwalt schickt mir diese unangenehme Mail. Ich ziehe an meiner Zigarette und lese den Strafbefehl zum dritten Mal durch. In den letzten zwanzig Jahren Selbstständigkeit gab es öfter Situationen, bei denen ich mit einem Fuß im Gefängnis gestanden habe. Doch geschäftlicher Erfolg ist auch von schnellen Entscheidungen und gewissen Risiken abhängig sowie der Ausschöpfung aller Grauzonen. Der Strafbefehl ist ein Urteil, in dem verkündet wird, ich habe eine Zahlung in Höhe von 7.200 Euro zu leisten oder hundertachtzig Tage im Gefängnis abzusitzen. Ich rechne: 7.200 geteilt durch 180 ergibt 40. Das ist ein ziemlicher Hungerlohn. Doch wenn ich noch dazurechne, was ich in den hundertachtzig Tagen spare, ist es wirklich zu überlegen. Ich stelle mir vor, wie ich hinter Gittern sportlich aktiv werden würde, meine Fremdsprachenkenntnisse vertiefen könnte, mindestens 15 Kilo abnehmen und als gutaussehende, durchtrainierte Frau mit guten Arabischkenntnissen nach einem halben Jahr entlassen werden würde. Dann könnte ich wieder zu meinem aktuellen Lebensmittelpunkt nach Ägypten fliegen und diese Erfahrung als Autorin vermarkten. Der Titel: „In bester Gesellschaft". Vielleicht könnte ich ja ein Interview mit Uli Hoeneß oder dem Schlecker-Papa bekommen? Das ist kein schwarzer Humor, sondern meine Art, mich mit kritischen Situationen auseinanderzusetzen. Ich stelle mir immer die schlimmste Möglichkeit bildlich vor, die passieren könnte. Ich spiele die Situation in Gedanken schon einmal durch, überlege, was ich machen würde, was passieren könnte, wie es sich anfühlt. Wenn ich damit durch bin, verliert eine ungewisse Perspektive an Bedrohung. Der schlimmste Fall hier wäre, in ein Gefängnis zu kommen, und zwar in ein deutsches.

Andreas macht sich ähnliche Gedanken. „Du schaffst es noch, bei der Einreise in Deutschland statt die Kinder zu besuchen ins Frauengefängnis abgeführt zu werden. Wie kann es sein, dass ein Urteil ergeht, ohne dich vorher anzuhören?" Andreas zieht zur Entspannung an seiner Shisha und bläst die weißen Rauchschwaden aus, die nach Apfel duften. Wir sind seit sieben Jahren ein Paar. Er kommt ziemlich gut mit meiner Dominanz zurecht, da er die Gratwanderung zwischen Kontrageben und ruhiger Zustimmung beherrscht. Jetzt darf er ein bisschen in der Wunde stichel, bis wir zusammen eine Lösung finden. Ich gehe ins Internet und gebe den Suchbegriff „Strafbefehl" ein. Dann zitiere ich aus Wikipedia: *„Das Strafbefehlsverfahren ist im deutschen Recht ein vereinfachtes Verfahren zur Bewältigung der leichten Kriminalität durch einen schriftlichen Strafbefehl. Die Besonderheit des Strafbefehlsverfahrens liegt darin, dass es zu einer rechtskräftigen Verurteilung ohne mündliche Hauptverhandlung führen kann. Dies entlastet Gericht und Staatsanwaltschaft."*

„Ich lebe mit einer Kriminellen in Ägypten, prima!", seufzt Andreas.

„Kleinkriminelle, bitte, nicht übertreiben! So klein, dass ich noch nicht einmal für eine Anhörung geladen werde. Das enttäuscht mich jetzt schon ein wenig." Wir können gut über uns selber lachen. Ein bisschen bin ich schon über die Tatsache erleichtert, dass es sich wohl nicht um eine schlimme Anklage handelt.

„Um was geht es denn genau?" Jetzt ist auch bei Andreas die Neugierde geweckt. Ich lese mir den Strafbefehl noch einmal in Ruhe durch und fasse zusammen: „Es geht darum, dass ich beim Verkauf des Hotels Möbel mitverkauft haben soll, die noch geleast waren. Streitwert: 64.000 Euro."

„Hast du den Leasingvertrag nicht mit im Notarvertrag?"

„Nein. Der Käufer wollte ja keine Verträge übernehmen. Eigentlich war der Plan, die Restsumme abzulösen. Dann, als ich gemerkt habe, dass wir finanziell nicht so wirklich gut dastehen, dachte ich mir, ich warte mal ab.

Und als der Insolvenzantrag gestellt wurde, dachte ich, das geht jetzt in die Insolvenzmasse und ist erledigt. Im Kaufvertrag haben wir zum Schutz der Käufer deshalb extra aufgenommen, wenn noch Zahlungen anstehen, die mich betreffen, dann müssen diese von mir übernommen werden. Das wäre ja hier der Fall. Aber auch die neuen Hotelbetreiber haben uns niemals eine Zahlungsaufforderung aus der Leasingverpflichtung geschickt."

„Wer hat dich denn angeklagt?" Diese Frage beschäftigt mich auch. Bei diesem Strafverfahren ist das nicht richtig ersichtlich, da der Kläger die Staatsanwaltschaft ist. Waren es die Käufer des Hotels? Ein ehemaliger Mitarbeiter deutete einmal an, dass sie eine „große Sache" gegen mich planen würden. Doch in Bezug auf die Hotelmöbel und die daraus resultierenden Forderungen war im Kaufvertrag alles geregelt. Die Käufer hatten keine Nachteile. Also unlogisch. War es die Leasingfirma? Klar, auch eine große Firma bucht ungern Forderungen aus. Doch das muss im Geschäftsleben mit einkalkuliert werden. Richtig war, dass Möbel noch nicht fertig geleast waren, jedoch die GmbH als Vertragspartner jetzt insolvent ist. Warum also sollte man mich wegen *Unterschlagung* verklagen können?

„Kann ich nicht genau sagen. Entweder die Käufer oder die Leasingfirma", lasse ich Andreas an meinen Gedanken teilnehmen.

„Wäre es nicht das Einfachste, du zahlst die 7.200 Euro und hast deine Ruhe?", meint Andras relativ gelassen. Welche Möglichkeiten gibt es jetzt? Auch wenn wir seit einem Jahr in Ägypten leben und nicht mehr so viel arbeiten, bin ich sofort wieder in den Denkprozessen eines Unternehmers. Alle Forderungsaufstellungen sind auf meinem Laptop als PDF hinterlegt, sodass ich mich schnell darüber informieren kann, um was es geht. Alles, was ich nicht finde, könnte per Mail beim Steuerberater angefragt werden, der, Gott sei Dank, eine Aufbewahrungsfrist hat und im Gegensatz zu mir die Ordnung liebt, nicht das Chaos.

„Hier hab ich es: Es geht noch um einen Restbetrag von 16.400 Euro, das hört sich doch schon viel weniger an. Aber ich bin auch deiner Meinung: Wenn mit der Zahlung von 7.200 Euro alles erledigt ist, wäre das die einfachste Variante. Bei einer Verhandlung kommen Flugkosten, Anwalt und Aufenthalt dazu, da komme ich nicht viel günstiger weg." Um diesen Aspekt zu überprüfen, verfasse ich eine kurze Mail an meinen Anwalt in Berlin, der meine Situation durch die Abwicklung der Firmeninsolvenz gut kennt, und stelle ihm die Frage: „Wenn ich den Strafbefehl akzeptiere und bezahle, was passiert dann?" Kurz und knackig, so kommunizieren wir immer. Dieses Mal ruft er tatsächlich an.

„Das Problem ist, dass Sie bei Zahlung die Straftat akzeptieren und dann vorbestraft wären. Ich weiß nicht, ob sich das bei einem Aufenthalt im Ausland, explizit in Ägypten, nachteilig auswirken könnte. Erheben Sie besser Einspruch. In Berlin ist es oft der Fall, dass bei Einspruch keine Straferöffnung erfolgt. Außerdem gibt es keinen Grund, eine Vorstrafe zu akzeptieren, für die kein Grund vorliegt." Ich liebe „meinen" Anwalt. Ich bin streitbar und er unterstützt mich auf die gleiche unkonventionelle Art. Deshalb bekommt er grünes Licht zum Einspruch, mit der Hoffnung, dass die Klage fallengelassen wird.

So kurz und knackig wie die Unterhaltung sieht der Einspruch nicht aus – er umfasst achtundsiebzig Seiten!

Die Klageeröffnung

In Bayern sieht man die Dinge anders als in Berlin. Natürlich wird Klage erhoben. Mein Anwalt erklärt mir, dass die Verhandlung am 12. August 2014 stattfinden wird und er nicht in Bayern verteidigen will. Mein persönliches Erscheinen wurde angeordnet. Doch er kennt einen guten Anwalt, den er mir empfiehlt. Mit diesem Anwalt trete ich per Mail am 6. August 2014 das erste Mal in Kontakt: *Ich komme am 11. August 2014 nachts an. Ich schlafe in der Nähe des Flughafens. Wann können Sie mich am 12. August abholen? Ich denke, es macht keinen Sinn, noch mal in die Stadt zu fahren. Wir haben ja Gelegenheit, im Auto zu sprechen. Wie weit sind Sie mit der Durchsicht der Akte? Wer klagt denn eigentlich, der Käufer oder die Leasingfirma? Ich verstehe es immer noch nicht, denn es gibt keinen Grund zu klagen, da es im Notarvertrag vereinbart wurde, dass ich, nach Nachweis, Zahlungen ersetzen muss. Soll ich das Geld einfach bar mitbringen? Kann ich mir die MwSt. sparen? Wollen wir telefonieren?*

Die Antwort kommt prompt:

Sehr geehrte Frau Stiefel,

es handelt sich gegenständlich um den Strafbefehl vom April 2014. Es klagt also niemand, es handelt sich ja nicht um ein Zivilverfahren. Auf der Gegenseite steht der Staat, vertreten durch die Staatsanwaltschaft, welche von Amts wegen bei Strafsachen ermitteln und tätig werden muss.

Ihnen wird Unterschlagung vorgeworfen zu Lasten der Leasing. Laut Akte haben Sie das Inventar mitverkauft, ohne offenzulegen, weder im Kaufvertrag noch in den Anlagen zum Kaufvertrag, dass die Hoteleinrichtung Ihnen nicht gehörte, sondern im Eigentum der Leasing stand. Darüber hinaus haben Sie nach Aktenlage auch den Leasingvertrag mit der Leasing über die Hoteleinrich-

tung nicht in den Kaufvertrag aufgenommen. Der Leasing stehen noch ca. 11.500,00 Euro zu, welche sie jetzt aufgrund der Insolvenz der Stiefel GmbH nicht realisieren kann.

Was können wir gegen diesen Vorwurf der Unterschlagung vorbringen, außer dass man (wer, wann, wem?) den Käufern vorher vielleicht alles gesagt hat? Gibt es beweisbare Nebenvereinbarungen? Warum findet sich der Leasingvertrag im Kaufvertrag nicht wieder? Die Schriftstücke sprechen gegen Sie. Gibt es evtl. weitere Dokumente? Wir gesagt, laut Aktenlage waren alle (Käufer und insbesondere Leasing) ahnungslos über diesen Sachverhalt.

Ich kann Sie für die Fahrt um 11:30 Uhr abholen. Bitte teilen Sie mir mit, wo ich Sie abholen kann.

Das Internetmobbing geht weiter

Unsere Feinde im Internet sind weiterhin sehr aktiv. Es vergeht fast keine Nacht, ohne dass irgendwo gegen uns Stimmung gemacht wird. Wir wundern uns sehr, dass wir so viel Energie wert sind. Denn der oder die stalken uns förmlich und wissen alles über uns. Da diese Menschen nur in der Anonymität des Netzes mutig sind, werden immer wieder Profile mit falschem Namen erstellt. Das kostet Zeit und auch ein wenig Geschick. Denn man muss jedes Mal andere E-Mail-Adressen angeben, sonst würde das System aufmerksam, man braucht gegebenenfalls sogar verschiedene Computerzugänge. Natürlich überlegen wir krampfhaft, wer es sein könnte. Ist es einer der Lieferanten, der noch Geld von uns zu bekommen hätte? Oder die Gäste, die Zahlungen an uns geleistet hatten und deren Buchungen vom neuen Hotelbesitzer nicht anerkannt wurden? Inzwischen werden nicht nur falsche Identitäten in Facebook erschaffen, um gegen uns zu hetzen, sondern es wurde eine sogenannte Fanseite über uns erstellt unter dem Namen: „Freedom for Astrid Stiefel und Andreas Diefenbach". Im tiefsten bairischen Dialekt wird dort über uns geschrieben und es werden Kommentare abgeben, die uns als Betrüger darstellen. Doch jetzt werden Bilder veröffentlicht, die nachweislich von Menschen kommen müssen, die hier in Ägypten leben oder gelebt haben. Diese Kombination aus Detailwissen über unsere Zeit im Bayerischen Wald und die in Ägypten, lässt uns überhaupt keine Idee haben, wer dahinterstecken könnte.

Wieder wird eine komplette Seite auf Facebook veröffentlicht mit dem Namen „Habibi Andreas" und der Überschrift: *Der Sex mit Astrid ist nicht mehr so prickelnd, deshalb suche ich neue Abenteuer. Ruft mich an!*

Als Profilbild wurde ein heimlich geschossenes Bild von ihm ins Netz gestellt. Es wurde in *El Gouna* aufgenommen, als er ohne mich am Strand lag, weil ich zu der Zeit in Deutschland war. Darunter seine geschäftliche

Telefonnummer. Also musste derjenige vor Ort gewesen sein oder jemanden gut kennen. Doch wisst ihr, was das Schlimmste daran war? Niemand hat Andreas angerufen! Spaß beiseite. Andreas hat mit den Fakeprofilen über Messenger korrespondiert, weil er die Sache klären wollte. Dabei fiel auf einmal der Satz: „Wer ist denn am 6.05. fremdgegangen, du oder ich?" Da dies der Geburtstag meiner Mutter ist, weiß ich, dass ich zu diesem Zeitpunkt in Deutschland gewesen bin und Andreas alleine in Ägypten war. Man könnte damit schon Misstrauen säen. Funktioniert bei uns aber nicht. Doch daran merken wir, dass unser Leben im Netz akribisch verfolgt wird. Der Spaß hört definitiv auf, wenn unsere Kinder mit belästigt werden. Tatsächlich rufen uns Katharina und Christian an, dass sie anonyme Post bekommen haben, wo eine Fotomontage von Andreas Gesicht mit einem Affenkopf zu sehen ist. Darunter steht in großen Buchstaben: „Der Weißwurstaffe von Hurghada".

Jetzt wird (neben der Mühe, Adressen in der Schweiz ausfindig zu machen) sogar schon Geld für Porto ausgegeben. Es muss uns jemand abgrundtief hassen. Doch wir wundern uns, warum gerade Andreas so in der Schusslinie steht, der ja rein rechtlich gesehen in Deutschland „nur" Angestellter war. Ist es doch jemand aus Ägypten, der neidisch ist? Denn hier steht natürlich Andreas mehr im Rampenlicht als ich. Schon aufgrund meiner persönlichen Situation halte ich mich eher bedeckt.

Am Abend, bevor ich nach Deutschland zu der Gerichtsverhandlung fliege, sitzen wir in einem Restaurant und trinken noch etwas. *Bing*, Andreas bekommt eine persönliche Nachricht: *„Ich wünsche deiner Frau morgen viel Erfolg auf dem Gericht in Regensburg. Wir werden auch da sein."*

Über den Gerichtstermin haben wir mit niemandem gesprochen, denn das ist kein Thema, mit dem man hausieren geht. Noch nicht einmal unsere Kinder wissen davon. Mir ist schlecht.

„Sind wir gehackt worden?"

„Man könnte es fast meinen. Aber der Termin ist gar nicht in Regensburg." Wir wissen nicht mehr weiter.

Der Gerichtstermin

Nun haben der Anwalt und ich knapp zwei Stunden Zeit, um den Fall zu besprechen. Ich beantworte erst einmal seine Fragen aus der Mail.

„Da ich die Restsumme ablösen wollte, habe ich den Leasingvertrag nicht mit aufgenommen. Die Leasing wusste, dass ich verkaufen wollte, denn bereits letztes Jahr, als ein vermeintlicher Kaufinteressent da war, hatte ich die Ablösesumme angefragt. Diese E-Mail habe ich auch gefunden und den Ablösevertrag dabei. Dieser Kauf kam jedoch nicht zustande. Mit den tatsächlichen Käufern gab es eine Verschiebung der Beurkundung. Danach musste ich schnell die Insolvenz anmelden. Da habe ich nicht mehr über den Leasingvertrag und die Ablösesumme nachgedacht. Nachdem die Insolvenz nicht eröffnet wurde, dachte ich, der Drops ist gelutscht. Und wie gehen wir jetzt vor?"

„Sie stellen sich dumm. Ich werde Sie bei der Verhandlung als unfähige Geschäftsfrau hinstellen. Viele kennen den Unterschied zwischen Eigentümer und Besitzer nicht. Sie waren zwar Eigentümerin, aber nicht Besitzerin. Unterschlagung bedeutet, dass jemand bewegliche Sachen als sein Eigentum nennt, obwohl es ihm gar nicht gehört." Nun, mich dumm zu stellen, fällt mir nicht schwer. Wir gehen in den Verhandlungsraum. Neugierig sehe ich mich um. Wer könnte unser Internetstalker sein? Doch außer der Reporterin des *Bayerwald-Boten* ist niemand Fremdes im Raum. Kein Hinweis auf die Facebook-Akteure. Die Verhandlung beginnt. Der Staatsanwalt trägt seine Begründung vor. Ich werde zur Sachlage gefragt und erkläre meinen Standpunkt. Die Leasingfirma wurde informiert, da ich zwei Ablösesummen angefragt hatte, mit der Begründung, zu verkaufen. Die Hotelkäufer wollten keine Leasingverträge übernehmen, da sie meinten, bei Neuverhandlungen bessere Konditionen aushandeln zu können. Die notarielle Beurkundung verschob sich um zwei Wochen und dann kam die Insolvenz.

Mein Anwalt ergänzt in einem bairisch gefärbten Hochdeutsch, und ein Satz lässt mich doch innerlich zusammenzucken: „Herr Staatsanwalt, schauen Sie, die Geschäftsführerin Frau Stiefel kennt den Unterschied zwischen Eigentümer und Besitzer nicht. Dass sie nicht besonders clever ist, merkt man allein schon daran, dass ihre GmbH insolvent ist." Besser dumm dastehen als intelligent vorbestraft. Doch der Staatsanwalt will nicht so recht. Da zückt mein Anwalt einen anderen Trumpf: „Wollen wir jetzt den Leasingvertrag mal unter die Lupe nehmen? Wir könnten den ganzen Vertrag anfechten. Doch von was reden wir hier? Es geht um einen Restwert von 11.500 Euro für fünf Jahre alte Möbel. Wenn Sie den Transport und die Montage dagegenrechnen, sind wir noch bei 6.000 Euro. Was bekommen Sie noch für gebrauchte Möbel? Vielleicht 2.000 Euro. Und die ist meine Mandantin bereit zu zahlen." Jetzt geht der Handel los, es ist wie im Orient. Man trifft sich bei einer Summe von 2.700 Euro. Wenn ich diese bezahle, wird das Verfahren *eingestellt!* Auf die Frage der Richterin, ob ich diese Summe aufbringen könnte, antworte ich wahrheitsgemäß: „Ich habe das Geld nicht, aber meine Mutter und mein Lebensgefährte werden mir, so hoffe ich, helfen." Darauf die Richterin: „Es ergeht folgender Beschluss: Das Verfahren wird vorläufig eingestellt. Der Angeklagten wird zur Auflage gemacht, 2.700 Euro zu bezahlen. Herr Anwalt, dann gehe ich recht in der Annahme, dass wir auch keine Gerichtskosten zu erheben brauchen. Die Kosten des Verfahrens trägt das Gericht." Puh, mit einem blauen Auge davongekommen. Wie sich das gehört, verabschiedet man sich bei Gericht auch per Handschlag von der gegnerischen Partei und von den jetzigen Hotelbesitzern, die als Zeuge geladen waren. Diese überreichen mir dabei eine ausgedruckte Mail und meinen: „Das haben wir bekommen, aber nicht darauf reagiert." Ich beginne zu lesen.

Absender armleuchter1@gmail.com (Auszug): *Ich habe erfahren, dass Sie am Dienstag ein Gerichtsverfahren (Strafanzeige) gegen STIEFEL, Astrid, Vorbesitzerin Dolce Vita (zusammen mit Andreas Diefenbach) haben. Ich wünsche*

Ihnen für dieses Verfahren alles Gute und ich hoffe, dass STIEFEL ihre gerechte Strafe findet. Es sieht eindeutig nach Insolvenzverschleppung aus und natürlich Betrug in vielen Fällen. Die Bestellung der Presse wäre sicherlich auch ein netter Schritt.

Es standen noch weitere detaillierte Informationen über den aktuellen Stand unserer Firma in Ägypten dabei. Auch der Name von Tammy und Udo fiel und der Firmenname, unter dem die beiden in Ägypten die Vermietung hatten. Ich bin geschockt. Wir wollen gerade den Gerichtsraum verlassen, als die Reporterin auf mich zukommt. „Frau Stiefel, sind Sie extra wegen dieses Termins nach Deutschland gekommen?" Mein Anwalt will mich vor neuen Schlagzeilen bewahren und fragt sie: „Es gab keine Verurteilung, also gibt es doch auch nichts zu schreiben?"

„Wir haben Frau Stiefel seit der Eröffnung begleitet. Wir berichteten über das kleinste Vier-Sterne-Hotel und über die Kinderfreiheit. Natürlich interessiert unsere Leser auch dieser Fall." Ja, und so kommt es, dass der Bericht, der für unsere Internetfeinde das gefundene Fressen sein wird, am nächsten Tag veröffentlicht wird.

Aus Ägypten auf die Anklagebank im Bayerwald

Von Ägypten auf die Anklagebank im Bayerwald

Reißender hätte die Schlagzeile am 14. August 2014 im *Bayerwald-Boten* nicht sein können. Doch genau diesen Bericht nehmen unsere Feinde oder Neider oder Gläubiger, wer auch immer, als Grundlage, um die nächsten Jahre in Facebook gegen uns Stimmung zu machen.

Mitleid bekommst du geschenkt, Neid musst du dir erarbeiten, in diese Kategorie haben wir das Internetmobbing gesteckt. Grundsätzlich schaden uns diese Seitenhiebe im Internet nicht und inzwischen wissen wir, dass diese Menschen am meisten mit Ignoranz getroffen werden. Genauso gehen wir, unsere Freunde und unsere Geschäftspartner damit um. Wir schenken diesen anonymen Machenschaften keine Bedeutung.

Es ist Ruhe eingekehrt, da bekomme ich einen Anruf. Als sich die Gesprächspartnerin vergewissert hat, dass sie mit mir spricht, kommt ein erlöster Seufzer.

„Mei Frau Stiefel, bin i froh, Sie endlich gefunden zu haben!", kommt mit starkem niederbairischem Dialekt. „Ich bin vom Amtsgericht Landshut. Sie glauben gar nicht, wie lange ich schon versuche, Ihnen in Ägypten etwas zustellen zu lassen. Immer wieder sind wir an den bürokratischen Hürden gescheitert. Wir haben schon hunderte Euro für Übersetzungen ausgegeben." Oh je, denke ich mir, nimmt es denn nie ein Ende? Was kommt denn jetzt noch? Zu Landshut fällt mir nur ein, dass ich ein Jahr nach dem Verkauf eine Aufforderung beikommen habe, Fördergelder in Höhe von 100.000 Euro zurückzubezahlen. Es gab in Bayern ein Förderprogramm, um Arbeitsplätze zu schaffen. In diesem Zusammenhang hatte ich mich verpflichtet, fünf Jahre lang zehn geförderte Arbeitsplätze zu erhalten. Ich war vollkommen erstaunt, dass man die komplette Summe zurückverlangte, da ich bereits vier Jahre das Personal beschäftigte und beim Verkauf des Hotels die Mitarbeiter ein Jahr Kündigungsschutz hatten, somit der Zeitraum erfüllt war. Da die Regierung Niederbayern jedoch im Recht war, kam die Forderung in die Insolvenzmasse. Das konnte es somit nicht sein. Ich antworte der Dame am Telefon: „Ja, ich weiß, wie schwer es ist, hier etwas zuzustellen. Senden Sie mir die Unterlagen doch einfach per Mail!"

„Ja da bin i froh! Und bitte bestätigen Sie mir den Erhalt, denn das ist wichtig!" Jetzt bin ich gespannt, was mich erwartet.

Der Strafbefehl Nummer zwei

Es springt mir förmlich ins Auge: Strafbefehl. Der Titel erschreckt mich jetzt nicht mehr, da ich ja vom letzten Mal weiß, dass es sich um ein kleines Delikt handelt. Aus den Unterlagen erkenne ich, dass er bereits im Jahr 2015 ausgestellt wurde, also vor über zwei Jahren. Jetzt verstehe ich, warum die Dame am Telefon so erleichtert war. Natürlich wird so ein Strafbefehl erst nach einer persönlichen Zustellung auch rechtskräftig. Eine E-Mail-Zustellung wird niemals anerkannt werden. Um was geht es dieses Mal? Der nette Gutachter, der mir damals bescheinigt hat, dass meine Insolvenz nicht eröffnet würde und ich auch nichts falsch gemacht hatte, kommt jetzt zu einem anderen Ergebnis. Ich werde beschuldigt, ***vorsätzlich keine*** Bilanz erstellen haben zu lassen, obwohl ich bei Zahlungsunfähigkeit laut Gesetz dazu verpflichtet bin. Ja, das kann man mir tatsächlich vorwerfen. Wenn ich kein Geld mehr habe, das ist bei einer Zahlungsunfähigkeit der Fall, dann kann ich auch den Steuerberater für die Bilanz nicht bezahlen. Und kein Steuerberater auf dieser Welt erstellt einem bald insolventen Unternehmen kostenlos eine. Deshalb bin ich jetzt schuldig, die Insolvenz verschleppt zu haben und gegen buchhalterische Grundsätze verstoßen zu haben. Böses Mädchen! Wie hoch ist die Strafe dieses Mal? Siebzig Tagessätze je 40 Euro, somit 2.800 Euro. Als Erstes recherchiere ich die Verjährungsfrist, denn noch gilt der Strafbefehl nicht als zugestellt. Kleinere Delikte verjähren nach drei Jahren. Somit müsste ich noch ein Jahr und drei Monate nicht greifbar sein. Nicht nach Deutschland fliegen oder über ein europäisches Ausland einreisen. Nein, das fühlt sich an wie Flucht, das möchte ich nicht. Was passiert, wenn ich es einfach bezahle? Ist das ein Schuldanerkenntnis, was zur Folge haben kann, dass auch die Gläubiger wieder Rechte haben, an mich persönlich heranzutreten? Nein, auch das ist nicht der Fall. Jetzt ist es nur noch die Höhe der Strafe, über die wir diskutieren müssen. Das kann ich wiederum nur, wenn der Strafbefehl als zugestellt gilt. Also bestätige ich dem Amtsgericht den Erhalt und lege gleichzeitig Widerspruch gegen die

Höhe der Strafe ein. Ich warte. Ich bekomme keine Antwort. Tja, ich denke, es hat sich erledigt.

Die nächste Einreise in Deutschland zeigt mir, dass es sich nicht erledigt hat. Ich gehe zu dem automatisierten Ausweisschalter, wo man einfach nur seinen Pass einscannt, dann selbst gescannt wird und anschließend deutschen Boden betreten darf. Bei mir kommen ein roter Balken und der nette Hinweis, dass ich mich beim Zollbeamten melden soll. Ich ahne bereits, was mich erwartet und bin auch darauf vorbereitet. Zum Erstaunen der Beamten lege ich den kompletten Mailverkehr vor und treffe ins Schwarze. Man hat mich zur Fahndung ausgeschrieben. Die Zeit brennt halt doch unter den Fingernägeln. Ich verspreche, die Sache bei meinem Aufenthalt zu klären. Doch so einfach ist es nicht. Ich muss dem Beamten eine Vollmacht geben, dass er mir meinen Strafbefehl zustellen darf. Ich mache es, trotzdem werde ich die Sache direkt vor Ort klären. Ich darf einreisen. Schnurstracks fahre ich zum Amtsgericht und möchte die nette Bayerin persönlich kennenlernen. Sie freut sich wirklich, als sie mich sieht. „Mei, Frau Stiefel, der Richter hat die Zustellung nicht anerkannt." Das denke ich mir, denn so sind unsere Gesetze. Sie holt meine Akte, ich bestätige den Erhalt und sie ist so nett, direkt meinen Einspruch aufzusetzen. Inzwischen habe ich Gelegenheit, mal meine Akte, die mindestens zehn Zentimeter dick ist, durchzublättern. Alle Schreiben und Versuche, mir das Ding zuzustellen, sind dokumentiert. Doch dann stutze ich. Tatsächlich finde ich Screenshoots von meinen Facebook-Posts, wo ich veröffentliche, wann ich nach Deutschland fliege, mit dem handschriftlichen Vermerk: „Da kommt sie wieder nach Deutschland!" Big Brother is watching you! Der Einspruch ist nun von ihr geschrieben und von mir unterzeichnet.

„Jetzt haben wir das nächste Problem!", meint sie. „Wie soll ich Ihnen das Ergebnis zustellen?" Sie hat einen hervorragenden Vorschlag. „Wenn es Ihnen nichts ausmacht, bevollmächtigen Sie mich. Ich verspreche Ihnen, alles sofort nach Zustellung bei mir per Mail an Sie weiterzuleiten." Ein wirklich guter Plan, und ich merke schon, sie will diese Akte vom Tisch haben. Natürlich nehme ich ihr ausgesprochen freundliches Angebot an.

Die Mühlen arbeiten nicht so schnell, sodass ich natürlich bei der Ausreise wieder ein Problem bekomme. Wieder bin ich gut vorbereitet und zeige die Original-Zustellung. Dieses Mal ist das ausreichend, ich darf wieder ausreisen.

Im Februar 2018 erhalte ich, mailt mir die Beamtin, wie versprochen, sofort den neuen Beschluss. Statt 40 Euro muss ich jetzt nur noch 10 Euro Tagessatz bezahlen. So habe ich die Gerichte in Erinnerung, aus meiner Zeitarbeitsphase, wo wir ständig am Arbeitsgericht waren. Es ist ein Kuhhandel. Der eine fordert ganz viel, der andere bietet nichts, und man trifft sich in der Mitte, nur um eine Verhandlung mit Entscheidung zu verhindern. Unsere Gerichte sind nun mal überlastet. Ich antworte sofort und frage, wohin ich das Geld überweisen soll. Wir müssen erst die Einspruchsfrist abwarten, Dann kommt das Urteil, in dem auch die Bankverbindung steht. Ich warte. Und wieder steht ein Flug nach Deutschland bevor. Trotz Nachfrage habe ich immer noch keinen endgültigen Bescheid und auch nicht bezahlt. Ich bin gespannt, was mich bei der Einreise erwartet. Wieder nehme ich den kompletten Schriftverkehr mit. Wieder muss ich zum Beamten. Dieses Mal liegt dem Zoll bereits der Zahlungsbefehl vor. Ich erzähle meine Geschichte.

„Ja, Frau Stiefel, Sie haben die Möglichkeit, jetzt zu bezahlen, oder wir müssen Sie in Haft nehmen."

„Ich habe keine 700 Euro dabei!"

„Mit Gebühren sind es 1.000 Euro. Können Sie sich von jemandem was leihen?"

„Ich kenne hier niemanden. Da muss ich nach Augsburg."

„Können Sie was vom Automaten holen?" Das ist die rettende Idee. Begleitet von zwei Polizisten gehen wir am Flughafen zum nächsten Geldautomaten. Der Flughafen ist weitläufig und wir müssen runter in den Keller. Mein Akku hat noch 7 Prozent und ich weiß die Geheimnummer nicht. Ich versuche, mich ins kostenlose WLAN des Flughafens einzuloggen. 6 Prozent Akku. Bitte, Andreas, sei jetzt online. Als ich im Netz bin, erscheinen viele Nachrichten von Andreas., Er will wissen, ob ich gut gelandet sei. Ich schreibe im Telegrammstil: Am Flughafen gecatcht, muss die Strafe zahlen, bitte PIN! Noch 4 Prozent! Wir sind jetzt am Automaten. Eine Frau ist vor uns und hat alle Zeit der Welt, bis wir merken, dass sie gar nichts am Automaten macht. Sie wird von der Polizei höflich auf die Seite gebeten, um mir den Weg freizumachen. Ich suche die Karte, in dem Moment erscheint die Geheimnummer auf dem Display. Hoffentlich ist das Konto weit genug im Plus, hoffentlich übersteigt es nicht das Tageslimit. Ich gebe 1.000 Euro ein, und warte auf das erlösende Geräusch, dass Geld gezählt wird. Der Automat spuckt es aus.

„Raucht jemand von Ihnen? Ich möchte jetzt gerne eine Zigarette." Die beiden Beamten sind natürlich Nichtraucher, haben jedoch Verständnis für mein Bedürfnis. Zusammen stellen wir uns ins Freie und machen etwas Small Talk. Mein Adrenalinspiegel sinkt. Zusammen gehen wir wieder auf die Wache. „Wann reisen Sie wieder aus?", fragt mich der Beamte.

„In einer Woche!"

„Dann machen wir jetzt den Abschluss ordentlich, damit Sie keine Probleme bekommen." Die Polizei, dein Freund und Helfer, hat Wort gehalten. Ich kann problemlos ausreisen.

Wer frei von aller Schuld ist, darf den ersten Stein werfen!

Dass jeder täglich lügt, das hat sich schon rumgesprochen. Schon beginnend mit „Mir geht es gut, danke!", obwohl gerade die Kinder krank sind und der Job des Mannes am Wanken ist, bis hin zu „Du siehst toll aus!", obwohl der Friseur bei diesem Ergebnis lebenslanges Berufsverbot erteilt bekommen müsste. Doch, wo hört Lügen auf und wo fängt Kriminalität an? Wenn jemand etwas verloren hat und fragt: „Hast du meinen Geldbeutel gefunden?", der Finder aber behauptet: „Nein!", ist das dann nur gelogen oder schon kriminell? Fakt ist, wenn er den Geldbeutel findet, bevor ihn jemand verloren hat, nennt man es Diebstahl, und das ist kriminell. Aber eine Fundsache nicht zurückzugeben, was ist das? Unmoralisch? Nein, unter Umständen ist man gesetzlich verpflichtet, Fundsachen in einem Fundbüro, bei der Polizei oder der Gemeinde abzugeben. Also nicht nur unmoralisch, sondern auch eine Straftat, somit kriminell.

Bei der Steuererklärung zu viele Kosten angeben, bei einer Versicherung falsche Angaben machen, in der Straßenbahn eine Station ohne gültigen Fahrausweis fahren, beim Kellner ein Bier zu wenig bezahlen und im Hotel das Handtuch im Koffer verstecken. Alles sogenannte Kavaliersdelikte und ich behaupte, jeder, der über vierzig ist, hat soetwas schon einmal gemacht. Meist freut man sich darüber, denn das Finanzamt gibt unsere Steuergelder sowieso sinnlos aus, die Versicherung verdient sich an uns eine goldene Nase, ohne jemals bezahlt zu haben, die Kurzstrecke mit der Bahn ist übertcuert, der Kellner war unfreundlich und das Hotel hat geklaute Handtücher im Zimmerpreis schon einkalkuliert. Ich bin zur absoluten Ehrlichkeit erzogen worden. Es hieß immer: „Egal was du machst, sag die Wahrheit, und es ist nur halb so schlimm!" Das ist in mir tief verankert. Es brechen Freundschaften, wenn mich jemand belügt, andererseits kommt nicht jeder mit der unverblümten Wahrheit klar, denn Diplomatie haben mir meine Eltern nicht beigebracht und bei der Vergabe dieser Eigenschaft habe ich wohl gepennt.

Wenn ich jetzt so zurückblicke, muss ich bestätigen, dass mein Andreas recht hat, wenn er behauptet, ich hätte etwas kriminelle Energie. Muss ich mich dafür schämen oder ist es einfach das Rad des Lebens, wo man einmal gewinnt und einmal verliert?

Das vorerst letzte Kapitel

Praktisch veranlagt war ich schon immer. Meinen ersten Hochzeitstermin wählte ich nach folgenden Kriterien aus: Es musste ein Montag sein, damit meine Mama an ihrem einzigen freien Tag dabei sein konnte; es musste vor September 87 sein, denn da begann ich mit einer schulischen Weiterbildung und hätte danach zwei Tage Sonderurlaub verschenkt.

Meine zweite Hochzeit ist noch unromantischer, ja, das geht. Wir bekommen eine Einladung zur Schulung von *Sonnenklar.TV* nach München. Man spendiert uns die Flüge dorthin. Das Tolle ist, dass es ein Datum ist, an dem Andreas sowieso vorhatte, nach Deutschland zum Geburtstag seiner Tante zu fliegen. Und ich plante, spontan mitzukommen, wenn hier geschäftlich nichts los ist, um meine Mama zu besuchen. Jetzt ist natürlich klar, wir fliegen beide, denn wir freuen uns auf die Schulung, und der Besuch bei den Verwandten ist ein schöner Nebeneffekt. Wir planen schon länger zu heiraten. Nicht weil wir unsere Liebe besiegeln wollen, das machen wir täglich, indem wir zusammenbleiben. Nein, tatsächlich, weil auch wir jetzt auf die sechzig zugehen und mit der Endlichkeit des Lebens immer öfter konfrontiert werden. Da wir sicher sind, uns gegenseitig ins Grab zu bringen, wäre der andere ein bisschen mehr abgesichert. Besonders in Ägypten ist es nicht so einfach, jemandem etwas zu vererben, mit dem man nicht verheiratet ist. Statistisch gesehen halten die Frauen länger durch, also ist eine Hochzeit meine persönliche Absicherung. Nun, was liegt jetzt näher, als unseren gemeinsamen Aufenthalt in Deutschland direkt dafür zu nutzen, um zu heiraten? Andreas schreibt das Standesamt Hadamar an, mit dem er deswegen schon länger im E-Mail-Kontakt steht. Man schlägt ihm in der Antwort vor, besser zu telefonieren. Doch so kompliziert? Ich höre mit: „Hallo, hier ist Andreas Diefenbach, wir haben uns jetzt kurzfristig entschieden, zu heiraten. Wäre am 20. November oder am 21. November etwas frei?" Die Zahnarzt-Termine macht er genauso. Pause.

„Ja prima, Moment, ich frage meine Zukünftige." Ich lache innerlich über die „Zukünftige!", jetzt bekommt *meine Alte* einen viel positiveren Sinn! „Es sind beide Tage möglich. Nehmen wir direkt den 20.?" Ich nicke, es ist eigentlich egal, ob 20. oder 21.

„Der 20." Pause: „Zwischen 9:00 Uhr und 12:00 Uhr ist es möglich", wiederholt er und schaut mich an. „Gleich 9:00 Uhr?" Fehlt nur noch der Nachsatz: „… dann haben wir es schneller hinter uns." Bei seiner Tante können wir dann sagen: Wir holen mal schnell Brötchen zum Frühstück – und schwupps, kommen wir verheiratet wieder zurück. Er möchte doch lieber ausschlafen oder schon gefrühstückt haben, denn er korrigiert auf 10:00 Uhr. Pause.

„Die Geburtsurkunde haben wir beide. Wir brauchen ein Scheidungsurteil?" Er schaut mich an, denn wir haben unsere Unterlagen nicht griffbereit. „Wir sind nach Ägypten ausgewandert. Da haben wir nur das Wichtigste mitgenommen." Pause.

„Beim Auszug aus dem Eheregister müsste die Scheidung mit aufgenommen sein." Prima.

Pause.

„Ja, wir tauschen Ringe aus, nein brauchen keine." Juhu, wenigstens bekomme ich einen Ehering. Pause.

„Der kleine Saal reicht vollkommen aus. Wahrscheinlich sind wir zu zweit. Es wird wirklich nur eine Beurkundung." Pause.

„Nein, wir brauchen keinen Fotografen." Ich überlege mir, das Ganze auf Facebook live zu übertragen. So haben wir wenigstens nicht das Problem der Anfahrt von Freunden oder den Kindern. Und unsere Kinder werden sagen: „Klar, ihr Internetjunkies, wie sollte es anders sein, als dass ihr die ganze Welt an eurer Hochzeit teilhaben lasst?" So ändern sich die Zeiten. Pause.

„Nein, wir brauchen auch keinen Sekt." Diese Entscheidung will er von mir bestätigt haben, denn er weiß, dass ich zu allen Gelegenheiten Sekt trinke. Deshalb schnell zu mir: „Das machen wir dann bei Renate und stoßen dort an." Jetzt werfe ich in das Telefonat ein: „Es wird die unromantischste Hochzeit werden, die der Standesbeamte jemals beurkundet hat." Er beendet das Gespräch, schaut mich vor einem Biss in die Brezel an und meint: „So, mein Schatz, jetzt wird es ernst." Was meint er damit? Dass ich jetzt mein Scheidungsurteil suchen soll? Oder nicht mehr viel Zeit habe, das Eheregister zu beantragen?

Ups, das war wohl nix

„Wann wollen wir denn die Hochzeitszeremonie mit den Kindern feiern?", beginne ich.

„Welche Zeremonie? Wir haben doch jetzt einen Hochzeitstermin. Das ist die Zeremonie!"

„Das ist die Beurkundung. Aber du willst doch sicher die Kinder einladen. Wollen wir das dann, wie geplant im April machen?"

„Das ist ja wohl blöd. Ein halbes Jahr nach der Hochzeit feiern."

„Na, wir sagen nichts und setzen diesen Termin an."

„Du willst ein halbes Jahr lang niemandem erzählen, dass wir verheiratet sind? Das schaffen wir zwei Schlappmäuler nicht."

„Wie wollen wir es dann machen?"

„Ich gehe in Jogginghose aufs Standesamt, wir heiraten und frühstücken dann. Wir sagen es der Familie, die werden dann eingeschnappt sein, die schnappen auch wieder aus. Vielleicht machen wir das wirklich live auf Facebook." Irgendwie werde ich das Gefühl nicht los, bald den Satz einmal zu hören: „Du wolltest, dass wir heiraten, ich hätte es nicht gebraucht." Und irgendwie macht mich das traurig.

„Wenn du nicht heiraten willst, dann storniere den Termin."

„Wie kommst du denn darauf?"

„Wie komme ich darauf? Du hast mir weder einen romantischen Antrag gemacht, auf den ich seit über einem Jahr warte, noch gibst du mir das Gefühl, dass es dabei wenigstens ein wenig darum geht, unsere Liebe zu besiegeln."

„Ha, einen Antrag. Dazu hast du mir gar keine Chance gegeben!", erwidert er und lacht sich dabei kaputt. Ich finde es nicht witzig.

„Natürlich, wenn du gewollt hättest, dann hätte es tausend Möglichkeiten gegeben."

„Nein. Und du weißt, ich muss nicht noch einmal heiraten. Tatsächlich mache ich das nur für deine Absicherung."

„Aber wenn du es gar nicht aus Liebe machst, dann storniere die Hochzeit. Ich möchte nicht, dass die unromantischste Hochzeit auch noch der traurigste Tag in meinem Leben wird."

„Aber natürlich liebe ich dich!"

„Es fällt mir gerade ziemlich schwer, dir das zu glauben."

„Aber wenn ich dich nicht lieben würde, wäre ich gar nicht mehr hier. Wer bleibt denn mit dir zusammen, ohne dass er dich liebt?" Wir müssen jetzt beide lachen. Wir sind uns einig, dass wir es eigentlich schon romantisch gehabt hätten, andererseits haben wir weder das Geld für eine große Feier noch finden wir einen Termin, an dem alle unsere Kinder sicher kommen können, und nur die sind uns wichtig. Noch dazu, weil Sarah nächstes Jahr heiratet und ihre Hochzeit im Mittelpunkt stehen soll, nicht unsere.

„Christian und Katharina kommen wahrscheinlich beide zum Geburtstag meiner Tante."

„Das ist unfair, meine Kinder sind nicht da."

„Morgens werden meine auch noch nicht da sein, erst abends zur Feier."

„Wenn sie wissen, dass wir am 20. morgens heiraten, werden sie da sein."

„Dann müssen sie dafür freinehmen. Das können deine Kinder auch, wenn es ihnen wichtig ist. Aber ich möchte nicht den Geburtstag meiner Tante zu unserer Hochzeitsfeier machen."

„Aber das war doch dein Gedanke, dass deine Tante sich bestimmt freuen würde, wenn wir an ihrem Geburtstag heiraten."

„Ja, aber nicht feiern."

„Hmm, und wenn wir es auf den 21. verlegen, könnten die Kinder abends kommen, wir feiern den Geburtstag der Tante und morgens gehen wir zusammen zum Standesamt, danach noch gemeinsam frühstücken – dann haben wir eine kleine Hochzeitsfeier. Und deine Tante freut sich bestimmt riesig, wenn auch meine Kinder zu ihrem Geburtstag da sind."

„Wo sollen sie schlafen?"

„Wir mieten zwei Hotelzimmer und die anderen können im Haus deines Vaters schlafen."

„Das wäre auch eine Möglichkeit. Also, wie wollen wir es machen?" Wir machen es ganz anders! Schon lange ist der Flug nach Deutschland im April geplant gewesen, den zur *Goldenen Sonne,* die Galaveranstaltung von *Sonnenklar.TV,* sind wir jedes Jahr eingeladen. Deshalb war auch unsere Idee, an dem Samstag davor zu heiraten, also am 18. April 2020. Doch bei der

Anfrage beim Standesamt teilte man uns mit, dass es zwar Samstagstermine gäbe, jedoch immer nur am zweiten Samstag im Monat.

„Da ist Ostern. Ich kann mir nicht vorstellen, dass sie da offen haben." Andreas ruft wieder beim Standesamt an und erklärt unseren Einwand. „Ja, das habe ich gar nicht gesehen. Tatsächlich, da brauchen wir einen Ersatztermin."

„Sie würden uns einen Riesengefallen tun, wenn Sie den darauffolgenden Samstag nehmen würden. Dann könnten Sie den Termin im November stornieren, denn an diesem Tag können alle unsere Kinder kommen." Über das Stornieren war sie nicht erfreut. „Ich habe alles schon im Computer eingegeben!" Die Termine werden erst ein halbes Jahr vorher bekanntgegeben. Also müssten wir uns noch eine Woche gedulden, denn die Kollegin ist im Urlaub. Wir gedulden uns, und tatsächlich klappt dieser Termin. Jetzt brauchen wir den Säulensaal, in dem Andreas schon seine erste Hochzeit gefeiert hat. Kinder und Freunde werden eingeladen, und natürlich gibt es auch Sekt und ein Büffet.

Happy End

Andreas ist süß! Vollkommen unerwartet hat er mir bei unserem Deutschlandbesuch im November, zur traditionellen Gänsezeit, doch noch einen romantischen Heiratsantrag gemacht. Vor all seinen engen Freunden mit einer tollen Baccararose! Ja, er kann, wenn er will. Ich erinnere mich noch an meinen ersten Geburtstag, den wir in Ägypten gefeiert haben. Auch da hat er mich in die Marina entführt, blieb vor einem der besten Restaurants stehen und ich dachte mir: „Oh, was für eine gute Idee, einen romantischen Tisch als Werbung zu dekorieren!" Das erstaunte Gesicht, das ich zog, als wir ausgerechnet an diesem Tisch platziert wurden, war Andreas so einiges wert, genauer gesagt: einen Strauß mit einundfünfzig Baccararosen! Er ist der Beste! Und deshalb bin ich dankbar, mit ihm an der Seite ein harmonisches und aufregendes Leben führen zu dürfen.

Doch meistens kommt es anders als man denkt!

Andreas und Astrid wollten sich am 18. April 2020 das Jawort, und an diesem Tag auch die erste Ausgabe unserer Autobiografie „Die STIEFELBACHS – Wie die Weißwurst nach Ägypten kam" vorstellen. Ich sage nur: Corona! Das könnte der Beginn unseres nächsten Buches sein!

Einen lieben Dank an meine persönlichen Lektoren, an Ulli Potofski und Hans-Jürgen van der Gieth, die mich in diesen besonderen Zeiten unterstützen, an meine Familie und besonders an meinen Schatz Andreas.

I love to entertain you!

Wir wissen, dass alle unsere Veröffentlichungen beobachtet werden. Doch statt einfach den Kontakt zu mir persönlich zu suchen und mit mir zu reden, werden wir unter dem Deckmantel der Anonymität denunziert, indem falsche Meldungen in den sozialen Medien veröffentlicht werden.

Natürlich wird auch immer wieder erwähnt, dass es der Reputation von *Sonnenklar* schaden würde, wenn man uns für sie werben lässt.

Doch im Internet finden diese Beiträge keinen Nährboden mehr, im Gegenteil, meist wird für uns Partei ergriffen. Trotzdem gibt es einen oder mehrere, die uns unbedingt schaden möchten. Von meinem Anwalt der Privatinsolvenz bin ich heute angeschrieben worden:

Ich bitte um explizite Rückantwort, ob Sie Mitinhaberin dieser Firma im rechtlichen Sinne sind. Darüber hinaus bitte ich um Rückantwort, ob Sie im rechtlichen Sinne Eigentümerin von zwei Ferienwohnungen und Mietwagen in Ägypten sind. Insbesondere bitte ich nachzuweisen, wer rechtlich Eigentümer der beiden Ferienwohnungen, die offenbar von der Firma „Fairholiday" bzw. von Ihnen und Ihrem Lebenspartner vermietet werden, ist. Ich bitte, dies durch Übersendung der entsprechenden Kaufverträge bzw. – soweit in Ägypten vorhanden – Grundbuchauszüge zu belegen. Sie können gerne die Passagen zu den gezahlten Kaufpreisen bzw. finanziellen Verpflichtungen schwärzen. Mir geht es lediglich um die Klärung, wer das Eigentum an den Wohnungen erworben hat.

Ich habe alle Nachweise erbracht und nein, mir gehört nichts. Auch wenn meine offene und ehrliche Art oft aneckt, in diesem Fall bin ich froh, nichts zu verheimlichen.

Unsere Geschäftspartner und auch unsere engen Freunde kannten bereits meine Vergangenheit und auch die Hintergründe. Und ich bin dankbar, dass man mir trotzdem Vertrauen entgegenbringt und mich unterstützt. Und jeder, der Andreas mit meiner geschäftlichen Vergangenheit als Verantwortlichen in Verbindung bringt, kann uns nicht gut kennen.

Doch ich denke mir, solange um uns noch so viel Wind gemacht wird, haben wir alles richtig gemacht.

Übrigens: Gerne kann über dieses Buch auf unserer Facebook-Seite „Die Stiefelbachs" diskutiert werden.

2 Tage Luxor im Sommer

Luxor bei Nacht

Dieser Ausflug beinhaltet die Highlights von Theben und ist auch für alle geeignet, die den klassischen Ausflug mit Tal der Könige, Memnonkolosse und Hatschep Sut Tempel schon erlebt haben. Besonders in den Sommermonaten ist der Besuch der Tempel auch schon in den Morgenstunden anstrengend, da es in Luxor immer einige Grade wärmer ist als in Hurghada. Deshalb machen wir die Nacht zum Tag!
Luxor, das legendäre „Hunderttorige Theben". Es war ca. 2000 v. Chr. zur Hauptstadt des ägyptischen Reiches geworden. Theben teilte sich, wie alle Städte des alten Ägypten, in das Reich der Lebenden am Ostufer des Nils und in das Reich der Toten am Westufer des Nils. Auf der Ostseite des Nils, der heutigen Stadt Luxor, befanden sich die Tempel, die Gemächer des Pharaos und die Wohnhäuser der Bevölkerung. Die Westseite des Nils war ganz dem Totenkult gewidmet.

Ablauf

Wir holen Sie erst gegen 7.00 Uhr ab. Genießen Sie die Fahrt durch die Berge und am Nil entlang durch die kleinen Orte zwischen Qena und Luxor. Gegen Mittag checken wir im Hotel ein. Um die Zeit bis zum Abendessen zu überbrücken, können Sie entweder im Hotel eine Kleinigkeit essen, oder wir holen auf der Fahrt etwas Falafel. Genießen Sie dann die Sonne mit Abkühlung im Pool und Blick auf den Nil. Erst nach dem gemeinsamen Abendessen besuchen wir die Sound & Light Show im Karnaktempel.

Abschnitt für Abschnitt werden Sie die Geschichte erzählt bekommen und in die Zeit der Pharaonen versetzt. Hier bekommt jeder Gänsehaut und man erfährt in einer mystischen Stimmung etwas über die vergangene Kultur und Geschichte.

Wer Lust hat, kann dann mit auf den Souk (Markt) kommen, der jetzt erst richtig zum Leben erwacht.

Am nächsten Morgen werden wir gegen 3.00 Uhr abgeholt und es geht mit dem Wassertaxi über den Nil. Dort erwarten uns die Minibusse, die uns zu den Ballons fahren. Sie können noch beobachten, wie diese aufgebaut werden. Dann geht es los zur unvergesslichen Fahrt über das Tal der Könige, die Tempel und das Land. Man kann von hier aus erkennen, wie schmal der grüne Streifen neben dem Nil ist. Von hier oben beobachten wir, wie die Menschen und Tiere den Tag beginnen. Es ist ein unvergessliches Erlebnis.

Danach geht es zurück zum Hotel, wo das Frühstücksbüffet auf Sie wartet. Frisch gestärkt fahren wir gemeinsam gegen 11.00 Uhr zurück nach Hurghada.

AUTHENTISCH • INFORMATIV • UNTERHALTSAM

Wolfgang Bosbach • Ulli Potofski
52: ein Jahrgang – zwei Leben

Der eine ein beliebter Politiker, der andere ein erfolgreicher Fernsehmacher. Beide 1952 geboren. Wolfgang Bosbach und Ulli Potofski haben viel zu erzählen, erinnern sich an ihre Kindheit, ihre Anfänge im Berufsleben, ihre Erfolge – an die eine oder andere Anekdote aus ihrem reichen beruflichen, aber auch privaten Leben. Angereichert und eingebunden in die Zeitläufte und ergänzt durch interessante Fakten und kurze Informationen über im Text genannte Personen, stellt dieses Buch gleichzeitig eine „Reise" durch fast sieben Jahrzehnte deutsche Zeitgeschichte dar.

A5-Hardcover • 352 Seiten • vierfarbig • Mit zahlreichen Fotos und Lesebändchen!
ISBN: 978-3-947984-06-0 • Bestell-Nummer: L07 • 22,- €

DAS BUCH ZUR GROSSEN JUBILÄUMSTOURNEE!

Jürgen B. Hausmann
Jung, wat biste jroß jeworden!

Herrlich überdreht und doch wie aus dem Leben gegriffen – der Hausmann hat seine Beobachtungen und Erfahrungen wieder einmal in urkomische Anekdoten verpackt. Sein Kabarett entspringt direkt den Wohnzimmern, Vereinsheimen und Hobbymärkten unseres Landes, seine Figuren stammen aus der Familie, von nebenan oder laufen ihm zufällig über den Weg.

Seit 20 Jahren begeistert Jürgen B. Hausmann nun schon mir seinem wunderbaren Kabarett „direkt von vor der Haustür". Das möchte der Kabarettist natürlich auch mit dem Publikum feiern – mit seinem Jubiläumsprogramm „Jung, wat biste jroß jeworden.

Format: 21,5 x 13,5 cm • Hardcover • 172 Seiten • Mit zahlreichen Fotos und Lesebändchen
ISBN: 978-3-947984-07-7 • Bestell-Nummer: L08 • 15,- €

SKURRIL • IRONISCH • UNTERHALTSAM

**Holger Pfandt: Altobelli –
Killer. Kröten. Kapriolen**

„Ich zog den schlappen Kameraden näher an seinen Wagen heran und öffnete den Kofferraum. Himmel, haben diese 7er einen mächtigen Stauraum! Wie die Arche Noah, da kann man getrost den ganzen Zoo mit Zebras, Giraffen und Nashörnern verstauen. Unser betrügerischer Immobilien-Hansel fand auf jeden Fall sehr kommod Platz darin. Hätte sich, sofern noch lebendig, dort noch dreimal umdrehen können."

Der bekannte Sportmoderator Holger Pfandt legt mit „Altobelli" sein Erstlingswerk vor und sorgt bei seinen launigen und amüsanten Lesungen für Furore. In seinem Buch steht der Auftragskiller M. A. Kaber im Mittelpunkt. Seine „Lebensbeendigungen" stellen den roten Faden der Handlung dar.

Format: 21,5 x 13,5 cm • Hardcover • 292 Seiten • mit Lesebändchen
ISBN: 978-3-947984-02-2 • Bestell-Nummer: L03 • 18,95 €

MIT EINEM AUßERIRDISCHEN DIE ERDE ENTDECKEN! –
Ein Bilderbuch für Kinder und Erwachsene

Stefan Naas (Text) / Sandra Lor-Zade (Illustration)
Paul und Poppy

Wie jeden Abend, blickt Paul mit seinem Teleskop in den Sternenhimmel, als plötzlich etwas Phänomenalgalaktisches passiert: Ein kleiner Außerirdischer legt vor Pauls Haus eine Notlandung hin. Der fremde, zottelige Besucher heißt Poppy. Die beiden freunden sich sofort an. Paul hilft Poppy dabei, sein Raumschiff zu verstecken und zu reparieren. Und wie lustig der kleine Außerirdische manchmal sprichtetet! HASCHNAWUTZ!

Schließlich machen sich die beiden in Poppys Weltraumkugel auf eine unvergessliche Reise. Hierbei lernt Paul viel Neues über die Erde und die Menschen ...

Format: 21,7 x 30,2 cm • Hardcover • 40 Seiten • vierfarbig
ISBN: 978-3-947984-03-9 • Bestell-Nummer: L04 • 12,95 €

Alle Bücher sind im Buchhandel erhältlich – oder direkt zu bestellen beim Verlag L100:
St. Huberter Str. 67, 47906 Kempen • www.L100verlag.de oder beim BVK Buch Verlag Kempen:
www.buchverlagkempen.de